천국행열차

천국행 열차

김지환 지음

고즈넉
이엔티

차 례

1

피짚에도 뱀이 있고 깨묵에도 씨가 있다[1]

찬바람이 불기 시작한 제주도의 겨울 바닷바람은 속살을 에는 듯한 날카로움을 은근히 품고 있었다.

은실은 카디건을 걸치고 바닷가를 거닐었다.

약속하지 않은 약속의 날이 어쩐지 오늘일 것 같다는 이상한 예감이 아침부터 마음을 스쳤다.

긴 방파제를 따라 파도가 들이치며 하얀 물살을 공중에 흩뿌렸다. 차가운 물방울이 튀어 원피스가 미처 가리지 못한 발목에 닿을 때마다 기분 좋은 몸서리가 쳐졌다. 방파제 저쪽 끝에 등장한 조그만 실루엣을 발견하고, 은실은 발걸음을 멈췄다.

기대하지 말자. 최대한 기대하지 않는 것이, 자신이 여기까지 살아남은 방법 가운데 하나였다. 상대방의 정체를 확인하기까지 꼼짝하지 않을 심산이었다.

---

1) 말하지 않고 잠자코 있는 사람도 다 자기의 속마음이 있으니 함부로 업신여기지 말라는 북한 속담. (출처: 통일부 공식 블로그)

한 걸음 한 걸음, 상대가 가까워질 때마다 부풀어 오르는 가슴을 가라앉히려 애썼다.

은실은 부서지는 물방울에 반사된 빛을 받아 아련하게 떠오르는 실루엣을 바라보며, 북한을 탈출해 남쪽 끝, 이 땅에 오기까지의 목숨을 건 여정을 떠올렸다. 그리고 최근 받았던 편지와 발신자, 김기훈의 이름도 함께.

* * *

2008년 5월.

올림픽을 앞둔 베이징은 IOC의 경고와 마라톤 세계신기록 보유자의 보이콧 선언에도 불구하고, 황사와 대기오염에 대한 뚜렷한 대책을 내놓지 못했다. 당국의 지시로 도시의 표면은 매끈하게 정돈됐지만, 황사와 미세먼지는 여전히 도시를 뿌옇게 뒤덮고 있었다. 거리의 윤곽은 희미했고, 햇빛조차 무채색 안개 속을 허우적거렸다.

기훈은 낡은 회색 자동차 뒷자리에 실린 채 창밖으로 하늘을 바라봤다. 머리 위 어딘가에 떠 있는 흐릿한 태양의 위치로 미루어 오후쯤일 거라 짐작했다. 계기판의 시계는 엉뚱한 시각을 가리키고 있었다.

"얼마나 남았습니까?"

기훈이 묻자 운전기사가 흘긋 백미러로 뒷자리를 쳐다봤다.

선양시에서 북경으로 오는 동안 기사가 말 한마디 하는 것을 보지 못했다. 그럼에도 기훈이 입을 열 때마다 백미러로 눈이 마주쳤다. 공화국 억양 때문인 걸까? 기분 나쁜 감시의 눈길이었다.

대답은 기사의 옆자리에서 튀어나왔다. 큰 덩치를 조수석에 구겨 앉은 태웅이 에어컨까지 고장난 차 안에서 손부채질하며 심드렁하게 대답했다.

"다 왔어. 그만 좀 보채요."

존댓말과 반말을 은근히 섞어 썼지만, 시간이 갈수록 반말의 빈도가 늘어났다.

"나라면 그거 안 할 거예요."

태웅이 말끝을 길게 늘이며 뻑뻑한 창문 레버를 돌리던 기훈을 말렸다.

남자 셋이 비좁게 앉은 낡은 차 안은, 눅진하게 벤 담배 연기에 땀냄새까지 겹쳐 참기 힘든 악취를 풍겼다. 반나절이 지났지만 도무지 이 냄새가 익숙해지지 않았다.

창문이 열리자마자 매캐한 공기가 안으로 훅 들이쳤다.

운전기사가 중국어로 고래고래 소리 질렀고, 태웅이 바로 통역해줬다.

"빨리 창문 닫으랍니다."

기사는 계속해서 소리쳤다.

"그다음은 욕이니까 전달 안 합니다."

기훈은 날카로운 눈매의 짧은 머리 운전기사가 중국인이라는 걸 같은 차에 탄 지 열 시간여 만에 알았다. 도리 없이 다시 레버를 삐걱삐걱 돌려 창문을 올렸다.

창밖은 뿌옇다 못해 누렇다. 강한 황사와 미세먼지가 뒤덮은 중국의 수도 북경. 사람들은 모두 몇 겹씩 마스크를 끼고 있었다. 입과 얼굴 전체를 덮은 방독면 같은 장치를 달고 다니는 사람도 드문드문 보였다.

넓은 교차로 너머 위병초소가 나타나더니, 차가운 회색을 두른 8층 건물이 모습을 드러냈다.

기훈은 반사적으로 몸을 뻗어 창밖을 응시했다. 매끈하게 솟은 건물에는 높고 좁은 창문들이 답답하게 붙어 있었다. 방어보다 감시를 염두에 두고 설계된, 총부리를 안으로 겨눈 성채. 그것이 그가 받은 첫인상이었다.

성조기만은 미세먼지 속에서도 선명하게 모습을 드러냈다.

"저거이… 미국대사관입니까?"

기훈이 말끝을 흐리며 물었다. 얼굴엔 묘한 긴장감이 그대로 묻어났다.

"웰컴 투 프리덤!"

여전히 느긋하게 굴던 태웅이 으스대듯 대답했다.

세 사람이 탄 차는 대사관 앞을 가로지르는 큰길 건너편에 부드럽게 정차했다.

기훈은 가늘게 한숨을 쉬었다. 결국, 여기까지 왔구나.

뒷좌석 문이 삐걱거리며 열렸다. 쇠비린내와 담뱃재 묵은 냄새가 황사에 섞여 들어와 금세 목이 칼칼해졌다.

기훈은 천천히 차에서 내렸다. 먼지를 가득 품은 텁텁한 공기가 입안으로 덮치듯 들어왔다. 기분 나쁜 질감이었다. 끈적한 바람은 찌푸린 얼굴에 꿉꿉한 통증을 남겼다. 국경의 날카로운 눈보라에 살을 에는 통증과는 또 달랐다.

큰길 너머, 누구도 들일 수 없다는 듯 단호하게 막아선 대사관 철문과 위병소가 먼지 속에서 나타났다 사라졌다를 반복했다.

태웅이 운전기사와 실랑이를 벌이는 듯하더니, 문을 쾅 닫으며 내렸다. 차는 가래 끓는 듯한 엔진소리와 함께 흙먼지를 일으키며 순식간에 사라졌다.

"에이 시팔, 짱개 새끼들! 꼭 처음이랑 말이 달라요. 올림픽이랑 기름값이 뭔 상관이라고."

태웅이 거스름돈을 지갑에 집어넣으며 투덜거리더니 주머니에서 일회용 마스크를 꺼내 꼈다. 기훈은 누런 세상 속에 홀로 맨몸으로 서 있는 기분이었다.

"긴장 많이 했네."

태웅이 기훈의 어깨와 목 사이에 손을 턱 올리더니 꾹꾹 주물렀다.

"걱정 마. 잡히더라도 영사관 측에서 열여섯 시간 안에는 다시 빼내줄 거야."

목뒤로 까슬한 손바닥 감촉이 닿자 어깨가 움츠러들었다. 긴장이 풀리는 게 아니라 되려 위협받는 기분이었다.

자욱한 황사 속의 미국대사관 건물은 낯설고 이질적이었다. 어쩐지 저곳에 들어가면 다시는 돌아오지 못할 것만 같은 기분이었다.

"여기 한번 봐주세요!"

낯선 목소리에 깜짝 놀라 기훈이 반사적으로 뒤돌아봤다.

카메라를 든 기자 대여섯이 득달같이 달려와 플래시를 팡팡 터뜨리며 사진을 찍어댔다.

어떻게 알고 있었던 거지?

기자들은 하나같이 마스크를 써 얼굴이 잘 보이지 않았지만, 눈동자에서 명백한 호기심과 환희의 감정을 읽을 수 있었다. 한 남자가 불쑥 튀어나오더니, 당황한 그에게 마이크를 들이밀었다.

"김기훈 씨, 지금 기분이 어떻습니까?"

"이, 이게 어찌된 겁니까? 기자들이 어이래⋯."

정확하게 이름을 불렀다. 그렇다면 이건! 목적도 알고 있을 것이다. 이게 무슨 수작인가?

"아, 거 형식적인 거야. 걱정 마. 우리도 뭐, 기록이 있어야 하지 않겠어? 서로 실적도 올리고, 좋은 게 좋은 거지."

태웅이 빤히 웃는 낯으로 대답했다.

그제야 시야에 주변이 들어왔다. 기자들은 미리 이곳에 진을 치고 있었다. 빼곡하게 길가에 정차된 차들과 바닥에 떨어진 담배꽁초들이 기다린 시간을 증명했다. 매끈하게 청소된 거리 위로 수북한 꽁초가 이질적으로 느껴졌다.

그 앞에는 자신과 비슷한 처지로 보이는 사람들이 열 명 가까이나 줄지어 서 있었다. 하나같이 낡고 초라한 행색에, 해지고 더러워진 신발을 신고 있었다. 카메라 앞에 어떻게 서야 하는지, 무슨 말을 해야 하는지 몰라 그저 시선을 허공에 버려둔 채.

잔뜩 굳은 어깨와 굽은 등에서는 두렵고 초조한 심정이 뻔히 묻어났다.

우리는 모두 같은 목적으로 이 앞에 섰구나!

기자들 사이로 낯익은 얼굴이 눈에 띄었다. 며칠 동안 함께 동고동락하며 지내온 사람들, 자신들을 남한에서 온 선교사라고 소개하며 내내 선한 미소로 돌봐줬던 사람들…. 그러나 지금 그들의 눈빛은 기자들과 다르지 않았다. 호기심, 환희… 그리고 기훈은 한 가지 감정을 더 읽었다.

혐오감.

깊숙하게 감춰뒀던, 그러나 순간적으로 울컥 튀어나왔던, 애써 무시하거나 아닐 것이라고 자신을 속여왔던, 그들 마음속에 음습하게 똬리 틀고 앉은 진짜 감정.

동물원에 사로잡힌 희귀동물이 된 기분이 들어 등골이 서늘해졌다. 이들은 사냥감을 압박하듯 자신과 탈북자들을 빙 둘러싼 채 조금씩 가까워졌다.

"뭐 해? 안 갈 거야? 원했던 자유가 저기 있잖아."

태웅이 대사관 쪽을 향해 슬쩍 기훈의 등을 밀었다. 그 순간, 기훈은 마스크 위로 드러난 태웅의 눈을 봤다. 분명 여느 때처럼 눈가의 주름을 구기며 웃고 있다. 하지만 검은 눈동자 뒤에 꾹 묵혀뒀던 무언가가 울컥 삐져나오는 것 같았다. 마치 그동안 숨기느라 애써왔던 것이 툭, 풀려나듯.

기훈은 처음으로 태웅에게 의구심이 들었다. 단 한 번도 의심하지 않았다. 의심하면 안 됐다. 목숨을 걸었으면, 물으면 안 된다. 생각하면 안 된다. 그러나….

한 걸음 밀려 나가던 기훈이 우뚝 멈춰서서 버텼다.

"아무래도 뭔가 이상합니다. 내 다시 생각해보갔소."

기훈은 마스크 안에서도 싸늘하게 굳는 태웅의 표정이 느껴져 흠칫 놀랐다. 저런 눈빛은 한 번도 보인 적이 없었다. 그는 언제나 여유가 넘쳤고 느긋했다. 국경의 눈보라 속에서도, 기차의 위험한 침묵 속에서도, 언제나 능글맞게 상황에 대처했다. 겁먹은 기훈에게는 '살아서만 넘어가면 되는 거 아니냐'며 어깨를 툭툭 치곤 안심시키던 자였다.

"김기훈 씨, 아니 김기훈 동무, 아니… 소대장님. 나 못 믿어요? 예? 같이 사지를 넘어온 나를? 내가 그리 한가한 사람 같아요?"

"아니, 고거이 아니고…."

태웅의 태도가 위협적으로 변하자 등골이 서늘해졌다. 이제 와서 되돌아갈 수도 없다. 이미 수배령은 내려졌을 테고, 다시는 고국으로 돌아가지 못할 것이다. 그렇다면 지금 이 남자를 믿을 수밖에 없다.

태웅의 두터운 손바닥이 다시 제 등을 밀었다. 이번엔 훨씬 강한 힘이었다.

얼떨결에 한두 발 앞으로 내딛자 같이 섰던 탈북자들도 엉거주춤 따라 발걸음을 뗐다.

'어서 가라'는 듯 손짓하는 태웅과 그 뒤에 줄지어 선 기자들이 돌아갈 곳을 차단하는 벽처럼 서 있었다. 선택지는 없었다. 기훈은 천천히 대사관을 향해 한 걸음 한 걸음 내디뎠다.

다급하게 눌리는 셔터 소리가 조금씩 멀어졌다. 기훈의 발걸음도 빨라졌다. 손바닥이 계속 등을 밀고 있는 기분이 들었다. 걸음은 뜀박질이 되고, 마침내 전력으로 달리기 시작했다.

어느새 함께 달리던 탈북자들도 앞서거니 뒤서거니 하며 기훈과 함께 달렸다. 마치 먼저 도달한 사람들만이 자유를 얻을 수 있는 것처럼, 서로를 밀치며 앞으로 먼저 가려고 내달렸다.

한 명이 넘어졌다. 40대 정도로 보이는 여자였다. 그러나 아무도 달리기를 멈추지 않았다. 여자는 누군가에게 손을 밟혀 고통스러운 비명을 질렀지만 누구도 뒤돌아보지 않았다. 백 미터 달리기를 하듯 전속력으로 뛰어가는 기훈의 시야에 대사관 위병초소가 가까워졌다.

'됐다!' 속으로 지르던 환호가 목소리로 터져 나오기 직전, 시선이 갸우뚱 기울더니 아스팔트 바닥이 눈앞에 확 다가왔다. 퍽, 소리와 함께 둔탁한 충격이 머리를 콱 움켜쥐었다.

살아서만 넘어가면 되잖아.

태웅의 말이 귓가에서 메아리쳤다. 그 말에 기댔던 순간, 그의 거친 손바닥을 마주 잡던 순간이 스쳐 지나가더니, 이내 어두워졌다.

눈을 뜨니 위병초소 앞이었다. 땅바닥에 내리꽂은 공안 경찰의 발길질이 뒤통수를 강하게 가격했다. 기훈은 본능적으로 머리를 감싸며 몸을 말았다.

곧 온몸 위로 경찰봉과 군화 세례가 무자비하게 쏟아졌다.

"잘 담겼죠?"

근처에서 태웅의 목소리가 들렸다. 담배 연기를 내뿜으며 기자들에게 으스대고 있었다.

"네, 아주 생생하게 잘 담겼습니다. 내일 조간에 바로 실을 수 있을 겁니다."

조금 전 불쑥 튀어나왔던 기자였다.

대사관 앞에서는 대규모 체포 작전이 벌어지는 중이었다. 미리 대기하고 있던 공안 경찰들이 탈북자들에게 마구잡이로 몽둥이를 휘둘러댔다. 흙먼지가 뿌옇게 일고 선혈이 낭자했다.

중간에 넘어졌던 여자가 황급히 되돌아 뛰어오다 공안 경찰에게 머리채를 붙잡혀 안개 속으로 끌려갔다.

기자들 사이에 서 있던 선교사들이 태웅을 넌지시 바라보며 고개를 끄덕였다. 작전 성공을 알리는 제스처 같았다.

태웅은 담배꽁초를 경쾌하게 바닥에 팽개치며 욕지거리를 내뱉었다. 그건 성공의 세레머니처럼 보였다.

카메라 기자 뒤로 다가가서는 뒷짐을 지고 어깨너머로 뷰파인더를 체크하듯 보고 있었다.

"어유, 발버둥이 심하네. 그럼 더 다칠 텐데."

혀를 쯧쯧 차며 태웅이 말할 때마다 뱉지 않은 담배 연기가 픽픽 삐져나왔다.

파인더 속 기훈이 이쪽을 간절하게 쳐다봤다. 태웅은 어깨를 으쓱 들어 보일 뿐이었다. 어차피 저기서는 보이지도 않겠지만.

이제 숙소로 돌아가 간단히 보고서를 정리하고 전송만 하면 끝이다. 태웅은 편의점에 사놓은 싸구려 맥주를 홀짝일 순간을 떠올렸다. 느긋하게 담배도 하나 꺼내 물어야지. 보고서도 여유롭게 작성할 것이다.

현장 일은 오늘부로 끝이다. 이제는 몇 명째인지도 기억나지 않는다. 모두 간절한 표정으로 매달렸다. 세상 비극과 배신은 다 겪은 사람들처럼 사연도 구구절절했다. 태웅은 그동안 자신을 거쳐 갔던 사람들을 떠올리다 마스크 안 입꼬리가 삐죽 올라갔다. 언제부터인가, 그들의 사연이 기억나지 않았다.

그게 뭐, 중요한가. 태웅은 당장 눈앞에서 벌어지는 성공의 여운을 느긋하게 즐겼다.

***

서울 도심 빌딩 사이로 조성된 조그만 공원 숲은 흐린 날씨에도 북적거렸다.

임시로 마련된 기자회견장에 접이식 테이블과 플라스틱 의자가 빠르게 깔렸다. 국회의원 강길이 성명을 발표할 예정이라는 소식에 기자 수십 명이 카메라와 노트북을 들고 몰려와 있었다.

국회의원 3선의 중진인 그는 국방전문가로 유명했다. 특히 대북 관련해 대중의 불안을 자극하는 민감한 사건에는 '안보 아이콘'처럼 등장해 여론을 선점하곤 했다. 보좌관이 기자회견에 앞서 안내사항을 전달하고 있었다.

태웅은 입구에 서서 기자회견장을 쭉 둘러봤다. 기름진 열기였다. 회견장 바닥은 욕망으로 미끈거렸고, 기자들은 강길의 입을 통해 나올 문장들을 주워 담기 위해 눈과 귀와 손가락을 예열했다.

맨 앞줄은 방송국 기자들이 독차지했고, 뒤쪽 열에는 정치부 베테랑들이 팔짱을 낀 채 여유로운 표정으로 앉아 있었다. 앞으로 벌어질 장면을 충분히 예상하는 얼굴들이었다.

태웅은 피식 웃고는, 접이식 의자 하나로 다가가 신문을 펼쳐 들고 앉았다.

1면에는 '또다시 경악스러운 대규모 탈북 시도', '국경수비대 출신의 탈북장교, 대사관 진입 시도하다 체포', '국방 안보 이대로 괜찮은가' 같은 제목이 달린 기사가 요란하게 실려 있었다.

"거참, 기자님들. 기사 제목 좀 자극적으로 뽑으라니까."

태웅이 중얼거리며 담배에 불을 붙이려는데 옆자리 젊은 기자가 인상을 찌푸렸다.

미안 미안, 손을 들어 보이며 라이터를 집어넣었다. 대신 불붙지 않은 담배를 질겅질겅 씹었다. 실내 금연 전면실시니 뭐니 하는 걸로 기자들도 모두 담배를 피지 않았다. 세상 참, 어떻게 되려는 건지.

퍽, 플래시 터지는 소리에 슬며시 고개를 들었다. 강길이 굳은 얼굴로 무대 위로 올라가고 있었다. 곧 플래시 세례가 쏟아졌다.

단상 앞에 서서 그는 한참이나 고개를 숙인 채 움직이지 않았다. 그러다 문득 결심했다는 듯 얼굴을 들자, 더 많은 플래시가 터졌다.

그런데도 강길은 눈 하나 깜짝하지 않았다. 입술을 꾹 다문 채 장내를 천천히 둘러봤다.

태웅은 강길 특유의 계산된 비장함을 가만히 응시했다. 서글서글한 인상 덕에 저런 표정을 지을 때마다 극적인 효과가 더해졌다. 대한민국의 모든 눈과 귀가 이제부터 저 사람의 입을 주목할 것이다. 그가 지금부터 뱉는 말은, 눈덩이처럼 언덕을 굴러내려 갈 것이다. 저마다 더하는 말들이 살을 붙이고, 커다란 화제가 되어 국내 이슈를 삼키고, 국가 간 관계를 흔들고, 국경의 풍경까지 바꿔버릴 것이다.

태웅은 대본을 거의 보지 않은 채 막힘없이 연설을 이어가는 강길을 보고 혀를 내둘렀다. 그의 친근한 인상 뒤에 감춰진 지독한 치밀함과 음습함을 여기 있는 기자들은 과연 얼마나 알고 있을까. 태웅은 새어 나오는 웃음을 참느라 애썼다.

"의원님 참, 말 하나는 청산유수야. 그렇죠?"

고개를 스윽, 들이미는데, 놀란 여기자는 노골적으로 불쾌해하며 키보드만 두드렸다.

혀를 차던 태웅이 의자에 느긋하게 기대앉아 신문을 다시 펼쳤다. 카메라 쪽을 향해 소리치는 기훈의 표정이 절묘하게 담긴 사진이었다.

그러고 보니 국경수비대 출신 장교가 이 친구였지. 태웅은 두만강 국경에서 만났던 기훈을 떠올렸다.

수풀 속에 숨어 있던 인민군을 발견했을 때는 속으로 쾌재를 불렀다. 언론의 관심을 확실히 끌어당길 수 있는 헤드라인이 떠올랐다. 두만강 국경을 지키던 인민군이 강을 건너 탈북하는 일은 드물게 있었다. 대부분은 자신이 저지른 잘못으로 인한 처벌과 숙청을 피해 달아나는 경우였다. 그들은 겁에 질려 있기 마련이고, 겁에 질린 자들은 다루기 쉬웠다.

기훈도 다를 바 없이 심하게 겁먹은 상태였다. 그런 그가 태웅과 함께 꽁꽁 언 강을 건너던 탈북자 중 한 아이를 발견하고는 서슴없이 다가갔었다. 자신의 인민군 외투를 벗어 아이에게 입혀줬다. 얼음장 같은 눈보라가 쉴 새 없이 몰아치던 밤이었다.

보름달 달빛을 받으며 아이를 바라보는 그의 눈빛은 공허하고 슬퍼 보였다. 그는 다른 탈북자들과는 조금 달랐다.

신문을 접고 가만히 눈을 감았다. 그래도, 어쩔 수 없는 건 어쩔 수 없는 거다. 태웅은 머릿속으로 다음 회식 장소를 고민했다.

***

태웅이 서울에서 자신의 성과에 대해 뿌듯해할 동안, 기훈은 지독한 두려움에 떨고 있었다. 공안 경찰에게 붙잡힌 뒤 며칠간은 북경 시내의 공안국 산하 외사계 통제하에 머물렀다. 좁은 방에서 플라스틱 의자에 양손이 결박된 채 하루 종일 방치되거나, 반복되는 심문에 시달렸다.

5일째 되는 날, 그는 수갑을 차고 다른 탈북자들과 함께 밤 기차에 실렸다.

창밖으로 '단둥'이란 표지가 멀어지는가 싶더니, 기차는 성큼 철교 위로 진입했다. 압록강을 넘는 순간이었다.

곧 맞은편 어둠 속에서, 희미하게 불빛이 번졌다.

신의주청년역.

그들은 다시 공화국 영토에 들어섰다. 탈북자들 사이에서 흐느끼는 소리가 들렸다. 누군가 울음을 터뜨렸다. 누군가는 굳은 얼굴로 창밖을 노려봤다. 자신에게 닥칠 앞날을 예감했을 것이다. 기훈은 공허한 눈을 들어 입만 잠시 끔뻑거렸다.

기차에서 내리자 그를 맞이한 건, 함경북도 온성 지역 보위부 요원들이었다. 압송된 탈북자들은 신분과 탈출 정황에 따라 우선 임시 수용소나 보위부 사무실로 나뉘어 이동했다.

신원 확인, 목적, 공범 여부, 외부 접촉자 조사….

기훈은 질문마다 '길을 잃었다'는 말만 되풀이했다. 순찰 중 강한 눈보라가 몰아쳤고, 어둠 속에서 길을 헤매다 얼떨결에 꽁꽁 언 두만강을 건넜다고.

당연히 보위부는 믿지 않았다. 하지만 시인하면 진실이 되고 만다. 남조선행은 그 자체만으로 중범죄였다.

일주일 후, 기훈은 청진 구류소로 이감되었다. 국경수비대 장교 출신이었기에 간수들은 그가 곧 총살형에 처해질 것이라고 수군거렸다. 자신도 그리될 거라 짐작하고 있었다. 그러나 며칠이 지나고, 같은 방을 쓰는 수감자들이 하나둘 호명되어 나간 뒤 돌아오지 않는 동안에도 기훈의 이름은 불리지 않았다. 빈자리는 금세 다른 수감자들로 채워졌다.

기훈은 시간을 되돌려봤다. 하루 15시간 넘는 강제노동에 생각할 시간은 사치였지만, 그럼에도 계속 생각하고 또 생각하려 했다. 그러지 않으면 자신이 누군지 잊어버릴 것만 같았다. 당장 내일이라도 이름이 호명되고 형장의 이슬로 사라질 수 있었다. 그 전까지 할 수 있는 것은 생각뿐이었다. 기훈은 태웅의 얼굴을 떠올렸다.

자신에게 손 내밀어준 남자. 함께 국경을 넘어 자유의 땅으로 가자고 했던, 덩치 크고 순박한 얼굴을 한 남조선 출신의 NGO 단체 선교사. 밋밋한 인상과 달리 거친 손바닥이 마음에 들었었다. 입만 산 남조선 샌님은 아닐 거라 생각했다. 그러나 공안 경찰에 붙잡히는 순간, 태웅의 진짜 얼굴을 봤다.

마스크로 가렸지만, 그는 웃고 있었다. 아득해지는 정신 속에서도 그 표정만은 잊지 않으려 했다. 꽉 붙잡고 매일 밤 되새겼다. 구역질이 올라오는 것을 꾹꾹 눌러 삼켰다. 잊으면 안 된다. 교활한 자. 뱀같은 눈이 떠오를 때마다 속에서 불길이 확 일었다.

기훈은 매일 생각하고 생각했다. 그럴수록 불길은 걷잡을 수 없이 타올라 목구멍을 따갑게 그슬렸다. 그렇게 속이 시꺼멓게 타들어가던 그때, 뜻밖의 면회 신청을 받았다.

기훈은 태웅에게 가려 잠시 잊고 있던, 아니 잊고 싶었던 또 다른 얼굴을 마주했다. 태웅을 만나기 전, 자신이 알고 있는 가장 야비한 얼굴.

"이야, 굉장한 일을 저질렀구만, 소대장 동무! 기래도, 얼굴은 괜찮다야."

리정진이 얼굴 주름을 잔뜩 구기며 씨익 웃었다. 드러난 금니가 반짝 빛났다.

기훈은 그제야 왜 자신이 아직 살아있는지 알 수 있었다. 아직 리정진이 자신을 죽이고 싶지 않은 것이다. 조금 더, 죽고 싶어질 때까지 괴롭히고 싶은 것이다.

"기렇게 가버리면 끝인 줄 알았니?"

그를 피해 강을 건넜다. 그런데 다시 붙잡혀 돌아와 이 얼굴을 마주하고 있다.

리정진은 공포의 대상이었다. 잊고 있던 두려움이 천천히 온몸의 핏줄을 타고 폐까지 잠식해 들어갔다. 숨이 턱 끝에서 막혔다가 바람 소리를 내며 간신히 뿜어졌다.

기훈은 앞으로 펼쳐질 참혹한 나날을 떠올렸다. 생각은 멈추지 않고 꼬리에 꼬리를 물었다. 생각하지 않았기 때문에, 의심하지 않았기 때문에 당했다. 긴 고통과 생각의 나날 속에서 선명한 목표가 떠올랐다. 그것은 다시 탈출이었다.

***

두꺼운 철문 사이로 바람이 새어 들어오며 긴 신음성을 남겼다.

문 너머의 운명이 불길한 휘파람으로 그를 부르는 듯했다. 철문이 묵직한 쇳소리를 내며 열렸다. 구류소 밖 어둠이 살아있는 것처럼 그를 노려보았다.

2년하고 서른두 번째 밤이었다. 이름이 불리는 것이 두려워 늘

깨어 있었고, 이름이 불리지 않아 살아있는 사실에 점점 질려갔다. 오늘은 나일까. 내일 밤을 맞이할 수 있을까. 공포의 밤이 반복되자 고통에 무감각해졌다. 그러나 그의 몸은 가만히 고통을 쌓아나갔다.

차가운 바닥과 벽의 한기가 뼈마디를 차갑게 훑고 지나갔다. 모로 누우면 폐가 한쪽으로 기울어졌고, 기침과 함께 거칠게 내쉬는 숨 속에 피비린내가 느껴졌다. 누더기 군복처럼 너덜너덜해진 시간 속에서, 정신 또한 피폐해졌다. 그에게는 시간이 곧 형벌이었다.

건조한 청진시의 밤바람이 팔뚝에 서늘한 섬광을 남기고 지나갔다. 멀리 차 시동 걸리는 소리가 들렸다. 신경을 곤두세우며 조심히 나아갔다. 발끝에 걸리는 돌멩이 소리에도 털이 바짝 섰다. 계획대로라면 탈출을 도울 브로커가 대기하고 있어야 한다.

기훈은 2년 여간 집요하게 그를 괴롭힌 리정진을 떠올렸다. 증거는 없다. 착각일 수도 있다. 이따금 배식받은 죽을 먹고 탈이 날 때가 종종 있었다. 말도 안 되는 이유로 독방에 감금되거나, 간수에게 폭행당하는 일도 잦았다. 주기는 불규칙적이었다.

교묘했다. 흔한 구류소 위생 문제, 수감자들 사이의 분쟁, 태도 불량 등의 이유일 수도 있었다. 딱 그 정도 선이었다. 아슬아슬한 그 선을 넘나들며 기훈은 리정진의 입김과 존재를 느꼈다. 집요한 악의다. 그렇다고 믿었다. 믿을 수밖에 없었다.

리정진이 문득 잠에서 깼는데 기분이 안 좋을 때, 세심하지 못한 상등 병사가 무심결에 기훈의 이름을 꺼냈을 때, 아니면 그놈의 금속 담배 케이스에서 양담배를 꺼내 불을 붙이려는데 성냥을 발견하지 못했을 때일 수도 있다.

리정진의 변덕에 맞춰 괴롭힘은 심해진다. 증명할 수는 없다. 하지만 오랫동안 같은 내무실에서 생활하며 겪어본 리정진이라면 충분히 그러고도 남았다.

기훈은 끊임없이 생각하고 생각했기에, 확신했다.

브로커의 차가 헤드라이터도 켜지 않은 채, 캄캄한 어둠 속을 익숙한 듯 내달렸다.

기훈은 옆에 탄 현운주를 돌아봤다.

불안한 듯 끊임없이 뒤돌아보는 20대 중반, 중앙당 고위 간부의 자제.

그의 뒤통수를 바라보며, 태웅의 손을 잡고 도망쳤던 2년 전의 자신을 떠올렸다.

살아남기 위한 절박함이었다. 숙청과 죽음이 두려웠고, 그래서 도망쳤다.

강을 건너자 그에게는 아무것도 남지 않았다. 국가도, 당도, 지켜야 할 명령도 없었다. 공허는 공포를 몰고 왔다. 그는 철저히 혼자였고, 살기 위해 사람을 믿었다.

배신당했다는 분노의 활화산은 구류소의 비정하고 차가운 공기, 굶주림과 모멸로 인해 빠르게 식어갔다. 지금 기훈은 잿빛의 화산재를 기어 나온 조용한 생존자였다.

기훈은 새롭게 깨달은 것이 있었다. 불길은 철저히 숨기고, 밖으로 내비치면 안 된다. 누구도 믿으면 안 되지만, 누구라도 이용해야 한다. 그것이 이 지옥을 뚫고나와 마지막 기회를 움켜쥔 그의 결심이었다.

기훈은 현운주의 눈동자 속, 희미하게 타오르는 불꽃을 노려봤다. 그것은 억눌린 공포와 그 틈을 비집고 피어오르는 분노였다. 어쩌면 그는 자신과 비슷한 길을 걷게 될지도 몰랐다.

그래도, 어쩔 수 없는 건 어쩔 수 없는 거다.

기훈은 간부를 매수하고 남은 운주의 돈으로 끼니부터 때워야겠다고 생각했다.

중국 연길시로 들어서자, 공기가 달라졌다. 한밤중이었지만 공사장 비산먼지 냄새가 희미하게 묻어 나왔다. 멀리 뿌연 불빛들이 아지랑이처럼 흔들렸다. 고요한 공포가 죽음처럼 내려앉은 청진시와는 사뭇 달랐다. 이곳은 살아있는 도시였다.

기훈은 고개를 들어 커다랗게 뜬 보름달을 바라봤다. 밝은 달빛이 두 사람을 내내 따라다녔다. 최대한 몸을 풀숲에 숨기고 조심스레 걸어갔다. 눅눅한 진흙에 젖은 싸구려 운동화가 발을 조였다. 발가락 끝의 감각을 잃지 않으려고 힘을 줬다. 벌써 세 번째 신발로 갈아 신었다. 그사이 두 번의 죽을 고비를 넘겼다. 한 번은 다리가 풀린 운주를 거의 들쳐업듯 끌고 반나절을 간 적도 있었다.

공화국을 탈출한다는 것은 통제를 벗어나 감시의 땅으로 가는 것이다. 당과 협력하는 중국의 공안 경찰은 언제든 그들을 잡아갈 수 있었다. 공안의 손아귀에서 벗어나기 위해서는 감시당하면서도 감시해야 했다.

운주는 막상 공안 경찰을 발견하자 다리에 힘이 풀려 비틀거렸다. 기훈이 재빨리 부축하며 환자인 척하지 않았다면 위험할 뻔했다.

브로커의 역할은 그들을 연길시 입구까지만 데려가는 것이었다. 아무것도 없는 도로 한복판에 그들을 내려놓은 브로커는 연락책이 곧 접선할 것이라는 말만 남기고 황망히 사라졌다.

그 뒤로 며칠이 흘렀다. 돈과 식량이 떨어지고 있었다.

둘은 사람들 눈에 띄지 않으려 산과 숲을 넘나들었지만, 접선한다던 연락책은 감감무소식이었다.

멀리 도시의 불빛이 보였다. 두 사람은 안도하면서도 긴장감 깃든 눈으로 마주 보았다. 피로와 결심이 묻어나왔다. 그 이상 말은 필요 없었다.

"얼마나 남았니?"

기훈이 운주의 등에 멘 가방을 보며 물었다.

운주가 가방을 앞으로 돌려 남은 식량을 확인했다. 포동포동했던 그의 볼은 그새 푹 꺼져 보였다. 아마 나는 더하겠지. 거울 한 번 볼 틈이 없었다고 생각하는 사이 운주가 빵 조각 세 개를 꺼냈다.

"돈은?"

"300원."

주머니를 뒤져보고는 운주가 간단히 대답했다.

"그 브로커를 믿는 게 아니었다! 괜히 7백 달러만 날리게 생겼다."

운주가 머리를 감싸쥐고 원망스러운 표정으로 기훈을 쳐다봤다. 그래서 어쩌라는 거냐며 냉랭한 눈빛으로 쏘아보자 슬며시 시선을 내리깔았다. 2년 사이 기훈의 인상은 많이 달라져 있었다. 꺼진 볼, 튀어나온 광대뼈, 거칠어진 피부와 제멋대로 자란 수염도 그렇지만, 무엇보다 눈빛이 매서워졌다. 사람을 꿰뚫어보려는 듯 눈을 똑바로 쳐다보는 습관도 생겼다.

사람의 눈은 많은 것을 말해준다. 누가 거짓말을 하는지, 악의를 가졌는지, 겁을 먹었는지, 아니면 배신하고 자기를 팔 준비가 됐는지. 기훈은 사람을 믿지 않고, 계산했다. 필요하면 돕고, 위험하면 버렸다. 이 세계는 그런 법이었다.

반면 운주는 전혀 다른 분위기를 풍겼다. 아직 앳되어 보이는 이 사내는 부유한 집안에서 귀하게 자랐다는 게 헝클어진 행색으로도 감춰지지 않았다. 드문드문 자란 수염이나 부르튼 입술 같은 걸 빼면 피부도 비교적 매끈했다. 위험하거나 익숙하지 않은 상황 앞에서 주저하고 망설였다. 자신의 의지로 난관을 헤쳐 나가는 게 낯설어 보였다. 가끔은 제 처지를 믿지 못하겠다는 눈빛을 하곤 했다.

기훈은 그의 눈동자에 불안이 묻어나올 때마다 일부러 빤히 마주 봤다. 지금은 망설일 때가 아니다, 나를 믿어라, 주문처럼 속으로 되뇌였다. 당장은 그가 필요했다.

"곧 연락올 거니까 걱정 말라."

"기… 기켔지?"

꼬르륵, 배곯는 소리가 들렸다. 아니라는 듯 운주가 고개를 절레절레 젓는 순간 다시 한번 꼬르르륵, 이번엔 더 길게 울렸다.

"하나씩만 먹자."

운주가 내키지 않는 표정으로 가방에서 빵 두 조각을 꺼내 하나씩 나눴다. 수분없이 퍽퍽하고 맛이 느껴지지 않는 밀가루 덩어리를 억지로 씹어 삼켰다.

기훈은 마치 원래 빵은 맛이 없는 것이라는 듯 아무렇지 않게 우물우물 씹으며 도시의 불빛을 노려봤다.

환하게 빛나는 거리, 그 아래 무엇이 기다리고 있을지 모르는 곳. 기훈은 불빛 아래 감춰진 어둠을 상상했다. 도시란 늘 무언가를 숨긴다. 그게 인간이든, 배신이든.

늦은 밤의 옌길시 중심지는 드문 인적만큼 스산한 분위기를 풍겼다.

조선족 자치주에다 국경과 가까워 이곳 중심가에는 중국어와 한글이 뒤섞인 간판들이 흔하게 눈에 띄었다.

멀리서 본 도시는 환하게 빛났지만, 가까이서 보면 오래된 저층 건물들과 고장난 채 꺼져 있는 네온등이 질서 없이 어우러져 있었다.

기훈과 운주는 중심지로 들어가지 않고 근처 지형부터 살폈다. 그리고 적당히 불빛이 밝혀진 이면도로로 접어들었다. 오래된 주택과 상가가 뒤엉킨 언덕길을 따라 올라가자, 길 아래 중심가가 내려다보이는 수풀이 드러났다.

두 사람은 거기 몸을 숨기고 드문드문 지나가는 주민들을 살폈다.

곧 정적을 깨는 소란스러운 소리가 들려왔다. 어깨동무를 한 두 남자가 비틀거리며 걸어오더니, 길 건너 건물 문을 두드렸다. 벽돌 외벽이 오래돼 군데군데 깨져 있었고, 간판은 지워진 채 철제문만 덩그러니 남은 곳이었다.

몸매가 드러난 옷을 입은 여자가 문을 열고 나왔다. 적막 같은 밤이어서 대화 소리도 어렴풋하게 들렸다. 중국말이라 알아들을 수 없었는데, 곧이어 여자가 문 안쪽을 향해 소리쳤다.

"은실아, 손님!"

남자 두 명이 익숙한 듯 여자의 안내를 받아 건물 안으로 들어갔다.

문이 닫히자 조금 흥분한 듯한 운주가 기훈을 돌아봤다.

"저거이 공화국 사람 같다. 가서 도움을 청해보자."

"안 된다. 공화국 사람이 더하디."

"그럼 뭐 다른 수가 있간디?"

이번엔 기훈의 배에서 꼬르륵, 배곯는 소리가 났다. 운주가 보라는 듯 눈짓하더니, 벌떡 일어나 성큼성큼 건물로 다가갔다.

기훈도 어쩔 수 없다는 듯 따라 일어섰다. 한숨이 절로 나왔다.

문 앞에 서서 잠시 망설였다. 안에서 희미하게 음악과 말소리가 흘러나왔다.

운주가 기훈을 돌아봤다. 여기까지 와서 뭘 망설이는가 싶어 기훈이 고개를 끄덕여줬다. 여전히 결심하지 못하는 운주가 답답했지만 그 마음은 꾹 눌러 숨겼다.

문을 노크하고 기다리자, 조금 전 여자가 의심스러운 눈초리로 문을 열고 나타났다.

40대 중반 정도 되어 보였는데, 젊었을 때 꽤 미인이었을 것 같다고 기훈은 생각했다. 진한 화장에 몸에 착 달라붙는 원피스, 슬몃 풍겨오는 향수 냄새와 묘한 분위기…. 예상이 맞았다. 여기는 사창가였다.

"저… 우린 공화국 사람입니다. 도움이 필요합니다. 먹을 거나 머물 곳이나 뭐든, 우릴 좀 도와주시오."

운주가 조심스레 말했다.

"말도 안 되는 소리 마세요! 여기 당신 같은 사람들이 한둘인지 아오?"

여자에게는 연변 어투가 남아 있었지만 묘하게 남한의 억양도 섞여 있었다.

다양한 사람들을 상대하며 억양이 희석된 것이리라.

"거기다 여긴 공안들이 특히 많이 방문하는 곳입니다. 더 위험하면 위험했지 안전한 곳도 아닙니다. 얼른 가시오. 내 암말 안 할게."

여자가 냉랭하게 굴며 닫으려는 문을 기훈이 재빨리 붙잡았다.

"왜, 왜 그러는가? 공안이라는데, 날래 나가자."

되려 겁먹은 운주가 놀라 물어도 기훈은 아랑곳하지 않고 안쪽을 살폈다.

"딱 전화 한 통. 전화 한 통만 하게 해주오. 그럼 바로 가겠소."

긴 복도 끝 책상 위에 빨간색 전화기가 보였다.

안쪽과 기훈을 번갈아보던 여자가 한숨을 쉬며 문을 잡았던 손을 놓았다.

기훈이 안으로 들어가 바로 전화기로 다가갔다.

운주가 대신 고맙다는 표시로 고개를 끄덕이곤 지나갔다. 하지만 여자는 문을 닫는 순간까지도 바깥만 경계할 뿐이었다.

긴 복도 끝에는 사무용 책상과 의자가 덩그러니 놓여 있었다. 원래 무슨 색이었는지 알 수 없을 정도로 희끄무리하게 색이 바랜 철제 책상 위에 빨간색 유선 전화기와 서류철이 보였다.

복도 양쪽에 쭉 늘어선 문들과 이따금 새어 나오는 신음이 이 공간의 용도를 알려주고 있었다.

기훈이 통화를 하는 동안, 운주는 복도 중간에 서서 신기하다는 듯 주위를 두리번거렸다.

"고맙습니다, 동지."

"정마담이라고 부르세요."

기훈을 연신 미심쩍게 노려보며 정마담이 대답했다. 운주는 통화하는 기훈이 초조해 보이지 않기를 바랐다.

"기다리라고 한 지가 언젠데!"

기훈이 버럭 소리치자, 운주가 움찔 놀라며 정마담을 쳐다봤다. 그녀는 꼼짝도 하지 않았다.

"아니 뭐, 언제까지 기다려야 하는 건지 날짜라도 알려주오 그럼! 내 공안한테 잡히면 당신도 우리 돈 7백 달러 받았다고 다 불거요. 그럼 그쪽도 무사하지 못하겠지!"

전화기를 쾅 내려놓았다.

정마담 눈치를 보며 슬쩍 다가온 운주가 수화기를 살며시 들어 제자리에 올려놓았다. 화를 삭이지 못한 기훈이 씩씩대며 출입구로 향했다.

"거 보아하니 나온 지 얼마 되지도 않은 것 같은데."

정마담의 한마디에 기훈이 우뚝 멈춰 섰다. 천천히 고개를 돌려 그녀의 눈을 똑바로 쳐다봤다. 늘 사람들을 관찰하고 파악한다고 생각했지만, 이번에 파악당한 것은 자신들이었다.

"그러지 말고 한인 교회라도 한번 찾아가보지."

"남조선 간나들은 믿을 수가 없소!"

기훈의 일갈에도 정마담은 표정 하나 변하지 않았다. 태연하게 의자에 풀썩 앉더니, 서랍에서 담배를 꺼내 물었다.

"그렇게 아무도 못 믿으면, 어예 살아갈 수 있겠어. 불 있는가?"

"담배 안 태웁니다."

기훈이 대문을 열고 밖으로 나갔다.

"성질머리 하고는 참. 기럼."

운주가 닫히려는 문을 붙잡고 따라나갔다.

녹슨 철문 이음새가 날카로운 소리를 내며 천천히 닫혔다. 그제야 긴 복도 양쪽에 있던 문이 한둘씩 열리고 여자들이 얼굴을 내밀었다.

담요로 몸을 감싼 은실도 복도 끝 두 번째 방에서 고개를 배꼼 내밀었다. 정마담을 보며 무슨 일인지 묻는 표정이었다.

정마담이 라이터를 집어 불을 붙이곤 길게 연기를 내뿜었다.

"조합이 안 좋네, 저건…."

은실은 고개를 갸웃했다. 더 묻고 싶었지만, 방안으로 다시 들어갔다. 안쪽에서 중국인 손님이 시끄럽게 굴고 있었기 때문이다. 문이 닫히기 전, 은실은 조용히 욕지거리를 밖으로 내뱉었다.

거리에는 비가 추적추적 내리며 으슬으슬한 한기를 더했다. 비린내가 스며든 골목에는 쓰레기봉투가 축 늘어져 있고, 시멘트 담벼락에는 곰팡이 자국이 번지고 있었다.

인적이 드문 거리, 교회 건물 앞 가로등 불빛만이 희미하게 어둠을 밀어냈다.

기훈은 교회 건물 건너편에 우두커니 선 채 바닥에 떨어진 담배꽁초를 쳐다봤다. 노란색 필터를 두른 꽁초가 비에 젖어가고 있었다.

담배를 주워 흙을 털어냈다. 'MALBORO'라고 선명하게 적혀 있었다. 불쾌한 기억이 되살아나려 하자 고개를 절레절레 저었다.

연락책은 기다리라는 말만 반복했다. 요즘은 다들 몸을 사리고 있어 운전자를 구하기가 쉽지 않다, 자기가 여기저기 알아보고 있으니 기다려라, 뭐 이래 성질이 급하냐….

기훈은 자신이 너무 초조해하고 있다고 느꼈다. 다시 여유를 찾아야 했다. 실수는 초조함의 틈새를 집요하게 파고든다. 그러다 일을 그르치는 것이다.

길 건너 교회 문이 덜컹거리더니 고성이 새어 나왔다. 기훈이 상념에서 깨어나며 고개를 들었다. 문이 벌컥 열리더니 운주가 던져지듯 밖으로 쫓겨나왔다.

"어디 재수 없게! 다 같이 죽자는 거야!"

소리치며 내쫓는 남자는 50대쯤 되어 보였다. 그리고 확실한 남조선 말투를 구사했다.

"아니, 같은 동포끼리 어이 그러시오!"

운주가 항변했다.

"동포는 무슨!"

남자가 문을 닫으려 하자 운주가 필사적으로 문을 붙잡고 매달렸다.

"우리 진짜 갈 데가 없어서 그러오! 하룻밤만이라도 어찌 안 되겠소? 비도 오고, 사람을 이리 죽게 버릴 수 있습니까?"

"목사님, 그만하세요."

문 안쪽에서 나타난 중년 여자가 나긋한 목소리로 목사라 불린 남자를 말렸다.

"미안해요. 우리도 도와주고는 싶은데…. 사실 몇 달 전에 우리 교회 사람이 붙잡혀 갔어요. 여러분 같은 사람들 도와주다가…"

여자의 말에 운주는 입을 다물 수밖에 없었다. 더 이상 이렇게 무작정 떼를 쓸 수도 없었다. 점점 굵어지는 비에 젖어가는 운주위로 우산이 씌워졌다.

"우리 사정도 좀 생각해주세요. 이거라도 가지고 얌전히 가주세요, 부탁드립니다."

여자가 정중하게 말하며 고개를 숙이자 어쩔 수 없이 우산을 받아 들고 발길을 돌렸다.

목사와 여자는 운주가 길 건너 우두커니 서 있던 기훈과 함께 다시 어둠 속으로 사라질 때까지 문 앞에 서 있었다. 혹여나 다시 돌아올까 경계하는 것마냥.

연길시는 중심지에서 조금만 벗어나도 허허벌판이 펼쳐졌다.

여기저기 관리되지 않아 쓰러져가는 폐가들도 심심치 않게 눈에 띄었다. 기훈과 운주는 바람을 피할 수 있을 만한 폐가에 몸을 숨겼다.

하지만 패널을 대충 덧대어 만든 지붕 틈 사이로 연신 비가 새어들어왔다.

"으으으… 춥고, 머리 아프고…. 내가 왜 이 고생을 하고 있나…."

기침을 해대며 벌벌 떨던 운주가 옷깃을 세우고 몸을 잔뜩 움츠렸다.

기훈이 둘 사이에 놓인 가방에서 마지막 남은 빵조각을 꺼내 건넸다.

밤이 깊었고, 근방엔 불 밝힌 가게 하나 없었다. 먹을 걸 구걸하고 싶지는 않았다. 그랬다가는 정말 돌아오지 못할 선을 넘을 것 같은 기분이 들었다. 진짜 거지는 되지 않겠다는 초라한 자존심이기도 했다.

"그러지 말고… 다른 남조선 교회라도 가보자. 같은 민족인데 죽이기야 하겠어."

빵을 받아들고 운주가 맥없이 말을 이었다.

"같은 민족, 핏줄이고 나발이고 그딴 개떡 같은 소리가 다 뭔가! 결국 다 돈뿐이지."

예상했던 반응이었는지 축 처진 운주는 대꾸없이 남은 빵을 가만히 입에 가져갔다. 질겅질겅 씹어보지만, 여전히 맛이 없었다.

"기훈 동지, 담배 태우오?"

기훈이 주머니에서 꺼낸 담배꽁초를 보곤 운주가 시큰둥하게 물었다.

"일 없다."

꽁초를 주먹으로 으스러뜨리더니 창밖으로 휙 던져버렸다.

운주는 주머니에서 남은 돈을 꺼내 이미 아는 잔액을 다시 세어봤다.

"어차피 이러나저러나 죽을 몸."

운주가 기훈에게 바짝 다가가며 투덜거렸다.

"마지막 남은 돈 그러모아서 딱 술 한잔합시다."

"진짜, 이제 미쳤구만. 아무리 귀허게 자랐다고 이 상황에서 술을 찾나."

"그 말을 왜 합니까! 죽기 전에 술 한잔하겠다는데, 그게 그리

못 할 말이요! 한… 2딸라면 배 터지게 먹겠는데."

운주가 잔뜩 억울하다는 표정을 하고는 남은 빵을 꿀꺽 삼켰다.

두 사람의 대화가 끊기자 패널을 때리는 빗소리만 규칙적으로 반복해 들렸다. 기훈은 한기를 느끼면서도 감기는 눈꺼풀을 어쩌지 못했다.

강한 비바람이 몰아쳤다. 깜빡 잠이 들었다가 번쩍 눈을 떴다. 동시에 창이 덜컹덜컹 요란하게 흔들리더니 지붕 틈으로 비가 들이쳤다.

우산을 펼쳐서까지 비를 막고 있는데 천장 구석에 자리 잡은 거미집이 눈에 띄었다.

위태롭게 흔들리며 매달려 있던 거미 한 마리가 순식간에 바람에 날려 사라졌다. 거미줄도 허망하게 끊어졌다. 기훈은 자신들 처지를 보는 것 같아 하염없이 서글퍼졌다.

잠깐 스친 바람에도 저리 쉽게 날아가버릴 것을. 우리와 다를 게 무언가.

"눈물은 내려가고 술잔은 올라간다지 않습니까."

시무룩한 목소리로 운주가 마지막까지 버티듯 항변했다. 그때 패널 틈 사이로 얼굴이 하나 불쑥 튀어나왔다.

"왁!"

먼저 놀란 운주가 저도 모르게 뒷걸음질쳤다.

기훈은 본능적으로 몸을 일으키며 옆에 챙겨둔 막대기를 슬며시 들었다.

"아저씨들, 돈 얼마 있소?"

앳된 목소리였다.

흐릿한 달빛에 비친 두상도, 체구도 작았다. 그래도 막대기를 움켜쥔 손에서 힘을 풀지는 않았다. 천천히 몸을 움직여 가까이 다가갔다. 상대는 열 살 정도 됐을까.

까무잡잡하고 지저분한 얼굴에 거적대기 같은 우비를 뒤집어 썼지만, 낯선 이방인을 바라보는 눈동자에는 여전히 장난기가 남아 반짝거렸다.

"누구냐?"

"돈 얼마 있소? 응?"

나이에 비해 굵고 낮은 목소리로 퉁명스럽게 재차 물었다. 그 와중에도 눈동자는 분주하게 움직였고, 어깨를 한껏 웅크린 자세 는 틈을 노리는 듯했다. 익숙한 생존 감각이 느껴졌다. 거칠고 황 량한 도시에서 살아남은 관록 같은.

"어… 한 오십 원?"

아이의 천진난만한 표정에 운주가 무심코 대답했다.

"그걸 왜 대답하니!"

운주가 수중의 돈보다 적게 불렀고, 기훈은 굳이 말리는 액션 을 취했다. 순간적으로 합을 맞춘 것이다.

"그거 내한테 주시라요. 그럼 오늘 잘 데 안내해주겠소. 더 내면 더 있을 수도 있고."

익숙한 경험들에서 나오는 자신감이 엿보였다. 기훈은 갑자기 나타난 녀석이 의심스럽기도 했지만, 묘한 당당함에 말문이 막혔 다. 패널에 턱을 기댄 채 지켜보는 아이의 행색은 영락없는 꽃제비[2]였다. 기훈은 거지가 되지 않으려 했지만, 결국 거지의 손을 빌리는 자신의 처지가 웃기지도 않아 헛웃음이 새어 나왔다.

***

간수의 불안한 손놀림과 달달 떨고 있는 무릎의 진동이 철제 책상 너머로 고스란히 전해졌다.

백열등 하나로 밝혀진 어두운 취조실이었다.

맞은편에 앉은 명식은 가만히 중년의 간수를 바라보고 있을 뿐인데도 위협적인 기운을 풍겼다. 험상궂은 인상인 것도 모자라, 목에서부터 턱을 따라 세로로 길게 이어진 상처 자국은 위압감마저 느끼게 했다.

청진구류소에는 단순 범죄자뿐만 아니라 탈북을 시도했거나, 불온서적이나 불온사상 보유자, 1급 정치범들까지 수감되었다. 강제노동과 계도기간을 거쳐 석방되는 이들도 간혹 있으나 대부분은 중징계를 면하지 못했다.

총살형은 흔했다. 그러나 그보다 더 흔한 건 간수들이 뇌물을 받고 죄수들의 편의를 봐주거나 더 나아가 탈옥까지 묵인하는 행위였다.

지금 명식은 암암리에 행해진 그런 행위로 간수를 심문하고 있

---

2) '먹을 것을 찾아 떠돌아다니는 아이들'을 뜻하는 북한어. (참고: 2019.01.18 문화일보 〈조항범 교수의 어원 이야기〉 꽃제비 편.)

었다. 이번에 탈옥한 자는 생계를 위해 탈북을 시도하는 여느 경우와 달랐다. 중앙당 보위부 고위 간부 현형식의 자제였다.

모든 부서에 비상 소집령이 떨어졌다. 그중에서도 탈북자들에게 악명 높은 수사국의 수사부장 명식이 사건을 배당받았다. 이런 사건은 해외대열보위국에서 관장하는 것이 보통이지만, 사건의 중대성을 감안해 반탐정국과 수사국도 함께 투입되었다.

반탐정국과 협력하라는 지시가 있었지만, 명식은 깡그리 무시하고 독단적으로 움직였다. 이것이 그의 방식이었다. 높은 검거율과 실적 덕에 수사국장도 그의 단독 행동을 어찌하지 못했다.

명식의 오른팔이자 엘리트 장교 출신인 영호는 취조실 출입문 앞에 서서 명식의 취조를 지켜보고 있었다.

"기훈이라는 이는… 2년 전에 중국으로 탈출하려다 실패하고 여기서 알을 까고 있었습니다. 여기서 운주 동무를 만났습니다."

간수가 덜덜 떨며 입을 열었다. 이상했다. 이상한 부분이 한두 가지가 아니었다.

"어째서 총살형을 당하지 않았는가?"

"아, 고거이… 저도 잘은 모르는데…."

"아는 것만 불라."

"아마 높으신 분 눈에 들었댔던 것 같습니다. 매번 찾아오는 간부가 있었는디…. 무슨 원한이 있는지, 김기훈이를 끈질기게 못살게 굴었습니다. 오늘은 뭘 했는지, 뭘 처먹었는지 꼼꼼히 따져 묻더니… 오늘은 죽을 주지 말라, 다른 날은 텅간을 보내지 말라, 저래 괴롭히는 거 솔직히 나라도…."

"현운주는?"

명식이 간수의 말을 끊고 물었다. 중요한 건 그가 아니다.

"왜 여기 와 있었는가?"

"불온서적 보유죄라오. 허지만… 아시다시피 당 고위 간부 자식놈들 속에서는 공공연히 유행처럼 쫙 퍼져 있었습니다. 운주 동무는 얼마 안 가 풀려나기로 돼 있었습네. 그냥 당에서 본보기로 내세우고, 또 가정교양 한다고 좀 있다가 보석금 물고 나오는 그림이었다, 이 말이외다."

"근데 그새를 못 참고 탈출했다?"

명식이 일부러 미심쩍다는 표정을 지으며 물었다.

"그러니까 말입니다."

한번 말문이 트이자 간수는 막힘없이 말을 이어 나갔다.

"그게 다 고 기훈이라는 간나 새끼 때문이라오. 하필이면 둘이 같은 방에 처박혀가지고. 그 간나가 운주 동무한테 겁을 잔뜩 줬던 겁니다. 불온서적 갖고 있다가 걸리면 무슨 고문을 당하고, 무슨 형에 처해지는지 부풀려서 주절댄 거라오. 운주 동무야 그럴 리가 없지비. 너무 순진했던 거지 않습네까. …그리고 기훈이라는 자도 말입네다, 장교 출신 아니랍니까. 분명 다 알고서도 그랬을 거란 말이외다."

간수가 몸을 앞으로 기울이더니 의미심장한 말을 이어갔다.

"2년 동안, 분명 운주 동무 같은 사람이 들어오기만을 기다렸던 거 아니겠습네까."

"그러니까… 돈 있는?"

"돈도 있고 인맥도 있는 사람!"

신이 난 간수의 말이 조금씩 빨라졌다.

"간수 놈한테 꿍돈 쥐여주고 몰래 빠져나갔습네다. 기훈이도 같이! 아니, 솔직히 혼자 도망쳤으면 비행기도 탈 수 있는 돈인데 그냥 홀랑 속아 넘어간 거지비."

명식의 하관이 조금씩 일그러지는 것을 눈치채곤 간수가 입을 다물었다.

"꿍돈 받은 놈이 누구인가?"

"아, 그거이…."

명식이 눈짓을 보내자 영호가 출입문을 열었다.

문밖에 대기하고 있던 젊은 간수가 보안원에게 붙잡힌 채 들어왔다.

"왜, 왜 이러십네까. 동지, 살려주십쇼!"

명식이 슬며시 일어서더니 다짜고짜 젊은 간수의 뺨을 때렸다.

철썩.

깜짝 놀란 중년 간수가 반사적으로 벌떡 일어났다.

한 대, 두 대, 세 대…. 계속해서 젊은 간수의 뺨을 내리치는 그의 손은 멈출 줄 몰랐다.

젊은 간수가 못 버티고 주저앉았지만 명식의 손은 멈추지 않았고, 머리채를 붙잡고 정신을 잃을 때까지 계속해서 내리쳤다.

갑작스러운 폭행에 당황한 중년의 간수는 겁에 질린 채 바들바들 떨었다.

영호는 뒷짐을 진 채 점점 무너지는 젊은 간수를 무심하게 지켜봤다. 마침내 피를 토하며 정신을 잃자 그제야 명식의 손이 멈췄다. 무거운 침묵이 내려앉은 취조실에는 그의 거친 숨소리만 울려 퍼졌다.

젊은 간수의 몸을 깔고 앉아 명식이 담배를 꺼내 물자 영호가 다가와 불을 붙였다.

명식이 손짓하자 급하게 달려오던 중년 간수는 책상에 무릎을 부딪쳤지만, 아픔을 느낄 새도 없이 그 앞에 차렷 자세로 섰다.

"근데….".

명식이 담배 연기를 길게 내뿜었다.

"네, 네, 부장 동지!"

"딱 봐도 애새긴데….".

아래 깔린 젊은 간수를 가리키며 명식이 말을 이어갔다.

"혼자 이런 짓 했겠는가."

끙, 소리와 함께 몸을 일으키더니 명식이 중년 간수를 똑바로 마주 봤다. 간수가 시선을 내리깔며 몸을 움츠렸다.

"내래 당을 배신하고 도망친 간나 새끼들 잡으러 다닌 세월이 얼만지 아나?"

명식이 한 발짝 내디뎠다. 간수는 부동자세를 유지하려 애썼지만 다리가 벌써 덜덜 떨렸다. 식은땀이 주루룩 흘렀다.

"표정만 봐도 티가 나디."

명식의 서늘한 얼굴이 간수의 코앞까지 다가들었다.

"감히 두 발로 걸어가게 둬? 위대한 수령님의 당을 뭐로 보는 거인가!"

명식이 벼락처럼 일갈하자, 부들부들 떨던 간수가 결국 바닥으로 엎어졌다.

"동지! 잘못했습니다! 한 번만 용서해주시라오! 내 가족들 조삼모사 때문에…! 다신 안 그러겠습니다!"

천천히 간수 쪽으로 쭈그려 앉더니 명식은 태연하게 담배로 간수의 손등을 지졌다.

"참아라."

새어 나오던 비명을 꾹 참는 간수의 이마 핏줄이 터질 듯 부풀어 올랐다.

"문 닫으라."

영호가 철문을 텅텅 두드리자 끼이익, 긴 쇳소리와 함께 문이 닫혔다.

간수의 비명 소리가 안쪽에서 새어 나오는 듯하더니, 이내 긴 침묵이 찾아왔다.

***

서울 강남 압구정동의 25층짜리 건물 24층은 외부에서는 내부가 전혀 보이지 않는 구조로 개조되었다. 외벽 쪽은 모두 개별 룸이었고, 길고 넓은 복도 끝 엘리베이터를 타면 25층 VIP룸으로 갈 수 있었다.

엘리베이터 문이 열리고, 종업원의 안내를 받은 태웅이 VIP 룸으로 들어섰다.

문을 닫자 시끄러운 음악 소리가 잦아들었다. 일반적인 룸살롱의 룸보다 훨씬 방음이 잘 되는 구조라 중요한 손님과의 미팅에 종종 이용하는 곳이었다.

테이블 끝자리 소파에 몸을 파묻고 앉아 있던 강길이 술 시중을 들던 여자 직원들을 눈짓으로 내보냈다.

문이 닫히자, 강길은 자세를 반듯하게 세우며 태웅에게 옆자리를 가리켰다.

강길은 치밀한 자였다. 태웅은 그가 혼자 술 마시기를 즐기며, 누군가 옆에서 술 시중드는 걸 싫어한다는 것도 알고 있었다. 룸살롱에서 중요한 대화를 하는 건, 보안 유지와 도청 방지를 위해서였다. 물리적 소리와 사람의 차단뿐만이 아니었다. 그는 남자답고 호방한 그러나 한편으로는 세심함이 부족한 국회의원의 외피를 썼다.

'형님, 아우' 하며 세력을 규합했고, 허술한 면을 내비치며 한편이 된 사람들에게 '할 일'을 부여했다. 정확히는 그들이 자발적으로 나설 수 있는 틈을 내어주는 것이다. 그런 면에서 룸살롱은 화합을 다지면서도, 마치 그들만의 비밀스러운 회동이라는 느낌을 주어 결속력을 강화하기 좋은 곳이었다.

여자 직원들을 일부러 부르는 것도, 상대가 들어오면 물리는 것도 그의 오랜 행동 전략이었다. 물론 태웅은 그 사실을 아는 척하지 않는다.

태웅이 옆자리에 앉자 강길이 말없이 마시던 잔을 내밀고 양주를 따랐다.

시바스 리갈이라니. 태웅은 강길의 술 취향이 고루하다고 생각했지만 한 번도 티를 낸 적은 없었다.

몸을 반대로 돌려 한 번에 털어 마시고, 잔을 닦은 뒤 강길에게 건넸다. 독한 알코올 향이 목구멍을 타고 가슴 언저리에서 싸하게 퍼졌다.

"먼지가 좀 씻겨 나가지?"

강길이 이번엔 태웅이 따라준 술을 쭉 들이켜며 물었다.

"올림픽 때 잠깐 나아지는가 싶더니, 요새는 다시 심해졌다고 합니다."

"중국 애들이 그렇지 뭐."

강길은 일부러 끌끌 혀를 찼다.

"나라가 까라면 까고, 아무 말 안 하면 까야 되는지 안 까야 되는지 고민하다 까는 척만 하는 거."

"현장 안 나간 지 오래돼서⋯."

태웅이 빙긋 입꼬리를 올리며 미소 짓는 표정을 했다. 입 근육에 살짝 경련이 오는 것 같아 얼른 술잔을 털어넣었다. 곧 본격적인 말이 나올 것이다⋯. 강길의 입을 연신 흘깃거렸다. 그의 두루뭉술한 말 속에서 바늘을 찾아내야 했다.

"요새 여기 공기도 좀 달라졌어."

강길이 무언가를 찾는 듯 주위를 둘러보자 태웅이 재빨리 가슴 포켓에서 담배를 꺼냈다. 붉은 동그라미가 크게 새겨진 미국산 담배였다.

강길의 담배 취향을 아는지라 태웅은 그에 맞는 담배 한 개비를 꺼내 내밀었다. 태웅은 강길의 미간이 순간적으로 찌푸려졌다가 이내 활짝 펴지며 웃는 것을 놓치지 않았다. 반대쪽 포켓에서 성냥을 꺼내 그어 불을 붙였다.

강길이 기특하다는 듯한 손가락질을 하더니 소파에 몸을 파묻었다.

"역시 담배는 이 성냥 맛이야. 고전의 맛이 있거든."

강길은 시중을 싫어한다. 아첨과 아부를 싫어하지만, 아첨과 아부하는 자들을 주위에 둔다. 강길은 큰형님을 연기했고, 태웅은 아첨과 아부하는 자를 연기했다. 그것이 이 폐쇄된 공간의 규칙이었다.

"황사 한번 몰아쳐봐."

강길이 연기를 길게 내뿜으며 말했다. 빠져나가지 못한 연기가 테이블 위에 자욱이 깔렸다. 테이블 위에 놓인 형형색색의 과일마저 흐릿해졌다.

"말들이 많아. 중요한 일 앞두고 있는데 말이야."

강길이 그렇게 말을 조금 더 덧붙이자 태웅의 마음도 급해졌다. 바늘을 찾았으면 찌르는 건 이쪽 몫이다.

"북쪽에서 부는 바람이 매서운 법이죠."

"그렇지."

강길이 슬쩍 몸을 앞으로 기울였다. 말없이 상대를 바라보는 눈빛에서 포식자의 여유가 느껴졌다.

태웅은 그의 눈을 똑바로 마주보면서도 입가 근육을 실룩거려 미소를 지었다. 시바스 리갈 덕분인지 경련은 일어나지 않았다.

"그런데 말이야, 사람들이 어디 겨울을 두려워하던가. 매년 불어오는 찬 바람, 꽃샘추위 뭐 이런 거, 이제는 뉴스에도 안 나오잖아. 예전엔 기온이 몇 도만 떨어져도 떠들썩했는데 말이야. 익숙해진 거지. 안 그래?"

여기서 짚어줘야 했다. 태웅은 그가 원하는 바를 정확히 이해할 것 같았다.

"태풍 정도 되어야 뉴스에 실리죠. 경보도 울리고."

"아주 사이렌이 울려야지."

강길이 만족스러웠는지 담배를 비벼끄고는 양손을 들어 사이렌 표시등 흉내까지 냈다.

"삐용 삐용 삐용, 응? 아주 시끄럽게."

태웅의 눈앞에 빨간 사이렌 속 동그란 반사판이 빙글빙글 돌아가는 장면이 보였다. 문득 탁자를 내려다봤다. 하얀 담뱃갑 위에 그려진 빨간 동그라미. 행운. 그리고 숫자.

강길의 손이 쑥 튀어나오더니 담뱃갑을 들어 보였다.

"럭키 세븐! 응?"

능청스러운 표정으로 어깨까지 으쓱했다. 숫자는 아마 즉흥적으로 떠올렸을 것이다. 자신의 눈빛을 세밀하게 감시하다가….

강길은 호방함과 세밀한 계산 사이를 능숙하게 오갔다. 태웅은 완벽하게 그의 페이스에 말려든 것을 인정할 수밖에 없었다. 만면에 웃음을 띠었다. 이것은 패배를 인정하는 몸짓이었다.

껄껄 웃으며 시바스 리갈을 따랐다. 이것은 다음을 준비하는 다짐이었다.

70명. 이 정도면 역대급 규모다.

태웅은 너털웃음을 터뜨리는 강길을 보며, 일을 끝낸 뒤 청구할 영수증을 떠올렸다. 그러자 이번에는 근육을 억지로 움직이지 않아도 저절로 함박웃음이 지어졌다.

자욱한 담배 연기가 천천히 걷히자, 모든 것이 명확해졌다. 주고받을 것도, 숨길 것도.

두 사람은 허공에 의미 없는 웃음을 흩뿌렸다.

어차피 의미 따위 중요하지 않았다. 중요한 건 의도와 결과였다.

태웅은 마지막 현장 업무를 떠올렸다. 황사가 몰아쳤던, 올림픽 직전의 베이징을.

누런 먼지를 뚫고 나오던 아우성과 피 튀기던 대사관 앞을.

날것의 혼란 속에서 피어나던 기이한 질서를.

뭐, 어쩔 수 없는 건 어쩔 수 없는 것이다.

***

기훈은 낡은 창틈으로 새어 들어오는 햇살을 느끼고서야 잠에서 깼다.

오랜만에 푹 잔 기분이었다. 잠을 설치지도, 악몽에 시달리지도 않은 게 얼마 만인가.

옆에 곤히 자는 운주를 깨우지 않으려 천천히 몸을 일으켰다. 색바랜 솜이불을 걷자 먼지가 햇빛을 받아 부산스레 날렸다가 천천히 가라앉았다.

낡은 단칸방에는 이불과 앉은뱅이 식탁 하나, 옷을 거는 용도로 벽에 박힌 몇 개의 못 정도가 전부였다. 가구라고 할 만한 게 딱히 없었다. 최소한의 살림살이만 갖춘 이곳을 처음 봤을 때, 사람이 오래 머무는 덴 아니라는 인상을 받았다. 손님용 방을 따로 마련할 만큼 넉넉해 보이지는 않는데, 이 방은 무슨 용도일까?

작은 의문이 수면 위로 떠오르자 생각은 꼬리에 꼬리를 물었다.

기훈은 이제 끊임없이 생각하는 게 버릇이 되었다. 2년의 수감 생활은 그에게 작은 생각의 조각도 뭉갤 수 없게 만들었다. 그러자 너무 무방비로 잠들어버렸던 것이 아닌가, 후회가 들었다. 간밤에 꼼짝없이 잡혀갔을 수도 있었다. 누구도 믿지 않겠다고 결심했건만….

오랜 바깥 생활에 지친 탓을 하며, 기훈은 다시 긴장감을 되찾기 위해 눈을 부릅뜨고 온몸의 근육을 천천히 움직였다.

문을 열고 밖을 내다봤다. 마당에서 노인이 장작을 옮기고 있었다. 한쪽 다리를 조금씩 저는, 여든은 되어 보이는 노인이었다. 기훈이 이름을 물었을 때 그런 거 굳이 알아서 뭐 하냐며 대답을 회피해, 그저 아바이라고만 불렀다.

"잠 편히 자셨습니까?"

어느새 잠에서 깬 운주가 부스스한 행색으로 안부 인사를 건넸다.

한기를 느낀 기훈이 문을 닫고 다시 방 안쪽으로 들어왔다.

"부지런한 농군한테는 나쁜 땅이 없다지요."

눈을 비비며 운주가 말했다.

"부지런하다고 다 착한 건 아니디."

"참, 동지도 어지간하오."

문이 벌컥 열리고, 노인이 앉은뱅이 식탁을 들고 나가더니 식사를 내어왔다.

놀란 운주가 벌떡 일어나 식탁을 건네받았다.

"찌끼가 없응게 우야겠소."

노인이 짙은 함북 사투리로 내뱉듯 말했다.

"아이고, 일 없습니다. 고맙수다, 아바이."

정말 멀건 죽과 된장밖에 없는 식사였지만 두 사람에게는 그마저도 소중했다. 막상 먹을 것을 보자 순식간에 식욕이 오른 기훈은 생각이고 뭐고 허겁지겁 달려들었다. 운주는 이미 그릇까지 집어들고 먹었다.

가만히 두 사람을 지켜보던 노인이 슬며시 몸을 일으켰다. 벽에 걸린 외투를 꺼내다가 목깃이 걸리는 바람에 쪽지가 툭 떨어졌다. 눈치채지 못한 노인은 그대로 외투를 걸치고 밖으로 나갔다.

차가운 아침 바람이 훅 들이치자, 막 밥그릇을 비운 기훈의 경계심이 되살아났다. 뜨거운 죽으로 채워진 속과 차가운 바람을 맞은 피부의 온도차가 더 정신을 바짝 차리게 했다. 노인이 떨어뜨리고 간 쪽지를 주워봤다. 아무런 메모도 없는, 그저 전화번호 하나가 적힌 쪽지일 뿐인데, 이상하게 낮이 익은 번호였다.

"아, 얼마 만에 쉬는 건가 기래."

"아직 긴장 풀면 안 된다."

밥그릇 바닥까지 핥듯이 비운 운주가 벌러덩 눕더니 품속에서

책을 꺼내 들었다. 표지가 벗겨져 있어 제목은 보이지 않았다.

"이렇게 죽나, 저렇게 죽나."

"정신 나갔니! 빨리 집어넣으라!"

깜짝 놀라 기훈이 다그쳤지만 운주는 아랑곳없이 여유를 부렸다.

"여기가 공화국도 아니고, 불온서적으로 잡아갈 일이 뭐 있갔디?"

못마땅했지만 틀린 말은 아니었다. 기훈의 날 선 신경은 모든 것을 경계했다.

그래, 여긴 공화국이 아니다. 우린 중국에 왔지.

기훈은 자신이 너무 예민해진 탓이라고 여겼다.

"일 없네. 알아서 하라."

바람을 쐬려고 일어나 문을 열자, 아침의 서늘한 바람이 다시금 방에 들이쳤다. 운주는 책과 함께 더 깊이 이불 속으로 파고들었다.

연길시 외곽, 시내에서 한 시간은 족히 벗어난 이곳은 사람 그림자 하나 찾아보기 어려웠다.

잡초가 무성한 비포장도로 위에는 녹슨 이정표와 쓰다 버려진 농기계들이 시간에 짓눌린 듯 흩어져 있었다. 높은 건물 하나 없이 사방이 탁 트여 있어, 숨을 만한 곳도 마땅치 않아 보였다.

며칠 전 밤에 꽃제비와 함께 도착한 이 집 뒤편에는 비포장도로를 낀 넓은 논밭이 펼쳐져 있었는데, 딱히 관리되지 않아 작물 하나 없이 잡초만 듬성듬성 자라나 있었다.

작은 마당은 눈높이로 담장이 둘러싸고 있어 외부 시선을 피할 수 있었다.

여기 머문 지 벌써 닷새째였다. 꽃제비는 첫날 안내해준 뒤로 더는 보이지 않았다. 운주는 이따금 혼자 중국어를 연습한답시고 중얼거리는 시간이 많아졌다. 학교에서 배운 정도로는 공화국에서 온 행색까지 가려주진 못한다고 말해주려다, 진지해 보이는 표정에 말을 삼켰다. 뭐라도 할 것이 필요하겠지. 이것도 본인만의 불안함을 잊기 위한 몸부림일 것이다.

기훈은 매일 짧은 산책을 다녀왔다. 산책이라기보다는, 사실 주변을 정찰한 것이다. 가장 가까운 도로가 어디로 뻗어 있는지 인근 집들의 거리를 확인했고, 탈출 경로를 머릿속에 그려뒀다. 그때마다 운주가 자신을 주시하고 있다는 걸 알았다.

시야에서 사라질 때까지 눈을 떼지 못하는 운주를 보며, 기훈은 자신이 떠날까 봐, 혼자 가버릴까 봐 불안해한다는 게 느껴졌다. 하지만 낯선 동네의 낯선 인물은 한 명이면 족했다. 두 사람이 함께 다니면 더 의심을 살 수밖에 없었다. 곱게 자란 평양 도련님과 동행하는 게 더 위험하다는 판단도 있었다.

조금 쌀쌀한 공기를 느끼며 비포장도로로 조심스레 나가봤다. 며칠 동안 살펴본 결과 이쪽 길로 다니는 차도 사람도 워낙 드물었기에 기훈의 경계심도 조금 누그러져 있었다.

도로를 따라 백 미터 남짓 걸어가자 그제야 가장 가까운 이웃

집이 눈에 들어왔다. 그만큼 가구 수가 적었다.

길 건너 이웃집 문이 열리더니 노인이 누군가의 배웅을 받으며 나왔다. 도로 왼편은 낮은 논두렁으로 이어졌고, 그 아래엔 물기 없이 말라붙은 도랑이 길게 누워 있었다.

기훈은 반사적으로 가파른 경사를 타듯 도랑 바닥으로 굴러 내려가 몸을 숨겼다. 도롯가에 듬성듬성 자란 풀들이 기훈의 얼굴을 가려줬다.

노인을 배웅하는 사람은 젊은 여자였다. 행색이 공화국 사람 같았다. 중국에 정착해 사는 조선족과는 확연히 다르다. 특히 저 불안한 표정으로 사방을 끊임없이 훑는 눈빛. 문 안쪽에는 두세 명의 실루엣이 더 보였는데, 분명 여자들이었다.

불쑥 조금 전 이상한 기분을 느꼈던 순간이 떠올랐다. 신경이 팽팽하게 당겨지고 털이 곤두섰다. 그의 본능이 말했다. 여기서 빨리 도망치라고.

기훈이 다급하게 문을 박차고 들어오자 책을 읽다 반쯤 눈이 감겨 가던 운주가 깜짝 놀라 책부터 숨겼다.

"무슨 일이래?"

짐부터 급하게 챙기는 기훈을 보자 잠이 확 달아난 운주가 날카롭게 물었다.

"짐 챙기라! 어서!"

멍하니 보고만 있는 게 답답한지, 기훈이 버럭 소리쳤다.

"아까 주웠던 번호! 기억났다! 공화국을 탈출한 여자들 팔아넘기는 인신매매단 번호다. 구류소에 있을 때 들은 적 있다!"

숨 가쁘게 내뱉은 문장이 운주의 머릿속에서 천천히 가라앉았다. 부정하고 싶었다. 얼마 만에 찾은 따뜻한 보금자리인데.

"그럴 리가 없다! 그럴 사람이 아니지 않니!"

기훈은 대꾸도 하지 않았다. 가방을 챙기고 문을 나가려는 기훈의 어깨를 붙잡아 세웠다.

"기훈 동지!"

"사람을 어떻게 믿냐고!"

기훈의 눈동자를 마주한 순간, 운주는 확신했다. 이 사람은 정말 혼자라도 갈 사람이다. 마지막으로 안락함의 끝을 붙잡아봤다.

"…기래도, 우리는 사내들인데 어떻게 하겠나?"

"헛소리 말라! 여자는 팔아넘기고 남자는 공안에 신고해서 포상금 타 먹는 놈들이다!"

부르릉, 멀리서 차 엔진소리가 들려오자 두 사람의 행동이 일제히 멈췄다. 곧이어 끽, 브레이크 소리와 차 문이 열리는 소리가 거의 동시에 들렸다. 기훈이 조심스레 밖을 내다봤다. 노인이 검정 SUV 차에서 내리는 남자들을 맞이하고 있었다. 문을 닫고 기훈이 나지막이 소리쳤다.

"뒤 창문! 빨리 나가!"

방은 작았지만, 창문은 낡은 나무 창이 가로로 길게 나 있었다. 창틀 아래로 좁은 턱이 있었고 외풍을 막기 위해 판자를 덧대어 놨다.

운주가 테이프로 고정한 판자를 뜯어내고 창문을 벌컥 열어젖혔다. 가방을 밖으로 집어 던지고 먼저 몸을 날렸다. 뒤이어 기훈도 뛰어내렸다. 착지와 동시에 진흙이 튀었다.

또 질퍽한 땅이다. 기훈은 지긋지긋한 도망 생활에 진저리를 치면서도 벼 이랑 사이를 가르며 정신없이 달렸다. 푹푹 패는 발이 점점 가라앉는 기분이 들었다. 아직이다. 아직 가라앉을 수는 없었다. 기훈은 뒤처지려는 운주의 등을 밀며, 논밭을 헤치고 산으로, 더 높은 곳으로, 수풀로, 다시 한번 야생의 서슬 퍼런 냉담함 속으로 몸을 던졌다.

또 해가 지는구나….

기훈은 뒷산 너머로 붉고 누런 흔적을 남기며 넘어가는 해를 바라보자 어쩐지 서글퍼졌다. 다시 밤이다. 점점 기온도 내려가고 있다. 수풀에 몸을 숨긴 채, 멀리 보이는 SUV 차량과 거기서 내린 두 남자의 행동을 감시한 지 몇 시간이 지났는지 모른다. 추위에 벌벌 떠는 운주의 인내심은 한계에 다다른 듯했다.

하지만 움직일 수 없었다. 최대한 흔적을 지우긴 했어도, 너무 급하게 뛰쳐나왔다. 놓친 것이 있을지 불안했다. 추적할 만한 단서를 발견했다면 빠르게 움직일 것이다. 아직 찾지 못했다면 수사와 심문이 길어질 것이다.

잠시 후, 남자의 안내에 따라 여자들이 이웃집에서 나와 차에 올라타는 게 보였다. 노인이 운전석에 탄 남자에게 다가갔다. 남자는 노인에게 꾸러미 같은 것을 건넸다. 거리가 멀어 누런 봉투를 둘둘 끈으로 둘러싼 게 뭔지는 몰랐지만, 돈뭉치라고 생각하면 크기가 딱 맞아 보였다.

노인이 차에서 한 발 떨어지자 검은 SUV는 여자들을 태운 채 요란한 엔진 소리를 내며 떠났다.

"이제 갔다. 어서 도망가자!"

운주가 입술을 바들바들 떨며 보챘지만 기훈은 미동도 하지 않았다.

"왜 말이 없는가? 어서!"

"다시 내려가자."

"어딜? 저길? 정신이 나갔니?"

제 목소리가 너무 컸던 것 같아 지레 놀란 운주가 입을 합 다물었다.

해는 완전히 저물어 산자락도 짙고 푸르스름한 어둠 속으로 잠겨들었다.

기훈은 집으로 들어가는 노인의 실루엣을 끝까지 응시했다.

언제까지 도망치고, 속고, 쫓겨야 하는가. 누구에게라도 이 울분을 풀고 싶었다.

"저 상늙은이 괘씸하지 않니. 우리를 팔아넘기려 한 자다."

"아니… 그래도 저길 가서 어이 할라고?"

"어차피 공안들도 방금 갔으니 안 돌아올 것이야. 우린 늙은이를 누르고 쌩과 먹을 걸 챙기고 달아나자. 어차피 저거이 쌩북이야."

"그래도… 우리 먹여주고 재워준 아바이 아닌가. 기냥 가자. 보니까 우리까지 까발린 것 같지도 않잖니."

운주가 두루뭉술하게 나오자 기훈의 표정이 험하게 돌변했다. 그 얼굴로 운주의 멱살을 움켜쥐었다.

"똑똑히 들으라! 안전해질 때까지 그 누구도 믿으면 안 된다. 다 적이고, 다 너를 뜯어 먹을라 할 거다! 정신 똑바로 안 차리면 내 맨 먼저 널 신고하고 사라질 거이야. 알갔니?"

그제야 겁먹은 운주가 고개를 연신 끄덕였다. 멱살을 잡은 손은 풀었지만, 생각이 시작되면 멈추지 않듯, 화도 좀체 가라앉지 않았다.

"가자."

기훈이 앞장서자, 내키지 않는 운주도 뒤를 따를 수밖에 없었다.

노인의 집은 불이 모두 꺼져 있었다. 드문드문 배치된 가로등에 불빛이 들어왔다. 하지만 가로등 빛이 닿지 않는 노인의 집은 여전히 어둠이 뒤덮고 있었다. 며칠 동안 관찰한 대로였다.

두 사람이 뜯고 나갔던 판자가 다시 창문을 막고 있었지만, 제대로 붙이지 못한 틈 사이로 노인이 누워 있는 걸 확인했다.

"여길 지키라. 난 앞으로 돌아갈 테니."

기훈이 속삭이듯 운주에게 지시했다. 긴장한 운주는 깊숙이 고개를 끄덕였다.

어찌 되었든 목숨을 걸었으니 같이 행동해야 했다. 어둠 속에

서 끌어올려진 긴장감이 다시 피를 뜨겁게 만들어 추위도 잊게
했다.

기훈은 천천히 담장을 돌아 정문으로 향했다. 듬성듬성 자란
풀을 스쳐가는 자신의 신발 소리도 신경 쓰였다. 눈높이 담장 너
머로 정문을 노려보며, 천천히 마당 안으로 돌아 들어갔다.

아직 아무런 낌새도 없다. 조심스레 대문 손잡이를 잡고 문을
열었다.

"이야아!"

갑작스레 나타난 노인이 기합과 함께 몽둥이를 내리쳤지만, 신
경이 바짝 곤두서 있던 기훈은 반사적으로 피해냈다. 허공을 휘
두른 노인은 그대로 앞으로 고꾸라졌다.

행동은 엉성했지만, 거칠게 손질된 몽둥이는 제아무리 힘없는
노인이 휘두르는 것이라도 위험해 보였다.

"아바이, 진정하시라오!"

말이 들리지 않는 것일까. 노인은 아랑곳하지 않고 다시 한번
몽둥이를 휘둘렀다.

기훈은 몸을 빼내 물러나다 주방까지 쫓겨 갔다. 뒷걸음질치던
기훈이 식기들과 뒤엉키며 넘어졌다.

"그만하시오!"

픽! 기훈이 손에 잡히는 대로 집어 반사적으로 휘두르자 둔탁
한 소리가 울려 퍼졌다.

노인의 몸이 바람 빠진 풍선처럼 맥없이 쓰러졌다. 손에는 밀
대가 쥐어져 있었다. 오래되어 굳은 하얀 반죽 덩어리 위로 뜨거

운 액체가 느껴졌다. 땀일까, 아니면 피일까. 아무것도 보이지 않았다.

노인은 쓰러지고서도 움직이지 않았다. 고의가 아니다. 저 노인이 먼저 달려들지 않았던가!

"이… 이게 무슨 일인가. 아바이!"

뒤늦게 들이닥친 운주가 노인에게 달려갔다.

"괘, 괜찮아. 죽지는 않았을 거다."

목소리가 떨리는 걸 감추려니 헛기침이 절로 나왔다. 마른 목이 따가웠다. 숨을 몰아쉰 탓이다. 침을 꿀꺽 삼키려 해도, 메마른 입안은 까슬한 감촉만 남겼다.

운주가 바로 눕힌 노인의 머리 주위로 천천히 피가 흘러나왔다.

"으악!"

갑작스레 들린 비명에 화들짝 놀라 기훈과 운주가 동시에 돌아봤다. 꽃제비가 주방 입구에서 입을 꽉 틀어막고 천천히 뒷걸음질쳤다.

이런, 그러고 보니 요 며칠 보이지 않던 녀석의 존재를 잊고 있었다.

"진정하라. 다 설명할 수 있다."

기훈이 양손을 든 채 천천히 꽃제비에게 다가갔다. 아직 손에 밀대가 들려 있는 걸 뒤늦게 눈치챘다. 주방 입구로 다가가자 달빛이 밀대를 선명하게 비췄다. 붉었다.

어쩐지, 끈적하더라니.

두려운 눈빛으로 기훈과 노인을 번갈아 보던 꽃제비가 획 뒤돌아 밖으로 내달렸다.

"저 종간나 새끼!"

놓치면 안 됐다. 절대로! 기훈은 문턱을 박차고 뛰어나갔다.

당황한 운주는 허둥대다가 지혈할 것을 찾아 주방을 뒤지기 시작했다.

기훈은 꽃제비를 따라 뛰며, 그가 이곳 지형에 능숙하다는 걸 알았다. 꽃제비는 곧바로 갈대 수풀을 향해 달렸다. 그의 키 높이 위로 자란 갈대들은 작은 몸을 적절히 가려줬다. 그 바람에 갈대밭 속으로 뛰어든 꽃제비가 갑자기 시야에서 사라졌다.

푹, 발이 잠겼다. 갈대밭 바닥은 축축한 진흙이었다. 이번에도….

발을 억지로 떼어내며 달렸다. 갈대밭 가운데로 갈수록 점점 깊게 파묻혔다. 몸이 가벼운 꽃제비는 더 빨리 달려갔으리라.

생각해라, 생각해라, 김기훈.

"어디 있는지 내 다 안다. 날래 나오면 해꼬지 안 하겠다. 약속하마."

어림없는 말이라는 걸 알고 있다. 꽃제비도 알고 있을 것이다. 하지만 일부러 계속 말을 걸며 갈대밭 속을 천천히 움직였다. 쫓기는 쪽은 녀석이다. 약한 짐승에게는 공포를 계속 심어줘야 한다. 어디에서든 주변을 항상 서성이고 있다고, 포식자는 계속해서 경고해야 한다. 공포에 잡아먹히도록, 그래서 어떤 행동이든 취하도록.

그리고 약한 짐승일수록 포식자의 무서움을 안다.

서늘한 밤바람이 불었다. 갈대들이 스산한 소리를 내며 흔들렸다. 문득 이상한 기분이 들어 뒤쪽 숲속을 바라봤다. 공허가 깔린 듯한 짙은 어둠 속에 흔들거리는 빛이 있었다. 분명하게 이쪽을 노려보는 존재가 있다. 기훈은 무엇인지 어렴풋이 알 것 같았다. 이 시각에도 시시각각 그를 조여오는 공포.

더 큰 포식자. 아니, 진짜 포식자.

기훈은 조급한 마음이 들기 시작했다. 보이지 않는 곳 어디에서든 감시의 위협이 도사렸다. 빨리 벗어나야 했다. 여기서 시간 끌고 있을 수 없다.

툭.

나뭇가지 부러지는 소리에 돌아보자, 꽃제비가 반대쪽에서 튀어나와 달려갔다.

"간나 새끼!"

조급한 심정이 간단한 속임수도 놓치게 만들었구나. 악에 받친 기훈은 눈으로 꽃제비의 실루엣을 놓치지 않으며 쫓아갔다.

짐승 같은 놈이다. 작고 약한 짐승.

그렇게 생각하자 뒤쪽에서 자신을 쫓아 오는 더 크고 무서운 존재가 느껴졌다. 형체도 없고 숨결도 느껴지지 않지만, 분명 바짝 다가오고 있었다. 그 존재 앞에서 자신은 그리고 저 꽃제비는 얼마나 작고 보잘것없는가. 우리의 이 뜀박질이 얼마나 허망한 저항인가.

발걸음이 푹푹 꺼졌다. 끈적하고 시커먼 흙이 그의 발목까지 붙잡고 늘어졌다. 억지로 잡아 빼다 풀썩 엎어졌다. 차가운 진흙이 서늘한 뒷맛을 혀끝에 남겼다.

침을 뱉어내며 필사적으로 몸을 일으켰다. 고개를 들고 움직이지 않는 발을 한 발 떼며 꽃제비를 눈으로 찾았다.

멀리 흐릿하게 보이던 형체가 뚝 끊기듯 사라졌다. 기훈은 갈대를 해치며 그 자리로 나아갔다. 한쪽 다리가 늪에 빠진 채 꽃제비가 발버둥치고 있었다.

우린 진짜 늪지대를 달리고 있었구나. 하지만 같이 가라앉을 수는 없었다.

"후우, 이 종간나 새끼."

시간이 없다. 기훈이 꽃제비의 목을 졸랐다. 눈에 핏발이 섰다.

"우리를 팔아넘기려 했재? 이 썩을 인신매매단 놈들!"

꽃제비의 목은 얇았다. 비쩍 마른 체격만큼 쉽게 부러질 것 같았다.

"무, 무슨 말…."

꽃제비가 목소리를 쥐어짜냈다.

"쌍포하지 말라! 건넛집에 공화국 여자들 납치해놓고! 우리도 공안에 신고했니!"

숨이 막힌 꽃제비가 필사적으로 팔을 휘둘렀다. 검정 때가 잔뜩 낀 꽃제비의 손톱이 기훈의 살갗을 파고들더니 피가 배어 나왔다. 작은 짐승은 빨리 처리하고 도망가야 했다. 포식자의 숨결이 바로 귀 뒤에서 느껴졌다. 그의 커다란 코에서 뿜어져 나온 폭력적인 콧김이 머리칼을 뒤집어놨다.

"그… 그… 여… 자들… 탈출… 우린… 컥… 안내…."

꽃제비의 입에서 거품이 흘러나오고 눈동자가 조금씩 뒤집혔
다.

기훈은 꽃제비가 내뱉은 단어들을 되새겨봤다. 여자, 탈출, 안
내…? 생각하지 마라, 생각하지 마라. 작은 짐승의 외침은 외면해
야 했다.

하지만…. 생각은 자신의 것이지만 자신의 것이 아니었다. 한번
시작된 생각의 물꼬는 가지를 타고 휘감으며 끊임없이 자라났다.
그리고 마침내 자기 생각이 틀릴 수 있다는 의심의 싹이 피어나
버렸다.

손에 힘을 풀었다. 간신히 정신을 차린 꽃제비가 연신 기침을
해댔다.

"똑바로 말하라!"

한참을 기침하던 꽃제비가 입을 열었다.

"우리는… 공화국을 탈출해 여기 연길을 오가는 사람들 잠깐
맡았다가 선양으로 보내는 일을 하오. 동지들도 그렇게 오지 않
았슴둥!"

"선양? 선양시?"

기훈은 믿을 수 없다는 표정으로 말을 이어갔다.

"그럼 아까 그 차는? 그 차 공안 아니니!"

무슨 말인가 싶어 쳐다보던 꽃제비가 반문했다.

"차? 이동차를 말하는 겁니까?"

바람이 다시금 몰아쳤다. 갈대밭이 흔들리며 바람 소리인지 짐
승 울음인지 모를 소리를 냈다.

슈웅슈웅.

멀리 검은 숲속을 바라봤다. 분명 아직 이쪽을 노려보고 있었다. 가만히 몸을 웅크렸지만, 언제든 튀어나올 준비가 된 포악한 짐승. 노인의 집과 꽃제비를 보고, 검은 숲속을 노려봤다.

생각해라, 생각해라, 김기훈.

"지금부터 내가 하는 말 잘 들으라!"

꽃제비는 연신 고개를 끄덕여댔다.

기훈이 돌아왔을 때 운주는 방 한구석에 망연자실한 표정으로 널브러져 있었다. 그 앞에 급한 대로 옷가지로 지혈을 한 노인이 뉘어져 있었다.

"어이 됐니?"

운주가 힘없이 물었다.

"놓쳤다."

"아이고, 우린 이제 죽었다! 살인죄까지 쓰게 생겼네!"

운주가 얼굴을 감싸 쥐더니 흐느끼기 시작했다.

"죽었니?"

"아니! 근데… 살지 못할 것 같다!"

운주가 눈물을 닦아내며 소리쳤다. 원망이 담긴 외침이었다.

"조용히 하라!"

기훈이 버럭 소리쳤다.

어깨를 움찔하며 운주가 눈물 범벅인 얼굴을 들었다. 그제야 기훈이 자세히 보였다.

달빛을 받은 그의 팔에 상처가 잔뜩 나 있고, 군데군데 피가 굳어 있었다. 노인을 바라보고 있는 그의 눈빛이 섬뜩하게 빛났다. 운주는 묘한 기시감과 공포감을 동시에 느꼈다.

"이제 우리는 중국에서 살 수 없다."

기훈이 선언하듯 말했다.

"남조선으로 가자."

"남조선? 남조선이라니?"

"거기 가면 다른 나라에서 저지른 죄를 묻지 않는다 들었다. 내가는 방법은 찾아봤으니 날이 밝으면 바로 선양으로 출발한다."

"안 될 말이다. 그게 무슨 소린가! 남조선에 가다 붙잡히면 다시는 돌아올 수 없다. 중국에 일하러 갔다가 잡히는 거 하고는 천지 차이인 거, 알지 않니!"

운주가 거의 기훈의 바짓단을 잡을 듯 매달렸다. 착 가라앉은 기훈은 침착해 보였지만 그래서 더 위협적으로 느껴졌다.

"어차피 저 늙은이 죽으면 우리 둘 다 끝난 거이래."

턱짓으로 노인을 가리켰다.

"그럼 의사를…."

운주는 자신의 목소리가 공허하게 느껴졌다.

"우린 부를 수 없다. 알잖니."

기훈이 서글프게 운주를 내려다봤다. 운주는 앞으로 닥칠 더 위험하고 험난한 일들을 상상하며 절망하는 것 외에 할 수 있는 것이 없었다.

기훈이 서슬 퍼런 눈으로 창밖을 보았다. 슈웅슈웅, 바람 소리인지 짐승 소리인지…. 여기까지 따라왔구나. 어둠 속에서 두 개의 눈이 빛났다.

기훈은 자신을 바라보던 눈을 떠올렸다. 자신의 절망을 바라던 눈. 절규를 비웃던 눈. 기훈은 생존을 위해 발버둥 치는 와중에도 목표를 잊지 않으려 생각하고, 또 생각했다.

2
독틈에도 용수가 있다[3]

2009년 10월.

철벅철벅, 어두운 밤의 적막을 깨고 얕은 물살을 헤치는 소리가 들려왔다.

산짐승 소리, 부엉이 울음소리, 강물 소리 그리고 거친 숨소리….

세상에 완벽한 적막이라는 게 존재할까? 은실은 목숨이 걸린 상황이 되자 되려 침착해지면서 다른 생각이 끼어들었다.

고은실, 지금 이 상황에서 적막이 중요해?

항상 그랬던 것 같다. 정말 중요한 결정의 순간이나 목숨이 걸린 상황이 되면 기분이 착 가라앉았다. 지금 이렇게 두만강을 건너겠다고 결심했던 순간에도 그랬다.

은실은 브로커가 건네준 투명 비닐봉지에 다 벗은 옷을 담았

---

3) 아무리 어려운 조건에서도 빠져나갈 수 있는 융통성과 틈이 있다는 뜻. (출처: 사단법인 남북나눔)

다. 그가 하는 대로 공기를 넣어 부풀린 뒤 입구를 끈으로 단단히 묶자 둥그런 튜브가 됐다.

두만강 하류의 얕은 지류에 발을 담그자 얼음장같이 차가운 기운이 순식간에 정수리까지 뻗쳤다. 망설임 없이 몸을 던진 브로커의 마르고 탄탄한 등이 멀어질까 봐 얼른 몸을 담갔다.

짙은 어둠은 잠깐의 망설임도 허락하지 않고, 은실에게서 브로커를 앗아갈 듯 깊은 아가리를 벌렸다. 이 남자마저 사라지면 여기에 혼자 남겨진다. 적막은 지독한 공포를 심연에 간직한 채 벼르고 있다.

은실은 부스럭거리는 비닐 소리, 허우적거리는 자신의 숨소리까지 거슬리기 시작했다. 할 수만 있다면 숨도 안 쉬고 싶었다.

옆에서 함께 헤엄치는 브로커는 정말 아무런 소리도 내지 않고 강을 건넜다. 이 사람이야말로 완벽하게 적막에 가까운 사람이라는 생각이 들었다.

브로커는 불빛 하나 없는 이곳에서 달빛에만 의지한 채, 강 건너편에 대기하던 사람들의 위치를 기가 막히게 찾아냈다. 아마 수없이 여길 오갔겠지.

여러 사람을 건너건너 소개받은 브로커의 첫인상은 믿음직하지 못했다. 깡마른 작은 체구에 볼이 움푹 팬 까무잡잡한 피부의 남자. 그의 커다란 눈은 사방을 살피듯 끊임없이 움직였는데, 왼쪽 눈의 초점이 묘하게 엇나가 있었다.

"각오 단단히 하라. 한번 시작하면, 뒤가 없다."

무뚝뚝하게 선언하듯 내뱉었을 때 그런 브로커의 문장이 은실을 묘하게 안심시켰다.

뒤가 없지. 당신이나 나나.

조용히 물살을 가르며 나아가는 브로커의 등 근육이 달빛을 받아 꿈틀거렸다. 딱 필요한 만큼만 탄탄하게 붙은 근육. 더할 필요도, 덜 필요도 없는. 아무도 믿으면 안 되는 여정에서 은실에게 필요한 건 딱 그 정도의 담백함이었다.

강 건너편 중국 땅에 도달해 은실은 천천히 몸을 일으켰다. 얼음장 같던 강물이 되레 따뜻했다고 느껴질 정도로 차디찬 바람이 스윽, 몸을 훑었다. 온몸에 소름이 돋았다. 비단 추위 때문만은 아니었다. 기다리던 남자들이 자신을 위아래로 훑어보고 있었다.

"날래 옷 입으라우!"

브로커가 나지막하게 윽박지르자, 은실은 그제야 알몸으로 세 명의 남자 앞에 서 있었다는 걸 깨닫고 정신이 확 들었다.

브로커는 이미 옷을 다 입었다. 남자들이 낄낄대며 웃기 시작했다. 꽁꽁 얼어버린 손으로 서둘러 비닐봉지를 풀려 했지만, 매듭이 물을 먹어 잘 풀리지 않았다. 보다 못한 브로커가 품속에서 단검을 꺼내 비닐을 북 찢었다.

서둘러 옷가지를 꺼냈다. 대충 옷으로 물기를 닦고 입을 때, 브로커가 단검을 다시 품속에 집어넣었다.

반짝 빛난 은빛 서슬이 은실의 감각을 깨웠다. 끊임없이 움직이는 그의 왼쪽 눈동자가 자신을 바라보는 건지, 남자들을 바라보는 건지, 아니면 허공의 어딘가를 응시하는 건지 알 수 없었다.

남색 셔츠의 마지막 단추를 간신히 채웠다. 손이 떨려 제대로 채웠는지도 알 수 없었다. 한 남자가 브로커에게 손을 내밀었다. 브로커는 입을 크게 벌리더니 입안 구석에서 조그만 봉지를 꺼내 건넸다.

남자는 봉지 속 하얀 가루를 확인해보더니 다른 동료에게 고개를 끄덕였다.

은실은 그들이 거래하는 동안 멀뚱멀뚱 서 있을 수밖에 없었다. 마침내 염원하던 강을 건너긴 했지만, 어쩐지 앞으로 펼쳐질 일들은 지금까지 거쳐왔던 과정에 비해 훨씬 험난할 것 같다는 예감이 들었다.

그 예감은 자신을 남자들에게 맡기고 말없이 뒤돌아선 브로커를 보며 확신에 가까워졌다. 끊임없이 움직이던 그의 눈동자가 멈추더니, 강 건너를 뚫어져라 응시했다.

티셔츠를 다시 훌렁 벗더니 비닐에 담고 묶었다. 모든 행동에는 조금의 망설임도 없었다. 명확한 목표가 있었고, 단지 그뿐이었다.

브로커는 한마디 말도 없이, 은실에게 눈길도 주지 않은 채 다시 조용히 물속으로 몸을 던졌다.

담백함이라니. 내가 미쳤지.

은실은 자신의 안일함이 원망스러워졌다. 브로커가 말한 '뒤가 없다'라는 것에 '담백함' 같은 말랑말랑한 마음이 끼어들 틈은 없었다.

모든 순간, 목숨을 건다는 각오였다. 선택에 대한 확신이었다.

거대한 어둠의 아가리 속으로 사라지는 브로커를 지켜보며, 주먹을 꼭 쥐었다. 불안에 휩싸이려는 스스로를 붙잡으려 했다. 조금씩 떨리는 몸을 팔로 꼭 끌어안고 싶었지만, 자신을 응시하는 남자들의 시선이 느껴져 꾹 참았다. 절대 약한 모습을 보이면 안 됐다.

은실은 우두커니 브로커가 사라진 어둠을 응시했다.

조국의 마지막 모습을 눈에 담아두려 했지만, 강 건너편으로는 아무것도 보이지 않았다.

은실은 어둠 속에서 눈을 떴다.

깜빡 잠들었나 보다….

눈을 떴는데도 어두워 눈을 뜬 게 맞는지 헷갈렸다. 창 하나 없는 작은 방이었다. 은실은 몸을 일으켜 굳은 감각을 깨우려 손발부터 주물렀다.

강을 건넌 지 벌써 1년이 지났지만, 그날의 느낌은 늘 현실보다 선명하게 재생되곤 했다.

그럼 불을 켜고 자.

무심하게 툭 내뱉던 지은의 목소리가 떠올랐다. 자신은 항상 불을 켜고 잔다고.

먼저 겪었기에 해줄 수 있는 애정 어린 조언이라는 것을 알았다. 하지만 은실은 따르지 않았다. 귀한 전기를 낭비하는 게 내키지 않는다고 둘러댔지만, 사실 그날의 감각을 잊고 싶지 않아서였다.

팔뚝에 서늘한 기운이 훑고 지나갔다. 차가운 두만강의 한기가 낡은 이불 밖으로 삐져나온 발가락 끝에서부터 서서히 차올랐다.

끊임없이 움직이던 브로커의 왼쪽 눈이 멈추더니 은실을 똑바로 쳐다봤다. 남자들의 입꼬리가 삐죽 솟아오르더니 누런 이빨을 드러냈다.

은실은 온몸을 꼭 끌어안았다.

뒤가 없다, 나에겐.

몸을 잔뜩 웅크렸다. 여기서는 아무도 자신의 약한 모습을 볼 수 없을 것이다. 어둠 속 작은 자유를 은실은 괴로운 기억을 떠올리는 데 썼다. 그렇게 해서라도 잊어서는 안 됐다. 자신이 왜 여기 있는지를 끊임없이 상기했다.

나를 기다리고 있는 사람들이 있어.

"은실아, 손님!"

정마담의 호명에 은실은 몸을 일으키며, 천장에 달린 백열등의 스위치 끈을 잡아당겼다.

조악한 조명이 켜지며 희미하게 내부를 밝혔다. 바닥에 깔린 이불과 화장대 하나.

요란한 무늬의 벽지에 싸인 방 안에 있는 것이라고는 그게 다였다. 여러 명이 돌려쓰며 헤진 이불에서는 오래된 꿉꿉한 냄새가 났다.

문밖에서 중국어로 말하는 남자들 목소리가 들렸다. 여길 찾는 대부분의 남자는 조선 여자를 찾는 중국 손님들이다. 대체로 질이 좋지 않았는데, 변태적인 행위를 시키는 자들도 많았다.

문이 열렸다. 남자는 40대 정도 되어 보였다. 술 냄새가 확 풍겨왔다. 밖에서 떠드는 이야기를 들어보니, 이 남자의 친구가 남자를 데리고 온 듯했다.

포동포동 살이 오른 남자는 친구가 큰 목소리로 허세를 떨며 자신을 밀어넣자 못 이기는 척 안으로 발을 들였다.

모든 과정은 익숙했다. 감정은 눌러서 감추고, 정해진 매뉴얼대로 움직인다. 그래야 버틸 수 있다. 잊으면 안 된다. 내가 왜 여기 와 있는지….

은실은 천장에서 흔들리는 백열등을 가만히 바라봤다. 자기 몸 위에서 헐떡대고 있는 남자를 마주 보고 싶지 않았다. 아, 백열등이 흔들리는 게 아니지. 흔들리는 건 내 몸이구나.

스물셋, 스물넷….

속으로 숫자를 세며 흔들리는 백열등을, 아니 흔들리는 건 내 몸인지 남자의 몸인지 백열등인지 모르겠지만, 여하튼 숫자를 셌다.

은실은 마약 브로커를 통하면 팔려갈 수밖에 없다는 사실을 연길시에 도착하고 나서야 알았다. 임시거주증을 발급받기 위해 강제 결혼도 해야 했고, 그렇다고 합법적인 일을 할 수 있는 건 아니었다. 그나마 다행인 건, 정마담의 배려로 가족들에게 돈을 부칠 수 있게 됐다는 것 정도였다.

은실은 괴로웠다. 이곳에서의 일 년은 조국에서의 삶보다 비참했다. 배를 곯지는 않았지만, 몸과 마음은 점점 피폐해졌다.

육십사, 육십오….

바깥이 갑작스레 소란스러워졌다. 희미하게나마 떠나왔던 고국의 말이 들렸다.

"뭐야, 왜 울어, 재수 없게?"

위에서 헐떡이던 남자가 중국어로 말했다.

내가? 울었다고? 은실이 손을 뻗어 눈가를 만져봤다. 따끈한 액체가 만져졌다. 괜찮다고 생각했는데. 일 년이나 지났으니 이젠 익숙하다고 생각했는데. 고작 목소리일 뿐인데. 고작, 고향의 끄트머리 한 조각일 뿐인데.

은실은 손으로 슥슥 눈가를 닦았다. 눈에 뭐가 들어갔다고 얼버무렸다. 그리고 다시 숫자를 셌다.

팔십육, 팔십칠….

숫자가 빨리 끝나길 바랐다.

은실은 강을 건너던 날을 기억했다. 강의 한가운데 멈춰서서, 하늘을 올려다봤던 순간을 떠올렸다. 수없이 많은 별이 반짝였다. 빌어먹게 아름다웠던, 적막한 하늘이 문득 그리워졌다.

한자와 한글이 뒤섞인 연길시 번화가의 새벽은 어스름히 밝혀진 몇 개 간판들만이 아직 도시의 밤이 끝나지 않았다고 버티는 중이었다. 대부분은 피시방이나 만화방, 유흥업소 같은 곳이었는데, 이 시간에 오가는 손님들도, 두세 곳을 함께 관리하는 관리인들도 다 거기서 거기인지라, 좁은 구역을 돌아다니다 보면 아는 얼굴을 마주치기 십상이었다.

딸랑거리는 종소리와 함께 피시방 문을 열자 자욱한 담배 연기가 은실의 시야를 가렸다.

인상을 찌푸리며 계산대를 지나쳤다. 익숙한 얼굴의 종업원이 그녀를 흘긋 보더니 다시 모니터 화면으로 고개를 돌렸다.

구석 자리로 다가가자 지은의 목소리가 들려왔다.

"고마워요, 오빠."

"고매웨요, 오빼."

옆자리 의자에 풀썩 주저앉아 지은의 목소리를 따라했다. 아랫도리가 알싸하게 아려왔다.

은실은 피시방을 좋아하지 않았지만 푹신한 의자는 좋아했다.

"죽일 년. 내가 언제 그랬니."

지은이 은실을 흘겨봤다. 입이 걸어서 그렇지 밉지 않은 친구다.

"밥이나 먹으러 가자."

"일 없다야."

지은이 채팅창을 끄고 담배를 꺼내 물었다. 오늘따라 유독 가슴이 많이 패인 옷을 입고 있었다.

"돈 얼마나 모았니?"

"돈은 다 모였지. 이제 그 남조선의 목사인지 하는 아한테 연락만 오면 되는데…. 아, 니 이거 볼래?"

지은이 생각 났다는 듯 마우스를 딸깍거리더니 메일 창을 열었다.

첨부된 사진 속에는 짧은 머리의 남자아이가 할머니와 함께 유치원 앞에서 어색하게 포즈를 잡고 있었다. 카메라 앞에 서는 게 썩 마음에 드는 표정이 아니었다.

"내 아들 잘생겨졌지? 유치원 갔다더라."

"벌써 유치원잡이가 되었니? 시간 참 빠르다야."

"그럼, 벌써 남조선 간 지도 4년이 지났디."

아무래도 아빠를 닮은 것 같았다. 엄마를 닮지. 지은은 은실이 연길시에서 만난 유일한 친구였다. 은실은 지은을 좋아했다.

"이름이 뭐였더래? 동원?"

"동훈! 멍청한 년아. 좀 외워라 이제."

지은이 낄낄대며 웃자 은실은 깔깔대며 웃었다. 그녀는 연길시에서 살았던 일 년 동안 은실을 웃게 해주는 유일한 사람이었다.

"그런데, 이것 보라."

지은의 얼굴이 어두워졌다.

"애가 그림대회 나가서 상도 받고 여간 똑똑한 게 아니디. 그런데 이 그림…."

메일에는 동훈이가 그린 걸로 보이는 그림도 첨부되어 있었다. 그림을 촬영한 카메라 화질이 좋지 않지만 충분히 알아볼 수는 있었다.

그림 위쪽에는 '가족'이라고 주제가 크게 쓰여 있었고, 크레파스로 채색된 가족 그림이 그려져 있었다. 삐뚤빼뚤한 글씨로 '할머니', '할아버지', '나'라고 차례로 써진 글씨 아래 가족들이 그려져 있었다.

마지막 '엄마'라고 쓰여 있는 글씨 아래 그려진 사람은 얼굴이 없었다.

"엄마 얼굴은 생각이 안 나서 못 그렸대."

지은의 눈시울이 붉어졌다.

아이고, 이 이쁜 얼굴을 기억 못 해서 어쩍한대. 은실은 입 밖으로 내지 않은 말을 삼켰지만, 울컥 눈물이 나는 것까지 삼키지는 못했다.

"아이구, 난리다. 이제 곧 갈 거잖니."

지은의 눈에서 눈물이 한 방울 떨어졌다.

울지마라, 이쁜 것아.

은실이 팔을 활짝 벌렸다. 피식 웃던 지은이 은실의 품에 안겨왔다.

"울다 웃다 그럼 안 된디. 고운 얼굴 망가진다."

미처 다 삼키지 못한 말이 튀어나왔다. 따뜻한 지은의 체온을 느끼며, 어깨를 토닥거렸다.

"니한테는 이제 중국서 같이 살자고도 못 하겠다. 얼른 가버려라 아주."

일부러 속에 없는 말을 뱉어냈다.

은실의 품에 고개를 파묻은 지은은 웃는 건지 우는 건지…. 은실은 들썩거리는 지은의 등을 가만히 쓸어주는 것밖에 해줄 수 있는 게 없었다.

은실은 한 블록 떨어진 건물 1층의 술집을 떠올렸다. 지은을 처음 만났던 날의 맹렬한 추위와 그 추위를 찬찬히 녹여줬던 지은의 미소도 함께 둥실 떠올랐다.

그날, 가게에 굴러다니던 낡은 겨울 점퍼는 원래 검은 게 맞았는지 알아볼 수 없을 정도로 색이 바랬다. 여기저기 송송 뚫린 구멍으로 남은 솜도 빠져나가 연길시에서 맞는 첫 겨울의 매서운 바람을 전혀 막아주지 못했다.

그나마도 허리까지 오는 길이라 짧은 치마를 입고 맨다리를 드러낸 은실은 부들부들 떨리는 몸을 주체하지 못하고 술집의 여닫이문을 조심스레 열었다.

좁은 술집 내부는 입구 쪽 테이블 두 개가 간신히 지나갈 수 있는 거리를 둔 채 입구 양옆에 있었고, 단차로 인해 생긴 계단을 하나 내려가면 조금 더 넓은 공간이 나왔다. 거기 네 개의 테이블까지 손님이 꽉 차 있었다. 모두 남자들이었다.

자정이 넘어가는 시각에 술을 마시는 사람이 이렇게나 많다는 게 은실은 믿기지 않았다. 단차 덕에 마치 홀로 무대에 선 구경거리가 된 것 같아 불현듯 수치스러움이 몰려들었다. 허벅지 절반을 훤히 드러낸 짧은 치마 때문만은 아니었다. 헝클어진 머리카락, 감춰지지 않는 입가의 상처와 부어오른 뺨, 무릎과 종아리의 상처가 더 부끄러웠다. 자신이 얼마나 허약한지 드러내는 것 같아 필사적으로 고개를 숙여 얼굴의 상처만이라도 가리려 했다.

문 옆에 앉았던 남자 둘이 마침 일어나더니 사장에게 계산했다. 그러면서 문 앞에 우두커니 서 있던 은실을 위아래로 훑었다. 이쑤시개를 입에 문 남자의 끈적한 눈길이 한동안 머물렀다. 은실은 그들이 나갈 때까지 꼼짝할 수 없었다. 이쑤시개가 콕콕 온몸을 찌르는 것 같았다.

하얀 김이 자욱하게 가게를 메웠다. 온기로 인해 얼은 몸이 조금씩 녹았다. 남자들이 나가자 은실은 조심스레 빈자리에 앉았다.

삭발한 퉁퉁한 사장이 다가와 테이블을 퉁명스레 치우기 시작했다. 잔뜩 살이 오른 양볼이 출렁거렸다. 애벌레같이 살찐 손가락이 바쁘게 테이블을 오가는 걸 쳐다보다, 무릎 위에 가지런히 올려진 자기 손가락을 내려봤다.

앙상하게 말랐다. 말랐을 뿐만 아니라 푸석하게 손톱 끝이 갈라졌다. 밭을 갈던 때의 손도 이렇지는 않았다. 거칠었지만 단단했고, 생기가 있었다. 지금의 손은, 죽어가는 손이었다.

차라리 죽을까.

은실은 얼어서 움직이지 않던 손가락을 조금씩 움직여봤다. 뼈마디 사이사이가 삐걱거리는 듯했다.

"要啥？ (뭐 줘?)"

사장이 물었다. 무언가 질문을 한 것 같기는 한데, 은실은 아직 중국어를 잘 몰랐다.

"干啥的, 要啥？ (뭐 하러 온 거야? 뭐 줘?)"

"이, 이핑… 싸오주….'"

사장이 재차 묻자 은실이 기어들어 가는 목소리로 대답했다.

"啥 ? 说啥呢 , 你这臭娘们。(뭐라고? 뭐라는 거야, 이년.)"

뒤 문장은 조롱인 듯했다. 주위 남자 손님들이 피식거리는 소리가 들렸다. 멀리서 타이르는 듯한 목소리도 들렸다. 거기에도 무시하는 투가 느껴졌다.

은실은 끝이 갈라진 손톱으로 반대편 손등을 벅벅 긁었다. 푸석해진 손등은 금세 하얗게 상처가 생기더니 붉은 피가 올라왔다.

피를 보자 눈시울이 뜨거워졌다. 하지만 울고 싶지 않았다. 차라리 죽고 말지, 약한 모습은 보이고 싶지 않았다.

"이… 이핑… 싸오주, 이판… 러우…."

은실이 더듬더듬 기억나는 단어들을 읊조렸다. 그녀의 몸을 탐했던 남자들의 입에서 흘러나온 단어들이었다. 고기와 소주가 위장에서 섞인 지독한 냄새와 함께 나온 단어. 그것을 자신이 주워 담아 내뱉게 될 줄은 꿈에도 생각 못 했다. 하지만 지금 이 순간은, 술과 고기가 필요했다.

죽기 전에 한 번이라도. 마음껏.

은실이 주먹을 꼭 쥐었다. 죽음을 생각하자 다시 눈알이 뜨거워졌다. 안 된다. 절대, 울면 안 된다.

"귓구멍 처막혔소? 소주 하나에 고기 한 접시 달라고 안 합니까!"

술집 여닫이문이 쾅 소리를 내며 열리더니 칼칼한 여자 목소리가 들려왔다.

뜻밖의 조선말에 고개를 훅 들었다. 은실과 비슷하게 점퍼에 짧은 치마를 입은 여자. 단발머리에 옅은 화장만 했는데도 빛나는 여자. 그녀가 자신과 달리 건강해 보이는 늘씬한 다리로 익숙한 듯 문을 쾅 닫더니, 성큼성큼 걸어 은실의 자리로 다가왔다.

은실이 당황스런 눈길로 올려다봤다. 조금 흐릿해진 시야로, 털썩 맞은편에 주저앉는 여자를 멍하니 바라만 봤다.

"두 명."

여자가 말했다.

"아, 기래. 늘 먹던 걸로?"

사장이 억센 연변 사투리 억양을 노골적으로 드러내며 조선말로 물었다. 눈이 초승달 모양으로 변하며 한껏 웃음까지 지었다. 경황이 없던 은실은 배신감을 느낄 틈도 없었다.

"네, 사장님."

여자가 눈웃음을 인사처럼 보내며 해맑게 대답했다.

사장이 후다닥 주방으로 뛰어가자 여자가 그제야 은실을 돌아봤다.

"여긴, 다 조선말 한다. 동포들이니까. 짓궂어도 이해해라."

여자의 손이 자연스럽게 다가왔다. 움찔 물러서려던 은실은 여자와 눈이 마주치자 뒷걸음질을 멈췄다. 크고 동글동글한 눈망울. 유독 커다란 검은자위를 마주 보니, 속내가 다르다거나 거짓말을 할 사람처럼 보이지 않았다. 여자의 기다란 손가락이 은실의 상처를 조심스레 만졌다.

"너도… 내하고 같구나."

"네?"

여자가 희미하게 미소 지었다.

"내 서지은이라 한다. 평양서 왔어."

지은이 내민 손을 은실도 가만히 마주 잡았다. 차가운 겨울밤의 기운이 느껴졌다. 부드럽지만 단단한, 살아있는 손이었다.

"고은실입니다. 무산에서 왔슴다."

사장이 금세 고기와 소주를 가져와 테이블에 내려놓았다.

지은이 고맙다는 듯 눈웃음을 지어 보이더니, 사장이 떠나자 순식간에 표정이 무뚝뚝하게 돌아왔다. 은실은 그 모습이 재밌었다.

"웃으니까 예쁘네."

지은의 말에 자신도 모르게 웃었나 싶어, 입을 합 다물었다.

은실은 예쁘다는 말을 태어나서 처음 들었다. 한 번도 자신을 예쁘다고 생각해본 적이 없기도 했지만, 조선 사람들은 칭찬을 좀체 하지 않기도 했다. 특히 자신이 살았던 함경북도 지방은 더했으니, 오죽했을까.

은실이 고개를 푹 숙였다.

울지 않으려 했는데….

손등의 상처 위로 떨어진 눈물이 조금은 쓰라렸다. 피가 눈물에 번져 조금씩 흐려졌다.

은실은 그렇게 지은을 좋아하게 되었다. 지은의 집도 좋아했다. 판자를 덧댄 천장에 군데군데 벗겨진 벽지 그리고 그 아래서 아무리 닦아도 시도 때도 없이 올라오는 곰팡이들. 방 하나에 1인용 침대와 화장대 하나만 덜렁 있는 좁은 공간.

은실이 원했던 적막이 이곳에는 늘 존재했다. 바닥에 엎드린 채 보그 잡지를 뒤적이며 과자를 먹는 지금, 이런 순간을 사랑했다.

조용히 잡지를 넘기는 소리, 두 사람이 과자를 깨 먹는 소리, 핸드폰으로 두더지 게임을 하는 소리 외에는 아무 소리도 없었다. 엄밀히 따지면 적막은 아니다. 은실은 아마 자신이 원했던 건 '사람의 말이 없는 침묵'이지 않았을까, 그런 생각마저 들었다.

"야!"

은실은 두더지 잡는 게임에 정신이 팔려 대답 없는 지은을 재차 불렀다.

"야, 서지은."

"아, 왜? 바쁘다."

"근데 왜 남조선이니?"

은실은 예전부터 궁금했던 걸 물었다.

"동훈이가 거기 있는데 무슨 말이래."

지은이 건성으로 대답했다.

"아니, 처음부터. 중국에서 같이 살 수도 있었잖니. 왜 하필 남조선이냐는 거지."

그제야 지은이 핸드폰을 탁, 소리 나게 닫았다.

침대에 누워 있던 몸을 빙글 돌리더니 은실을 빤히 처다봤다. 은실도 잡지를 소리 나게 탁 접고 한쪽 팔로 머리를 기댄 채 지은을 마주 봤다.

"오늘 왜 그런데?"

"기냥."

"내 간다고 생각하니 섭섭하니?"

지은이 묘한 미소를 띠며 물었다. 미친년, 곱긴 곱다. 뒷말은 생략했다.

지은이 별안간 몸을 일으키더니 침대 매트리스를 슬쩍 들었다. 안쪽으로 손을 쭉 뻗더니 두 뼘 길이의 네모난 빨간 체크무늬 상자를 꺼냈다. 남조선에서 온 거라며 자랑하던 모습이 떠올랐다.

지은이 상자 속을 뒤적거렸다. 동훈의 사진들과 달리 뭉치가 보였다. 아래쪽에서 엽서를 하나 꺼내더니 불쑥 내밀었다. 제주도가 배경인 엽서였다.

은실은 잡지에서 제주도 사진을 본 적이 있었다. 남한 여행의 관광명소를 소개하는 중국 잡지였다.

"니는 꿈이 뭐이니?"

"글쎄, 꿈이랄 게 있니. 그냥 돈 많이 벌어서 조국의 가족들 안 굶고 잘사는 거지."

지은이 침대에서 양반다리로 고쳐 앉았다. 짧은 팬츠 사이로 지은의 속살과 속옷이 얼핏 보였다. 조심 좀 하라니까 참.

"남조선에는 자유가 있다."

"여기도 있잖니."

은실이 보그 잡지를 흔들며 말했다.

"아니 그런 자유 말고. 진짜 자유. 거기선 이동도 자유롭다고 하더라. 당에 신고하지도 않고, 거주증, 이 거지 같은 임시거주증도 필요 없고. 그냥 가고 싶으면 간다."

지은이 손을 내밀자 은실이 엽서를 돌려줬다.

"제주라고 하는 곳이다. 내 동훈이랑 여기 살 거다. 바다가 보이는 집에 살면서 언제든 비행기 타고 훌쩍 떠나고. 그렇게 살 거다. 공항도 가깝다더라."

지은이 턱으로 한쪽에 쌓여 있는 잡지들을 가리켰다.

그녀에게는 다양한 종류의 잡지들이 있었다. 패션이나 가십거리들을 다루는 것도 있고, 시사나 여행 잡지도 있었다. 1년 만에 많이 늘어난 은실의 중국어 실력은 이 잡지들 덕도 컸다.

"둘이서 이케 누워서 잡지 보다가, 여기 가자 하면 여기 가고, 저기 가자 하면 저기 가고. 동훈이는 나처럼 꼼짝도 못 하고 살게 하지 않을 거다. 하고 싶은 거 맘껏 하게 할 거다. 그게… 내 꿈이다."

지은이 쑥스러운 듯 엽서를 다시 상자에 넣고 매트리스 아래 감췄다.

"기냥 놀겠다는 거 아니래."

"이 썩을 년!"

은실의 농담에 지은이 달려들어 간지럽혔다. 낄낄, 깔깔. 두 사람의 웃음소리가 좁은 방 안을 가만히 채워갔다. 은실은 역시 이곳이 좋았다.

연길시에서는 밝게 밝혀진 시내를 벗어나면 순식간에 어두워졌다.

인적도 드물어지고, 산으로 둘러싸인 북쪽에서는 밤마다 음습한 기운이 스멀스멀 밀려 내려왔다. 부엉이인지 까마귀인지 모를 새 소리가 불길한 기운을 더했다.

은실은 포장되지 않은 자갈길을 걷는 발소리가 유독 크게 울려 퍼진다고 생각했다. 이 발소리로 자신의 도착을 알게 될 누군가를 떠올리자, 발걸음은 더 느려졌다.

은실은 단층집 앞에 서서 한숨을 쉬었다.

임시거주증의 주소였지만, 한 번도 여길 집이라 생각해본 적은 없었다. 문 앞에 서서 조용히 한숨을 삼켰다. 이미 자신의 도착은 알았을 터, 시간을 오래 끌어봤자 좋을 게 없었다.

은실은 마을을 다잡고, 낡은 나무문을 열었다.

쨍그랑!

문을 열자마자 날아와 깨진 그릇을 익숙하게 내려다봤다. 또 시작이다.

"우라질 년! 또 어디서 몸 굴리다 왔니!"

방 한쪽에는 소주병이 굴러다녔다.

술 냄새와 정체를 알 수 없는 불쾌한 체취가 방안에 진동하고 있었다. 깡마른 체구의 신씨가 민소매 티에 속옷만 입은 채 다른 집어 던질 걸 눈으로 찾았다.

"돈 벌다 왔지."

은실이 참았던 한숨을 내쉬며 대답했다.

"몸 팔아서 번 돈도 돈이냐! 네년은 내가 지금 당장 신고하면 꼼짝없이 잡혀가야 돼! 여기 있을 수 있는 것도 다 내 덕이라고! 아니!"

알지. 알다마다. 그러니까 이렇게 죽이고 싶은 마음을 참고 있는 거 아니겠니.

"거기 당신이 마시고 나뒹굴고 있는 술병들은 다 내 덕이지."

"입 다물라!"

무언가 휙 날아와 얼굴 바로 옆에 둔탁한 소리를 내더니 바닥에 떨어졌다. 재떨이였다. 이건 맞았으면 정말 큰일 났겠다 싶어 등골이 서늘해졌다.

은실은 아무렇지 않은 척 다시 밖으로 나갔다.

문을 닫자 등 뒤로 분을 참지 못한 신씨의 고함이 계속 들려왔다.

아, 아까가 좋았는데. 은실은 조금 전의 평화가 벌써 그리워졌다. 집 뒤로 돌아가 벽과 처마 사이 숨겨놓은 담뱃갑을 꺼냈다.

한 개비 꺼내 물고, 불을 붙인 뒤 길게 연기를 들이마셨다. 보름달이었다.

은실은 처연히 하늘을 바라보며 천천히 한숨 같은 연기를 내뿜었다.

일 년 전의 함경북도 무산, 그날도 이렇게 구름 하나 없이 보름달이 환하게 뜬 날이었다. 은실은 보름달이 싫었다. 그 둥그렇고 천진한 얼굴을 가릴 구름 하나 없는 날은 더더욱 싫었다. 자신을 훤히 내려다보며 미동 하나 없는 무심함이 잔인하게 느껴졌다.

환한 달빛을 피해 숨을 곳 하나 없던, 비참했던 날이 떠올랐다. 멍하니 달을 바라보다 툭 내뱉은 자신의 결심을 되새겼다.

그날, 내 표정이 어땠더라.

그날, 광철을 받아주지 않았더라면, 지금 이런 삶을 살지는 않았을까.

이 차갑고 낯선 땅에 쭈그리고 앉아 꺼져가는 담배 연기를 처연하게 바라보고만 있진 않았을까.

은실은 다시 한번 담배를 깊이 빨아들이며, 기억의 불씨를 되살려봤다.

***

함경북도 무산군에서도 철도역과는 한참 떨어진 외진 골짜기.

전기가 거의 닿지 않는 그곳은 밤이 되면 순식간에 어둠이 잠식했다.

멀리 철도역이나 군청 소재지 부근에서 켜진 전깃불이 희미하게 보였지만, 방향을 가늠할 지표로 활용될 뿐, 지금 손전등 불빛에 의지한 채 산길을 헤매고 있는 남자에게 크게 도움이 되지는 않았다.

내륙 지대에 있는 무산의 매서운 겨울은 일찍부터 찾아왔다. 얼마 전 첫서리가 내렸던 흙길은 밤사이 얼어붙어 바삭거렸다. 멀리서 떠돌이 개가 짖는 소리가 들렸고, 산허리를 타고 흐르는 바람 소리가 희미한 기차 소리에 섞여 들려왔다.

남자는 달빛과 흔들리는 손전등이 비춰주는 희미한 기억의 조각에 의지한 채 나아가다가, 벌목된 나무 둥치를 발견하자 조금 마음이 놓였다. 사람이 사는 곳에 가까워졌다는 증거였다. 하지만 벌목으로 붉은 피부를 여과 없이 드러낸 민둥산은 몸을 숨기기에는 적합하지 않았다.

남자는 길게 자란 옥수수밭에 몸을 숨겼다. 추격자를 경계하며 끊임없이 주위를 살피던 그는 옥수수밭 너머 오래된 집 앞에 멈춰 섰다.

조심스레 문을 두드렸지만 반응이 없자 휘파람을 불어 새 소리를 냈다. 두 사람만의 신호였다.

신호의 수신자가 잠시 후 문을 열었다. 잠옷 위에 외투를 걸친 은실이 서 있었다.

"아니, 이 시간에 여긴 어쩐 일이십니까?"

문 앞의 사내는, 낡은 회색 양복 상의에 셔츠, 무릎이 해진 바지를 입은 채 희미하게 떨고 있었다. 목도리가 걸려 있었지만, 허술한 모직 재질은 바람이 불 때마다 펄럭이며 속살에 스며드는 냉기를 막아주지 못했다.

그가 신고 온 가죽구두는 밑창이 얇고 가죽도 벗겨져 있어 축축한 돌길을 걷기에 힘겨워 보였다. 무산 사람이라면 벌써 솜 신이나 두툼한 군화를 꺼내 신었을 것이다.

이 계절을 잘못 짚은 평양 사내 같은 남자는 은실의 오랜 연인인 광철이었다.

"내 잠깐만 들어가겠다."

광철이 다짜고짜 문 안쪽으로 몸을 들이밀자 은실이 막아섰다.

"왜 이러십니까, 안쪽에 가족들 다 있는데."

가끔 불쑥 찾아올 때가 있었지만, 이런 늦은 시각은 처음이었다.

"보위부에 쫓기고 있다. 잠깐이면 된다."

보위부라는 말에 깜짝 놀라 은실이 저도 모르게 한 발짝 물러섰다. 이 순간의 선택이 어떤 결과를 불러올지 전혀 예상하지 못한 채.

안으로 들어선 광철이 문밖을 경계하며 조용히 문을 닫았다.

은실은 서둘러 집 안의 모든 창을 잠그고 커튼을 쳤다. 보위부라는 말은 본능적으로 몸을 기민하게 움직이게 했다.

은실이 컵에 물부터 받아와 광철에게 건넸다. 벌컥벌컥 물을 넘기는 동안 은실은 달빛에 비친 그의 얼굴을 바라봤다. 몸 여기저기 난 상처가 구릿빛 피부 위에 선명히 새겨져 있었다.

"아니, 얼굴이 어예 이래…."

은실이 상처에 손을 대려 하자 광철이 움찔 피했다. 조금 전 냉랭하게 대했던 것이 미안해졌다.

"기다려보시라오."

은실이 상처를 치료할 것을 찾아 주방 쪽으로 향했다. 급하게 쫓겨온 행색, 한밤의 방문, 불안하게 주변을 살피는 눈빛…. 그동안 마음 한쪽에 감춰왔던 불안감이 현실로 다가온 것 같아 찬장을 여는 손이 조금씩 떨렸다.

구급약 상자를 꺼내며 크게 숨을 들이쉬었다. 불안은 전염된다. 광철에게 돌아가는 몇 발짝 동안 은실은 자신의 긴장을 속으로 삼키려 애썼다.

"미안하다."

은실이 급한 대로 상처를 치료해주는 동안 광철은 느닷없이 사과부터 했다.

"일 없습니다."

잠시 뜸 들이던 은실이 말을 이어갔다.

"그 일… 안 하면 안 됩니까?"

광철은 '미제'나 '남조선제' 서적과 비디오 따위를 몰래 유통하는 일을 하고 있었다. 발각되면 바로 교화소나 탄광으로 보내지거나, 죄질이 나쁘면 즉결 사형에 처해질 일이었다. 하지만 그만큼 보상은 어마어마했다.

당의 단속이 심했지만 음지에서 봇물 터지듯 나오는 물건들을 모두 제재할 수는 없었다. 특히 고위 간부의 자제들 사이에서는 하나의 유행처럼 퍼져 있었다. 알게 모르게 무리 지어서 공유하고 즐긴다는 이야기도 들려왔다.

갑자기 광철이 웃음을 터뜨렸다. 은실은 이 상황이 이해되지 않았다.

"재밌지 않니? 이렇게 모순이 있다는 게."

"뭐가 말입니까?"

"미제나 남조선제를 당에선 무조건 금지하지만 사실은 자기네 아들들이 제일 미친 듯이 사 간다는 게. 그치들은 알갔니?"

아예 대놓고 킬킬대는 광철을 은실은 걱정스레 바라봤다. 어딘가 쓸쓸해 보이는 웃음이었다.

"그래서 그걸 놀리려고 이렇게 위험을 감수한답니까?"

"내 그렇게 반동분자는 아니야. 그냥 돈이 많이 될 뿐이지."

웃음기를 머금은 표정으로 광철이 말했다.

"그런데 이제 꼬리가 잡혀서….'

이제야 꼬리를 잡았다고 비웃는 걸까, 아니면 다시 일을 할 수 없어 아쉬워하는 걸까. 은실은 헷갈렸다.

"어떻게 하실랍니까?"

"모르겠다. 이제 밖으로 나다니지도 못할 것 같은데."

은실이 20대가 다 가도록 아직 혼인하지 못한 건 가난과 생계 때문이기도 했지만, 사실 광철이 하고 있는 일 때문이기도 했다. 항상 위험하거나 불법적인 일들만 하는 광철의 불안정한 기반이 공화국에서는 혼기를 훌쩍 넘긴 나이임에도 혼인을 못 하게 하는 가장 큰 장애물이었다.

"당분간 여기서 지내지."

방에서 나오며 은실의 어머니 계성희가 말했다. 막 잠에서 깬 얼굴임에도 중요한 말을 하기 전 늘 그랬듯 눈빛만은 또렷했다.

계성희는 평소 걸치지 않던 외투의 마지막 단추를 여미고 있었다. 오래된 외투였지만 관리가 잘된 걸 한눈에 알 수 있었다.

언젠가 은실은 성희가 자신의 아버지이자 은실의 외할아버지인 계영훈에 대해 말한 기억을 떠올렸다. 한때 대외경제부문에서 일하던 일군으로 공화국의 무역을 담당했던, 무뚝뚝했던 평양 사내. 그가 계성희의 20살 생일에 맞춰 러시아에서 가져온 고급 털 코트였다.

"어머니!"

은실이 성희를 말렸다. 다 큰 남녀가 어찌…. 하지만 성희의 제

안에 슬며시 마음 한구석이 설레는 것은 어쩔 수 없었다.

"너도 나이가 차지 않았니. 언제까지 그렇게 늙어갈 순 없다."

"그래도 이렇게 갑자기…."

"은실 아바이가 죽고 나서 집안에 남자가 없으니 힘든 게 이만 저만이 아니다."

성희가 광철과 은실을 번갈아 봤다.

"은실이하고도 우리하고도 연인된 지 몇 년째고. 당분간 여기 서 몸을 숨기면서 밭일도 배우고 하는 게 어떤가."

두 사람의 시선이 광철에게 쏠리며 결정을 기다렸다.

그때 조그만 손이 광철의 소매를 조용히 잡아끌었다. 은실의 늦둥이 동생 은숙이 잠에서 막 깬 듯 눈을 비비고 있었다.

은숙도 광철과는 오래 보아왔다. 사람을 좋아하고 잘 따르는 아이, 집안의 보물 같은 아이다. 이제 여덟 살이 되었지만 나이보 다 훨씬 어른스러웠다. 일찍 철이 든 모습이 가끔 은실의 마음을 짠하게 할 때도 있었다.

어쩌면 은숙이 은실의 마음을 읽고 한 행동이 아니었을까. 시 간이 지난 뒤 은실은 이때를 회상하면 동생에게 더 미안한 마음 이 들었다.

"어휴, 저 핏덩이를 두고 가버렸으니. 누구 탓을 하겠는가, 내 탓이지."

성희도 은실과 비슷한 마음인 듯했다. 은숙의 머리를 쓰다듬던 광철이 벌떡 몸을 일으켰다.

"내 그럼 신세 좀 지겠습니다. 방해는 절대 하지 않겠소."

"방해는 무슨. 힘 좀 써야 할 겁니다."

성희가 단단한 어투로 말하자, 광철이 고개를 끄덕였다.

얇은 입술을 앙다문 모습이 귀여우면서도 우스꽝스러워 은실은 피식 웃어버렸다.

광철도 그제야 쑥스러운 웃음기를 감추지 못했다.

그날 이후로 옥수수 농사를 짓는 은실의 집안에 새로운 일손이 생겼다. 물론 아직 서툴러서 성희에게 항상 타박을 받았지만.

"그라구 파가지고 어디 씨 심을 데가 남아 있갔나? 힘 좀 쓰라우!"

"평생 몹쓸 물건만 소중히 허지, 우리 살릴 양식은 아니라구 바닥에 흘려 먹갔소?"

"씨를 그라 뿌리면 옥수수가 저절로 크갔소? 모르면 저 어린 은숙이 하는 거 보고 따라하라우!"

광철이 성희의 타박을 들으면서도 꿋꿋하게 어설픈 쟁기질을 이어갔다. 두 사람 모두 두건과 모자로 내리쬐는 볕을 가린 채 밭을 갈았다.

트랙터의 유지 비용을 감당할 수 없었던 성희네는 옥수수밭을 경작하는 모든 과정을 사람이 직접 했다. 중앙당에서 먼 이곳 함경북도까지의 트랙터 보급은 특별대우나 다름없었기에 꿈도 꾸지 않았다.

어린 은숙까지 거들며 온 가족이 지어온 농사다. 밭이 넓은 편도 아니어서 지금까지 큰 문제는 없었다. 그러나 아버지가 돌아가신 뒤에는 기존 이모작을 포기하고 봄 파종만을 할 수밖에 없었다. 최근 배급으로 나오던 비료가 삭감된 이유도 있었다. 그러자 할당량을 채우지 못해 쌀 배급에도 차질이 생겼다. 그렇기에 광철의 합류 결정은 성희로서는 생계를 위한 선택이기도 했다.

광철이 어설픈 자세로 다시 쟁기질을 시작했다. 그 뒤를 은숙이 졸졸 따라다니며 조그만 손으로 씨앗을 뿌렸다.

부엌에서 식사를 준비하며 세 사람의 모습을 바라보는 은실의 입가에 조그맣게 미소가 걸렸다.

"드시고 하시오."

은실이 세 사람이 앉은 평상으로 다가오며 상을 내려놓았다. 간단한 찬과 물밥이었지만, 광철은 허겁지겁 먹어 치웠다.

성희가 슬쩍 자신의 몫을 덜어내 광철한테로 밀었다.

"허릿심이 그라 가지고야 사내 체면이 우짤껴."

성희가 뒤돌아 앉으며 밉지 않게 나무라자 은숙이 먹던 밥을 뱉으며 웃었다.

"니는 뭘 안다고 웃나?"

어이가 없는지 성희가 묻고, 그 말에 광철의 웃음이 터졌다. 성희도, 은실도 웃음보가 터졌다. 입가를 닦던 은숙만 무슨 말인가 싶어 갸우뚱했다가, 모두가 웃으니 그냥 따라 웃어버렸다.

행복한 나날이었다. 올해의 봄은 예년보다 따뜻했다.

은실이 광철에게 품고 있는 몇 가지 불만 중 하나는 담배와 술이었다. 그중에서도 담배를 자주 피우는 게 은실은 마음에 들지 않았다.

아무리 장마당에서 가장 싼 담배를 산다 해도 최근 급등한 담배 가격 탓에 한 갑에 삼사십 원은 했다. 불안정했지만서도 불법적인 일을 할 당시의 광철의 수입이라면 문제없었겠지만, 지금은 꽤 부담되는 금액이었다.

해가 지고 난 저녁, 마당에 앉아 담배를 피우며 땀을 식히는 그에게 은실이 가만히 다가갔다. 잠시 쭈뼛거리다가 결심이 섰는지 천천히 입을 열었다. 공격적이지 않게 보이려 조심스레 말했다.

"고거… 담배 좀 안 태우면 안 됩니까?"

"벌써 안까이 다 됐구만 기래."

입술을 샐쭉 내밀고 옆에 앉은 은실이 그의 옆모습을 흘겨봤다. 몇 달 되지 않았는데 그새 피부가 많이 그을렸다. 본래도 까무잡잡하고 마른 편이었지만.

민소매 티셔츠에 수건을 두르고 앉은 걸 보고 있자니 제법 농부의 태가 났다. 잔근육도 좀 붙은 것 같고. 은실은 저도 모르게 광철에게서 아버지의 모습을 찾으려는 마음을 경계했다.

"좀 할 만합니까?"

광철이 길게 연기를 하늘로 내뿜었다. 저게 맛있나?

"고맙다."

뜻밖의 말에 은실의 눈이 동그래졌다. 고맙다는 말이 있다는 건 알고 있었지만 누군가의 입에서 나온 건, 더군다나 자신이 들은 건 처음이었다.

광철은 오래 봐온 사이인 만큼 은실을 특별히 예쁘다고 생각한 적은 없었다. 하지만 오늘 환한 달빛이 비춰주는 그녀의 동그란 눈을 보니 괜스레 설레는 기분이 들었다. 눈을 마주 보면, 자기도 모르게 마음속 말을 자꾸 꺼내게 된다. 평소라면 절대 하지 않을 말도.

은실에게는 그런 묘한 힘이 있었다.

"뭐가 말입네까?"

"그냥 다."

광철이 뜸 들이다 말을 이어갔다.

"내래 살면서 한 번도 정직허게 일해본 적 없다. 미제품 갖고 팔아먹은 것도 그렇고. 먹고 살라구 했다지만 나쁜 짓 많이 했디."

은실은 가만히 광철의 말을 듣고 있었다. 그의 진심이 전해져 왔다.

"정직하게 일하는 게 이래 좋은 건 줄 몰랐디. 심은 대로 거두는 거. 힘쓴 만큼 옥수수 캐내고… 음, 보람이라고 할까."

"처음 보는 모습입니다."

은실이 피식 웃었다.

"그래서… 고맙다."

두 사람이 조금씩 가까워졌다. 담배 냄새가 싫게 느껴지지 않았다. 그의 거친 입술, 까끌까끌하게 수염 난 피부가 닿을 때도 불쾌하지 않았다. 따뜻했으니까. 온기가 있었으니까.

은실은 이만하면 됐다고 생각했다. 이 정도 행복한 정도면 충분하다고, 그러니 여기서 더 이상 아무것도 가져가지 말라고, 누구에게인지 모를 존재에게 빌었다.

코앞에 위험이 닥쳐오고 있었다는 것을 알았다면, 그 불행이 똬리를 튼 채 턱 밑에서 자라고 있었다는 것을 알았다면, 그랬다면 절대 그렇게 빌지 않았을 것이다.

차라리 행복하지 말걸. 조금만 덜 행복할걸.

따스했던 봄과 여름은 순식간에 지나가고, 건조한 가을이 불행의 불꽃을 머금고 성큼 다가왔다.

"썩을 년아, 뭐 하는가!"

바구니에 물을 담아 필사적으로 퍼나르던 성희가 은실에게 고래고래 소리쳤다.

은실은 망연자실 서서 눈앞의 광경을 쳐다보고만 있었다.

한 발짝도 뗄 수가 없었다. 사람들이 소란스럽게 뛰어다니는 소리, 고함, 울음소리들이 뒤섞여 들려오다 어느새 아무 소리도 들리지 않았다.

눈앞에 소중한 집과 옥수수밭이 불타고 있었다. 우리의 행복이, 마지막 보금자리가, 그렇게 불길 속으로 사그라져 가고 있었다. 바람은 잔인하게 불꽃을 여기저기로 날렸고 걷잡을 수 없이 커져 갔다.

하늘에 닿을 만큼 커진 불꽃을 따라 하늘을 올려다봤다. 잔인할 만치 무심하고 둥근 달이 보였다. 그 달이 말하고 있었다.

그러게 왜 욕심 부려서.

그러게 왜 행복하려 해서.

아, 조금만 행복할걸. 욕심부리지 말걸. 바쁘게 물을 퍼 나르고 있는 성희와 광철의 모습, 뒤늦게 뛰어오는 이웃들, 자기 손을 꼭 잡고 서 있는 은숙이. 불쌍한 내 동생 은숙이. 바들바들 떨고 있는 동생을 보자 마음이 미어질 것 같았다.

모든 광경이 조금씩 멀어졌다. 검게 바스러져 가는 집과 함께 은실의 꿈이 사그라지고 있었다.

새벽이 밝아오지 않길 바랐다. 꿈이길 바라는 건 사치였다. 달빛이 물러가면 더 밝은 태양 빛이 처참하게 무너진 희망을 적나라하게 비출 것이다.

최대한 그 순간을 미룰 수만 있다면….

집은 흔적도 없이 사라졌다. 건조한 한반도 북쪽의 찬바람은 가족과 이웃들의 조악한 진화 노력을 잔인하게 비웃었다.

불길은 옥수수밭도 예외 없이 휩쓸었다. 온 가족이 오랫동안 일궈 온 터전이 흔적도 없이 타올라 새까만 자국만 남았다. 결국 푸르스름한 새벽이 밝아왔다.

지친 성희와 광철이 바닥에 퍼질러 앉아 화마가 지나간 곳을 멍하니 바라보고 있었다. 모두 얼굴과 손이 새까만 재로 덮여 있었다. 누구도 입을 뗄 수 없었다. 은숙은 울다 지쳐 은실의 무릎을 베고 잠들었다. 은실은 은숙에게 자신의 외투를 벗어 덮어줬다.

모든 것이 너무 적나라했다. 실패도, 엉망이 되어버린 얼굴들도, 다시는 희망을 되찾을 수 없을 것 같은 그들의 미래도.

눈 부신 태양이 새벽을 물리며 기어코 떠올랐다.

해가 비추자 조금은 추위가 가시는 듯했다. 가만히 태양을 바라봤다. 은실은 한마디 말이 떠올랐다. 너무 자연스럽고 당연하다는 듯 떠올라서 어쩐지 자신이 아니라 다른 존재가 제 입을 빌려 대신 말하는 것처럼 느껴졌다.

"중국으로 가겠습니다."

성희, 광철이 순차적으로 고개를 은실에게로 돌렸다. 아직 불행의 여파가 다 소화되기도 전이었다.

"중국 가면 돈 많이 벌 수 있다 했습니다. 우리 식구 먹고 살려면 이 방법밖에 없습니다."

광철이 벌떡 일어나다 다리가 풀려 주저앉을 뻔했다. 무언가 말하려고 했지만, 차마 뱉지 못했다. 은실은 그가 삼킨 말이 무엇인지 짐작이 갔다.

"내 같이 가겠다."

은실이 절레절레 고개를 저었다.

"어떻게 국경까지 가겠다고 하는 겁니까. 동지는 거기 가기 전에 붙잡힐 겁니다."

불가능하다는 걸 알면서도 내뱉은 말이라는 걸 은실도 모르지 않았다.

"그리고… 여기서 어머니와 은숙이를 부탁합니다."

은실의 말이 죄다 옳다는 걸 광철도 알았다. 그 선택밖에 없다는 것도. 그러나 도무지 받아들일 수 없는 것도 사실이었다.

분함을 이기지 못하고 애꿎은 땅을 차고 소리를 질렀다. 아무리 그런다고 변하는 것은 없었다.

묵묵히 듣고 있던 성희가 몸을 일으켰다. 그리고 비틀비틀 위태롭게 몸을 움직이더니 잿더미만 남은 집으로 걸어갔다.

"어머니!"

깜짝 놀라 은실이 날카롭게 성희를 불렀다. 그 바람에 은숙이 잠에서 깬 듯 눈을 비볐다. 시커먼 검뎅이가 은숙의 눈에 번졌다.

"어디 가십니까!"

성희는 집터로 걸어가며 걱정하지 말라는 듯 손을 휘휘 저었다. 아직 잿더미에는 열기가 남아 있었다. 뜨거운 잿더미들을 이리저리 힘겹게 치우며 성희는 계속 나아갔다. 입을 꾹 다물고 열기를 참아냈다.

성희는 필사적으로 무언가를 찾고 있었다. 그녀의 러시아산 코트가 유리 조각에 걸려 찢겨 나갔지만, 아랑곳하지 않았다.

어느새 옆에 나타난 광철이 성희를 거들어 잿더미를 치웠다.

그녀의 비장하게 굳은 표정을 보자 더 이상 아무것도 물을 수 없었다. 지금은 그저 곁에서 함께하는 것 말고는 할 수 있는 게 없다고 광철은 생각했다.

"무슨 일입니까?"

은숙이 물었다. 은실은 대답할 수 없었다. 그저 필사적으로 잿더미를 헤집는 두 사람을 걱정스레 바라보며 동생을 꼭 안아줄 뿐이었다.

잠시 후 성희가 타다 만 상자를 가지고 돌아왔다.

은실에게 상자를 내미는 성희의 손이 화상과 상처로 얼룩져 있었다. 눈물이 왈칵 쏟아졌다.

성희가 상자를 열었다. 오래된 패물들이 가득했다. 그 아래 깔린 바랜 흑백사진 속, 어린 성희와 함께 찍은 계영훈의 사진도 있었다.

성희가 거칠게 패물들을 집어 은실의 손에 쥐여줬다.

"이걸 가지고 가거라."

"어머니!"

"내래 들은 게 있다. 중국 가려면 사람을 사야 한다. 이걸로 사라."

은실은 고개를 푹 숙인 채 흐느꼈다. 저걸 어떻게 받을 수 있나. 어머니가 살아온 평생의 보물을.

성희가 가만히 미소를 지었다. 그녀의 눈시울도 붉어졌다. 천천히 새카만 손을 들어 은실의 뺨에 가져다 댔다. 성희의 손은 거칠었지만 따뜻했다. 무뚝뚝하고 강인했던 어머니.

"언제 이리 컸는가."

성희의 한마디에 은실은 무너져 내렸다. 성희를 끌어안고 아이처럼 엉엉 울 수밖에 없었다. 성희가 가만히 큰딸의 등을 두드려줬다. 한 발 떨어진 곳에서 지켜보던 광철도 눈시울이 붉어져 손으로 슥 닦았다. 상처에서 난 피가 얼룩져 광철의 얼굴을 붉게 물들였다.

***

은실은 침대에 누워 천장의 백열등을 한참이나 바라봤다. 지겨운 백열등.

한편으론 이제는 이렇게 전기가 들어오는 것이 당연하다고 생각하는 자신이 신기하기도 했다.

옆에서 코를 골며 잠들어 있는 남자의 다리를 슬쩍 치웠다. 옆에 놓인 재떨이에 침을 길게 뱉었다. 남자의 찝찝한 성기 맛이 아직도 입안에 남아 있는 것 같았다.

방에서 나와, 긴 복도 끝에 앉아 돈을 세는 정마담에게 다가갔다.

외투를 꺼내 입고 의자 옆에 놓인 2인용 소파에 몸을 파묻었다. 아랫도리가 뻐근하고 허리가 쑤셨다.

이 소파는 언제 앉아도 적응이 안 됐다. 엉덩이 받침 부분이 너무 딱딱했기 때문이다. 옆에 놓인 쿠션을 들어 허리에 받치자 조금 편안해졌다. 정마담이 탁탁 돈을 세더니 봉투에 넣고 내밀었다.

"이번 달 거다."

은실이 나른한 눈으로 봉투를 받아들고 지폐를 세어 보더니, 1/3을 정마담에게 다시 내밀었다.

"공화국의 가족들한테 잘 보내고 있지요?"

"내 돈 관계 하나는 깔끔한 사람 아닌가. 달러로 잘 보내고 있다."

정마담의 퉁명스러운 말투는 가끔 고향의 어머니를 떠올리게 했다.

"아, 그러고 보니 편지도 와 있다."

정마담이 서랍에서 편지를 꺼내 건넸다. 은실의 표정이 눈에 띄게 밝아졌다. 여기저기 구겨진 봉투가 순탄치 않은 전달 과정을 보여주는 듯했다.

"뭐라는가?"

정마담이 짐짓 관심 없는 척 물었다.

"뭐, 흔한 얘기들이죠. 동생도 잘 보살펴주고 있고, 어머니도 잘 있고…. 건강 조심해라 하고."

은실의 눈시울이 붉어졌다.

"또, 또! 손님 받아야지, 그만 울어라."

차가운 말투와는 달리 은실을 바라보는 정마담의 표정은 따뜻했다. 그때 가게 전화벨이 울렸다. 정마담이 받더니 반가운 목소리를 감춘 채 수화기를 넘겨줬다.

"지은이다."

지은이 가게로 전화를 걸어온 건 처음이었다. 그래서 불길했다. 불현듯 이상한 예감에 사로잡혔다. 지은을 다시는 못 볼지도 모를 것만 같은.

은실을 정마담에게 소개해준 것도 지은이었다. 지은을 처음 연길시 술집에서 만났을 때도, 마약상에게 팔려간 뒤 이곳저곳 전전하며 갖은 고초를 겪을 때였다.

지은은 그 가게에 종종 혼자 와 밥을 먹고는 했는데, 마침 은실의 발음과 행색을 보고 곧바로 상황을 파악하고는 동향 사람에게 도움을 준 것이라 했다.

그럼에도 선뜻 나선 것이 이해되지는 않았다. 자기 같은 사람이 한둘이 아니었을 텐데.

"그냥."

은실이 눈물을 훔치며 묻자 지은은 그렇게만 간단히 대답했다. 은실이 잘못 들은 것처럼 어리둥절한 표정을 지었다. 지은이 쑥스러운 듯 시선을 피하며 소주잔을 채웠다.

"그냥. 내래 예쁜 아 보문 기래."

누가 봐도 네가 훨씬 이쁜데.

은실은 광철이 떠올랐다. 그녀의 말이 위로처럼, 광철의 속삭임처럼 떠올랐다.

술잔을 건네며 자신을 바라보는 눈빛에서는 일말의 쓸쓸함도 비쳤다.

지은이 술잔을 들었지만, 여전히 은실이 가만히 있자, 다시 잔을 내려놓았다.

옅은 한숨을 쉬고는 지은이 왼쪽 팔목에 주렁주렁 걸려 있던 팔찌를 풀었다. 손목에 희미한 상처 자국이 드러났다. 여러 번 그은 듯 두세 줄이 엇갈려 나 있었다.

"콱 죽어불 거 같더라. 네 낯짝이."

지은이 자신의 이야기를 들려줬다. 먹고 살기 위해 강을 건넜다가, 사창가에 팔려가 힘든 나날을 보낸 이야기. 조국의 남편이 숙청을 당하며 시도한 두 번의 자살 시도.

극적으로 어머니와 아들을 남조선으로 대피시켰다는 소식을 듣고, 아들을 만나기 위해 다시 일어선 이야기. 그리고 정마담의 도움으로 마침내 빚을 다 갚고, 혼자 기념 삼아 조촐하게 축하하기 위해 이 가게까지 오게 됐다는 것까지.

"그래도, 살아야지. 살믄 다 길이 있지 않갔니."

뭐라 대답해야 할지 알 수 없었던 은실은 조용히 잔을 들었다. 그제야 지은도 미소 지으며 잔을 부딪쳤다.

"신기허게 네 앞에선 별소릴 다 허게 된다."

지은은 그렇게 정마담의 가게에 은실을 소개했다. 비슷한 일인 것 같아도 누가 관리하느냐에 따라 천차만별이라며.

"그 목사한테 드디어 연락 왔다."

수화기 너머 들려온 지은의 말에 은실은 기쁜 마음과 서글픈 마음이 동시에 들었다.

지은을 위해서는 너무 잘된 일이지만… 이곳에서 지내면서 유일한 마음의 위안이었던 친구를 놓아줘야 하는 때가 갑자기 닥친 것이다. 더군다나 이어지는 말은 더욱 은실의 마음을 복잡하게 만들었다.

"오늘 새벽에 떠나야 한다. 그래서 인사도 제대로 못 하고 갈 것 같네…."

예상했던 바였다. 공안 경찰의 눈을 피하려면 정보가 넘어가기 전에 빠르게 행동으로 옮겨야 했다. 말보다 몸이 빨라야 하는 것이다.

은실은 걱정 말라고, 남조선 도착하면 편지하라고, 예전부터 이런 순간이 오면 하려 했던 말을 담백하게 건넸다.

"썩을 년, 건강해라."

지은의 마지막 목소리가 떨렸다. 그녀도 감정을 억누르고 있는 것이 느껴졌다. 왜 내가 사랑하는 사람들은 다 내 건강을 비는 걸까. 위험한 곳으로 향하는 건 자기면서.

"연락 왔대?"

수화기를 내려놓자 정마담이 답을 아는 질문을 던졌다. 은실이 고개를 끄덕였다.

"섭섭하겠네."

"일 없디요…."

정마담은 두 사람의 관계를 누구보다 잘 알았다.

"오늘은 일찍 들어가."

무심하게 던지듯 말하고 다시 정산을 이어가는 정마담을 향해 은실이 고개를 꾸벅 숙였다. 정마담이 됐다는 듯 고개도 들지 않은 채 손을 흔들었다.

자신에게는 인사도 하지 않고 끊은 지은을 응원하면서도 서운한 마음이 드는 건 어쩔 수 없는 것 같았다. 정마담은 정이 많은 사람이었다.

은실은 지쳐가고 있었다.

정마담이 배려해주고 있다고는 하지만 그래도 몸을 파는 일이었다. 고향에 있을 때는 자신이 이런 일을 하게 되리라곤 상상도 하지 못했다. 가족과 함께 옥수수 농사를 짓던 평범한 사람이었다.

그러다 갑자기 가족의 생계를 책임지게 되었고, 의지할 사람 하나 없는 이곳에서 버티게 되었다. 무너지기 직전 지은을 통해 구원을 얻었는데, 이제 그녀마저 떠나간다고 생각하니 앞으로가 막막한 기분이었다.

신씨의 집 문 앞에 서서 은실은 망설였다. 또 다른 절망의 원인이 자신을 기다리고 있었다.

"거지 같은 년이 지금이 몇 신데 이제 기어들어와!"

절망은 예상보다 강하게 덮쳐왔다. 문을 열자마자 기다렸다는 듯 신씨가 은실의 머리채를 붙잡고 휘둘렀다.

놓으라고 소리쳐도 소용없었다. 문 옆에서 작정하고 기다리고 있었을 거라 생각하니 이리저리 몸이 흔들리면서도 등골이 서늘해졌다.

양손으로 머리채를 붙잡은 신씨의 손을 필사적으로 뿌리쳤다. 머리카락이 한 움큼 뜯겨 나갔다. 고통을 꾹 참고 똑바로 섰다. 이 남자에게만은 굴복하고 싶지 않았다.

"오늘은 그냥 넘어가시오. 내 지금 그럴 기분 아니니까."

그러나 은실이 버티는 그 모습이 되려 신씨를 자극했다. 욕지거리를 내뱉으며 은실의 멱살을 붙잡고 밀치는 바람에 품속에서 광철의 편지가 떨어졌다.

뒤늦게 정신을 차린 은실이 편지를 읽고 있는 신씨를 발견하고 얼굴이 창백해졌다.

그 뒤로 신씨의 일방적인 폭행이 이어졌다. 조선으로 돈을 보내고 있었다고, 먹여주고 재워주고 했더니 배신했다고, 이 간나 새끼는 누구냐고, 그런 소리를 했던 것 같다.

평소에 얼굴을 때린 적은 없었는데, 이번엔 아예 머리채를 붙잡고 주먹으로 뺨을 때렸다. 입술이 터지고 피가 사방으로 튀었다. 은실은 생명의 위협을 느꼈다.

"네년 몸 팔아 돈 벌어 오는 거 봐서 얼굴은 그간 안 건드렸는데, 이제 그럴 필요도 없겠다! 내 오늘 니를 시체로 만들어서 공안에 넘길라니께!"

신 씨가 광철의 편지를 북북 찢어버렸다. 흩날리는 편지 조각이 눈이 날리듯, 먼지가 날리듯, 천천히 바닥에 가라앉았다. 우습지만 그 순간 편지 조각들이 아름답다고 은실은 생각했다.

세상에 완벽한 적막이라는 것은 존재할까?

은실은 목숨이 걸린 상황이 되자 다시 침착해졌다. 항상 그랬다. 강을 건널 때도 그리고 새로운 강을 건너려 하는 지금도. 조금씩 세상이 조용해져 갔다.

은실은 바닥에 놓인 재떨이를 집어들었다. 묵직한 무게감이 느껴졌다. 그리고 편지를 찢고 의기양양해하는 신씨의 머리를 내리쳤다. 둔탁한 진동이 손목과 팔을 통해 전해져왔다.

신씨의 동그랗게 뜬 눈을 똑바로 쳐다봤다. 일어나려 몸을 일으키다 다시 비틀거리며 주저앉은 그의 머리 위로 다시 한번 재떨이를 내리쳤다.

두 번, 세 번, 네 번….

계속해서 내리쳤다. 쓰러진 놈의 몸 위로 올라타 양손으로 재 떨이를 붙잡고 내리쳤다. 두개골이 터지고 짓이겨지는 걸 노려봤다. 보이지 않는 힘이 팔을 조종하고 있는 것만 같았다.

별안간 소리가 다시 들려왔다. 자신의 거친 숨소리였다. 손의 떨림이 멈추지 않았다. 정신을 차리려 마른세수를 하는데 물기가 질척거렸다.

손바닥을 내려봤다. 붉은 피가 흥건했다. 온 방안이 피로 가득 차 있었다. 그제야 밑에 깔린 형체가 눈에 들어왔다.

나는 사람을 죽였다.

빌어먹을 보름달은 오늘도 떠 있었다.

시간이 지나긴 하는 것일까.

아예 시간이 멈춰버렸으면 좋겠다.

어디나 전기가 보급되는 연길시는 무산군보다 훨씬 밝았다. 거리 곳곳의 가로등은 어둠이 스며들 틈이 없게 빛나고 있었다. 하지만 찬바람이 콘크리트 건물 사이로 몰아치는 새벽에는 황량함과 쓸쓸함만 더욱 두드러질 뿐이었다.

차라리 아무것도 보이지 않았으면.

여기가 지독한 어둠 속에 갇혀 있던 무산군이었다면.

은실은 절망에 빠져 연길 시내를 배회했다. 자신의 발길이 어디로 향하는지도 몰랐다.

어디로 가든 무슨 상관인가. 어차피 모든 게 끝났는데.

자신은 살인자로 붙잡힐 것이고, 다시 고향으로 압송될 것이다.

공개 처형을 당하겠지. 가족들도 무사하지 못할 것이다. 성희와 광철 그리고 은숙의 얼굴이 주마등처럼 스쳐 지나갔다. 눈물이 멈추지 않았다.

은실의 발걸음은 무의식적으로 정마담의 가게로 향했다. 초조한 표정으로 가게 앞을 왔다 갔다 하던 정마담이 은실을 발견하고 뛰어왔다.

"아이고, 이게 무슨 일이래! 너도 소식 들은 건가? 아이고, 아이고…. 그래 니가 제일 친했는데 이게 무슨 일이래…!"

정마담이 은실을 와락 끌어안고 토닥거렸다.

은실은 그녀의 말을 이해할 수 없었다.

"하필 그때 공안이 떠 가지고…. 지은이가 준비 다 하고 나가려는 그 찰나에…. 남조선이 눈앞이었는데 지은이 어떡하니…."

은실의 눈동자에 초점이 돌아오기 시작했다. 새로운 강이 눈앞에 펼쳐지고 있었다.

은실은 집으로 돌아가는 골목의 갈림길에 섰다.

오른쪽으로 가면 아직 체온이 다 가시지 않은 신씨의 시체가 기다리고 있을 것이다. 왼쪽으로 가면 지은의 집이다.

한 발 떼려는데, 신발 안쪽에서 끈적한 액체가 질컥거렸다. 아

래를 내려다봤다. 피에 물든 양말이 낡은 운동화 안쪽을 적시고
있었다.

신발이 그게 뭐냐, 썩을 년.

지은이 신발장에서 운동화 하나를 꺼내더니 현관에 툭 떨어뜨
렸다.

갈 때 이거 신고 가.

두 사람은 발 크기도 엇비슷했다. 유명 미국 상표의 중국산 복
제품이었다. 그럼에도 은실의 발을 꼭 맞게 감싸줬다. 기분 좋은
착화감에 그녀의 입에 미소가 걸렸다.

내가 고맙다고 말했던가?

은실이 다시 발을 뗐다. 쩍쩍거리는 소리를 듣지 않으려 반대
발을 빠르게 내디뎠다. 지은에게 가야 한다. 그녀가 없다는 것을
알고 있지만, 그녀의 흔적이라도 찾아야 했다.

왼쪽 골목으로 접어들었다. 비가 한 방울씩 내리더니 금세 굵
어졌다.

그래, 여기가 맞잖아. 맞다고 반겨주고 있잖아.

더 이상 쩍쩍거리는 소리는 들리지 않았다.

이 골목 어딘가에서 붙잡혔을 것이다. 마침내 아들을 만나러
가는 달뜬 흥분을 감춘다고 감춘 채, 그 이쁜 볼이 발갛게 물든
것도 모르고 밖으로 나섰을 것이다.

비명을 질렀을까. 반항했을까. 얻어맞진 않았을까.

거긴 안아주고 토닥여줄 사람이 없을 텐데….

쏟아지는 비가 피도 눈물도 모두 씻어주길, 지은의 절망도 슬

품도 다 쓸어가 버리길, 쉼 없이 내달리며 진심으로 바랐다.

지은의 집 구조는 속속들이 알고 있었다.

은실은 정확하게 자신이 뒤져야 할 곳을 알았다. 덜덜 떨리는 오른손을 왼손으로 꽉 붙잡았다. 해내야 했다.

침대를 뒤집어 상자를 꺼냈다. 뚜껑을 열고 뒤집어 탈탈 털었다. 달러 뭉치와 동훈의 어릴 적 사진들을 챙겼다.

화장대 서랍을 뒤져 지은의 임시거주증을 찾아냈다. 거울에는 쪽지가 하나 붙어 있었다.

쌀가게, 04시. 짧은 문구였지만 무엇을 의미하는지 은실은 곧바로 알 수 있었다. 벽에 걸린 시계를 봤다. 3시 45분. 15분 전이다. 쌀가게까지 뛰어가면 십 분이면 도착할 수 있었다.

눈에 띈 배낭 안에 물건들을 쓸어 담았다. 옷가지도 몇 개 챙겼다. 다급하게 나가다 현관 앞에 멈춰 섰다. 실내용 슬리퍼가 흐트러져 있었다.

지은은 이 좁은 방안에서도 기어코 털이 복슬복슬 달린 실내용 슬리퍼를 신었다. 손발이 차서 그렇다며 여름에도 신었지.

슬리퍼를 들어 현관 앞에 가지런히 놓았다. 그것으로 인사를 대신했다.

밖으로 나가자 장대비가 내리고 있었다. 다행이라고 생각했다. 거친 빗줄기는 신씨의 남은 피도 씻겨줄 것이다. 쌀가게를 향해 단숨에 달려갔다. 숨이 턱까지 차올랐다.

　가게 앞에는 회색의 낡은 승합차가 한 대 서 있었다. 배낭을 앞으로 둘러메고 숨을 고르며 천천히 다가가자 헤드라이트가 두 번 깜빡였다.

　뒷좌석 문을 열고 차에 올라탔다. 백미러로 험상궂은 인상의 남자가 자신을 쳐다봤다.

　"이름."

　제대로 찾아왔다. 은실은 숨을 크게 들이마셨다. 앞으로는 이 이름을 수없이 말해야 했다.

　"서지은."

　남자가 손을 내밀었다. 은실은 남자의 의도를 바로 알아채고 가방을 뒤져 지은의 임시거주증을 보여주었다.

　남자가 백미러 속 은실과 임시거주증 속 지은의 모습을 한참 번갈아 쳐다봤다. 은실은 숨소리도 참았다. 비에 흠뻑 젖어 얼굴이 엉망인 게 다행이라고 생각했다.

　남자의 눈길이 슬며시 아래로 내려갔다. 은실은 물에 젖어 속옷이 비치고 있다는 것을 눈치채고 가방을 앞으로 꼭 끌어안았다. 그제야 남자가 임시거주증을 돌려주고 차를 출발시켰다. 말이 없는 남자였다.

　가방에 얼굴을 파묻자 피에 젖은 양말이 보였다. 양말을 벗고, 맨발로 다시 신발을 고쳐 신었다. 신발 속에 고여 있던 물이 차가웠다. 상관없었다. 천이 벗겨지기 시작한 신발 안감의 재질이 피부로 느껴졌다.

은실은 그 감각을 머릿속에 심어놓고 잊지 않으려 했다. 발목을 따뜻하게 감싸주던 감각을, 꼭 안겨 오던 지은의 체온을, 은근한 곰팡이 냄새가 반가웠던 지은의 방을. 그리고 건조한 지옥 같았던 이곳 생활에서 가장 밝게 빛났던, 지은과 함께 했던 시간을.

고개를 조금 들어 창밖을 내다봤다. 연길시의 불빛이 멀어지고 있었다. 낡은 엔진 소리 외에는 조용했다. 은실이 좋아하는 종류의 침묵이었다.

빌어먹을 달빛을 구름이 가려주고 있었다.

지금부터는 철저히 어둠 속으로 다녀야 한다. 고은실을 지우고 서지은이 되어야 한다. 빛과 따뜻함을 경계하고 어둠과 적막에 익숙해져야 한다.

은실은 눈을 감았다. 익숙한 어둠 속에서 앞으로 벌어질 일과 해야 할 일을 떠올렸다. 손가락과 발가락 끝, 피부와 털 하나하나에 감각이 곤두섰다.

가슴이 슬며시 뛰기 시작했다.

은실은 정말 오랜만에, 자신이 살아있다는 것을 깨달았다.

비가 예고된 하늘에 먹구름이 몰려들며 달빛을 가렸다.

이따금 달이 얼굴을 내밀고는 연길시로 들어서는 검은 SUV 차를 비췄다.

조수석에 앉은 명식이 하늘을 올려다봤다.

곧 비가 쏟아지겠다는 예감이 들자 초조해져 담배에 불을 붙였다.

위장을 위해 일부러 낡고 색바랜 민간 차로 골랐다. 협조 요청을 받은 중국 공안 쪽에서 자신들의 차를 제공해주겠다는 걸 거절했다.

명식은 그들의 안일한 태도를 생각하며 혀를 끌끌 찼다. 공안의 그 화려한 차라니. 잡으러 가겠다고 동네방네 선전하고 다닐 일 있나.

영호가 운전하는 차는 언제나 조용하고 은밀했다. 물론 낡은 엔진 소리와 비포장도로를 달릴 때 삐걱거리는 서스펜션 소리를 감출 수는 없었다. 그러나 그의 운전은 사람들 속으로 숨어 들어갈 줄 알았다. 공화국에서는 공화국 사람처럼, 중국에서는 중국 사람처럼 운전했다. 몽골에서도 마찬가지였다. 카멜레온 같은 놈이다. 그래서 명식이 그를 콕 집어 주요 임무마다 데리고 다니는 것이다.

우리는 없는 곳에 있는 사람이다.

우리는 쫓기는 놈들을 감시하고 압박한다. 깨어 있을 때도, 잠에 들었을 때도, 화장실에서 똥을 싸고 있든 밥을 퍼먹고 있든, 어디에나 우리가 지켜보고 있다. 언제 어디서든, 행인이나 검표원, 구걸하는 꽃제비, 도움을 주려는 현지인 등으로 위장해 놈들을 낚아챈다. 그리고 크게 떠들며 선전한다.

생각하고 상상하게 만든다. 쫓기는 놈들은, 언제 어디서 도사리고 있을지 모를 우리를 상상하며 안에서부터 무너져 내린다. 밥을 먹을 때도, 잠을 잘 때도 우린 항상 함께 있다.

명식의 핸드폰 진동이 울렸다.

상태가 좋지 않습니다. 언제 오십니까?

문자를 확인한 명식의 표정이 싸늘하게 굳어가는 것을 영호가
눈치챘다.

그가 눈치챘다는 것을 명식도 눈치챘다. 예민한 사냥꾼들끼리
는 옷깃 스치는 소리에도 서로의 의도를 알아챈다.

영호가 액셀러레이터를 지그시 밟으며 속도를 올렸다.

"날래 가자."

이미 올라간 속도에 더욱 박차를 가했다.

요란한 엔진 소리와 함께 새로운 위협이 연길시로 들어서고 있
었다.

* * *

계성희. 올해 쉰넷이 된 그녀는 항상 입술을 굳게 다문 단단한
표정으로 기억된다.

그녀는 본디 평양 출신이다. 그녀의 아버지 계영훈은 무역업자
로서 대중, 대남 무역 사업에 실무자로 참여했다.

1970년대 후반, 김정일이 사실상 김일성의 후계자로 지목되며
당에서는 김정일 체제에서 위협이 될 만한 인물들에 대한 숙청이
시작됐다. '남조선 연계자 숙청'도 함께 이루어졌다.

계영훈이 참여했던 사업 책임자는 간첩이었다. 계영훈은 몰랐다. 밤마다 툭하면 사라지기는 했지만, 워낙 괄괄한 사람이었기에 어디 룸살롱이라도 갔겠거니 여겼다. 그것이 남한 쪽 사람들을 만나기 위해서라는 건 나중에야 알았다.

간첩 상사는 남베트남이 패망한 이후, 남한 적화통일론이 당 내부에서 힘을 얻어갈 때, 남한과의 전면전에 반대 의견을 냈다. 계영훈은 나중에 이 사실을 알았을 때, 그의 상사가 남한 문물과 접촉하다 보니 변절한 것이라 생각했다. 아니면 눈치가 더럽게 없거나. 자기라면 거짓말로라도 찬성 의견을 냈을 텐데.

역시나 당의 생각도 다르지 않았는지 그는 반혁명분자로 몰리며 숙청됐다.

계영훈은 이 사건과 크게 관련은 없었지만, 당에서는 남한 문물을 접한 사람들이 이념적으로 이탈했을 가능성이 있다고 판단했다.

계영훈은 나름 중앙당에도 인맥이 있었다. 그래도 안심하지 않았다. 괜히 걸려들어 숙청당하는 대신 고향 무산에 내려가 농사를 지으며 조용히 살아가기로 했다.

그는 둥근 돌이었다. 모난 돌은 반드시 어딘가 박히고, 뽑혀 나간다. 이리 굴리면 이리 굴러가고, 저리 굴리면 저리 굴러가고. 그것이 그가 살아남는 방식이었다.

성희는 아버지 계영훈과 함께 무산으로 거주지를 옮겼다. 평양에서 나름 넉넉한 삶을 살던 그녀에게 척박하고 건조한 무산 땅에서 농사를 지으며 살아간다는 건 청천벽력과도 같은 일이었다.

하지만 다른 선택지는 없었다. 그녀는 '반혁명분자 의심종자'의 딸이었으니까.

서른이 넘도록 결혼도 안 하고 버티던 그녀가 무산에서 과묵하고 성실해 보이는 남편과 결혼을 한 것도, 은실이 혼기를 놓치는 데도 아무 말하지 않았던 것도, 계영훈과 비슷한 행보를 보이는 광철을 처음에 못마땅하게 여겼던 것도, 그녀와 그녀의 아버지가 그려온 삶의 궤적이 영향을 끼쳤는지도 몰랐다.

어쨌든 '평양 아가씨'가 무산에서 옥수수 농사를 지으며 사는 과정이 순탄치만은 않았을 것이다. 그녀는 강해져야 했다. 매 순간 강단 있게 결정 내리고, 뚝심 있게 추진해야 했다.

계영훈은 농사에 영 재능이 없었다. 계속 밖으로 나돌았고, 어느 날 실종됐다. 성희는 아버지가 당에 의해 제거되었을 거라 짐작했다. 자신이 겪은 당은 그랬다. 조용히 실각시키고, 조용히 제거한다.

성실했던 남편까지 죽고 난 뒤, 성희는 더 강해져야 했다. 자신을 꼭 닮은 은실은 그렇다 치고, 제 아비를 닮은 은숙은 아직 너무 어렸다.

성희는 입을 다물었다. 말은 항상 화를 불러일으킨다. 이곳은 모든 말이 감시당하는 곳이었다. 대신 먼저 결정하고, 움직인다. 행동에는 해석이 필요하다. 시간을 벌 수 있다.

화마가 휩쓸고 간 집터 앞에서 핏덩이 같은 은실을 떠나보냈다.

계영훈이 모아놓은 패물이 이럴 때 쓸모가 생길 줄은 생각도 못 했다. 그래도 딸한테 도움 되는 일을 하나는 하는구나. 성희는 오랜만에 아버지를 떠올렸다가, 금세 지웠다.

성희는 지금 혼자만의 다짐을 하고 있었다. 눈물을 삼키고 마음을 추슬렀다. 첫째 딸은 떠나보냈지만, 할 일이 남았다.

광철의 옆 모습을 오래 쳐다봤다. 재와 피로 엉망이 된 얼굴을 한 건실한 청년을 성희는 싸늘한 시선으로 지켜봤다. 그녀의 손에는 담배꽁초가 들려 있었다.

장마당에서 파는 싸구려 담배. 광철이 즐겨 피우던 담배. 발화점이 되었을 것으로 짐작되는 곳 근처에서 발견한 담배.

물론 아닐 수도 있었다. 원인은 전혀 알 수 없고, 앞으로도 알 수 없을 것이다. 인명피해도 나지 않은 외딴곳 조그만 집의 화재 원인을 사회안전성이나 당이 제대로 조사해줄 리도 없었다. 오히려 무산시당이든 중앙당이든 권력의 눈에 띄면 좋을 것이 없었다.

광철은 계영훈을 닮았다. 그래서 성희가 광철과 쌓아온 신뢰와 애정의 깊이는 얕았다. 그녀는 항상 의심했다. 그것이 공화국에서 두 딸을 데리고 살아가는 원칙이었다. 그 얕은 믿음의 물에 원망이라는 물감이 한 방울 떨어지자 순식간에 전체를 물들였다.

성희는 계영훈부터 시작된, 이 케케묵은 원망을 해소해야 했다. 다만 이것은 자기 일이고, 은실이 절대 알아서는 안 됐다.

성희는 어두운 밤하늘의 보름달빛에 의지한 채 편지를 썼다.

은숙이도 잘 보살펴주고 있고, 어머니도 잘 있다.

부디 건강 조심해라.

광철

성희는 예전부터 은실이 언젠가 자신을 떠날 것을 어렴풋이 느끼고 있었다. 어릴 때부터 항상 먼 곳을 바라볼 줄 아는 아이였다. 자기처럼 땅만 파고 살아갈 아이가 아니다.

한참 뒤 일어날 일이기는 하지만, 은실이 살인용의자가 되고, 탈출이 발각됨에 따라 자신이 교화소에 잡혀 들어갈 때도 담담하게 받아들였다. 성희는 자신의 마지막도 예감했다.

오히려 은실이 체포되었다는 이야기는 들리지 않자, 안심도 되었다.

미안해하지 말라.

하지만 미안해할 것도 알고 있다.

성희는 남은 패물을 싹싹 긁어모아 사람을 산 뒤, 은숙을 대피시켰다. 보위부에 잡혀가기 직전이었다.

무산군 외곽, 하루 종일 비가 추적추적 내리고 있었다.

무너진 집터 한쪽에 나무와 판자를 덧대어 만든 조악한 집. 바람마저 스산한 소리를 내며 틈 사이로 새어 들어오는 이곳에서, 성희는 새는 비가 닿지 않는 곳에 앉아 있었다.

무릎을 베고 누운 은숙이 기침을 할 때마다 흔들리려는 마음을 다잡았다. 러시아산 코트를 뜯어 만든 담요를 끌어 올려주며 어깨를 토닥였다.

여기서 끝내야 한다.

멀리 어렴풋한 사람 형체가 이쪽을 향해 비틀거리며 걸어왔다. 광철이었다. 불타버린 옥수수밭을 아무렇지 않게 밟고 오는 그를 보자 속에서 신물이 올라와 침을 꿀꺽 삼켰다.

은실이 떠나고 얼마 지나지 않아 광철은 술에 빠져 지내더니 도박에도 손을 댔다. 시내 술집에서 도박 마작을 시작했고, 순식간에 돈을 탕진했다.

광철에게 주지 않기 위해 철저히 숨겨뒀던 달러들도 기어코 찾아내 도박판으로 향했다.

돈을 다 잃은 날은 주인에게 소주 한 병 간신히 얻어와 행복해하는 모습을 볼 때는 속에서 천불이 일어났다.

이게 어떤 돈인데!

어머니와 새롭게 밭을 일궈서 밤낮으로 돌보고 있다.

담배는 아직 못 끊었지만, 술은 끊었디. 이제 위험한 일은 하지 않고 성실하게 살 것이다. 어떻게 벌어다주는 돈인데, 하나도 허투루 쓸 수 없지 않겠니.

성희는 마지막 글을 맺고, 편지를 접어 봉투에 넣었다.

광철을 맞이하기 위해 우산을 펴고 밖으로 나갔다. 정확히는 맞이하는 것이 아니라 지켜보기 위해서였다.

광철은 멀리 성희를 발견하고 반가움에 양팔을 활짝 벌렸다. 만면에 환한 웃음을 띠었다. 한 손에는 반쯤 남은 소주병이 들려 있었다.

너는 그래서는 안 됐다.

은실과 광철이 함께 있던 모습이 떠오르자 눈을 질끈 감았다.

광철을 바라보며 행복해하던 은실의 표정.

성희는 다른 표정을 떠올리려 애썼다. 무너진 집터 앞에서 망연자실 앉아 있던 은실. 이별을 앞두고, 필사적으로 참는 울음과 그럼에도 삐져나오는 눈물.

은실의 뺨은 보드라웠다. 밭일은 시키지 않으려 했다. 이 이쁜 것. 이렇게 아직도 애기 같은, 내 소중한 심장. 무너지는 은실의 얼굴이 떠오르자 성희의 가슴이 찌르르 울렸다.

눈물은 흘리지 않겠다 다짐했다. 눈물을 삼키자 가슴이 산산조각으로 찢어졌다.

감히, 네가 그러면 안 됐어.

강렬한 빛이 쏟아지자 성희는 눈을 떴다. 기다렸던 빛이다. 광철의 뒤로 차의 헤드라이트가 켜졌다. 광철이 밝은 빛에 정신을 차리지 못하는 동안, 차에서 내린 두 남자가 광철을 덮쳤다.

만취한 광철이 발버둥쳐보지만, 쉽게 제압당했다. 보위부의 훈련받은 사람들이다. 그가 대적할 상대가 아니었다.

광철이 성희를 비명처럼 불렀다. 간절한 목소리로 도움을 요청했다.

성희는 지금 그를 맞이하기 위해 나온 것이 아니다. 지켜보러

나왔을 뿐이다. 광철은 두 보위부 요원에게 쉬지 않고 얻어맞았다. 제압되었음에도 발길질은 멈추지 않았다.

이곳은 모두가 모두를 감시하는 곳이었다. 성희는 굳게 다문 입을 열어 그를 '불순 물자 유포자'로 신고했다.

이 신고는 무산시당을 거쳐 중앙당에 보고됐고, 보위부는 즉각 반응했다. 그러잖아도 고위 간부 자제들 사이에서 무분별하게 유통되는 미제 물건들 때문에 골머리를 앓고 있던 차였다. 좋은 본보기로 삼을 것이다.

굳게 다문 성희의 입술이 나지막하게 달싹거렸다. 무슨 말이었을까.

광철은 정신을 잃고 보위부의 커다란 승합차에 실려갈 때까지 알지 못했고, 구류소에 끌려가 평생 강제 노동에 시달리다 이름 모를 시체가 되어 사라질 때까지도, 끝내 알지 못했다.

건강해라.

누구에게 하는 말인지는 그녀 자신만 알 것이었다.

보리밥티로 잉어 낚는다[4]

2010년 2월.

한밤중의 평양은 차가운 침묵 속에 잠겨 있었다.

미처 녹지 못한 눈은 길가에 쌓여 더러운 물기를 머금었고, 중앙병원의 불빛만이 묵직한 권위로 어둠을 밝혔다.

영호는 차의 속도를 줄였다. 깔끔하게 제설된 포장도로를 미끄러지듯 운전해 주차장에 들어섰다.

조수석에 앉은 명식이 팔짱을 풀고 보조 손잡이를 움켜쥐며 몸을 일으켰다.

보위부에서 배정한 러시아산 우아즈 헌터. 이름부터가 그의 성미에 맞았다. '헌터'라니, 여전히 현장을 고집하는 명식의 방식과 똑 닮아 있었다. 그가 늘 뒷좌석이 아닌 조수석에 앉는 것도, 언제든 신속하게 상황을 파악하고 움직이기 위해서였다.

---

4) 적은 밑천 들여 큰 이득을 본다는 뜻. (출처: 사단법인 남북나눔)

영호는 두 개의 수동 레버를 능숙하게 다루며, 한 치의 오차도 없이 주차선을 정확히 맞춰 차를 세웠다.

명식과 달리 영호는 국가 보위상 간부 집안의 자제로, 군사대학을 졸업한 뒤 보위부에 들어온 엘리트였다.

그의 완벽주의는 주차처럼 사소한 행동에서도 드러났다. 그래서 '머리만 굴리는 놈들이랑은 같이 일하지 않는다'던 명식도 영호와는 부담 없이 팀을 짰다.

뒷자리에는 상처투성이의 탈북자가 포박된 채 웅크리고 있었다. 처참한 몰골이었다.

명식에게 붙잡힌 자들이 멀쩡한 상태로 연행되는 경우는 거의 없었다. 보위부 수사국에서도 그의 잔인함은 악명이 자자했다. 하지만 암암리에 그의 잔인한 명성을 드높인 것은 따로 있었다.

"간나 새끼, 정신 안 차리니?"

명식의 말에 화들짝 놀란 남자가 반쯤 감기던 눈을 번쩍 떴다.

저도 모르게 소리를 치려 했지만, 피와 침으로 범벅된 재갈이 입에 물려 웅얼거리는 소리만 내뱉을 뿐이었다.

"어디 편하게 눈을 붙일라 그라니."

뒷자리로 몸을 쑥 내민 명식이 남자가 메고 있던 작은 가방에 손을 뻗었다.

남자가 그의 손을 피하려 격렬하게 몸을 뒤틀었다.

짝! 손바닥이 뺨을 후려쳤다. 재차 손을 들자 놀란 남자가 몸을 움츠렸다.

명식이 다시 손을 뻗어 가방 속에서 달러 뭉치를 꺼냈다.

그걸로 남자의 뺨을 툭툭 치더니, 글로브 박스를 열어 약봉지를 꺼냈다.

돈다발을 약봉지에 밀어 넣고는, 영호 몰래 품에서 꺼낸 물건까지 함께 집어넣었다. 영호는 못 본 척했다.

"마지막까지 잘 인도하라."

"네."

영호가 건성으로 대답하며 변속 레버와 구동축 전환 레버를 능숙하게 조절했다.

명식이 내리고, 러시아에서 온 단단한 헌터가 둔탁한 엔진 소리를 내며 주차장을 빠져나갔다.

곧이어 전화가 걸려왔다.

"어, 앞이다. 금방 간다."

수화기 너머 어린 아들의 목소리가 들려왔다. 그의 얼굴에 웃음이 슬쩍 걸리자 목과 턱에 걸쳐 있는 상처가 동시에 찌그러졌다. 아들 외에는 누구도 볼 수 없는 웃음이었다.

병원 정문으로 들어서려는데, 다시 한번 전화가 울렸다. 발신자를 확인하는 그의 표정이 일순 굳어졌다.

그는 전화를 받지 않은 채 병원을 올려다봤다. 대부분 불이 꺼져 있는 늦은 밤이다. 아들이 있는 병실은 환하게 불이 켜져 있다. 이 전화를 받으면, 어쩐지 저곳에 갈 수 없을 것이라는 불안한 예감이 뇌리를 스쳤다.

하지만 받지 않을 수 없었다. 명식은 초조한 기분으로 통화 버튼을 눌렀다.

영호는 다시 돌아오라는 명식의 전화를 받고 급하게 차를 돌렸다.

이례적이다. 영호가 아들을 만나는 시간에는 절대 연락하지 않는 것이 그들만의 암묵적인 규칙이었다. 하지만 보위부 간부 자제의 탈출이었다. 그만큼 상황이 중했다. 다른 부서들도 긴급 호출을 받은 듯했다.

주차장에 들어서자 명식이 담배를 피우며 기다리고 있었다. 영호가 차를 멈추기도 전에 명식이 조수석 문을 열고 올라탔다.

영호는 차를 멈추지 않고 그대로 병원 정문을 통과했다.

"아들은 만나셨습니까?"

"…일 없다."

명식이 초조하게 담배를 빨았다. 슬쩍 살펴보니 그의 손에 약봉지가 들려 있지 않았다.

영호는 명식이 담당 의사에게 뒷돈을 주고 있다는 것을 알고 있었다. 그 돈이 대부분 탈북자를 잡아 갈취한 돈이라는 것도.

중앙병원에서 치료를 받을 수 있는 사람들은 대부분 군이나 당의 고위간부 그리고 그 가족들, 그들의 친척들 정도였다. 혈통의 도움 없이 밑바닥에서부터 시작해 지금의 위치에 오른 명식은 아들을 입원시키고 수술 순번을 앞당기기 위해 계속해서 뇌물을 바쳐왔다. 그것만이 명식이 아들을 위해 할 수 있는 유일한 일이었다.

"기래도 얼굴이라도 보고 오시지 않고…."

영호가 평소답지 않게 한마디 덧붙였다.

"마음만 약해진다. 큰 수술 앞두고…."

명식도 그답지 않게 말끝을 흐리며 맥없이 대답했다. 창밖으로 내민 담배 끝의 재가 바람에 흩날렸다.

명식은 그대로 팔을 내뻗은 채, 재가 모두 날려갈 때까지 담배를 가만히 쳐다봤다.

* * *

영호는 눈앞의 광경을 지켜보며 침을 꿀꺽 삼켰다.

명식과 함께 팀을 꾸려 움직인 지 2년이나 됐지만, 그가 탈출한 자들을 추적하는 과정은 여전히 익숙해지지 않았다. 그의 방식은 집요했고, 잔인했다. 보위부 수사국 내에서도 명식은 꺼림칙한 존재였다. 하지만 영호는 알고 있었다. 그가 일부러 작전을 거칠게 진행한다는 것을. 높은 검거율은 수사 방식의 효율성을 입증하는 거나 진배없었다.

더 크게 짖고 더 거대하게 몸을 부풀린다. 적을 발견한 짐승이 첫 번째로 하는 행동이었다. 명식은 자신의 등장을 요란하게 알렸고, 공포에 질린 상대의 머릿속에서 괴물이 되었다. 그러면 상대는 막다른 길로 들어서며 종래엔 결국 스스로 무너졌다.

거칠어 보이지만 철저한 계산하에 적을 심리적으로 굴복시킨다….

영호는 명식의 방식을 존경했지만, 때때로 지나칠 정도로 잔인한 면모를 보일 때는 반감이 들기도 했다.

아들을 안타깝게 바라보던 명식과 지금 사창가 건물에 들이닥쳐 한바탕 뒤엎은 뒤, 쓰러진 마담을 깔고 앉은 명식의 모습 중 어느 것이 진짜일까.

명식과 눈이 마주치자, 영호는 자세를 꼿꼿이 세우며 침을 꿀꺽 삼켰다. 천천히 명식을 곁눈질로 다시 봤다. 만둣국 그릇에 남은 국물을 태연히 마시며 아래를 내려다보는 명식의 눈빛은 건조했다.

저들을 사람으로 바라보지 않는구나….

영호는 새삼스레 섬뜩하게 느끼며, 조금 전의 잡념을 지웠다. 의심하면 안 된다. 무리의 리더는 이인자를 가장 경계한다. 사냥감은 언제든 변경될 수 있는 것이다.

명식은 빈 만둣국 그릇을 바닥에 내려놓았다. 피투성이가 된 채 아래 깔린 정마담의 입에서 미약한 숨소리가 들려왔다.

명식은 혀로 쩝쩝 입맛을 다시더니 영호를 향해 손짓했다.

영호가 다가와 운주의 사진을 띄운 핸드폰을 정마담의 눈앞에 들이밀었다.

정마담이 정신을 차리지 못하자 명식이 그녀의 머리채를 붙잡고 억지로 고개를 들게 했다. 잔뜩 부은 눈이 핸드폰을 제대로 보고 있는 건지도 알 수 없었다. 피투성이 입에서는 고통스러운 신음만 바람 새듯 흘러나왔다.

정마담의 가게는 이번에 파견된 중국 공안 경찰들로 인해 쑥대

밭이 되었다. 가구와 문은 죄다 부서졌고, 방안의 집기류는 하나하나 군홧발에 짓밟히고 집어 던져져 산산조각이 났다.

명식의 지시였다. 상당수 여자들이 조선족이나 탈북자들이었는데, 그중 탈북자들은 선별되어 한쪽에 모여 있었다. 명식은 일부러 눈앞에서 그들이 숨쉬던 공간을 박살 냈다. 피부에 닿았던 것들을 더 거칠고 잘게 부쉈다. 다시 일어설 수 있다는, 재건할 수 있을 거라는 희망의 싹을 철저히 짓밟았다.

공화국을 탈출했던 여자들은 공포에 떨며 자신들에게 다가올 참혹한 미래를 떠올렸다. 이미 정신을 잃은 자들도 있었다.

영호의 핸드폰에서 진동이 울렸다. 명식이 담배를 꺼내 불을 붙이다 영호와 눈이 마주쳤다. 누군가와 낮은 목소리로 통화하던 그가 슬쩍 고개를 끄덕였다.

명식이 알겠다는 듯 담배 든 손을 들어 보였다.

전화를 끊고 영호가 곧바로 차에 시동을 걸기 위해 몸을 돌리는 순간이었다.

"꺄아악!"

여자들의 비명이 터져 나왔다. 영호도 놀라 뒤돌아봤다. 정신을 잃은 정마담의 하체에서 피가 한 움큼씩 뿜어져 나왔다. 명식이 젓가락을 정마담의 국부에 내리꽂은 것이다.

검붉은 피가 사방으로 뿌려졌다.

직원들이 미친 듯 흐느꼈다. 어린 여직원은 혼절하며 쓰러졌다.

"물건 상해서 이제 못 쓰겠구만."

명식이 담배 연기를 길게 내뿜으며 느긋하게 일어섰다. 얼굴에

묻은 피가 더럽다는 듯 인상을 찌푸리더니 바들바들 떨고 있는
여자들에게 성큼성큼 다가갔다.

간신히 서 있는 여자들도 긴장을 이기지 못해 허억, 헉, 불규칙
적으로 숨을 삼켰다. 명식이 바짝 얼은 그들을 지나가듯 훑었다.
그중 몸에 딱 달라붙는 하얀 셔츠를 입은 여자의 옷깃을 잡아당
겼다. 단추가 투두둑 떨어지며 몸이 쏠렸다.

여자는 반항은 고사하고, 신음조차 내지 못했다. 명식이 자기 옷
에 피를 슥슥 문질러 닦아도, 입술을 꼭 깨문 채 외면할 뿐이었다.

"어디라니?"

명식이 영호 곁을 지나치며 물었다.

"서, 선양시입니다."

영호가 정신없이 대답했다. 바닥에 떨어진 젓가락 조각을 발견
하자 소름이 돋았다. 명식은 젓가락도 반으로 쪼개 한쪽 끝을 날
카롭게 만들었던 것이다. 새삼 그의 잔인성에 등골이 오싹해졌
다. 목적지를 알아냈는데도 저렇게까지….

명식은 거침없이 밖으로 나갔다. 영호는 공안 경찰들에게 능숙
한 중국어로 뒤처리를 지시하고 따라나섰다. 평소보다 그가 굉장
히 서두르고 있다는 게 느껴졌다.

아들 때문이겠지. 영호는 오늘따라 그의 조급함이 평소보다 위
태로워 보였다.

하지만, 의심하면 안 된다.

이것은 자신의 생존이 걸린 문제이기도 했다.

선양시는 연길시에서 서쪽으로 약 700km 떨어진 곳에 있었다.

연길에서 흔히 보이던 한글 간판은 눈에 띄지 않았다. 대신 한족 전통가옥과 현대식 건물이 듬성듬성 불규칙적으로 뒤섞여 있었는데, 시내를 벗어나자 풍경은 금세 달라졌다. 흙 담장 너머로 작은 밭이 이어지고, 빗물에 패인 비포장길은 진흙탕이 되어 군데군데 파여 있었다.

한참 진흙 길을 달린 회색 승합차가 주택단지로 들어섰다. 오래된 흙먼지가 젖은 타이어와 차 바닥에 들러붙으며 얼룩을 남겼다.

낮은 단층집 사이로, 30여 채의 5층짜리 콘크리트 아파트가 군데군데 서 있었다. 정책적으로 일괄 건설된 공동주택 단지였지만, 방치된 벽에는 금이 가 있고 창문마다 빈집의 냉기가 배어 있었다. 개발 속도에 뒤처진 이곳은, 버려진 도시처럼 쓸쓸한 기운을 품고 있었다.

사방을 주의 깊게 경계한 다음 운전석에서 내린 제상이 뻑뻑한 뒷문을 힘으로 당겨 열었다. 열 살 남짓 되어 보이는 민철이 얼마나 긴장했는지 덜덜 떨며 뒷좌석에서 내렸다.

사람들은 거의 보이지 않았다. 선양시의 위치상 이곳은 탈북자들이 중간 거점으로 삼기에 용이했다. 그중에서도 국가의 감시가 느슨한 외곽에 방치된 아파트는 최적의 조건이었다.

현관을 들어서면 중심에 계단과 작은 공용 복도가 있고, 양옆에 한 채씩 집이 있는 구조였다. 1980년대, 90년대 주로 시공하던 방식인데, 이는 비슷한 시기 평양, 청진, 혜산에 지어진 아파트들과 유사한 구조였다. 물론 시공비 절감을 위해 엘리베이터는 설치되지 않았다.

탈북자들은 익숙한 구조의 아파트에 금세 적응했지만, 아파트에 살아본 적 없던 민철에게는 여전히 낯선 공간, 어색한 구조였다.

계단은 페인트칠이 벗겨져 회색의 콘크리트가 그대로 노출되어 있었고, 복도 조명등의 센서는 고장 나 낮인데도 어두컴컴했다. 일부 세대는 창문에 녹슨 철창이 쳐 있고, 외벽 곳곳에는 커다랗게 '出租〔임대〕'라고 써 있었다.

차갑고 냉랭한 기운이 외벽에서 스며 나와 제상과 민철을 더듬었다.

민철은 녹슨 난간을 최대한 잡지 않으려 애쓰며 계단을 하나씩 올라갔다.

'중간 거점'이라 불리는 그들의 숙소는 계단 반 층을 올라온 1층에 있었다. 민철도 나중에 알게 된 사실이지만, 공안 경찰에게 발각됐을 때 주방 쪽 창문으로 바로 뛰어내리기 위해 항상 1층이나 못해도 2층에 거점을 마련하는 것이다.

그만큼 공안 경찰은 두려운 존재들이었고, 그들에게 붙잡힌다는 것은 끔찍한 공포였다.

공권력이 워낙 강해 잡혀갔을 때 어떤 무시무시한 처벌을 받을지, 목숨을 부지할 수 있을지, 가족들에게 생사를 알릴 수 있을지마저도 알 수 없었다.

제상은 문 앞에 서서 문을 노크했다.

똑똑똑. 똑똑.

세 번과 두 번으로 나뉘어 노크하자 철컥철컥 자물쇠 푸는 소리가 한참 들리더니 거슬리는 쇳소리를 내며 문이 열렸다.

무테안경에 짧은 파마머리, 마른 체구에 나이는 50대 정도 되어 보이는 날카로운 인상의 여자, 경희가 두 사람을 맞이했다.

"왔어요?"

제상과 민철을 번갈아 보더니 경희가 활짝 웃으며 말했다.

"할렐루야! 여기까지 오느라 고생 많았어요. 이름이 뭐예요?"

"신민철이라고 합니다."

제상이 대신 대답해줬다.

경희가 한발 물러서자 제상이 민철의 등을 슬쩍 밀어 안으로 들어가게 했다.

겉보기와 달리 내부는 비교적 깔끔했다.

"지금은 낯설겠지만, 금방 괜찮아질 거예요."

민철은 경희의 남한 말투가 어색하고 간지럽게 느껴졌다. 어머니가 구사하던 평양말과 비슷한 듯하면서도 달랐다.

민철은 경희의 첫인상이 무섭고 서늘했다고 기억했다. 웃는 모습이 묘하게 어울리지 않는다는 것도.

그녀에게서 시선을 돌려 다른 곳을 보았다.

20평 남짓한 방안 풍경이 눈에 들어왔다. 쪽방에서, 안방에서, 화장실에서 사람들이 한둘씩 나오기 시작했다.

"이곳에는 몇 가지 규칙이 있어요. 그것만 잘 지키면 우리랑 같이 여기에서 탈출해 남쪽, 하나님의 나라, 바로 천국에 좀 더 가까워질 수 있답니다."

경희가 조곤조곤 설명을 이어 나갔다. 민철은 알아듣지 못하는 단어가 간간이 들렸지만 눈치껏 대충 알아듣는 척했다.

"우선 첫 번째, 집 안에서는 절대 큰 소리를 내면 안 돼요. 대화도 최대한 작게. 소음도 내지 말고. 우리는 절대 주목 받으면 안 된답니다. 필요한 게 있으면 저기 제상 씨가 밖에서 구해줄 거예요. 술과 담배는 금지입니다. 아, 물론 민철 군에게는 해당 사항이 아니지만요."

경희의 설명을 들으며 민철은 중간 거점에 모여 있는 사람들을 슬쩍 살펴봤다. 젊은 여자 넷에 그 또래의 남자 한 명 그리고 중년의 여자 한 명.

제상과 경희 그리고 민철 자신까지 하면 총 아홉 명이 한곳에 있었다.

"식사는 하루에 두 번, 12시와 18시에 한 번씩 배식이 돼요. 식사 준비와 설거지는 공평하게 돌아가며 담당합니다. 우리는 모두 평등하니까요."

경희는 굳이 평등이라는 단어를 강조해 발음했다.

"물론 아이들은 예외예요. 민철 군도 포함해서. 아이들은 노동에서 해방되어야 해요. 그게 주님의 나라, 대한민국의 법이에요."

그러고 보니 한 젊은 여자의 품에 갓난아기가 안겨서 호기심 어린 눈으로 이쪽을 보고 있었다. 신기하도록 말이 없고 얌전한 아기였다.

중년 여자가 민철을 보더니, 옆의 젊은 여자에게 물었다.

"강심살이 했네, 어린 동무가. 남조선에 두고 온 아들 생각나지 않습니까? 이름이 뭐라 그랬디요?"

"네, 맞습니다. 동훈이요."

은실이 무심하게 대답했다.

며칠 머무는 동안 민철은 중간 거점에 모인 사람들에 대해 대략적인 정보를 알게 되었다.

이곳은 제상과 경희가 관리하는 거점이었는데, 외출이 금지된 터라 식량을 공수해오거나 하는 외부 일 담당은 제상이 맡고 있었고, 경희는 주로 숙소에 머물면서 사람들을 관리했다.

특히 하루 두 번의 식사 시간마다 항상 기도문을 외우고, 아침 저녁으로 성경을 펼쳐놓고 기도하는 행위는 한 번도 빼먹지 않았다. 말끝마다 '할렐루야'나 '아멘'을 붙이는 것은 이제 익숙해졌다.

갓난아기는 현승과 명화 부부의 아이였다. 숙소에 있는 사람 중 젊은 축에 속하긴 했지만 유독 두 사람은 더 앳되어 보였는데, 실제로 20대 초반의 나이라고 했다.

승희와 옥영은 중간 거점에 가장 먼저 와 있던 이들이었다. 그 사이에 꽤 친해졌는지 서로를 편하게 부르며 친구처럼 지내고 있었다.

가장 나이가 많은 순임은 푸짐하고 동글동글한 인상이었는데, 민철이 처음 도착한 날부터 털털한 말투로 은근히 챙겨주었다. 몇 주 동안 제대로 씻지도 못하고, 온몸이 잔상처로 가득했던 민철을 씻겨주고 돌봐준 것도 순임이었다.

웃음도 많고 장난기도 많은 그녀는 마치 손주에게 짓궂은 장난을 치듯 민철을 놀리고는 했다. 그리고 남한에 보내 놓은 아들을 찾으러 가는 길이라는 지은(이라고 소개한 은실)은 민철이 아들과 많이 닮았다며 유독 살뜰히 챙겨줬다.

자기 아들 사진이라며 보여준 사진에는 할머니와 찍은 민철의 또래 남자아이가 찍혀 있었다. 자신과 닮은 것 같지는 않았지만, 딱히 그 말을 입 밖으로 꺼내지는 않았다.

민철은 눈치 빠르게 사람들의 분위기나 정서를 살필 줄 알았다. 누구와 친해지는 게 유리한지, 어떻게 해야 무해하고 동정심이 드는 아이를 연기할 수 있는지도 일찌감치 깨우쳤다. 민철이 그동안 여기까지 살아서 오며 배운 생존법이었다.

민철은 은실의 유난스런 돌봄에 빼거나 불편해하지 않고, 그저 말없이 수긍했다. 그 돌봄이 진심에서 우러나온 것인지 아닌지는 중요하지 않았다.

모든 식사는 침묵 속에서 진행되었다. 제상이 먹을 걸 사오면 식사 당번이 요리하고, 설거지 담당이 설거지를 했다. 나머지 사람들도 식사 후 접시나 수저를 나르거나, 뒷정리를 하거나 하며 삼삼오오 도왔다. 이 모든 과정에서도 누구 하나 쓸데없이 입을 열지 않았다.

첫날 저녁 식사를 마치고 나서 경희의 제안으로 서로를 소개하는 시간을 가졌다. 벌써 몇 번째냐며 승희와 옥영이 볼멘소리를 냈지만, 경희는 아랑곳하지 않았다. 아마 가장 숙소에 오래 있으면서 매번 새 인물이 올 때마다 자기소개를 했으리라. 그럼 적어도 다섯 번은 같은 말을 반복했을 것이다.

"리승희라고 합니다. 여기 옆에 옥영이랑 같이 여 온 지 반년 됐습니다. 함북 청진에 살다가 사람 장사꾼한테 팔려 나가… 그 뒤로 한족 마을에 살다가 같이 도망쳤습니다."

옥영은 승희의 말에 고개를 끄덕이는 걸로 설명을 대신했다.

"차명화입니다. 함북 무산에서 왔디요. 먹고 살길이 막혀가 나 그네랑 같이 국경 넘었디요. 돈도 없어서 깡도강까지 했습니다. 그런데 둘이 같이 오다 보니 임시거주증도 안 나오고, 좁은 초대소에 모여 살다 보니 건강도 안 좋아지덥니다."

명화의 품에 안겨 있던 아기가 칭얼거리기 시작하자 현승이 말을 이어받았다.

"공화국에 있을 때보다 상황이 더 안 좋아지고… 거기다 애도 생기니까, 남조선으로 가자 캤습니다. 거기 가면 정착지원금인가 뭔가 준다 하데요. 그라믄야 굶어 죽지는 않겠지요."

"내래 중국서 물건 떼다 공화국에다가 팔았슴둥."

억센 함경도 사투리로 순임이 말했다.

"중국에서 돈 많이 벌어가 집도 사고 가족들도 데리올라 했꾸마…. 공안한테 딱 걸려가 돈까지 홀라당 뺏겼음메. 다 포기할라 했는디, 그래도 내래 살날이 얼마 안 남았지만서도 사람답게 살아보자 해서, 남겨뒀던 꽁짓돈 다 끌어모아 여 왔디요. 남조선에서 조용히 남은 여생 살라요."

사람들의 시선이 남은 한 명에게 모였다.

"…서지은입니다."

은실이 조금 떨리는 목소리로 말을 이어갔다.

"남조선에 먼저 보낸 아들 찾으러 갑니다. 몇 년 전에 애 아버지네 외할머니한테 맡겨서 먼저 남조선 보냈습니다. 이제야 따라가는데… 돈 모으느라 너무 늦어져버렸디요. 그래서 내 얼굴도 기억 못 한다는 게…. 고거이 마음이…."

은실의 눈에 눈물이 고였다.

"그래도 이제 조금 있으면 아들 볼 수 있다고 생각하니 힘이 납니다."

"할렐루야. 아, 그런데 지은 씨, 아들이 다니는 유치원이 구로 쪽에 있다 그랬죠?"

경희의 질문에 살짝 당황했지만 은실은 애써 고개를 끄덕였다.

"그쪽에도 우리와 같이 역사하는 교회가 있어요. 그 동네에서 오래 사역하신 목사님이시라, 소식 같은 거 금방 알아봐주실 수 있을 거예요. 내가 왜 그 생각을 못 했지. 동훈이, 성이 뭐예요? 유치원 이름은 뭐고?"

경희가 눈을 반짝이며 물었다.

"아니, 일 없습니다. 그러지 마십시오."

은실이 두 손 들어 사양했다.

"왜요? 지금이라도 그 목사님께 전화해서 물어볼게요. 잠깐만 기다려봐요."

핸드폰을 꺼낸 경희가 연락처 목록을 넘기는 동안 은실이 손톱을 물어뜯었다. 이름을 찾았는지 통화 버튼을 누르려다, 경희가 다시 물었다.

"성이 뭐라고 했죠?"

"괜찮대도 왜 그러십니까!"

똑똑.

은실의 목소리가 커지자 놀란 사람들이 미처 대응하기도 전에 노크 소리가 먼저 들렸다.

순식간에 침묵이 내려앉았다.

제상은 지금 밖에 나가 있다. 저 소리는 그들이 암호처럼 쓰던 노크 소리가 아니었다.

쾅쾅.

이번엔 조금 더 강하게 문을 두드렸다. 경희의 눈짓에 따라 사람들이 일사불란하게 흩어졌다. 마치 사람이 발길질하자 일제히 흩어지는 바퀴벌레 가족들처럼.

현승과 명화가 아이를 안고 안방으로 스르르 미끄러져 들어갔다. 두 사람은 혹시 모를 아기 울음 소리를 대비하기 위해 출입구에서 가장 먼 쪽을 배정받았다.

승희와 옥영이 소리없이 쪽방으로 사라지고, 은실이 화장실로 향했다. 처음 겪는 일 앞에서 민철만 방 한가운데 덩그러니 놓인 채 어쩔 줄 몰라 하고 있었다.

경희는 어느새 성경과 품속의 한국 여권을 꺼내들고 출입구로 가 있었다.

화장실 문을 닫으려던 은실이 우두망찰 선 민철을 발견했다. 두 사람 눈이 마주쳤다. 경희가 꼼짝 못 하는 민철을 발견하고 당황해하는 사이, 은실이 문을 열고 뛰쳐나와 그를 낚아채듯 데리고 화장실로 사라졌다.

그와 동시에 경희가 문 너머 사람에게 영어로 물었다.

"헬로?"

"문 좀 열어주시오."

낯선 남자의 조선말이 들려왔다.

공안 경찰 중에는 연변말을 구사할 줄 아는 요원도 있었다. 조선말과 연변말은 억양의 높낮이를 제외하면 구분하기 쉽지 않았다. 그런 함정수사 때문에 체포당한 탈북자들에 대한 소문도 경희는 익히 들어 알고 있었다. 그런 터라 조금도 긴장을 늦출 수 없었다.

경희가 걸쇠를 건 채 조심스레 문을 열었다. 불쑥 나타난 남자의 손이 문을 잡고선 확 잡아당겼다. 그 바람에 걸쇠걸이가 부러졌다.

깜짝 놀란 경희가 손에 쥔 한국 여권을 다급히 들어 보였다.

"전 남한 사람입니다. 여기 비자도 있어요!"

경희가 다급하게 비자를 받은 페이지를 펼쳐 보였다.

남자는 이미 성큼 집 안으로 발을 들였다. 자세히 보니 그 뒤에 한 사람이 더 서 있었다.

경희는 재빠르게 한발 물러서며 지정된 다이얼을 눌러 제상에게 전화를 걸려 했다.

"…공화국 사람입니다. 부디 우리도 데려가 주시오…."

별안간 남자의 몸이 앞으로 쓰러졌다.

뒤에 있던 남자도 다리에 힘이 풀렸는지 풀썩 주저앉았다.

기훈과 운주가 엉망이 된 몰골로 현관에 쓰러졌다.
숨었던 사람들이 하나둘 문을 열고 밖을 내다봤다.

***

서울의 하나교회 목사 집무실로 들어서자마자, 태웅은 검정 가
죽 의자에 몸을 푹 파묻었다.

연설을 막 끝낸 이때 가장 갈증이 일었고, 그렇게 타는 갈증은
탄산수를 꿀꺽꿀꺽 마시며 달랬다. 따가운 탄산이 금세 식도를
찔렀다.

태웅은 때론 통증에 가까운 그런 감각을 즐겼다. 프랑스 브랜
드의 녹색 유리병 디자인도 마음에 들었다. 코듀로이 재킷 안주
머니에서 열쇠를 꺼내 책상 가장 아래 서랍을 열자 여러 개의 핸
드폰이 나왔다.

그중 가장 왼쪽 핸드폰을 열어보니 문자들이 와 있었다. +86으
로 시작하는 국제 발신 문자였다.

68/70

태웅이 꾹꾹 버튼을 하나씩 누르며 회신 문자를 보냈다. 그리
고 책상 위에 놓여 있던 사무실 전화기를 들었다.

"네, 보좌관님. 기태웅입니다. 말씀해주신 날짜로 가능할 것 같
습니다. 기자들 많이 모아주시고요."

통화를 끊기 전 당부의 말도 잊지 않았다.

"의원님께 저번에 말씀드린 지원도 꼭 좀 부탁드린다고 전해주시고요."

전화를 끊고 나서 태웅은 책상 위에 다리를 걸쳐 올리고 담배에 불을 붙였다. 묘하게 입술이 비틀리고 미간이 찌푸려졌다. 책상 위 재떨이가 아직 비워지지 않은 것이다.

불쾌해지려는 걸 달래려 길게 연기를 뿜어냈다. 좋은 소식이 들려올 걸 상상하며 꾹 참았다.

* * *

선양시에 어둠이 내려앉자 인적 드문 주택단지는 한결 더 으스스한 기운을 풍겼다.

주택단지에서 조금만 멀어져도 개발되지 않은 황무지 땅이 넓게 펼쳐져 있었다. 가로등이 닿지 않는 어두운 벌판 한가운데, 쭈그리고 앉아 담배 연기를 내뿜던 제상에게 문자가 전송되어 왔다. '기태웅 목사'로 저장된 번호였다.

다음 주 출발. 인원 채워지면 회신.

제상의 주변으로 남자들이 하나둘 모여들었다. 실루엣만으로도 이들의 체격이 얼마나 건장한지 짐작할 수 있었다.

제상이 담배를 바닥에 비벼 끄며 일어섰다. 바닥에는 이미 꽤 많은 담배꽁초가 널브러져 있었다.

"엊그제 여자 두 명 추가되어서 총 19명입니다."

남자 한 명이 보고했다.

"한 년은 벌써 세 번째던데요."

"총원 9명 그대로입니다. 죄송합니다."

"마약 팔다 걸린 놈 하나랑⋯ 여자 둘 해서 총 11명입니다."

남자들의 보고가 이어졌다. 제상이 핸드폰을 보며 자신의 리스트를 확인했다.

승희와 옥영의 이름이 목록 상단에 있었다.

"보자⋯ 나는 처음 왔던, 제 남편 재산 훔쳐서 도망간 년 둘이랑⋯."

버튼을 꾹꾹 눌러 화면을 스크롤 했다. 현승과 명화의 이름이 보였다.

"인신매매단으로 활동하던 부부 연놈들."

제상이 낄낄대며 웃었다.

"그래도 지 새끼는 억수로 아끼더만. 아, 지 새끼인지는 맞나 몰라."

제상이 가래침을 카악 퉤, 뱉더니 순임의 이름을 확인했다.

"중국하고 북한 오가며 마약 거래하던 노친네⋯. 네 번이나 잡혀갔는데 기어이 또 탈출하는구먼. 어떤 면에선 대단해."

쭉 리스트를 내리던 제상의 손이 '서지은'의 이름에서 멈췄다.

"아, 그리고 골 때리는 년 하나 있지."

제상이 씩 입꼬리를 올리며 웃었다.

"죽은 제 친구로 위장한 년."

남자들이 저마다 웃음을 터뜨렸다.

"모를 줄 알았나 봐."

"지가 죽인 거 아냐?"

"돈도 친구 거 훔쳤겠지."

"친구 잘 됐다 아주."

저마다 한마디씩 보태는 걸 웃으며 듣던 제상이 민철의 이름을 확인했다.

"그리고 오늘… 지 애미가 팔아버린 꼬마애 하나 추가. 어메이 징하다 진짜. 어째 내 쪽에는 정상적인 것들이 없어."

남자들이 다시 웃음을 터뜨렸다.

"어쨌든 머릿수는 거의 다 채워간다. 이번 건은 사이즈도 크고, 보상도 크니까 정신들 바짝 차려."

"네!"

남자들이 일제히 대답했다.

지잉, 제상에게 문자가 전송되어 왔다. 경희였다.

문자를 확인한 제상의 표정이 환해졌다.

70/70

제상은 곧바로 태웅에게 문자를 보냈다.

4
방망이가 가벼우면 주름이 잡힌다[5]

운주의 아버지 현형식은 반듯하게 다려진 정복만을 입었다.

아침에 집을 나서기 전에 정복이 구겨져 있거나, 주름이 제대로 잡혀 있지 않으면 어머니에게 불호령이 떨어졌다. 가끔은 손찌검이 나가기도 했다. 옷 주름 따위가 뭐가 그리 중요했을까 싶지만, 그에게는 아침의 필수 의례처럼 심각하고 중요해 보였다.

운주는 어릴 때부터 보아온 광경이라 그게 당연한 줄 알았다. 훈장이 잔뜩 박혀 있는 아버지의 정복도, 아침저녁으로 경례해야 하는 위대한 수령님의 사진도, 마치 자신의 인생 최대 업무가 그것인 양 폭행을 당하면서도 아버지의 뒷바라지에 모든 것을 쏟아붓는 어머니까지.

운주에게는 이 모든 것이 당연했다. 그래서 자신이 받은 고등

5) 다듬이질에서 방망이질을 약하게 하면 주름을 펴지 못 한다는 뜻으로, 무슨 일이나 철저히 하지 못하면 결함이 생긴다는 것을 비겨 이르는 말. (출처: 통일부 공식 블로그)

교육도, 평양에서의 부유한 삶도, 대학교를 졸업한 이후 관료로서의 삶도 보장된 게 너무도 당연했다. 그런 운주의 손에 금기된 남조선과 서방의 문물이 쥐어지기 전까지 말이다.

어릴 때부터 독서를 좋아했다. 특히 백두혈통의 전설에 관해 쓴 책들을 즐겨 읽었다. 수령님과 수령님을 도와 위대한 조선 인민주의 공화국을 건국한 이야기들을 읽으면 가슴이 벅차올랐다. TV를 보면서 남조선과 미제의 악랄한 행태와 더러운 협잡꾼들의 소식을 접할 때면 분노가 치솟았다.

문제는 운주가 북한 최고의 명문대 김일성 종합대학교 문학부에 입학한 이후부터 시작되었다. 운주와 조지, 줄리아는 항상 같이 몰려다니는 3인방으로 유명했다. 명문 제1중학교 졸업 후 대학 입학[6]까지 수재 양성 코스를 그대로 밟아온, 이른바 '직통생'인 운주와는 달리 조지는 졸업 후 바로 군에 입대했다.

지금 조지의 모습을 보면 잘 상상이 안 가긴 하지만 여하튼 그는 우수 복무 요원으로 추천을 받아 대학에 입학했다. 조지는 큰 키에 비쩍 마른 체구, 깊게 팬 눈덩이가 인상 깊은 외모였는데, 거기에 근거 없이 자신감 넘치는 표정과 말투가 더해지니 학교 내에서도 꽤 유명인사로 통했다.

자신을 조지라 부르는 그는 품에 항상 조지 오웰의 『1984』를 지니고 다녔다. 꽤 위험한 일인데도 한 번도 발각되는 일 없이(사

---

6) 2012년 '12년제 전반적 의무교육' 개편 전 북한의 의무교육사항을 바탕으로 한 것으로 소학교 4년 + 중학교 6년의 교육체계를 따른다. (참고: 통일부 북한정보포털, 국립통일교육원)

실 한 번이라도 발각되면 끝이지만) 태연하게 다녔다. 물론 표지는 뜯어낸 속지만.

여느 날처럼 조지와 운주는 오래전에 쓰다 폐쇄된 자료실에 하릴없이 앉아 지난번 조지가 구해온 '미제' 잡지와 '남조선제' 만화책을 보고 있었다. 적당히 치우고 꾸며 아지트처럼 쓰고 있는 이곳을 그들은 '동아리방'이라고 이름 붙였다.

"근데 니 그 소문 들었니?"

할리우드 스타들의 가십 페이지를 읽고 있던 조지가 물었다. 운주가 소파에 누워 읽고 있던 『슬램덩크』 만화책을 가슴 위에 내려놓았다.

"좀 있으면 대학생들도 졸업하면 군대 간다더라."

"에이, 말도 안 되는 소리 말라."

조지가 운주보다 6살 많았지만 두 사람은 존칭도 생략하고 편하게 대했다.

"군대 보내겠다는 말이 심상치 않다. 전방에 군인 숫자가 부족하다는 소문도 그러칸디."

"그럼 우리 군인 동무는 군대 또 가는가?"

운주가 놀리듯이 물었다.

"나는 안 가! 갔다 왔는데 어케 또 가니."

"숫자가 부족하면 같이 가야지 않갔어. 어차피 숫자가 부족해서 그런 거람서. 같이 가자."

"운주 너 안 믿는구나야. 그러다가 진짜 큰일 난다."

농담조로 얘기하긴 했지만 운주도 설마 하는 마음이 들기는 했다. 이미 학생들 사이에서 암암리에 꽤 퍼져 있는 소문이었다. 하지만 아버지 현형식이 보위부에 있는 한 자신은 괜찮지 않을까 하는 막연한 심리가 그의 태평한 성격과 합쳐져 소문을 애써 무시하고 있었다.

동아리방 문 너머로 절그럭거리는 열쇠 소리가 들리더니 문이 벌컥 열렸다. 누구일지 뻔히 알고 있었지만, 운주는 문이 열릴 때마다 아직도 적응 못 하고 움찔움찔 놀라곤 했다. 그들의 동아리방에는 그야말로 시한폭탄 같은 물건들이 가득했으니까.

"녹화기, 녹화기."

줄리아가 인사도 생략한 채 비디오플레이어를 찾아 동아리방 구석으로 직진했다. 그의 손에는 아무런 띠도 붙어 있지 않은 VHS 테이프가 들려 있었다.

"이번엔 어디 거니?"

TV 위에 덮어놓은 담요를 걷자 햇살에 반사된 먼지가 확 날렸다.

운주는 손을 휘저으며 인상을 찌푸렸다. 그러고 보니 비디오를 안 본 지 꽤 된 것 같았다.

"놀라지 말라. 프랑스 영화다."

"오, 프랑스?"

시큰둥하게 앉아 있던 조지가 벌떡 일어나더니 TV 앞으로 다가갔다.

세 사람은 공통적으로 문학작품을 좋아했고 취향도 대체로 비슷했지만, 세세하게 파고들면 조금씩 달랐다. 영화, 특히 예술영화를 좋아해서 비디오테이프 위주로 수집하는 줄리아와 달리 조지는 할리우드 상업영화와 밴드 음악을 좋아했는데, 어떤 때는 스타들의 사생활에 더 관심이 많아 보이기도 했다.

운주는 음악과 만화책에 주로 심취했다. '남조선제'라기보다는 '남조선이 수입한 일본제' 만화책이 주류를 이뤘다.

아니나 다를까, 줄리아가 가져온 영화는 에릭 로메르의 「클레르의 무릎」이었고, 끝없이 이어지는 대사의 홍수에 조지는 슬그머니 TV에서 물러났다. 남한으로 수입된 버전인 듯 더빙이 되어 있었다.

줄리아는 브라운관 화면 속으로 빨려 들어갈 것처럼 집중해 영화를 보고 있었고, 운주는 만화책으로 자신의 얼굴을 가린 채 슬쩍슬쩍 줄리아의 옆모습을 훔쳐봤다.

줄리아라는 이름 또한 스스로 붙인 건데, 운주는 그 이름이 퍽 잘 어울린다고 생각했다. 오똑한 코와 짙은 눈매는 어쩐지 서양 영화 속 여배우를 떠올리게 했다. 피부는 까무잡잡했지만 그것이 줄리아의 이국적인 외모를 더 매력적으로 보이게 했다.

운주는 그녀가 막연히 러시아 문학에 빠져 있기에 줄리아라는 이름을 정했겠거니 짐작했다. 아마 직접 물어도, '그냥, 마음에 들어서'라고 대답할 것이 뻔했다.

이 괴짜 친구들이 스스로 서양 이름을 붙이는 동안 운주는 별다른 이름을 짓지 않았다. 남사스럽기도 했고, 두 사람이 정해주지 않을까 하는 은근한 기대도 있었다. 언젠가 줄리아가 운주를 '라스'라고 부른 적이 있었다. 도스토옙스키의 『죄와 벌』 속 주인공 이름이었다. 옆에서 듣던 조지가 '어울리지 않는다'고 하자 금방 철회했다.

하지만 그 이름으로 불린 순간부터, 운주의 심장은 이미 빠르게 뛰고 있었다.

『죄와 벌』은 줄리아가 가장 좋아하는 책이었다. 소냐의 운명이 처연해 보이는 게 마음에 든다고 했다. 그것이 이유의 전부는 아니겠지만, 더 물어보지는 않았다. 세 사람은 각자의 취향에 대해 일일이 캐묻지 않았는데, 그건 암묵적인 존중이었다.

운주는 자신이 라스콜니코프가 되고 줄리아가 소냐가 되어, 빗속에서 서로를 부둥켜안고 구원을 갈구하는 장면을 상상했다. 자신은 초인사상에 빠져 사람을 죽일 만한 그릇이 되지 못했고, 줄리아 또한 어떤 경우에도 몸을 파는 결정을 할 사람이라는 생각은 들지 않았지만.

상상은 운주의 해방구였다. 그는 정확하게 주름이 잡힌 형식의 정복처럼 뚜렷하게 정해진 길을 가고 있었다. 당연하게 주어진 일과를 반복적으로 살아가는 것이다. 항상 답답함을 느끼고 있던 운주에게는 이 동아리방이 유일한 일탈이었고, 여기서 접한 모든 이야기는 그의 상상력을 배불리 먹이고 살찌웠다.

하지만 그도 자신의 비극적 운명에 대해서는 미처 상상하지 못했다.

평양은 한마디로 깨끗하면서도 비현실적인 도시였다.

잘 정돈된 아스팔트와 대리석들, 그 위에 허가되고 선별된 사람들만이 살고 있는 조선 인민주의 공화국의 수도.

그중에서도 김일성 광장 대주석단에서 6km 정도 떨어진 곳에 위치한 김일성종합대학교는 유럽식 고풍스러운 양식에 깔끔한 대리석으로 온 바닥을 깔았으며, 건물 하나하나가 모두 당대의 고급 자재들로 이루어져 있었다. 러시아나 중국, 베트남 등 사회주의 국가의 학생들도 유학 오는 곳이다 보니 특히 더 신경 쓴 흔적이 역력했다.

'애국로동주간'이라 해서 약 두 달 동안 세 사람이 소속된 문학부 학생들이 차출되었다가 돌아온 뒤, 이번에는 학생들 사이에서 또 다른 소문이 돌기 시작했다.

졸업 후 입대 같은 먼 얘기가 아니었다. 세 사람 중 줄리아가 직접적으로 연관되었는데, 박남기 기획재정부장이 화폐개혁 실패의 책임을 지고 숙청당할 것이라는 소문이었다.

줄리아의 아버지는 박남기의 오른팔이었던 기획재정부 제1부부장, 리형수였다.

오랜만에 동아리방에 모였을 때 그날따라 진지하고 표정이 어두웠던 조지가 소문의 진상을 알아왔다며 입을 열었다.

"아무래도 그 소문은 진짜인 것 같다."

"그걸 어디서 들었니? 비밀 사항 아닌가."

"…우리 물건 가져다주는 사람 있지 않니. 이래저래 다니다 보니 아는 사람이 많더라."

"현장군 동지한테는 혹시 뭐 들은 거 없니?"

줄리아가 근심 어린 표정으로 운주에게 물었다. 운주는 들은 게 없다고 대답하면서도, 한 번도 아버지에게 그런 일을 물어본 적 없고, 그 정도로 가까운 사이도 아니라는 말은 삼켰다.

두 사람과는 위험한 일을 함께할 정도로 가까웠지만 가정환경이나 부모님에 대한 부분은 말을 아꼈다. 친밀의 강도와는 상관없는 본능적인 판단이었다.

그것은 두 사람도 마찬가지일 것이라 생각했다. 그런 줄리아가 아버지를 언급했다. 처음 있는 일이었다. 그만큼 압박을 피부로 느끼고 있는 것이리라.

"집에 가서 물어볼게."

운주는 그렇게만 짧게 대답했다. 진짜 물어볼 수 있을지는 자신도 장담할 수 없었다. 하지만 조지도 저렇게 적극적으로 정보를 얻기 위해 움직이는데, 저만 가만있을 수는 없었다.

남에게 크게 관심 없어 보이는 조지가 줄리아의 일이라면 적극적으로 나서는 것에 대한 일종의 위기감과 질투심도 없지 않았다.

현형식이 살고 있는 집은 평양에서도 손꼽히는 고급 주거 단지인 창광거리에 있었다. 김일성 광장에서 멀지 않은 곳에 조성된 현대식 고층 아파트 밀집 지역으로, 당과 군의 고위 간부들만이 거주하는 특권층의 공간이었다.

20층짜리 아파트의 18층, 30평형대의 거실에는 대리석으로 만든 장식장과 나무로 짜 맞춘 고급 책장이 벽을 둘렀다. 그 안에는 김일성 전집과 주체사상을 다룬 서적들이 일렬로 꽂혀 있었다. 『전쟁과 평화』, 『체호프 단편집』 같은 러시아 문학도 보였다.

거실에는 희귀 목재로 만든 6인용 식탁이 있고, 벽에는 김일성 부자의 초상화가 걸려 있었다. 정기적으로 먼지를 닦는 일은 어머니의 몫이었다. 소리 없이 집 안 곳곳을 관리하는 어머니는 틈만 나면 천으로 초상화를 조심스레 닦았다.

운주의 방은 작았지만 그에게는 충분했다. 동아리방에서 소비하던 책이나 소설들은 어머니에게 발각된 이후 절대 집으로 가져오지 않았다. 어머니는 별다른 말을 하지는 않았다. 다만 운주가 현형식보다 먼저 귀가한 날, 현관으로 들어서는 운주에게 무서운 기세로 다가오더니, 그가 읽고 침대 밑에 감춰뒀던 『오만과 편견』을 내밀었다.

그때 어머니의 눈빛은 잊을 수가 없다. 항상 시선을 내리깔고 지내던 어머니의 부릅뜬 눈은 충혈된 채 운주를 똑바로 마주 보고 있었다. 동공이 떨릴 정도로 격한 감정을 내비치고 있었지만, 입을 꾹 다문 채 아무 말도 꺼내지 않았다. 마치 집 안에 도청 장치라도 있는 듯, 입술을 달싹거리기만 할 뿐이었다. 하지만 운주는 그녀의 언어를 이해했다.

절대, 다시는 들여놓지 말거라.

운주는 벗으려던 신발을 다시 신었다. 그리고 책을 가방에 집어넣고, 동아리실로 돌아갔다. 현형식이 돌아오기 전에 책을 가져다놓고, 아무렇지 않게 돌아와야 했다. 체제에 충성하는 자랑스러운 명문대 학생으로서.

다시 돌아온 운주를 어머니는 아무 일도 없는 듯 반갑게 맞이해줬다. 그녀의 입가에는 미소가 걸렸지만, 여운이 남은 입술 끝은 아직 미세하게 떨리고 있었다.

"아버지."

운주가 부르자 현형식이 슬그머니 고개를 돌렸다. 딱히 대답은 하지 않는 게 그의 방식이었다. 집 안에서는 필요한 말만 최소한으로 했다. 그것이 미덕이라도 되는 양.

운주는 침을 꿀꺽 삼켰다. 별것도 아닌 하나의 질문을 내미는 것뿐인데, 거대한 산이 앞을 가로막고 있는 것 같았다.

"그… 학교에 도는 얘기가 있어서 그런데…."

"크흠."

운주가 뜸을 들이자 현형식이 답답한 듯 헛기침으로 말을 끊었다.

"쓸데없는 거에 신경 쓰지 말라. 공부 열심히 해서 당에 보탬이 되어야 하지 않겠니."

정복을 벗으며 현형식이 단호한 투로 얘기하자 입을 다물 수밖에 없었다.

정복을 건네받으며 어머니가 거들었다.

"아버지 힘드신데 귀찮게 하지 말거라."

운주는 어머니가 아버지의 이어질 불호령에서 보호해주기 위해 한 말이라는 것을 알고 있었다. 하지만 줄리아에게 아무런 도움도 주지 못하는 자신이 초라해져 견딜 수 없었다.

"박남기 기획재정부장관 동지가…."

"어허!"

운주의 쥐어 짜낸 용기는 현형식이 내뱉은 한마디에 하릴없이 쪼그라들었다.

운주를 못마땅하게 노려보는 현형식을 어머니가 달래며 간신히 안방으로 데리고 들어갔다. 잠깐 마주친 어머니의 눈빛이 그러지 말라고 외치고 있었다.

거실에 우두커니 선 운주는 아무것도 할 수 없다는 무력감과 허탈함에 빠져 고개를 떨구었다.

모든 변화는 갑자기, 예상하지 못한 순간에 한꺼번에 닥친다.

조지와 줄리아가 며칠 동안 동아리방에 나오지 않았다.

수업에도 결석했다. 줄리아도 그렇지만 어째서 조지까지 나오지 않는 걸까?

운주는 궁금했지만 알아낼 방법을 몰랐다. 같은 학부에는 조지와 줄리아 외에 이런 일을 물어볼 사람이 없었다. 그제야 운주는 자신이 세 사람과의 관계에 집중하느라 외떨어진 생활을 하고 있었다는 걸 깨달았다.

두 사람이 사라지자 그에게는 아무도 남지 않았다. 웃음 띤 채 다니는 것 같아도 모두가 모두를 감시하는 곳이다. 함부로 정치적인 주제를 꺼내는 것은 자살행위에 가까웠다. 운주는 어떤 주제든 허심탄회하게 나눴던 두 사람의 소중함을 절실히 느꼈다.

동아리방에 홀로 앉아 오지 않는 두 사람을 멍하니 기다리던 운주는 책장으로 가 두 사람이 모아놓은 영화 컬렉션을 구경했다. 이제 보니 두 사람은 암묵적으로 자신들의 칸을 정해서 정리해놓고 있는 듯했다.

한쪽에는 「타이타닉」, 「매트릭스」, 「탑건」, 「쇼생크 탈출」 같은 헐리우드 유명 영화들이 꽂혀 있었고, 반대편에는 「녹색 광선」, 「멀홀랜드 드라이브」, 「화양연화」 등 다양한 국적의 영화들이 있었다. 누가 어디를 쓰고 있는지 바로 알 것 같았다. 「살인의 추억」, 「쉬리」 같은 한국 영화도 보였다.

언젠가 가장 좋아하는 영화를 꼽아본 적이 있었다. 줄리아는 빔 벤더스 감독의 「파리, 텍사스」를 꼽았었다. 제인 역을 맡은 나스타샤 킨스키에 매료되었다고 했던가, 나스타샤 킨스키가 연기한 제인에게 공감했다고 했던가.

그녀는 제인과 나스타샤를 분리하지 않았다. 그리고 자신도 분리하지 않았다. 줄리아는 제인과 나스타샤 모두에게 깊이 몰입했다.

줄리아가 「파리, 텍사스」의 두 여자(혹은 한 여자)가 나온 장면을 반복해서 재생하는 모습을 오래 지켜본 적이 있었다. 집중했을 때 나오는, 특유의 나른한 표정으로 눈을 반쯤 감은 줄리아를 멍하니 바라봤다. 그곳에는 운주의 라스콜니코프도, 그의 소냐도 없었다.

두 사람의 흔적이 잔뜩 배어 있는 공간에서 끝없는 망상에 빠졌다. 사람을 안다고 하는 것이 얼마나 오만한 것인가. 얼마나 줄리아를 안다고 할 수 있을까?

조지는? 두 사람은 혹시 남몰래 사귀는 연인 사이였던 건 아닐까? 나만 중간에서 바보짓을 하고 있었던 걸까? 눈속임을 위한 액세서리 같은?

한번 시작된 생각의 꼬리는 끝없는 줄기를 타고 수없이 많은 갈래로 펼쳐졌다. 더 이상 어디가 시작이었는지 생각도 나지 않을 만큼 줄기들이 꼬여갈 때, 동아리방 문이 열렸다. 조지였다.

반가운 마음도 잠시, 그의 얼굴을 보자 설움과 함께 원망의 감정도 따라서 몰려왔다. 애써 그 마음을 꾹꾹 눌러 담고, 가장 먼저 물어야 할 것을 꺼냈다.

"어떻게 된 것인가? 그동안 어디 갔었고?"

조지의 얼굴은 많이 상해 있었다. 무심하게 신경 쓰지 않는 듯해도 항상 면도는 깔끔하게 했고 피부도 말끔했는데…. 지금은 버짐이 심하게 피었고 면도도 며칠은 하지 않은 듯했다.

무엇보다 그렇지 않아도 마른 체형인데 살이 더 빠졌다. 밥도 못 챙겨 먹는 걸까?

"지금부터 내가 하는 말 잘 들으라."

들고 온 커다란 가방에 '불온'으로 간주된 비디오와 책, 잡지들을 급하게 쓸어 담으며 조지가 말했다.

그 단호하고 빠른 말투와 태도에 압도된 운주는 도와줄 생각도 못 하고 뻣뻣이 선 채 고개만 끄덕였다.

"너는 나를 모르는 것이야. 항상 그랬고, 앞으로도 그래야 한다."

운주는 이해가 가지 않았다. 누군가 우리를 신고한 것일까?

그렇다면 자신도 함께했는데 왜 두 사람만 쫓기는 거지?

운주는 자세히 말해보라고 소리쳤다. 이대로면 두 사람만 다시 오지 못할 곳으로 훌쩍 떠나버릴 것 같았다. 혼자만 외롭고 어두운 이곳에 남겨질 것 같았다. 무엇보다 운주는 이해하고 싶었다. 운주가 조지의 어깨를 꼭 붙잡았다.

미리 동선을 다 짜놓은 것처럼, 수없이 머릿속에서 구현해본 것처럼 거침없이, 그렇게 체계적으로 물건을 쓸어 담던 조지의 움직임이 우뚝 멈췄다.

운주의 간절한 눈빛을 본 조지는 한숨을 쉬었다가 빠르게 설명을 이어갔다. 운주는 급작스레 쏟아지는 정보들에 정신을 차릴 수 없었다.

조지와 줄리아는 배다른 남매였다. 다만 줄리아의 어머니는 정실이었고, 조지의 어머니는 첩이었다. 두 사람의 아버지 리형수는 조지의 집안을 철저히 숨겼다. 생활비를 보내주는 것 외에는 버려두다시피 했다.

그 덕에 줄리아는 조지와 그 가족의 존재를 전혀 모르고 살았지만, 조지는 줄리아를 알고 있었다.

조지는 어머니로부터 중앙당 간부인 리형수가 아버지이며, 반드시 인재가 되어 꼭 아버지를 찾아가라는 말을 어린 시절부터 수없이 들으며 자랐다.

형편상 직통생이 될 수는 없었기에 내키지 않았던 군복무 시절을 정말 열심히 보냈고, 마침내 특별추천을 받아 김일성종합대학에 입학할 수 있었다.

특유의 서글서글한 성격과 말주변으로 정보를 늘려가던 조지는 줄리아의 존재를 알게 되었다. 그리고 그녀를 가까이서 지켜보다 불온 테이프와 서적을 밀수하고 있었다는 것도 알게 되었다.

아슬아슬해 보이는 줄리아의 행보를 걱정한 조지는 스스로 폐쇄된 자료실을 개조해 '동아리방'을 만들고, 그곳으로 줄리아를 끌어들였다. 줄리아에게 폭탄 같은 이 물건들을 차라리 한자리에 모아놓고 자신이 관리하려 한 것이었다.

박남기 기획재정부장의 숙청은 실제로 이루어졌다. 산하 핵심 부서원들에 대해서도 차례로 숙청이 진행되었다.

제1부부장 리형수도 예외가 될 수는 없었다. 당의 계획에 대한 첩보를 먼저 입수한 리형수는 줄리아를 비롯한 가족을 데리고 도주를 시도했다.

조지는 지금 줄리아의 불법 흔적을 지워주기 위해 위험을 무릅쓰고 이곳에 홀로 등장한 것이다.

운주는 모든 게 혼란스러워졌다. 어이없게도 그에게 가장 먼저 떠오른 의문은 두 사람의 안위나 행보가 아니었다. 그렇다면 나는? 나는 이들에게 무엇이었던 건가?

자신의 할 말을 쏟아낸 조지가 가방을 들고 나가려는 걸 붙잡고, 운주가 물었다.

잠시 운주의 눈을 가만히 마주 본 조지가 한마디를 꺼냈다.

"친구."

낯선 단어를 내뱉은 조지가 품속에서 표지가 벗겨진 『1984』를 꺼내 내밀었다.

"남조선 말이라. 제일 친한 동무한테 하는 말. 건강해라."

조지가 묵직한 플라스틱 부딪히는 소리를 내는 가방을 휙 둘러 메고 동아리방을 미련 없이 나갔다.

혼자가 된 운주의 불행은 거기서 그치지 않았다. 사라진 조지 와 줄리아의 행방을 알기 위해 운주는 다시금 현형식에게 기댈 수밖에 없었다.

그것이 얼마나 위험한 일인지 운주는 몰랐다.

이번에는 현형식에게 리형수의 행방에 대해 구체적으로 물었 고, 그 이름을 들은 아버지의 눈빛이 달라졌다.

운주는 본능적으로 실수했다는 걸 깨닫고 입을 다물었다.

덜컥.

김일성 부자의 초상화를 닦던 어머니가 휘청했고, 김일성의 초 상화가 옆으로 삐끗 기울었다.

현형식은 불같이 화를 내며 어머니의 머리채를 붙잡고 끌어내 렸다. 감히 위대한 수령님의 초상화를 훼손할 뻔했다며 어머니의 입술이 터지도록 손바닥을 휘둘렀다.

운주의 몸이 얼어붙은 듯이 굳었다. 그것은 어릴 때부터 현형 식이 어머니를 구타할 때마다 몸에 밴 습관이었다. 정확히는 어 머니가, 어머니의 눈빛이 그렇게 하라고 했다.

가만히 있어라. 가만히 있어라.

하지만 이번에는 달랐다. 어머니의 눈빛은 아무 말도 하지 않고 있었다. 구타를 당하면서도 그저 운주를 가만히 바라볼 뿐이었다.

운주는 아무 말 하지 않는 어머니의 눈빛이 더 끔찍하고 공포스러웠다.

학교에서는 조지가 불온서적과 영상 보유죄로 붙잡혀 갔다는 소문이 돌았다. 도주 중 붙잡힌 리형수는 사살당했다는 소문도 암암리에 퍼졌다.

줄리아에 대한 소식은 없었다. 소문은 일방적이었다. 운주는 누구에게도 두 사람에 대해 물을 수 없었다.

두 사람이 사라진 동아리방은 보위부가 이미 휩쓸고 가 난장판이 되었다.

건물 관리자는 어느 날부터 보이지 않더니, 처음 보는 사람으로 바뀌어 있었다. 운주는 찢어진 소파에 앉았다.

아 새끼 나보다 나이도 어린것이 맨날 누워 있냐.

운주는 조지의 애정 어린 타박을 들으며 소파에 몸을 뉘었다.

석면 가루와 부서진 나무, 유리 조각들이 뿌드득 부서지는 소리가 등과 소파 사이로 새어 나왔다.

I knew these people. 나는 두 사람을 알아요.

What people? 누구요?

줄리아가 보고 있는 TV에서 「파리, 텍사스」의 마지막 대사가 흘러나오고 있었다. 오래도록 찾아 헤맨 아내 제인을 만났지만, 퇴폐업소에서 일하는 그녀를 차마 바라보지 못하고, 등을 돌린 채 전화기에 대고 말하는 남편 트래비스.

그리고 브라운관 너머로 그 둘을 바라보는 줄리아.

TRAVIS: These two people. They were in love with each other. The girl was very young. About seventeen or eighteen, I guess. And the guy was quite a bit older. He was kind of raggedly and wild. And she was very beautiful, you know?
트래비스: 이 두 사람은 서로 사랑했어요. 여자는 아주 젊었어요. 열일곱이나 열여덟쯤 되었을 거예요. 남자는 훨씬 나이가 많았죠. 그는 좀 남루하고 거칠었어요. 그리고 그녀는 정말 아름다웠어요.

JANE: (smiles) Yeah.
제인: (미소 지으며) 그래요.

TRAVIS: And together, they turned everything into a kind of an adventure, and she liked that. Just and ordinary trip down the grocery store was full of adventure. They were always laughing about stupid things. He liked to make her laugh. They didn't much care about anything else, because all they wanted to do was be with each other. They were always together.

트래비스: 그리고 함께 있을 때, 모든 것이 모험처럼 변했어요. 그녀는 그걸 좋아했죠. 그냥 평범하게 가게에 장을 보러 가는 일조차도 모험 같았어요. 둘은 늘 사소한 일에도 웃었어요. 그는 그녀를 웃게 만드는 걸 좋아했어요. 다른 건 별로 신경 쓰지 않았어요. 그저 서로와 함께 있고 싶었으니까요. 그들은 언제나 함께였어요.

JANE: Sounds like they were very happy. [7)]

제인: 정말 행복했겠네요.

운주는 눈을 지그시 감았다.

손을 꼭 잡고 동아리방을 나서는 조지와 줄리아의 뒷모습이 빛에 휩싸였다.

조지와 줄리아는 서로를 바라보며 환하게 웃고 있었다. 두 사

---

7) 출처: 「PARIS, TEXAS」 Screenplay by Sam Shepard and Wim Wnders, Sep 21, 1983. 번역은 공식 한글 번역본을 바탕으로 함.

람은 항상 함께 있을 때, 서로를 바라보며 그렇게 웃었다. 체제의 위협 따위, 앞날 따위, 그깟 모든 것 따위….

두 사람을 제외한 세상의 어떤 것 따위도, 두 사람의 천진하고 바보 같은, 하지만 순수하게 빛나는 미소보다 중요하지 않았다.

Yes. They were. They were real happy.
네. 그들은 정말 행복했어요.

운주의 감은 눈에서 뜨거운 눈물이 흘러나왔다. 아름다운 두 사람의 뒷모습을 떠올리면서도, 운주는 한가지 질문이 머릿속에서 떠나지 않았다. 그것이 죽도록 혐오스러웠다. 질문은 지우려 해도 지워지지 않고 더 선명해졌다.

그럼, 나는 뭐야.

우지끈, 문 부서지는 소리와 함께 남자들이 들이닥쳤다.

그들은 보위부에서 나왔다고 자신들을 소개했다.

정확하게 현운주의 이름을 대며 불온서적 보유죄로 붙잡아 가겠다고 소리쳤다. 잠깐 반항하려던 충동이 들었다가, 차라리 잘 됐다고 자포자기했다.

폐허가 된 이곳에서 두 사람이 남긴 추억은 잔인하게 아름다웠다. 운주는 이곳이 견딜 수 없었다. 그렇게 당연한 듯했던 운주의 세상이 하나씩 무너져 내리고 있었다.

＊＊＊

청진구류소에 수감되어 있는 동안 운주는 삶의 의미를 잃어갔다. 평생 부족할 것 없이 살아온 그에게 낯선 환경에서의 억압과 폭력 그리고 지독한 외로움은 현실감각마저 사라지게 했다.

얼마나 있어야 하는 걸까? 나도 결국 사형당하는 거겠지? 조지와 줄리아는 어떻게 됐을까.

시간이 어떻게 흘러가고 있는지 알 수 없었다. 대화가 금지된 이곳에서 어느 날 조용히 운주에게 말을 거는 목소리가 있었다.

"어째 여기까지 왔습니까?"

말을 건 남자의 눈빛에서 조지를 떠올렸다. 남자는 자신을 김기훈이라고 소개했다.

＊＊＊

부패가 진행되는 노인의 시체에서 지독한 악취가 풍겼다.

명식은 손으로 코를 틀어막은 채 발로 노인의 시체를 툭 건드렸다.

방 안에 벌레들이 날아다녔다. 손으로 휘휘 저어 쫓다가 문밖으로 나갔다.

집 뒤쪽에서 소란스러운 소리가 들리는가 싶더니, 영호가 꽃제비를 붙잡고 나타났다.

"근처에 숨어 있었습니다."

꽃제비는 제압 과정에서 영호에게 발길질을 당한 듯 흙 자국이 몸 여기저기 묻어 있었다. 그럼에도 기세는 꺾이지 않았고, 이따금 영호의 손을 뿌리치려고 발버둥 쳤다.

명식이 성큼성큼 다가왔다. 명식의 기운에 압도된 꽃제비가 입을 헤, 벌리고 올려다봤다. 손을 들어 꽃제비의 뺨을 내리쳤다. 뒤이어 두 번, 세 번, 계속해서 내리쳤다. 꽃제비가 기어이 피를 토했다.

순간 명식은 수술대에서 아들이 피를 토하던 모습을 떠올렸다.

급성 천식에 이은 폐렴이었다. 조금 빨리 발견했으면 괜찮았을까. 내가 이놈들 잡느라 밖으로 돌아다니지 않았다면, 저렇게 병원 침대에서 열 살 생일을 맞을 일도 없었을까.

그러고 보니 의사에게 건네주느라 약봉지 안에 넣어뒀던 병정 인형을 전해주지 못했다. 의사가 알아채고 그걸 아들에게 전해줬을까.

애 엄마도 몸이 약했다. 아들의 네 살 생일을 보지 못하고 세상을 떠났다. 역시 폐렴이었다. 죽기 전에 자기 병을 물려준 것 같다며 슬퍼했지. 명식은 고개를 절레절레 저으며 감상적인 생각을 지웠다.

영호는 허공에 멈춘 명식의 손을 의아하게 바라봤다.

한 번도 망설인 적이 없는 남자였다. 노인도, 여자도, 아이도 그에게는 똑같이 공화국을 배신하고 탈출하려는 더러운 변절자들이자 벌레들일 뿐이었다.

명식의 손이 다시 한번 내리꽂혔다. 꽃제비는 피를 토하며 정신을 잃었다.

명식의 눈짓에 영호가 주방에서 물을 떠와 꽃제비의 얼굴에 뿌렸다.

정신을 차린 꽃제비 옆에 쭈그려 앉아 명식이 핸드폰 속 운주 사진을 보여줬다.

"어디 갔는지 말하라. 목숨은 살려주겠다."

꽃제비는 덜덜 떨며 운주의 행선지에 대해 불었다.

명식은 자연스레 노인과 꽃제비가 탈북자들을 대상으로 해오던 일에 대해서도 알게 됐다. 역시 이 벌레 같은 놈들은 어디에나 뻗쳐 있다.

명식은 박멸하고 잡아들여도 계속해서 번져가는 존재들에 치를 떨었다. 이놈들을 싹 다 처리하기 전까지 자신과 아들에게 평화는 오지 않을 것이라는 확신이 들었다. 더 몰아붙여야 한다. 빠져나갈 구멍을 만들면 안 된다.

"가자."

"아는 어떡합니까?"

"차에 태우라. 교화소에 보내서 정신 차리게 해야 한다."

"사, 살려준다고 하지 않았습니까!"

꽃제비가 울상이 되어 외쳤다.

"살려준다지 않니. 내가 죽인다고 했니."

꽃제비는 순순히 영호의 포박에 응할 수밖에 없었다. 뒷자리에 탄 녀석의 손을 영호가 문손잡이에 묶으려 하자 명식이 고개를 저었다. 한번 겁을 집어먹은 짐승은 도망치지 않는다. 눈으로 그렇게 말하고 있었다.

영호는 의외라는 표정을 숨기며 명령을 따랐다. 하지만 미묘하게 흔들리는 표정을 놓치지 않았다.

명식은 조수석에 올라타 아들에게 문자를 보냈다.

군인은 받았는가?

문자를 보내고 핸드폰을 닫았다. 답장은 기다리지 않았다. 명식은 눈앞의 표적에 집중하려 했다.

＊

꾸물꾸물 먹구름이 푸르스름한 하늘을 덮으며 불길하게 몰려왔다. 높은 건물 하나 없는 선양시 외곽의 하늘은 땅보다 훨씬 넓어 보였다.

하늘을 올려다보던 제상은 담배를 바닥에 던져 발로 비볐다. 어쩐지 재수가 없을 것 같은 날씨였다. 비가 오기 전에 서둘러야 했다.

그의 낡은 회색 승합차에 사람들이 하나둘 올라탔다. 조수석에는 경희가, 가장 뒤쪽 열에는 옥영, 승희 그리고 현승과 명화가 아기와 함께, 중간 열에는 기훈과 운주, 은실과 순임이 앉고 그사이 접이식 좌석에 민철이 앉았다.

출발 전 긴장된 전운이 감도는 차 안에서 경희가 먼저 기도문

을 외웠다. 그동안 소음처럼 듣기 싫었던 경희의 기도문이 오늘
만큼은 꼭 효과가 있기를 차에 탄 모두가 바랐다.

"출발합시다."

경희의 묵직한 한마디에 승합차가 요란한 엔진 소리를 내며 출
발했다.

승합차 안에는 내내 무거운 침묵이 내려앉아 있었다. 누구 하
나 섣불리 입을 열지 않았다. 마치 말을 꺼내면 그것이 불행으로
이어질 것 같아 저마다 창밖만 바라봤다.

눈을 맞추는 이도 없었다. 서로의 불안을 들여다보고 싶어 하
지 않았다. 불안은 전염되는 법이다.

민철은 지난 번 기훈과 운주 난입 사건 이후로 은실의 곁에 꼭
붙어 있었다.

두 사람은 서로를 필요로 했다. 민철에게 은실은 자신을 지켜
줄 유일한 사람이었고, 은실에게 민철은 자신이 서지은으로 있을
수 있게 하는 존재였다.

차가 넓은 벌판의 비포장도로로 나아가자 이리저리 흔들리기
시작했다. 시야가 탁 트인 창밖을 바라보다가 기훈은 멀리 다른
승합차가 같은 방향으로 내달리고 있는 걸 발견했다.

같은 기종의 차였다. 반대편으로 시선을 돌렸다. 더 먼 거리여서
정확히 구분되지는 않았지만, 분명 그곳에도 차 한 대가 같은 방
향으로 달려가고 있었다. 불안한 예감이 들어 기훈은 주위를 둘러

봤다. 그의 동요에도 일행 누구 하나 기훈을 돌아보지 않았다.

"우리, 어디로 가는 겁니까? 몽골 가는 거 아닙니까?"

기훈이 운전석 쪽으로 몸을 내밀며 물었다.

"아, 몽골 루트는 이제 너무 유명해져서 오히려 위험해요. 사막 건너는 것도 보통 일이 아니고. 지금은 북경 쪽을 통하는 게 제일 나아요."

제상이 태연하게 대답하자 기훈이 발끈했다.

"북경? 북경이라니! 얘기가 다르잖니!"

"괜찮습니다, 기훈 씨. 하나님이 다 점지해주셨어요."

경희가 제상을 거드는 걸 무시하며, 기훈이 다급하게 말을 이었다.

"북경으로 가면? 그다음은? 그다음은 어디로 가려고!"

"에휴, 거 국제정세나 신문 같은 것도 좀 보고 그러세요. 지금 몽골 쪽으로 가면 되려 큰일 나요. 지금처럼 남북이 화해 무드일 때는 대사관 쪽으로 가서…."

"뭐? 대사관!"

"하나님께서 응답해주셨어요. 축복이 그쪽에…."

"이 쌍간나 새끼, 안 닥치니! 혓바닥 뽑아서 파리채를 만들어버릴라!"

경희의 말을 끊으며 기훈이 욕설을 쏟아내자 순식간에 분위기가 얼어붙었다.

"뭐… 뭐라고 하셨어요?"

처음 들어보는 욕설에 경희가 손마저 부들부들 떨며 물었다.

기훈의 분위기가 심상치 않다고 느낀 제상이 차근차근 설명하려 했다.

"흥분하지 마시고요. 왜 그러시는지 모르겠지만, 일단 대사관으로 진입하기만 하면 대한민국 정부에서 여러분들을 적극적으로…."

"절대 안 된다!"

기훈이 달려들며 핸들을 돌렸다. 차가 크게 휘청였다. 일행들의 비명이 쏟아졌다.

"뭐 하는 거야! 이거 안 놔!"

제상이 기훈의 팔을 떼놓으려 했지만, 그의 단단한 팔은 꿈쩍도 하지 않았다. 제상이 힘으로 핸들 방향을 다시 틀려고 하자 차가 좌우로 마구 흔들렸다.

"당신들, 우리 속이는 거지? 저기 저 차들, 다 우리 같은 사람들 싣고 같은 곳으로 향하는 거잖니! 내가 두 번 속을 것 같은가? 당신들 어디서 보냈어? 누가 시켰니!"

경희가 기훈의 팔을 깨물었다. 기훈이 잠깐 인상을 썼지만, 꿈쩍도 하지 않고 버텼다.

"무슨 말도 안 되는 소리야! 누가 이 사람 좀 떼어내줘요!"

"대사관을 이렇게 한꺼번에 가는 게 말이 되는가! 최대한 조용히 넘어가야 할 것을, 나 대사관 갑니다, 하면서 가는 간나 새끼들이 어딨냐고! 우리 싸그리 잡혀갈 거다!"

더 이상 참지 못한 제상이 기훈에게 팔꿈치를 휘둘렀다. 코를 정통으로 맞고 기훈이 그대로 나가떨어졌다. 코에서 주르륵 피가 흘렀다.

"종간나 새끼!"

기훈이 다시 달려들더니 제상의 뒤에서 팔로 목을 졸랐다.

깜짝 놀란 경희가 기훈의 팔과 얼굴을 마구잡이로 때리고 할퀴었다. 경희의 손톱에 자잘한 상처가 났지만 기훈은 꿈쩍도 하지 않았다. 목이 졸린 제상이 기훈의 팔을 떼어내려 발버둥쳤다.

차에는 제대로 된 안전벨트 하나 없었다. 일행들은 크게 휘청이는 차 안에서 이리저리 넘어지고 뒤섞였다. 운주는 이러지도 저러지도 못하고 망설였다.

***

쾅!

문을 발로 차며 명식과 영호가 선양시 중간 거점에 들이닥쳤다.

이미 탈북자들은 모두 떠난 숙소였지만, 사람이 있었다는 흔적은 남아 있었다.

영호가 미처 비우지 못한 쓰레기통과 바닥에 떨어진 칫솔, 음료병 따위를 발로 툭툭 차며 내부를 살폈다.

"늦은 것 같습니다."

영호가 마지막으로 화장실 문을 닫으며 보고했다.

창문을 열고 밖을 가만히 내다보던 명식이 무언가를 발견하고는 서둘러 밖으로 뛰쳐나갔다.

뒤따라가려던 영호도 주방 쪽을 확인하고 멈춰 섰다.

달려 나간 명식이 도착한 곳은 아파트 단지 근처 황무지였다. 담배꽁초가 쌓여 있었다.

어찌나 담배를 많이 피웠는지 탈북자들의 숙소에서도 하얀 무더기가 보일 정도였다.

쭈그려 앉아 바닥에 떨어진 꽁초들을 하나하나 주워봤다.

마른 것들은 필요 없다. 명식이 찾는 것은 단 하나, 아직 따뜻하거나, 축축한 것. 가래침 속에서 담배꽁초 하나를 꺼내 들었다. 꽁초 끝을 손가락으로 비볐다 따뜻했다.

평양이다.

필터에 연한 갈색 띠가 둘려 있다. 거칠고 노르스름한 담배지에 싸인 공화국의 대표 담배. 주변에는 노란색 필터의 외산 담배, 흰색 필터에 푸른색 띠가 둘러진 남조선 담배도 있었다.

여기에 온갖 잡놈들이 다 모여 있었구만.

"부장 동지!"

명식이 천천히 고개를 돌렸다. 영호가 빠른 걸음으로 다가오고 있었다. 그는 허둥대거나 뛰지 않았다. 좀체 서두르는 법이 없었다. 비상한 머리로 변수를 파악하고 철저히 계산한다. 명식은 영호를 그렇게 평가했다. 예측하는 인간. 예측할 수 있으면 허둥댈 필요도, 서두를 필요도 없는 것이다.

2년 동안 호흡을 맞추면서 두 사람은 서로의 방식을 파악하고 있었다. 영호가 명식을 관찰한 만큼 명식도 영호를 관찰했다. 명식은 영호의 손에 들린 영수증처럼 보이는 종이를 노려봤다. 다가오는 그의 발걸음은 확신에 차 있었다.

시간이 얼마 안 남았구나!

명식은 곧바로 정차해둔 차를 향해 뛰었다.

영호도 방향을 틀어 차로 달려갔다. 두 사람은 누가 먼저랄 것도 없이 각자 운전석과 조수석에 올라탔다. 영호에게 종이를 건네받았다.

역시! 기차 티켓 영수증이다.

영호가 운전하는 차가 주차장을 돌며 흙먼지를 길게 흩날렸다.

지금부터 쭉 밟으면 따라잡을 수 있다. 명식이 턱짓으로 앞을 가리켰고, 기다렸다는 듯 영호가 액셀러레이터를 꾹 밟았다. 화가 난 듯한 거친 엔진 소리와 함께 차가 튕겨 나가며 길 위에 올라섰다.

이제 금방이다. 이 간나 새끼들만 잡고, 아들이 기다리는 병원으로 돌아간다.

그러고 보니, 답장이 왔던가?

마침 한 통의 전화가 걸려 왔다. 아들 담당 의사였다.

명식은 갑작스러운 불안감에 휩싸였다. 병원 앞에서 수사국장의 전화가 걸려 왔을 때와 비슷한 기분이었다. 무언가 잘못될 것 같은 예감. 이 전화를 받으면 안 될 것 같은 느낌. 그러니까, 더러운 기분.

천천히 초록색 통화 버튼을 눌렀다.

오늘따라 깊숙하게 눌려진 버튼이 길게 신호음을 늘렸다.

삐―.

"예, 선생님."

전화기 너머로 바쁘게 오가는 사람들의 소란스러운 소리가 들려왔다. 생명유지장치의 소음도 희미하게 들렸다. 듣고 싶지 않았지만, 들렸다.

"최선을 다했지만… 방법이 없었습니다. 죄송합니다."

삐―.

전화기 너머 들리는 게 아들의 생명유지장치 소리인지, 자기 귀에 들리는 이명인지, 명식은 알 수 없었다.

"아들이 부장 동지를 계속 찾았는데… 어째 이리 연락이 안 되셨습니까."

삐―.

명식의 머릿속에서 무언가 끊어지는 소리가 들렸다. 차창 밖 풍경이 찌그러진 유리창처럼 일그러져 보였다.

그러고 보니, 아들은 군인을 싫어했다.

5

범 무서워 산에 못 가랴[8]

승합차 안에서는 실랑이가 계속되고 있었다.

팔을 휘두르던 경희의 손톱이 기훈의 눈을 쿡 찔렀다. 순간 목을 조르던 팔이 풀리자 제상이 핸들을 획 꺾어 그의 중심을 무너뜨렸다.

"꺅! 그만해!"

뒷좌석의 명화가 아이를 끌어안고 소리쳤다.

"이 사기꾼들! 뭐합니까? 이놈들 우리 팔아넘기려는 거요! 도와주시오!"

"아니, 그걸 어떻게 압니까! 그래도 지금까지 몇 달 동안 우리 돌봐준 사람인데."

기훈이 소리치자 현승이 반박했다.

---

8) 반드시 해야 할 것은 어떤 어려움과 방해가 있어도 해야 한다는 뜻. (출처: 통일부 공식 블로그)

"대사관 앞에 이미 기자들 쫙 깔려서 대기하고 있을 겁니다! 그래놓고 우릴 남조선에 대한 선전 도구로 이용하려는 거라고. 고놈들 배때기 불리는 데 우린 이용만 당하는 거란 말이오!"

다시 제상에게 달려들려는 기훈의 팔을 운주가 붙잡았다.

"그래, 운주야. 이놈 좀 잡아라!"

"그만 좀 하라!"

운주가 기훈의 팔을 거칠게 떼어내며 소리쳤다.

항상 조용했고 협조적이었던 운주의 외마디 큰 소리에 모두가 놀랐다.

"너… 너 왜 이러니?"

"그만하라고!"

"얘기했지 않니! 이것들이…!"

짝, 운주가 기훈의 뺨을 때리자 정적이 흘렀다.

감정이 복받쳐 오른 운주의 눈에 눈물이 그렁그렁 맺혔다.

"왜 그러는 거니, 대체! 우리 도와줬던 아바이한테도 그러고! 그리고… 그 꽃제비도, 니가… 니가 죽였지 않니?"

모두의 시선이 기다렸다는 듯 기훈에게 몰렸다.

"무슨… 무슨 얘길 하는 거니, 내가 왜…!"

"널 믿는 게 아니었다. 너는, 너는… 조지가 아니다."

"그게 뭔데!"

"주변을 둘러보라! 여기 애들만 둘이 타고 있다. 너 때문에 지금 다 죽을 뻔한 거 모르겠는가!"

경희가 글러브 박스를 열더니 리볼버를 꺼내 기훈에게 겨눴다.

"이, 이 미친놈! 사탄 들린 악마 새끼!"

"아니, 씨발! 그걸 꺼내면 어떡해!"

깜짝 놀란 제상이 경희를 말릴 새도 없었다. 기훈이 본능적으로 실린더를 붙잡았다.

실린더가 돌아가지 않도록 꽉 붙잡은 기훈의 손이 부들부들 떨렸다. 총구는 그의 이마를 정면으로 겨누고 있었다. 온 힘을 다해 방아쇠를 당기려는 경희의 손가락이 시뻘겋게 달아올랐다.

기훈은 경희의 부라린 눈을 보며, 그녀가 진심으로 자신을 죽이려 한다고 확신했다. 꽉 잡은 실린더가 조금씩 돌아가고 있었다. 땀에 젖은 손바닥이 원망스러웠다. 조금만 더 돌아가면 발사될 것이고, 머리에 구멍이 뚫린다. 실린더가 다 돌아가기 직전이었다. 기훈이 반대편 팔을 뻗어 총구를 돌리려는 순간.

쿵! 커다란 충격과 함께 차가 크게 휘청였다.

그와 동시에 총이 발사됐다.

검은 SUV가 제상의 승합차 뒤로 바짝 다가가며 다시 한번 들이받을 준비를 했다.

어느새 자리를 옮겨 명식이 운전대를 잡고 있었다.

"부장 동지! 총소립니다!"

영호가 앞을 가리키며 소리쳤다.

명식의 운전은 영호와 달랐다.

마치 야생의 포식자처럼 사냥감이 지쳐 나가떨어져 먹잇감이 될 때까지, 그래서 숨이 끊어질 때까지 절대 멈추지 않았다.

명식이 다시 한번 승합차를 들이받았다.

"종간나 새끼들… 다 죽여버린다."

더 이상 명식을 말릴 수 없었다. 영호는 보조 손잡이를 꽉 쥐었다. 이제부터는 예측 불가의 영역, 야수의 사냥터였다.

아들이 죽었다.

어쩌면 오래전부터 예감했을지도 모른다. 오랜 투병 생활을 그 작은 몸으로 지금까지 버텨온 것도 기적이랄 수밖에 없었다. 하지만 죽음이라는 단어는 절대 머릿속에 들어오지 않도록 버텨왔다. 그 단어가 한 번이라도 머릿속에 떠오른다면 그대로 실행될까 두려웠다. 그저 자신이 할 수 있는 모든 것을 바칠 수밖에 없었다.

처음에는 어려웠다. 탈북자들을 잡으러 나갈 때마다 아들은 혼자 남겨졌다. 아들과의 시간을 만드는 건 자신의 능력 밖이었다. 한계가 너무도 뚜렷했다.

결코 당의 명령을 거부할 수는 없었다. 점점 수사 방식은 거칠고 집요해졌다. 아들의 상태가 나빠지며 명식은 탈북자들의 달러를 갈취하기 시작했다. 뒷돈이 필요했다. 로비를 통해 최고위층만 갈 수 있는 중앙병원에 아들을 입원시켰다.

아들도 아내처럼 허망하게 보낼 순 없었다. 아내의 상태가 나빠질 동안 괜찮다는 그녀의 말에 애써 안심하고 일터로 나갔었다.

날 닮아서 그런가 봅니다.

세 살 된 아들이 갑작스러운 기침과 호흡곤란으로 보위부 직영 진료소를 찾았을 때 아내는 자책했다. 아니라고 대답하지 못했다. 어쩌면 마음 한구석에서 아내를 원망하고 있었을지도 몰랐다.

꼭 부탁합니다.

끊임없이 기침을 하던 아내가 호흡기를 떼며 마지막으로 한 말이었다.

아니, 마지막에 그녀는 말도 제대로 하지 못했다. 어쩌면 그렇게 말한 것이 아니라 그렇게 들은 것일지도 모른다. 아내의 간절한 바람이 말이 아닌, 떠나가던 그녀의 영혼이 영원히 지워지지 않는 얼룩으로 새기고 간 것일지도 몰랐다.

얼굴의 상처 자국이 욱신거렸다. 제발 죽여 달라며, 고통에 발작하던 아내를 말리다 생긴 상처였다.

아내는 명식의 얼굴에서 피가 흘러내리자 거짓말처럼 잠깐 발작을 멈췄다. 눈물을 흘리며 뺨의 상처를 어루만지던 아내가 말했다.

꼭 부탁합니다.

명식의 얼굴을 붙잡은 채 아내가 무너져 내렸다. 명식의 얼굴이 피로 번져갔다.

명식은 웃어보려고 애썼다. 아내의 첫 번째 부탁은 들어주지 않았다. 어떻게 그녀를 죽도록 내버려둘 수 있겠는가. 그러나 아내는 죽었다.

아내의 두 번째 부탁은 들어주려 했다. 필사적으로 아들을 살리려 했다. 탈북자들의 눈을 외면했고, 달러를 뺏었다.

아들을 살려야 했다. 아내의 마지막 부탁이니까. 악마에게 영혼을 팔아서라도, 그 부탁을 들어줘야 했다.

위대한 수령님과 당에 충성한다는 자부심에 균열이 가기 시작했다. 하지만 멈출 수 없었다.

아들이 죽었다.

결국 아무런 부탁도 들어주지 못했다. 아무것도 하지 못했다.

아들이 죽자 명식의 분노와 슬픔, 회한과 좌절은 원래의 갈 곳을 잃고 제멋대로 마구 뻗어나갔다. 그 감정의 뒤엉킴이 어찌 감히 당과 수령님을 향할 수 있겠는가. 어떻게 마지막까지 자책한 아내를 향할 수 있겠는가.

남은 건 저놈들이다.

끊임없이 수령님의 은혜를 배신하고 탈출하려는 벌레만도 못한 놈들. 저놈들 때문에 아내와 아들을 잃었는데, 벌레들끼리 지리멸렬한 삶을 연장해보겠다는 것들. 저놈들을 절멸시켜야 한다.

낡은 엔진이 포효하며 승합차를 들이받았다. 금속이 찢기며 울부짖는 소리가 울려 퍼졌다. 명식의 내면도 찢겨 나가고 있었다.

목표를 잃은 분노는 눈앞의 탈북자들을 향했다. 그리고 훨씬 더 큰 분노가 자신을 향하고 있었다.

꾸물거리던 먹구름이 하늘을 가리더니 비가 추적추적 내리기 시작했다.

그러거나 말거나 그 아래에서는 검은 SUV가 끈질기게 다시 한 번 승합차를 들이받았다. 크게 휘청이는 승합차 안에서는 일행들의 비명이 끊이지 않았다.

경희의 총구에서 뻗어 나간 총알은 기훈의 얼굴 옆 창을 뚫고 나갔다. 뒤 차가 들이받아 흔들린 덕에 머리에 구멍이 나는 일은 간신히 피했다.

기훈이 뒷좌석으로 달려가 따라붙은 SUV를 확인했다. 언뜻 민간인 차처럼 보였다. 그러나 본능적으로 알 수 있었다. 공안이 아니다. 민간인으로 변장해 탈북자들을 잡으러 다니는 자들. 어디에나 있고, 어디에도 없는 자들.

"보위부다!"

기훈이 무겁게 외치자 승합차에 타고 있던 사람들의 얼굴에 공포가 서렸다.

그 이름은 공안 경찰보다도 서슬 퍼런 기운을 풍겼다. 공안이 흉포한 맹수라면 보위부는 어둠 속에 몸을 숨긴 사냥꾼이다. 그들의 총구는 은밀하게, 그러나 정확하게 탈북자들을 겨냥한 채 언제든 방아쇠를 당길 준비를 하고 있었다.

기훈이 운전석 쪽으로 몸을 굴리듯 다시 넘어가 제상의 멱살을 붙잡았다.

"간나 새끼들, 너네들이 부른 거지! 우릴 속인 거지!"

쾅!

승합차 뒤편에 다시 한번 커다란 충격이 가해지며 차가 크게 휘청였다. 제상이 간신히 핸들을 바로 잡았다.

"씨발, 답답한 새끼야. 보면 모르겠냐, 우리도 공격받고 있는 거! 니네들 신고하려 했으면 진작에 했어! 우리도 모른다고!"

"어떻게 된 거야? 대사관에 안 있고 왜 여기 있어?"

경희가 제상에게 몸을 기울이며 속삭였다.

"몰라, 내가 어떻게 알아. 우리 쪽 사람 아닌 거 같애!"

기훈이 다시 뒷좌석을 급하게 오가며 운전자를 확인했다. 얼굴에 상처 자국이 있는 험악한 인상의 남자가 분노에 받친 표정으로 돌진해오고 있었다.

"그 총 주시오!"

기훈이 경희에게 손을 뻗으며 소리쳤다.

"미쳤어? 내가 왜?"

"다 같이 죽을 거요? 지금 저자들이 우리 죽이려고 들이받고 있는 거 안 보이오? 내가 어디서 일했는지 알잖소. 살고 싶으면 빨리!"

경희가 제상에게 도움을 청하듯 쳐다보지만, 그도 어찌할 줄 모르는 표정이었다.

"답답한 남조선 새끼들!"

기훈이 재빨리 총을 빼앗았다. 경희가 반응하지 못할 정도로 빠른 손놀림이었다.

검은 SUV가 운전석 옆으로 바싹 붙었다. 이번엔 옆을 치려는 듯했다. 기훈이 빗나간 총알로 균열이 간 옆 창을 팔꿈치로 깼다.

시야가 확보되자 이번엔 운전자를 향해 신중하게 총구를 겨냥했다.

"부장 동지! 총입니다!"

영호가 겁에 질려 외쳤고, 명식이 본능적으로 브레이크를 밟았다.

그와 동시에 총성이 울리더니 총알이 운전석 창을 꿰뚫고 지나갔다. 조금만 늦었어도 자신이 맞았을 것이다. 이 솜씨는, 심상치 않다.

"선수가 있다."

명식이 긴장된 표정으로 말하자 영호가 품에서 권총을 빼들었다. 총기 사용은 중국 측의 엄격한 통제를 받지만, 지금은 그런 걸 따질 때가 아니었다. 사냥감이 이빨을 드러내며 발버둥 치고 있었다. 확실하게 제압해야 했다.

조수석 창을 내리고 몸을 내밀자 명식이 속도를 냈다.

"두 번째 창입니다!"

영호가 알려주자 명식이 두 번째 창 조금 뒤쪽에 차가 위치하도록 속도를 조절했다.

탕! 영호의 총구가 불을 뿜었다. 깨진 유리창 안에서 사람들의 비명이 들렸다. 여자와 아이도 있는 듯했다.

영호가 순간적으로 명식을 돌아봤다. 명식의 눈빛이 말했다.

신경 쓰지 마.

영호가 다시 총구를 내밀었다. 저쪽 총은 분명 두 번째 창이다. 그렇다면… 영호가 가만히 숨을 정리했다.

"운전석입니다!"

명식이 영호의 뒤통수를 바라봤다. 그리고 아무 말 없이 속도를 높여 운전석 쪽으로 다가갔다.

물러터진 새끼.

명식은 여자와 아이에게 총구를 겨누지 않으려는 영호가 같잖게 느껴졌다.

스미스앤웨슨 모델10, 38구경 리볼버.

미국에서 만들어졌지만 전세계 경찰, 특히 남조선 경찰이 공식적으로 사용하는 6발잡이 무기. 국경에서 암거래상을 적발했을 때 다뤄본 적이 있었다.

소대장 동지, 이거 쏴볼 수 있갔어?

멀리 산양 한 마리가 보였다.

리정진이 건네준 리볼버는 그 암거래상에게 뺏은 것이다.

이런 구형 모델로 저 멀리 있는 산양을 어떻게 맞추라는 것일까.

리정진이 씨익, 특유의 조소를 흘렸다. 저 꼴 보기 싫은 금니.

미제라 모르갔는가? 아니면 사냥감을 못 쏘겠는가?

리정진의 비웃는 도발에 기훈이 총구를 들고, 실린더를 스냅으로 열어 확인했다.

오! 리정진의 비아냥을 무시하고 실린더를 닫았다. 방아쇠 압력을 줄이기 위해 엄지로 해머를 젖혔다. 딸칵, 방아쇠가 가벼워졌다.

어둠 속 산양을 똑바로 바라보며, 숨을 천천히 들이마셨다.

기훈은 신중하게 숨을 내쉬었다. 이제 다섯 발 남았다. 자동권총도 아닌 리볼버로 보위부 요원과 대치하는 상황은 절대적으로 불리했다. 신중하게 한 발씩 쏴야 한다. 왜인지 모르겠지만, 저쪽은 무차별적인 사격을 하고 있지는 않았다.

흘긋, 차체에 몸을 숨긴 채 내부를 둘러봤다. 모두 차 시트 아래로 몸을 숙이고 비명을 질러댔다. 여자가 더 많다. 명화의 품에 안긴 갓난아이도 울음을 그치지 않고 있다. 혹시, 상상이 가지 않지만, 보위부 요원 중 마음이 약한 자가 있다면….

한순간에 상황을 끝낼 수 있는 방법이 있다.

기훈은 그자의 마음을 이용하기로 했다. 꼭 있어야 할 인간의 마음을 가진 자를. 은실의 품에 안겨 의자 밑에 웅크리고 있던 민철을 끄집어냈다.

"뭐 하는 겁니까!"

깜짝 놀란 은실이 다시 민철을 붙잡으며 소리쳤다.

"가만있으라!"

기훈이 민철을 억지로 끌고 와 창 앞에 섰다.

탕.

기훈이 쏜 총알이 조수석 바로 앞 보닛을 뚫었다. 젠장, 차가 너무 흔들렸다.

"미쳤어!"

은실이 민철을 잡아당겨 품에 안았다. 이번에는 절대 안 뺏기겠다는 듯 그 앞을 막아섰다.

"운주 동무 말이 옳았소. 김기훈, 너란 인간은 피도 눈물도 없는 인간 도깨비구만! 살인자!"

싸늘하게 은실을 노려보던 기훈이 입을 열었다.

"자네는 뭐가 다른가?"

은실의 눈빛이 흔들렸다. 머리가 어지러웠다.

어디 부딪혔나? 시야가 흔들리기 시작했다. 혹시 알고 있나? 언제부터 알고 있었던 거지? 아니, 어디까지?

머릿속에 지은이 떠오르고, 신씨가 떠올랐다. 두개골이 깨져 뇌수가 흘러나오던 몸뚱이. 뇌수는 강이 되었다. 어두운 강을 알몸으로 가로지르던 자신이 보였다. 정적같이 새까만 밤. 빛 하나 없는 까만 강을 건너는, 하얀 나신.

탕!

총소리가 나자 은실이 정신을 차렸다.

기훈이 총알이 뚫고 지나간 운전석 창을 확인했다. 제상이 크게 움츠리며 차가 미끄러졌다. 기다란 흙먼지를 내며 길가로 빠질 뻔한 승합차가 간신히 방향을 다시 잡았다.

운전자를 노린다. 이건 위험하다.

기훈은 기습적으로 창밖을 향해 몸을 쑥 내밀었다. 순간 운전석 창 너머로 두 사람이 훤히 시야에 들어왔다. 거침없이 방아쇠를 당겼다. 한 발, 두 발, 세 발….

운전자가 핸들을 이리저리 틀면서 속도를 조절했다. 조수석의 상대방도 총을 쏘아댔지만, 운전자가 총알을 피하려 핸들을 틀어대는 통에 정확한 조준이 되지 않았다.

기훈이 난사전을 유발한 것이다. 어차피 운전자가 맞거나 타이어가 터지면 답이 없다. 도박을 해야 했다.

"더 빨리 밟으라!"

기훈이 제상에게 소리쳤다.

"아 씨, 사람이 몇인데 어떻게 더 빨리 가!"

철컥철컥. 총알이 떨어졌다.

"에라이!"

기훈이 리볼버를 집어던지자, 뒤따르는 SUV 앞 유리에 정확히 부딪히며 박혔다. 앞 유리가 크게 금이 가며 시야가 가려진 검은 차가 좌우로 흔들리다 뒤처지기 시작했다.

"그래, 이제야 맞네!"

기훈이 차 안으로 몸을 집어넣었다.

민철 앞에 버티고 있던 은실이 흠칫 놀랐다. 아직 꿈에서 깨지 못한 듯 멍한 표정이었다.

기훈은 멀리 같은 방향으로 향하는 다른 승합차들을 눈으로 확인했다. 이제부터는 마음 단단히 먹어야 한다.

"서지은 동무."

기훈이 은실의 코앞까지 다가갔다. 은실이 그의 좌우 눈동자를 번갈아 쳐다봤다. 기훈의 눈동자 속에 자신이 보였다. 둥글게 왜곡된 그 모습이 참으로 못나 보여서, 시선을 슬며시 피했다.

무언가 말하려고 입술을 달싹이다가, 이내 말을 꿀꺽 삼켰다.

"정신 똑바로 차리시오. 살아 돌아가고 싶지 않습니까."

꾹 눌러 담은 기훈의 목소리에 그제야 은실의 눈에 초점이 돌아왔다. 지은이 줬던 운동화가 눈에 들어왔다.

갈 때 이거 신고 가.

정신 차려야지. 정신 차려야 한다. 발을 꼭 맞게 감싸는 신발의 감촉을 느끼려 했다. 발끝에서부터 예민한 감각이 되살아나는 듯했다. 등에서 따뜻한 기운도 느껴졌다. 민철의 체온이다. 민철이 은실의 등에 딱 붙은 채 팔을 꼭 잡고, 기훈을 똑바로 노려보고 있다.

죄가 많다. 짊어진 것도 많다. 그래서, 살아 돌아가야 한다.

썩을 년아.

문득 지은의 욕설이 너무 듣고 싶어졌다. 고 예쁘장한 입에서 튀어나오는 쑥스러운 애정 표현이.

기훈은 은실의 눈빛이 제정신으로 돌아오는 것을 확인했다.

자신을 똑바로 바라보는 그녀의 까만 동공이 선명해졌다. 그 뒤에 딱 붙어 저를 노려보는 민철의 눈빛도 확인했다.

기훈은 문득 쓸쓸함을 느꼈다. 이 둘은, 서로를 믿는구나.

검은 SUV의 엔진 소리가 가까워졌다. 이럴 때가 아니다. 기훈이 다급하게 제상에게 소리쳤다.

"저기! 저 앞에서 방향 틀라! 왼쪽으로!"

"어디서 명령질이야!"

제상의 차가 갈림길에서 왼쪽으로 급커브를 틀었다. 사람들의 몸이 일제히 오른쪽으로 기울었다.

명식은 깨져서 시야를 가리는 앞 유리를 발로 차 박살을 내버렸다. 시원하게 바람이 들어오자 정신이 더 맑아지며 냉철해지는 것 같았다.

놈들의 발버둥이 시작됐다. 그럴수록 고통의 시간만 늘어날 것이다. 방향을 바로 잡은 명식의 차가 사냥감을 향해 다시 속도를 냈다. 뒷좌석에는 결박되어 있던 꽃제비가 반쯤 정신을 잃고 이리저리 흔들리고 있었다.

제상의 승합차가 다른 승합차와 점점 가까워지며 나란히 달렸다.

"이제 어떡하려고?"

"저 새끼들한테 미끼를 준다."

"미끼? 무슨 미끼?"

제상이 백미러로 기훈과 눈이 마주쳤다. 그의 눈짓에 따라 밖을 쳐다봤다. 헛웃음이 새어 나왔다.

"이거 진짜 미친놈이네."

"다른 방법 있니?"

탕!

다시 한번 총성이 울리더니 사이드미러가 깨졌다. 제상은 자신이 표적이 된 것을 눈치채자 마음이 다급해졌다.

"에이 씨팔, 나도 모르겠다. 내가 살고 봐야지!"

제상이 옆 승합차에 차를 바짝 붙였다. 조수석 창 너머로 동료의 의아한 표정이 얼핏 보였다.

"지금 뭐 하는 겁니까?"

상황이 이상하다는 걸 눈치채고 운주가 물었다.

"가만히 있으라!"

기훈이 소리쳤다.

"저기도 우리처럼 공화국에서 탈출한 사람들 아니오!"

"기래."

"아니… 어떻게 사람이…!"

기훈이 얼굴을 바짝 갖다 댔다.

"내가 얘기했지. 살고 싶으면 너만 생각하라고!"

쾅!

검은 SUV가 제상의 승합차 옆을 들이받았다.

크게 휘청이던 승합차가 옆 동료의 승합차를 연달아 들이받았다. 순간적으로 석 대의 차가 좁은 도로에서 뒤엉키며 나란히 달렸다.

간신히 중심을 잡은 기훈이 일행들을 향해 소리쳤다.

"다들 살고 싶지 않습니까!"

아무 말 하지 못한 채 그들은 기훈을 간절히 바라볼 뿐이었다.

기훈은 지금 옆 승합차를 제물로 바치려는 것이다. 저쪽도 필히 대사관으로 가는 공화국 사람들이 타고 있을 터. 일단 붙잡히면 보위부가 그들을 그냥 두지 않을 것이다. 우리는 그만큼 시간을 벌 테고.

나란히 양쪽에서 달리고 있는 동료 승합차와 보위부의 SUV를 번갈아 봤다. 얼굴에 상처가 있는 남자와 시선이 마주쳤다.

"살고 싶으면 꽉 잡아!"

남자가 핸들을 꺾었다. SUV가 급격히 가까워지며 충돌하려는 순간이었다.

"지금!"

기훈의 신호에 맞춰 제상이 급브레이크를 밟았다.

끼이익! 긴 흙먼지를 날리며 제상의 승합차가 뒤로 빠지자, 검은 SUV가 동료의 승합차를 크게 들이받았다.

쾅! 굉음과 함께 동료의 승합차가 중심을 잃고 빙글빙글 돌더니 길옆 개울가로 굴러떨어졌다. 검은 SUV는 한참을 미끄러져 도랑으로 떨어지기 직전 멈춰 섰다.

제상이 재빨리 방향을 틀어 반대 방향으로 달려갔다.

긴 이명이 계속된 채 연기가 시야를 가렸다.

보닛에서 하얀 연기가 피어오르고 있었다.

명식은 흐릿한 정신을 바로잡으려 고개를 들었다. 기울었던 세상이 이번에는 반대쪽으로 기울더니 세상이 세 바퀴쯤 돌아간 듯

속이 울렁거리고 어지러웠다.

깜빡거리는 시야에 핸들 위로 올려진 손이 보였다. 유리 파편이 손등에 박혀 있었다.

손으로 슥 쓸어보자 까끌한 감촉과 함께 유리 조각이 떨어졌다.

붉은색이 보인다. 피가 나고 있구나.

피 묻은 손.

아내가 명식의 뺨을 문질렀다.

뺨의 상처가 벌어지고, 피는 꿀렁꿀렁 계속 흘러나왔다.

아내의 얼굴과 손이 온통 피투성이었다.

꼭 부탁합니다….

하얀 연기 속, 사람의 실루엣이 보였다.

명식이 피 묻은 손을 뻗었다.

꼭 부탁합니다….

연기 속에서 나타난 아들을 향해 손을 뻗었다. 아들은 표정이 없었다.

왜 그런 표정을 짓고 있는가? 내가 잘못했다.

꼭 부탁합니다….

아내의 목소리가 바로 옆에서 들렸다.

명식이 천천히 조수석을 돌아봤다.

아내가 제 얼굴을 날카로운 손톱으로 끼기긱, 파내고 있었다.

다섯 손가락 모두, 얼굴을 긋고 또 그었다. 상처 사이로 피가 끊임없이 흘러나오더니 온몸을 피로 적셨다. 아내의 손은 멈추지 않았다.

꼭 부탁한다고 하지 않았습니까.

하얀 연기 속, 아들이 코앞까지 다가왔다.

잿빛이 섞인 연기가 아들의 텅 빈 눈동자를 통해 새어 나왔다.

달고 있던 산소 호흡기를 들자 입안에서도 연기가 새어 나왔다.

아들의 텅 빈 눈이 자신에게 바짝 다가왔다. 아들의 입이 달싹거렸다. 무슨 말을 하고 싶은 걸까.

말하라. 다 말하라.

아들의 입이 양옆으로 쭉 찢어졌다. 붉은 핏빛 선이 아들의 입을 비현실적으로 길게 찢어버리더니 긴 하나의 핏줄기 같은 선을 만들었다. 아들이 입을 열었다.

뚜뚜뚜, 삐ㅡ.

명식은 깜짝 놀라 정신을 차렸다. 귀에서는 이명이 끊이지 않았다.

조수석의 영호가 명식을 걱정스레 내려다보고 있었다. 영호의 이마에서는 피가 흘러내렸다.

정신을 잃었구나. 영호가 무어라 말하고 있었지만, 이명 때문에 제대로 들리지 않았다.

앞을 보았다. 하얀 연기가 연신 피어올랐다. 아들도, 아내도 보이지 않았다. 깨진 유리 파편이 손등에 여전히 박혀 있었다. 명식은 입술을 꽉 깨물었다.

이렇게라도 아들을 봤으면 됐다. 이렇게라도 아내의 원망을 들었으니 됐다.

왼손을 들어 오른손 등을 내리쳤다.

박힌 유리 조각이 살갗을 파고들었다. 재차 손을 내리치려는데, 영호가 그의 손을 붙잡았다. 아마 하지 말라고 소리치고 있는 것 같았다.

방해하지 마라.

명식이 영호를 밀치고, 주먹으로 남은 앞 유리 조각을 내리쳤다. 더 많은 유리조각이 손등에 박히며 선혈을 뿜었다.

"부장 동지…."

영호의 목소리가 들렸다. 자신의 거친 숨소리도 들렸다.

"왜…."

영호는 침을 꿀꺽 삼켰다. 지켜보는 게 고역이었다. 명식은 더 이상 제정신이 아닌 것 같았다.

붉게 충혈된 퀭한 눈빛, 손등에서 철철 흐르는 피. 흡사 악귀를 보는 듯했다.

"다시 떠난다."

명식이 시동을 걸려 하지만, 요란한 엔진 소리만 내며 헛돌았다.

"부장 동지, 저기 좀 보십시오."

영호가 가리킨 곳에 전복된 승합차가 옆으로 누워 있었다. 차의 출입구 위에 선 남자가 다른 사람들의 손을 붙잡고 한 명 한 명 끌어 올려주고 있었다.

"저 간나 새끼들…."

"공화국 사람 같데요?"

"가자."

명식이 품에서 총을 꺼냈다.

"부장 동지, 긴데 손을⋯."

"손이 뭐?"

"피가 너무 많이 납니다. 처치해야 합니다."

"일 없다."

명식이 먼저 차에서 내렸다. 착지하는 순간 어지럼증을 느끼고 비틀댔지만, 곧 자세를 잡았다.

아직이다, 아직! 명식은 멈출 수 없었다. 멈춰선 안 됐다. 손등의 유리 조각은 벌이자 다짐이다. 부탁을 들어주지 못한 벌이고, 이렇게 만든 놈들을 벌하겠다는 다짐이다.

얼굴의 상처가 다시 욱신거렸다.

이것은 잊지 말라는 형벌이다.

북경과 연길의 중간 지점 마을에 이르러 제상의 승합차가 조심스레 정차했다.

차는 창이 거의 다 깨지고 측면과 뒷면이 심하게 찌그러져 있었다. 지친 차가 힘겨운 엔진 소리를 꺼뜨렸다.

뒷문이 드르륵 열리고, 옥영이 제일 먼저 뛰쳐나왔다. 멀리 뛰어가더니 나무 아래서 구역질을 하기 시작했다. 뒤따라 나온 승희가 비틀거리며 다가가 등을 두드려줬다.

뒤이어 일행들이 하나둘 차에서 내렸다. 저마다 큰 충격을 받은 듯 멍하고 지친 표정이었다.

"대체 저것들 뭐야? 보위부가 왜 우리를 공격하는 건데? 말이 다르잖아!"

경희와 제상이 한쪽 구석에서 나지막이 투덕거렸다.

"나도 모른다고! 분명 다 얘기되어 있다고 했는데…."

"나도 가정이 있는 사람이야. 목숨까지 걸고 싶진 않다고!"

"아줌마, 누군 가족 없어요? 지금 여기서 빠지면 그 가족들도 위험해질 각오하셔야 할 거요."

가족이 위험해진다는 말에 경희가 입을 다물었다. 세게 얘기하긴 했지만, 제상도 머릿속이 복잡했다. 태웅의 작전에 투입돼서 많은 작전을 성공적으로 해냈지만, 이런 경우는 처음이었다. 보위부가 투입된 것도 놀라운데 중국 한복판에서 총까지 쏘다니.

위험한 판에 발을 들였다. 제상은 전화기를 꺼내 태웅의 이름을 검색했다.

"나는 여기서 따로 가겠습니다."

저마다 숨을 고르고 있는 일행들에게 기훈이 차에서 내리며 말했다.

제상이 핸드폰을 닫고 그에게 다가갔다.

"아까 내가 얘기한 걸 뭘로 들었어? 제일 안전한 방법이 대사관 통하는 거라니까! 바로 출발하면 그 보위부 놈들보다 먼저 도착할 수 있어!"

"그쪽을 어떻게 믿갔소?"

기훈의 표정은 싸늘했다.

"허, 어이가 없네. 그럼 애초에 왜 따라나섰어? 도움 요청한 게 누군데!"

기훈이 제상의 말을 무시한 채 돌덩이 위에 쭈그리고 앉아 있던 운주에게 다가갔다.

"어떻게 할 거니?"

운주가 힘겹게 고개를 들었다. 안 그래도 하얀 얼굴이 더 하얗게 질려 있었다.

"꼭 그래야 했소?"

"다른 방법이 있갔니. 안 그랬으면 우리 다 죽었다."

"그렇다고 동포들을….."

운주가 입을 닫았다. 진짜 하고 싶은 말이 있었지만, 차마 하지 못했다. 말도 안 되는 기대라는 걸 알고 있었으니까. 혹시, 정말 만에 하나, 그곳에 조지나 줄리아가 있었다면. 제발 그랬다면….

"하고 싶은 말을 하라."

기훈이 마치 운주의 마음을 꿰뚫어본 듯 무심하게 말했다. 깜짝 놀란 운주가 허둥댔다. 기훈은 가만히 그의 눈을 바라볼 뿐이었다.

"그, 그 꽃제비는? 그 아이는 어떻게 했니! 죽였소?"

저마다 흩어져 숨을 고르던 일행이 일제히 두 사람을 돌아봤다. 진짜 사람을 죽였다고? 그것도 어린아이를? 두 사람 사이의 숨 막히는 침묵이 길어졌다.

"김기훈!"

"마음대로 생각하라!"

기훈이 돌아서려 하자 운주가 거칠게 붙잡았다. 돌아본 기훈의 눈빛이 슬퍼 보였다. 목숨을 건 행보를 함께 해왔다. 구류소를 탈출해 이곳에 오기까지, 서로 끌어주고 대화하고 싸우고 보듬어주며 치열하게 함께 헤쳐왔다. 그러나 남은 위험한 여정을 과연 신뢰가 깨진 상태로 이어갈 수 있을까. 그 길의 끝에는 결국 배신만이 남을 것이다.

기훈은 태웅의 얼굴을 떠올렸다. 자신만 믿으라고 했던, 손이 두꺼웠던 남자. 그의 손이 자신의 등을 툭 밀던 순간이 잊히지 않았다. 은실과 눈이 마주쳤다. 그의 곁에 꼭 붙어 있는 민철도 바라봤다. 이제 내 옆에는 아무도 없구나.

기훈은 입을 꾹 다물고, 자기 팔을 붙잡은 운주의 손을 가만히 떼어냈다.

운주의 손을 놓아주는 것으로, 그리고 괜찮다는 듯 희미하게 웃어주는 것으로, 운주에게 할 말을 대신했다.

"어, 저기…!"

민철이 가리키는 곳으로 모두의 시선이 쏠렸다.

작은 몸집의 남자가 묘한 걸음걸이로 다가오고 있었다. 운주의 눈이 커졌다. 손이 묶인 채 비틀거리며 걸어오고 있는 꽃제비였다.

"살려주시오…."

순임이 마주 뛰며 다가가 꽃제비를 끌어안은 다음 상태를 살폈다.

여기저기 타박상을 입었고 유리 조각이 박힌 곳에서 피가 배어나오고 있었지만, 생명에 크게 지장이 있어 보이지는 않았다.

제상이 다가와 주머니칼로 손목의 끈을 끊어줬다.

역시, 살아있었구나!

운주는 놀람과 안도를 동시에 느꼈다. 기훈이 진짜 꽃제비를 죽였을 것이라는 생각은 하지 않았다. 노인을 죽인 것은 사고였다. 꽃제비를 죽이는 것은 진짜 살인이다. 기훈이 냉혈한이지만 그럴 사람은 아니라고 생각했다. 하지만 다른 한편으로는 그럴 수도 있다고, 혹은 그랬기를 은근히 바랐을지도 모른다.

김기훈은 조지가 아니다.

분명한 사실임에도 운주는 그에게서 끊임없이 조지를 찾았다. 비쩍 마른 큰 키, 홀쭉하게 팬 볼, 퀭하지만 번뜩이며 주변을 주시하는 눈동자. 운주는 조지를 동경하고 선망하면서 미워했다.

친구….

허망한 단어 하나만 남기고 홀쩍 사라져버린 조지.

줄리아에게 문제가 생기자 자신의 존재조차 몰랐다는 듯, 홀쩍 동아리방을 떠난.

어쩌면 그는 현형식의 자제라는 자신의 신분을 이용한 것일지도 몰랐다. 줄리아도 자신의 곁에서는 안전하다고 생각했을 것이다.

운주는 끊임없이 부정하고 묻어두려 했던 질문과 감정이, 기훈과 함께하면 불쑥불쑥 튀어나오는 걸 견딜 수 없었다. 기훈이 조지와 닮아서 따라나섰지만, 조지와 닮은 기훈을 보면 다시 괴로워졌다.

운주는 조지와 줄리아를 잊으려 했고, 또 절대 잊지 않으려 했다. 끊임없이 상기시키면서 스스로를 괴롭혔고, 끊임없이 잊으려 했다.

이제 지쳤다….

운주의 마음속에 팽팽하게 당겨진 끈이 툭, 맥없이 끊어졌다.

그제야 보이지 않는 저 줄의 끝에 무엇이 있었는지 깨달았다. 그것은 자신의 삶이었다. 평양, 김일성대학, 아버지, 어머니, 수령님의 초상, 「파리, 텍사스」 그리고 조지, 줄리아.

모든 것이 당연했던 곳. 돌아가야 했던 곳.

운주는 끊어져 바닥에 덩그러니 널브러진 삶의 끈, 과거의 끈을 멍하니 바라봤다. 이제 다시는 돌아갈 수 없겠구나. 그렇게 생각하자 오히려 복잡하고 혼란스러웠던 마음마저 편안해졌다.

하늘을 바라봤다. 북경이 멀지 않은 듯, 누런 황사가 몰려오고 있었다.

어린 시절, 아버지 현형식이 딱 한 번 어머니와 자신을 데리고 갔던 북경이 떠올랐다. 높고 휘황찬란한 건물, 낮의 생명력과 밤의 활기가 휘몰아치던 도시.

제 손을 꼭 잡은 어머니를 올려다봤다. 젊고 아름다운 어머니는 웃고 있었다. 짧게 머리를 깎은 아버지는 지도를 펼쳐든 채 낯선 도시에서 허둥대며 가족을 안내했다.

내가 무슨 짓을 한 것인가.

운주는 부여잡은 끈을 놓았다.

"저, 저…!"

"왜 그럽네까?"

꽃제비가 가리키는 곳을 바라보며 순임이 물었다.

"아바이 죽인 자!"

모두가 꽃제비의 손가락을 따라 기훈을 돌아봤다.

기훈이 가만히 고개를 숙이며 한숨을 내쉬었다.

"죽었구나…."

일행들의 분위기가 달라졌다. 분위기는 같은 생각들을 만들어 냈다. 아무리 그래도 살인자와 함께 다니는 것은 말도 안 된다.

일행들이 주춤주춤 기훈과 멀어졌다. 은실과 민철만이 꼼짝하지 않고 서 있었다.

"내가 그 아바이 죽인 거 맞습니다."

기훈의 말에 모두가 일제히 술렁였다.

"내 그럴 줄 알았다! 살인자!"

승희가 외쳤다.

"걱정 마시오. 이제부터 따로 행동하면 피해 갈 일은 없을 테니까."

기훈이 일어나 망설이지 않고 곧장 터벅터벅 걸음을 놓았다.

마을 반대편 방향이었다. 그때 은실과 민철이 곁으로 다가왔다.

"왜 이리로 오는 것이오?"

"사람 죽인 게 대숩니까."

"뭐?"

"나도 죽여봤습니다. 사람."

은실이 속삭이자 기훈의 눈이 커졌다.

"다 사정이 있었갔디."

은실이 복잡한 표정으로 말했다.

"그리고 내 생각에는 보위부가 붙은 이상 저쪽보다는 여기가 더 안전해 보입니다."

"저 아는 어떻게 할 거요?"

기훈이 민철에게 시선을 던졌다.

"너는 어칼 거니?"

은실이 민철을 내려다보며 물었다. 민철이 말없이 그녀의 손을 꼭 잡았다.

기훈은 아이의 눈빛을 보자 씁쓸한 미소를 지을 수밖에 없었다.

"알아서 하시오. 하지만 방해된다 싶으면 버리고 갈 겁니다."

"걱정 마시라요. 나도 내 밥값은 할 줄 아오."

제상이 슬쩍 경희에게 다가갔다.

"어떡하지?"

"그래도 살인자를 데리고 갈 순 없어요. 문제가 생길 수도 있고. 머릿수는 얼추 맞췄으니까 일단 가요."

제상도 고개를 끄덕였다.

"그럼 우린 출발합시다."

꽃제비에게 물을 먹이던 순임도 자리에서 일어났다.

쭈뼛거리던 꽃제비가 이번에는 운주를 가리켰다.

"그런데 저 보위부 사람들… 저기 저 동지를 쫓고 있었습니다."

사람들의 시선이 이번에는 운주에게로 일제히 쏠렸다. 꽃제비의 말이 사실인지 의심하는 눈길이 아니었다. 그것은 명백한 원망의 시선이었다.

"그럼, 그자들이 찾는 게….."

"이게 다 운주 동무 때문이었다는 겁니까? 우리가 죽을 뻔했던 것도?"

"저자만 빠지면 되는 거 아닌가 그럼?"

"너무 무서웠습니다…."

일행들이 저마다 한마디씩 거들었다.

제상이 운주의 시선을 피했다. 기훈도 발걸음을 멈춘 채 상황을 지켜봤다.

운주는 고개를 들지 못하고 있었다. 돌이킬 수 없는 상황이 되었다는 걸 인식하는 듯했다. 그는 그저 떨어진 끈이 바람에 날려 멀어지는 것을 허망하게 바라봤다.

잘 가라. 당연했던 내 모든 것들아.

"현운주."

기훈의 목소리에 운주가 천천히 고개를 돌렸다.

"우리랑 같이 가자."

기훈의 말에 운주가 힘없이 고개를 저었다. 얼핏 미소마저 걸린 표정에 기훈은 운주의 결심을 읽었다.

"의심해서 미안했다. 그래도 덕분에 여기까지 오게 됐는데. 같이 그 같은 고생을 겪어놓고서는…."

"운주야."

"내 사실 좀 지쳤어."

운주가 황사가 끼지 않은 반대쪽 하늘을 올려다봤다.

"내 돈 많은 거 알잖니. 아는 사람도 많고. 여기 근처에 친척이 산다고 들었다. 힘 있고 연줄도 많은 사람이다. 그 친척한테 가서 부탁할 거다. 그리고 나는 여기 중국에서 새로 시작할 거다. 남조선 거기, 사실 가고 싶지도 않았어."

그래, 여기서 다시 시작하자. 앞으로 갈 수도, 뒤로 돌아갈 수도 없다면, 여기 이곳에서 다시 시작하는 것이다. 북경도 아니고 연길시도 아닌 이곳에서 새로운 삶의 매듭을 묶어보는 거다.

운주가 은실과 민철을 먼저 보고, 기훈을 오래 바라봤다. 지금 이 감정은 미안함일까 고마움일까. 혹은 분노일까. 운주는 끝내 복잡한 마음을 정리하지 못하는 자신이 한심했지만, 어쩔 수 없는 건 어쩔 수 없다고 생각했다.

그러자 기훈에게 꼭 하고 싶은 말이 생각났다. 운주가 기훈에게 한 발 다가갔다.

"그래도, 사람은 사람하고 같이 살아가는 거다. 나는 그렇게 생각한다. 사람이 사람이 되는 걸 포기하면 안 돼, 김기훈 동무."

기훈이 한참 동안 운주의 눈을 바라봤다. 본능적으로 그의 눈빛에서 의도를 읽으려 했다. 하지만 아무것도, 어떤 숨겨진 의도도 읽히지 않았다. 거짓이 아니구나.

"내 알아서 할게."

"그래… 이 책은 꼭 시간 날 때 한 번씩 읽어봐. 나름 도움 될 거다 그기."

기훈은 운주가 건넨 표지가 뜯긴 책을 받아 품에 넣었다. 운주가 다시 제상을 바라봤다.

"이 아이도 데려가 주시오. 비용은 내가 내겠습니다."

운주가 꽃제비를 가리키며 말했다. 꽃제비가 놀라 운주를 올려다 봤다.

"어찌 되었든, 미안했다. 이걸로 아무 소용은 없겠지만… 남조선에서 새로 시작해보는 게 어떻겠니."

급작스러운 제안에 고민하던 꽃제비가 고개를 끄덕였다.

"그럼 우린 출발합시다."

제상의 말에 기훈과 은실, 민철, 운주를 제외한 모든 사람이 승합차를 향해 움직였다.

꽃제비도 일행들을 따라나섰다. 그래도 되는지 확인이라도 하는 마냥, 계속 운주를 돌아봤다. 운주가 가만히 고개를 끄덕였다. 그제야 꽃제비가 뒷자리에 올라탔다.

"잠깐만."

차에 타려다 말고 순임이 서둘러 민철에게 다가갔다.

무릎을 꿇고 민철을 꼭 안아주던 순임이 민철의 귀에 대고 무언가를 속삭였다.

"이제 갑시다."

순임까지 차에 다 오르자 승합차가 덜덜덜 요란한 소리를 내며 출발했다.

네 사람은 멀어지는 차를 바라보며 우두커니 서 있었다.

기훈과 운주가 서로를 한참이나 쳐다봤다.

쓸쓸한 미소를 지으며 운주가 고개를 끄덕, 인사를 건넸다.

기훈도 고개를 끄덕였다. 생사고락을 함께했던 두 사람의 이별

치고는 담백했고, 싱거웠다.

명식은 담배를 피우며 핸드폰 바탕화면에 저장된 아들 사진을 보고 있었다. 피가 묻은 스크린을 슥 엄지손가락으로 닦아보지만, 더 많은 피가 묻어나올 뿐이었다.

전복된 승합차 앞에 탈북자들이 줄줄이 무릎을 꿇고 있었다. 지원 요청을 받은 중국 현지 공안 경찰들이 이들을 포박하고 있는 중이었다.

총구를 들이밀며 한 명씩 심문하던 영호가 명식에게 다가왔다.

"공화국 사람들이 맞습니다. 아무래도 대규모로 움직이는 것 같습니다."

명식이 길게 한숨을 담아 연기를 내뿜었다. 영호가 말을 이었다.

"현운주는 없었습니다만, 당에서는 이번 사태를 심각하게 여기고 남은 탈주자들을 붙잡는 데 총력을 다하라고 하십니다."

"아니, 현운주를 쫓는다."

"네?"

담배를 바닥에 던지고 명식이 성큼성큼 걸어 차에 올라탔다.

영호도 서둘러 공안 경찰들에게 다가가 중국어로 지시를 내리고는 차로 뛰어왔다.

명식이 차를 출발시키자, 영호가 움직이기 시작한 차 조수석 문을 열고 훌쩍 올라탔다.

투박한 엔진 소리가 울려 퍼지고, 차는 흙먼지를 매섭게 날리며 왔던 길을 다시 내달렸다.

 남겨진 기훈과 은실 그리고 민철은 황량한 벌판을 하릴없이 걸
어갔다.

 쌀쌀한 바람이 불어와 오싹한 한기를 남겼다. 북적이던 일행들
이 사라지고 셋만 남아서 그런 걸까, 암울한 앞날에 대한 예감 때
문에 그런 걸까. 은실은 유독 바람이 날카롭고 차갑게 느껴졌다.

 "이제 우린 어디로 간다요?"

 은실의 입술이 조금씩 떨렸다.

 "잘 모르겠습니다. 일단 근처 마을로 가서 사람들에게 물어봐
야디요. 몽골이든 어디든 일단 남조선으로 갈 수밖에 없는 사람
들 아닙니까 우린."

 기훈이 담담하게 대답했다.

 "…라오스."

 "응? 니 뭐라고 했니?"

 민철이 혼잣말처럼 중얼거리자 은실이 다시 물었다.

 "순임 아줌마가 그랬디요. 라오스로 가면 천국 가는 열차가 있
다고."

 골똘히 생각하던 기훈이 번뜩 무언가 떠오른 듯 흥분했다.

 "라오스… 태국!"

 "무슨 소립니까?"

 "들어본 적 있습니다. 라오스 국경 쪽을 통해서 태국으로 가는

길!"

"라오스…? 처음 들어봅니다."

"얼마 있습니까?"

"나요? 돈? 나 돈 없어."

은실이 기겁했다.

"아, 열차는 타야 할 거 아닙니까!"

기훈의 눈이 희망으로 반짝거렸다. 은실은 어쩐지 그 빛에 기대고 싶은 기분이 들었다. 그가 바라보는 곳이 어딘지 몰랐지만, 가슴이 뛰기 시작했다. 연길을 떠났던 밤처럼, 짙고 어두운 강을 건너던 그때처럼.

커다란 위협이 도사리는 곳. 하지만 분명 새로운 모험과 희망이 위태롭게 반짝이는 곳. 은실은 기훈이 같은 곳을 바라보고 있기를 바랐다.

손을 잡고 저를 올려다보는 민철과도 시선이 마주쳤다.

자신의 결정을 기다리는 천진한 눈빛을 보자, 어쩌다 이렇게 된 건지 새삼스러워 피식 웃음이 새어 나왔다.

"이젠 나도 모르겠다."

민철과 눈을 맞추며 주저앉았다.

민철의 눈동자 속에서 찌그러진 채 왜곡된 자신의 모습을 바라봤다. 그 속에서 지은의 모습을 찾았다.

썩을 년.

은실은 지은에게 이 모습을 보여주고 싶었다. 좁은 방안에 서로를 기댄 채 누워 자기가 어떤 여정을 이어가고 있는지 조잘조

잘 들려주고 싶었다.

나, 말이다. 너무 무서운데… 너무 불안한데….

지은이 가만히 은실을 바라봤다.

조금, 신난다. 살아 있는 것 같다. 나, 미친년 맞지?

지은의 입가에 미소가 걸렸다. 충혈된 눈에 피가 맺혔다. 입술이 달싹였다.

망할 년.

은실도 따라 미소 지었다.

***

태웅이 운영하는 하나교회는 얼핏 평범해 보였다. 하지만 목사의 집무실 위치는 독특한 곳에 있었다. 사람들을 많이 만나기 위해 예배실 근처나, 신도들의 이동 동선상 눈에 띄는 곳에 배치하는 여느 경우와는 달랐다.

태웅의 집무실은 4층짜리 건물 중 3층 복도 끝에 자리 잡고 있었다. 그나마 4층 중 절반은 옥상 공간으로 쓰고, 나머지 절반은 교육원과 관련된 사무실로 썼다. 옥상 중앙에는 3미터짜리 스테인드글라스 바닥이 있어, 낮이면 1층까지 형형색색의 빛을 쏟아냈다.

참견 많은 권사들은 '가톨릭 느낌이 난다'고 설치에 반대했지만, 태웅은 공사를 강행했었다. 알게 뭔가. 말 많은 자들은 하나를 들어주면 끝도 없이 요구하는 법이다.

태웅의 집무실은 3층 옥상 공간 중에서도, 이 뻥 뚫린 3미터 원을 빙글 돌아서 걸어간 복도 끝에 있었다. 3층 계단 입구와 집무실 문에 붙여 놓은 '담임목사실' 팻말이 없으면 거기 사무실이 있는지조차 알 수 없을 만한 위치였다.

태웅은 이 긴 복도를 빙글 돌아서 집무실까지 오는 과정을 좋아했다. 이런 수고로움을 감수하면서 오는 사람들은 정말 용무가 있어 찾아오는 자들이다. 관심도 없는데 누구 아들입네, 어디 모임 회장의 친구입네, 하며 찾아와 잘 봐달라며 악수를 건네는 사람도 있다. 잘 봐달라고 해봤자 잘해줄 수 있는 게 없어서 함께 기도를 해주고 돌려보낼 뿐이다.

겨울의 끝자락에 걸린 서울 하늘에 조금씩 따뜻한 봄 햇살이 내리쬐었다. 스테인드글라스를 통과한 알록달록한 빛이 실내의 먼지를 간간이 머금은 채 복도를 누비고 있었다.

쾅!

조용한 교회의 평화를 깨고, 태웅의 집무실에서 요란한 소리가 들렸다.

태웅은 화를 참지 못하고 벽에 던져버려 박살 난 자신의 핸드폰을 노려봤다. 연신 씩씩거리는 숨을 삼켰다.

침착하자, 침착하자. 아직 모든 계획이 다 어그러진 건 아니다. 보위부가 꼬리를 문 건 계산 밖이지만, 60명이 넘는 탈북자들이 아직 대사관으로 향하고 있다.

기자들도 섭외했다. 직접 연락을 돌린 매체만도 열 군데가 넘었다. 나머지 기자들은 알아서 냄새를 맡고 모여들 것이다. 그들도 대사관 근처에서 이 60명의 탈북 쇼를 잘 포착하기 위해 미리부터 자리를 잡고 있을 것이다. 아직 크게 어긋난 건 없다.

하지만 정교한 기계는 조그만 나사, 태엽 하나만 어그러져도 거침없이 흐트러진다. 조그만 어긋남이 결국 커다란 기계를 망가뜨리는 것이다.

그전에도 이 정도 변수는 늘 있었다. 작은 기계는 고장이 나도 금방 고치면 된다. 그만큼 망가뜨리는 범위도 작다. 하지만 이 정도 대규모 작전에서는 조그만 틈새도 예민하게 반응해야 한다.

특히 이번 어긋난 부분은 어쩐지 기분 나쁜 뒷맛을 남겼다. 귀국한 뒤에도 며칠째 텁텁한 느낌을 입안에 남겼던 북경의 황사 먼지 같은, 아무리 씻고 뱉어내도 폐 깊숙히 박힌 듯한 불쾌감.

대사관 근처까지만 도착하면 된다. 만약 미리 섭외된 중국 공안 경찰이 아닌, 그들을 추격해온 보위부에 붙잡히더라도 보도자료를 위한 사진은 충분히 건질 수 있다. 그 전에 잡히지만 않으면 된다.

태웅은 이리저리 머리를 굴렸다. 내선 전화를 들어 강길 의원실을 연결하려다 멈췄다. 그에게는 결과만 중요할 터였다. 과정이 번잡스러워져서 그를 자극하면 안 된다. 다음 지원이 끊길 수도 있고, 최근에는 이쪽 시장에 경쟁업체도 생겨나기 시작했다.

주요 거래처를 잃을 수는 없지….

서랍을 열었다. 십여 개의 다른 핸드폰이 들어 있었다. 국가별로 정리된 폰 중 하나를 꺼내 전원을 켰다. 연락처를 뒤져 문자를 꾹꾹 눌렀다.

― 작전 강행. 전파.

곧바로 알겠다는 답신이 왔다.

"목사님, 들어가겠습니다."

노크 소리와 함께 전도사의 목소리가 들리자 짜증이 밀려왔다. 꺼지라는 말이 목구멍까지 치솟는 것을 가까스로 참았다.

최근에 새로 들어온 어린 여자 전도사가 문을 빼꼼 열었다가 심상치 않은 기운을 감지하고 멈춰 섰다.

핸드폰을 주머니에 집어넣으며 태웅이 들어오라 손짓했다.

재떨이를 교체하고 이미 먼지 하나 찾아보기 힘든 책상을 의미 없이 물걸레로 슥슥 닦는 전도사의 모습을 눈으로 좇으며 태웅은 의자에 몸을 파묻었다.

아직 괜찮다. 여유를 찾아야 했다. 하지만 더 이상의 변수는 곤란했다. 태웅은 담배에 불을 붙였다. 찌푸려지는 인상을 감추지 못한 젊은 전도사가 고개를 꾸벅 숙이고 돌아섰다.

전도사의 뒷모습을 물끄러미 바라보다가 문이 닫히자 다시 서랍을 열었다.

가장 안쪽을 뒤져 핸드폰을 하나 꺼냈다. 아무런 국가도 표시되지 않은 핸드폰이다. 그만큼 절대 알려져선 안 되고, 이용해서도 안 되는 나라.

태웅이 길게 한숨을 내쉬며 담배 연기를 흩뿌렸다.

고장 난 태엽은 제거해야 한다. 그러기 위해선 어느 정도 위험을 감수할 수밖에 없다.

태웅은 통화 버튼을 길게 눌렀다.

***

운주는 해가 지는 반대 방향, 북경이 있는 동쪽으로 무작정 걸었다.

길고 황량한 땅을 걷고 걷던 그의 뒤로 땅거미가 내려앉았다.

운주는 발길을 서둘렀다. 어릴 때 와본 기억을 더듬었다. 아버지, 어머니와 함께 북경을 방문했다 돌아가는 길이었다. 친척 집은 거대한 저택이었다. 모든 가구가 새것이었고 깔끔하게 관리되었다.

소파에서는 새 가죽 냄새가 물씬 났다. 또래였던 여자아이도 기억났다. 그 뒤로 간간이 연락만 주고받았다. 운주가 김일성 종합대학에 입학했을 때 축하 전화를 걸어오기도 했다.

분명 숲을 지나면 거대한 주택이 있었다. 운주는 마침내 숲을 발견했다. 하지만 기억 속 녹색 잎이 풍성했던 숲이 아니었다. 아직 겨울의 찬바람이 황량한 거리를 휩쓸고 있는 날씨 탓도 있겠지만, 고작 앙상한 나무들이 저택을 빙 둘러싸고 있을 뿐이었다.

운주는 긴가민가하며 저택에 다가갔다. 분명 어릴 땐 성처럼 웅장했는데, 지금 보니 낡고 평범한 2층짜리 주택일 뿐이었다.

대문 옆에 붙은 이름을 확인하고 나서야, 이곳이 어린 시절 방문했던 그 집이 맞다는 것을 알았다.

운주는 대문 앞에 서서 하늘을 올려다봤다. 해가 완전히 진 까만 하늘에 선명한 보름달이 떴다. 저 달은 지긋지긋하게 날 따라다니는구만. 운주는 문득 회한이 들었다. 평양에서도, 청진에서도, 연길과 선양에서도 저 달이었다. 아무리 도망쳐도 벗어날 수 없었다.

달은 아무것도 달라진 것도, 달라질 것도 없다는 듯 무심하게 이쪽을 내려다보고 있었다.

초인종을 눌렀다. 아무 대답이 없자, 다시 한번 꾹 눌렀다.

멀리 저택 쪽에서 희미한 벨 소리가 들렸다. 고장 난 건 아닌데.

인터폰 너머로 익숙한 목소리가 들렸다. 운주는 크게 심호흡했다.

"삼촌 아버지, 운주입니다. 문 좀 열어주십시오."

인터폰 너머로 침묵이 길게 이어졌다. 꿀꺽 삼키는 자신의 침 소리가 유독 크게 들렸다. 갑자기 찾아왔으니 놀라셨겠지. 운주는 품속의 남은 돈을 가늠해봤다. 얼마 남지 않았지만, 이 정도면 성의는 보일 수 있을 것이다.

덜컥, 육중한 철문의 잠금장치가 열리자 운주의 표정이 밝아졌다.

이제 이곳에서 새로운 삶을 살 것이다. 그래, 애초에 남조선이라니 말도 안 됐다. 여기 머무르면서 사태를 지켜보자. 새롭게 정착할 때까지 날 도와주실 것이다. 아버지와 가장 가까운 친척이라고 하지 않았던가.

농사를 지어도 좋고, 장사를 해도 좋다. 지금은 뭐라도 새롭게 시작할 수 있을 것 같은 기분이었다. 혹시 일이 잘 풀리면 공화국으로 돌아갈 수도 있을 것이다. 잘 설명하면 아버지도 이해해줄 것이다. 어쨌든 살인을 저지른 것은 기훈이지 내가 아니지 않나.

그래, 구류소에 다시 수감되어 심문을 받더라도, 내가 있던 곳으로 돌아가는 것이다.

저택에서부터 기다란 끈이 너풀거리며 날아왔다. 포기했다고 생각했는데. 끈이 다시 나타나자 운주는 손을 뻗어 잡으려 했다. 저것만 잡으면, 다시 돌아갈 수 있다.

운주가 한 발짝 마당으로 들어섰다. 그때, 문 뒤에 숨어 있던 검은 그림자가 운주를 낚아챘다. 목이 졸린 운주가 발버둥쳤다.

"뭐야! 누… 누구?"

두껍고 단단한 팔이 목을 조여왔다. 필사적으로 떼내려 했지만, 단련된 근육은 그에게 조금의 틈도 내어주지 않았다.

숨이 가빠지며 시야가 흐려졌다. 눈앞의 너풀거리는 끈을 향해 필사적으로 손을 뻗었다. 끈이 바람을 타고 천천히 하늘로 날아가 보름달 앞을 지나는 듯하더니, 흔적도 없이 사라져 버렸다.

이미 놓았다고 생각했는데. 내가 괜한 미련을 가졌구나.

운주의 눈앞에 낯선 남자가 천천히 다가왔다. 얼굴에 기다란 칼자국이 있는 남자다. 본능적으로 보위부라는 확신이 들었다. 동아리방에서 자신을 잡아간 사람들과 같은 부류다.

"종간나 새끼, 드디어 잡았구만."

저택 2층의 불 켜진 창에서 커튼이 확, 냉정하게 쳐졌다.

결국 이렇게 되었구나.

운주는 조지를 떠올렸다. 그리고 줄리아를 떠올렸다. 기훈을 떠올릴 때쯤, 세상이 어두워졌다. 구원은 없었다.

6

사과가 되지 말고 토마토가 돼라[9]

여기는 참 변하지 않는구나….

북경역으로 진입하는 택시 안에서 기훈은 허무한 감정이 일었다. 북경은 여전히 누런 황사가 가득했고, 여전히 누런 택시는 누런 연기를 내뿜으며 가다 서기를 반복했다.

기훈은 2년 전 기억을 떠올리지 않으려 애쓰며 택시에서 내렸다. 내딛는 다리에 힘을 단단히 주었다. 그러지 않으면 바닥에 고꾸라지기라도 할 것처럼.

더 이상 진을 치고 기다리는 기자도, 그들을 때려잡으려 숨어 있던 공안 경찰도 없다. 그리고 그곳으로 등을 떠밀던 태웅도 없다. 그럼에도 이 도시에 스며든 기억은 이따금 털이 쭈뼛 서게 만

---

9) 사과처럼 안팎이 다르지 말고 토마토와 같이 겉과 속이 같아야 한다는 뜻으로, 사람은 안팎이 같아야 한다는 것을 교훈적으로 이르는 북한 속담. (출처: 통일부 공식 블로그)

드는 서늘함을 품고 있었다.

설 연휴를 앞둔 터라 기차역에는 분주한 기운이 가득했다. 차가운 공기를 가로지르며 바쁘게 오가는 사람들이 복잡하지만 일정한 규칙으로 뒤섞였다. 거대한 붉은색 간판과 금색 글씨가 새겨진 역 건물이 흐린 하늘 아래 웅장하게 자리 잡고 있었고, 회색 콘크리트 바닥 위로 노점들이 줄지어 서 있었다.

갓 쪄낸 만두와 온면, 꼬치구이 냄새가 하얀 수증기에 섞여 여행객들을 꼬드겼다. 기차 도착 안내 방송이 반복적으로 흘러나오면서 안 그래도 붐비는 역사가 더 정신없었다.

긴 코트를 입은 사람들 사이로 솜옷을 껴입고 무거운 보따리를 멘 농민공들이 보였다. 그들은 작은 보온병을 들고 역 구석에서 몸을 웅크리고 있거나, 바닥에 신문지를 깔고 퍼질러 앉아 있었다.

한쪽에서는 검은색 가죽점퍼를 입은 사내들이 서성거렸는데, 주로 암표를 팔거나, 여행객을 대상으로 영업하는 사설 택시 운전사들이었다.

기훈과 일행이 역 근처 옷 가게를 기웃거리다 안으로 천천히 들어섰다.

환하게 밝힌 형광등 아래 빽빽하게 걸린 옷들 사이에서 주인의 인사 소리가 튀어나왔다. 얼굴은 보이지 않았지만, 퉁명스러운 목소리에는 뜨내기 여행객들을 오래 상대해온 관록 같은 것이 묻어 나왔다.

대체로 촌스러운 무늬의 스웨터나 두툼한 털이 달린 점퍼류가 많이 널려 있었는데, 남한 브랜드를 흉내 낸 옷들도 보였다.

"이게 좋아 보입니다."

은실이 푸른 스트라이프 무늬가 들어간 베이지 색 셔츠를 꺼내 기훈에게 가져다 댔다.

기훈이 기겁하며 손사래를 쳤다.

"이래 밝아서 어째 입습니까."

은실이 입술을 삐죽 내밀었다.

안쪽을 향해 큰 사이즈 없냐고 중국어로 묻자, 그제야 주인이 빼꼼 얼굴을 내밀었다. 통통한 중년 여자가 낮게 한숨을 쉬더니 끙 소리를 내며 의자에서 일어나 다가왔다.

제품을 확인하고 여자가 다시 안쪽으로 들어가자 기훈이 속삭였다.

"내 이런 옷 입어본 적이 없습다."

"이 기회에 입어보십시오. 너도 옷 골라보자."

민철은 말없이 고개부터 끄덕였다. 그러곤 은실을 따라 아이들 옷을 모아둔 쪽으로 다가갔다. 잠시 후, 가게 주인이 비닐에 든 셔츠를 들고나왔다. 중국어가 서툰 기훈이 당황하며 받아들었다.

어쩐지 비닐을 찢으면 반드시 사야만 할 것 같아 스티커를 조심스레 떼고 셔츠를 펼쳤다. 어색하게 거울을 보고 몸에 대보는데, 표정이 죽을 맛이었다.

"그거 입는다고 남조선 사람처럼 보이겠습니까."

주인이 한심하다는 듯 툭 내뱉자 기훈이 깜짝 놀랐다. 전혀 뜻밖의 장소에서 고향의 언어를 들을 줄은 몰랐다.

"공화국 사람… 입니까?"

"이래 봬도 중화인민공화국 여권도 있는 사람입니다. 말 함부로 하지 마십시오."

은실이 민철을 위해 체크무늬 셔츠를 들고 나왔다. 주인이 이번엔 은실을 쳐다보며 한숨을 푹 쉬었다.

"거 애미나이, 옷 고르는 센스가 없구만 기래."

은실도 깜짝 놀라 기훈을 쳐다봤다.

"공화국 사람 아니랍니다."

기훈이 어깨를 으쓱 올리며 말했다.

"내래 중화인민공화국 여권 있는 사람입니다. 조선민주주의인민공화국 동지들은 알지도 못하지만, 그 어이없는 옷 고르는 건 도저히 못 봐주겠슴다. 따라오시오."

셋이 어리둥절해하며 서로 쳐다보자, 답답하다는 듯 주인이 다그쳤다.

"고저, 남조선 애미나이처럼 보일라 하는 거 아님둥? 날래 오시라요!"

기가 죽은 세 사람이 순순히 주인을 따라 가게 안쪽으로 들어갔다. 민철은 이 상황이 웃긴지 입을 막고 킥킥댔다.

은실은 문득 민철이 이렇게 아이처럼 웃는 것을 처음 본다는 생각이 들자, 마음이 알싸하게 아려왔다. 그동안 이 아이는 얼마나 웃지 못한 걸까. 이렇게 예쁘게 웃을 줄 아는 아이인데.

잠시 후 세 사람이 옷 가게에서 나왔다.

화려한 꽃무늬 셔츠에 선글라스를 낀 기훈과 형광색 트레이닝복에 썬캡을 쓴 은실 그리고 데님 재질의 멜빵바지를 입은 민철은 서로를 보는 게 영 어색하기만 했다. 민철이 결국 참지 못하고 웃음을 터뜨렸다. 은실도 따라 웃음이 터졌다.

"뭐가 기래 웃깁니까!"

기훈이 불만스레 한마디를 내뱉었다. 은실은 아예 배를 잡고 웃었다. 얼마 만에 이렇게 웃어보는 건지 기억도 나지 않을 정도였다.

한번 터진 웃음보는 그칠 기미를 안 보였다. 민철과 은실이 서로 툭툭 쳐대며 아예 자지러졌다. 기훈만 어이가 없는 듯 귀까지 빨개진 채 딴청만 피울 뿐이었다.

그런 그의 입에도 슬며시 미소가 걸렸지만, 두 사람에게 보이고 싶지 않아 먼 곳을 쳐다보며 등을 돌렸다.

빠르게 바뀌는 행선지 표지판 앞에 서서 세 사람은 쿤밍행 열차 시각을 다시 확인했다.

두 시간 후 출발이다.

"가디요. 이제 진짜로 기차표 끊고 나면 남을 돈이 한 푼도 없습니다."

은실이 밉지 않게 투덜거렸다.

"남조선 가서 지원금 받으면 다 갚아준다지 않습니까."

"약속 잊지 마시오."

은실이 일부러 눈을 부릅뜨고는 매표소 창구로 향했다.

기훈은 멀찌감치 서서 주변을 둘러보다 잡화점을 발견했다. 조금 전 노점을 지나올 때 민철이 침을 꿀꺽 삼킨 게 기억났다.

"간식이라도 먹을 텐가?"

어색한 분위기를 깨보려고 기훈이 먼저 말을 걸었다.

승합차에서 민철을 창가로 끌고 가 위험한 상황을 만들었던 그 사건 이후로 두 사람 사이는 눈에 띄게 서먹해졌다. 민철은 슬며시 고개를 저었지만, 눈은 이미 잡화점 매대에 전시된 과자에 가 있었다.

"가자."

기훈이 슬쩍 손을 내밀어보았지만, 내민 손을 가만히 바라보던 민철은 고개를 돌렸다.

민망해진 손을 내리며 몇 번 주먹을 쥐었다 폈다 하다 기훈이 먼저 앞장섰다. 민철도 조금 거리를 두고 뒤따랐다.

잡화점 앞에서 주머니를 뒤졌다. 구겨진 10위안 지폐 한 장과 이제는 거의 쓰이지 않는 2위안 지폐 한 장이 손에 집혀 나왔다.

물끄러미 손바닥의 구겨진 돈을 보며 기훈은 운주를 떠올렸다. 그도 잘 지낼까 궁금해졌다. 잘 지낼 것이다. 그렇게 믿어야 했다. 마지막에 술을 한잔 사주지 못한 것이 못내 마음에 걸렸지만, 남조선에 가면 꼭 연락해야겠다며 그에 대한 생각을 정리했다.

초코바를 오물거리는 민철을 데리고 매표소로 돌아가려다 기훈은 무언가를 발견하고 멈춰 섰다. 신문 매대로 달려가 다급하게 한글로 된 신문을 꺼내 들었다.

탈북자 60여 명 대사관으로 진입 시도하다 붙잡혀 소동

국회의원 강길 성명서 내 국가 안보 위협에 대해 경고

급격히 얼어붙는 남북 관계에 코스피 지수 급락

신문을 읽어 내려가는 그의 입가가 점점 일그러지기 시작했다. 이내 손이 분노로 부들부들 떨렸다.

표를 가지고 돌아온 은실이 예사롭지 않은 기훈의 표정에 민철의 손을 꼬옥 잡고 무슨 일이냐는 듯 돌아봤다.

"이것 보라! 이놈의 새끼들, 역시 다 함정이었구만! 이… 이놈들은 몇 해가 지나도 동포들 써먹는 짓거리 하나도 안 변했구만!"

끝내 떠올리지 않으려 꾹꾹 눌러놨던 2년 전의 기억이 불쑥 솟아올랐다. 공안 경찰에게 붙잡혀 개처럼 얻어맞으며 끌려가던 그때, 절박하게 내미는 그의 손을 아무도 잡아주지 않던 지옥 같던 순간. 아니, 되려 모두가 자신을 비웃고 있었지.

은실이 그의 옆으로 다가갔다. 조금씩 떨리는 기훈의 손을 살며시 잡았다.

기훈은 자기도 모르게 신문을 구겨버리고 있던 손에 힘이 풀렸다.

"자기만 생각하라지 않았습니까. 지금은 쓸데없는 생각 말고, 우리 탈출하는 것만 생각합시다."

민철도 올려다보며 고개를 끄덕였다. 조그만 손이 슬며시 기훈의 반대쪽 손을 잡았다.

먼저 다가와 내미는 손에 당황한 기훈이 민철을 보았다. 눈을 똑바로 마주치지 않는 것이, 아직 응어리는 남은 모양이었다.

"참 아가 똑똑하오. 기왕 이렇게 된 김에 남조선 가족인 척해봅시다. 민철이가 우리 자식, 내가 안까이, 그쪽이 나그네 하면 되겠구만."

거칠고 차가웠던 기훈의 손에 온기가 전해졌다. 고개를 푹 숙였다. 양손에 슬며시 힘을 줘 자신을 잡아준 두 손을 감쌌다. 너무 아프지 않게, 혹여나 깨질 새라 조심스럽게.

*　*　*

전광판에는 붉은 글씨로 행선지가 쉴 새 없이 빠르게 바뀌고 있었다. 쿤밍행 기차는 이제 한 시간 후에 출발 예정이었다. 개찰구 앞에는 표를 확인하는 사람들의 긴 줄이 늘어서 있었다.

대합실 기다란 나무 벤치 위에는 피로에 지친 사람들이 둥그렇게 몸을 말고 짐을 베개 삼아 쪽잠을 자기도 했다. 세 사람은 색바랜 플라스틱 의자에 나란히 앉았다.

"검은 보안경 참 안 어울립니다."

어색한 분위기를 풀어보려는지 은실이 툭 치듯 시비를 걸었다.

"안 써봤으니까."

기훈이 선글라스를 벗었다. 싸구려 플라스틱이라 관자놀이가 아픈 참이었다.

"중앙당에서 일하던 거 아니었습니까? 많이 썼을 텐데."

"중앙당 아니고, 북쪽 국경에 있었습니다."

"긴데 왜 탈출하려 했습니까?"

기훈이 느닷없는 질문에 은실을 빤히 쳐다봤다. 그동안 한 번도 묻지 않던 거였다.

"자기 얘기는 영 하질 않아서…."

은실이 기훈의 부담스러운 눈빛에 말끝을 흐렸다.

기훈도 눈치껏 고개를 돌렸다. 저 앞에 뭐가 있는 것처럼 한쪽에다 시선을 뒀다.

북경역 바깥 풍경이 비현실적으로 느껴졌다.

캐리어를 끄는 사람, 배낭을 멘 사람, 가족끼리, 연인끼리 오가는 사람들….

그는 하얀 눈이 강한 바람에 실려 온 세상을 덮어버리던 풍경을 떠올렸다. 그러자 역 바깥 북경의 도시가 어느새 하얀 눈 세상으로 변해갔다. 산양 한 마리가 눈 더미 위에 꼿꼿이 서서 자신을 쳐다보고 있었다. 또 저 녀석이구나.

기훈은 차갑고 서늘했던 기억을 찬찬히 끄집어냈다.

***

리정진의 금니가 반짝 빛났다.

밤이었으니 진짜 빛나진 않았을 것이다. 하지만 알 수 있었다. 기훈은 리정진이 금니를 드러내는 순간이 견디기 힘들었다. 그의 이죽거리는 조소를 담담히 버텨낼 수 없었다.

탕!

기훈이 리볼버 방아쇠를 당기자, 산양이 풀썩 쓰러졌다.

***

그날도 눈보라가 심하게 몰아쳤다. 12월의 북쪽 국경에서 이 정도는 궂은 날씨 축에 끼지도 못했다. 그저 눈보라가 몰아치면 몰아치는 대로 견뎠다.

초소 벽에 붙은 온도계가 영하 30도를 넘어 더 아래를 가리키고 있었다.

기훈은 내무실에서 나오기 전에 군모를 쓰고 외투를 단단히 동여맸다. 낡은 정복 목깃의 까끌까끌한 촉감이 거슬렸다.

건조한 탓이겠지.

몇 년이 지나도록 익숙해지지 않는 감촉이었다. 그저 겨울이 빨리 지나 외투를 벗을 날이 오기만을 기다릴 뿐이었다.

기훈은 잠시 고민하다 주머니에 몇 가지 부식거리를 챙겼다. 단맛도 나지 않는 퍽퍽한 빵 덩어리지만 이 정도만으로도 아이들에게는 꽤 도움이 될 것이다. 기훈이 순찰 나갈 채비를 하자 당직 병사도 자리에서 일어났다.

"일 없다. 혼자 살펴보고 오갔어."

기훈은 수행을 거절하고 홀로 초소를 나섰다. 살을 에는 듯한 추위가 점점 몰려오고 있었다. 몸을 잔뜩 움츠리고 걸음을 천천히 놓았다. 이틀 전에 잔뜩 쌓인 눈에 발목이 푹푹 잠겨 한 발 떼는 데도 힘이 들어갔다.

꽁꽁 언 두만강이 보이는 지점에 다다르자 조금씩 긴장감이 몰려왔다. 몇 개의 초소를 지나면서 일부러 눈에 띄는 길로 걸었다.

초소를 지키는 병사들이 경례했고, 최대한 태연하게 경례를 받으며 지나갔다. 비밀리에 행동하고 있다는 티가 나서는 안 됐다.

4초소와 5초소 사이의 사각지대, 기훈의 관할구역 한계 지점에 도착했다. 이곳에는 버려진 단층 콘크리트 건물이 많았다. 자신이 발령받기 오래전부터 방치되어 있던 폐허였다. 문들은 썩어 없어진 지 오래고 지붕마저 곳곳에 구멍이 나 있었다. 벽에는 알 수 없는 낙서들이 휘갈겨져 있었다.

깨진 유리와 모래알들이 기훈의 군홧발에 으스러질 때마다 요란한 소리가 적막한 공간에 울려 퍼졌다.

"여기 있는가?"

기훈이 나지막이 부르자 바스락거리는 소리가 들렸다.

일자로 늘어선 복도를 중심으로 왼쪽에 나란히 세 개의 방. 기훈의 발소리가 천천히 첫 번째 방을 지나서 두 번째 방으로 향했다.

그 방만 문짝이 그나마 절반 정도 남아 있고, 그 위로 비닐을 덮어 바람을 막았다. 삐그덕, 문을 열자 거기 두 아이가 겁먹은 채 구석에 웅크리고 있었다.

기훈이 잠시 서서 좌우를 둘러보았다. 저 복도 끝에서 다른 복도 끝까지. 안전하다는 걸 확인하고서야 방으로 들어섰다. 삐그덕, 문이 닫혔다.

기훈은 아이들에게 다가가 눈높이에 맞춰 쭈그려 앉았다. 까무잡잡하고 삐쩍 마른 두 앳된 얼굴을 마주봤다.

열 살이 갓 넘어 보이는 여자아이를 꼭 안고 있는, 그보다 두어 살 정도 많아 보이는 남자아이.

"니 이름이 뭐니?"

기훈이 주머니에서 부식 봉지를 꺼내 천천히 건네며 물었다. 덥석 집어 허겁지겁 먹는 여자아이를 보며 침을 꼴깍 삼키던 남자아이가 입을 열었다.

"창호임다."

기훈이 여자아이를 눈짓으로 가리켰다.

"순희임다. 누이라요."

기훈은 아이들을 처음 봤던 이틀 전을 떠올렸다.

**

얼어붙은 두만강 위로 오랜만에 한낮의 햇살이 쏟아졌다.

흔치 않은 '좋은 날씨'였다. 좋거나 나쁘거나. 날씨는 둘 중 하나였다. 매번 날씨에 이름을 붙이는 여유 따위는 이곳에서 사치였다. 그러나 비극은 날씨를 가리지 않고 벌어졌다.

두만강 위에 누운 두 남녀의 시체 위로 햇살이 쏟아졌다. 언뜻 평화롭게 잠든 것처럼 보이는 두 사람을 하전사[10]들이 질질 끌고 가자 붉은 핏자국이 길게 꼬리처럼 남았다. 기훈은 오늘따라 그 모습이 비현실적이라고 느껴졌다.

---

10) 우리의 부사관과 병사를 아우르는 용어로서 특무상사, 상사, 중사, 하사, 상급 병사, 중급 병사, 하급 병사, 초급 병사로 구분한다. (출처: 통일부 북한정보포털)

"이번 달만 해도 벌써 대여섯은 된 거 같습다, 소대장 동지."

리정진이 기훈의 곁으로 능청스럽게 다가오며 말했다.

그는 대뜸 알루미늄 케이스에서 담배를 꺼내 입에 물고 불을 붙였다. 연기를 내뿜는 리정진의 시선이 느껴졌지만, 기훈은 돌아보지 않았다.

두 사람은 첫 만남부터 어긋났다. 기훈은 곧 진급과 함께 중대장 보직이 예정되어 있었다. 하지만 갑작스레 같은 중대로, 그것도 비슷한 계급의 군관인 리정진이 발령받아 왔다. 다음 중대장은 리정진이 될 것이라는 소문이 부대에 파다하게 퍼졌다. 그가 중앙당 고위 간부의 아들이라는 얘기가 나오고 얼마 안 지나 백두혈통이라는 소문으로까지 변질되어 갔다.

소위 '백두산 줄기'라고 불리는 백두혈통은 3~4대를 거쳐오며 그 수가 급격히 늘어났다. 모든 백두혈통에게 요직을 줄 수는 없었기에 혈통 계보의 끄트머리에 있는 자들은 해외 공보 업무를 위해 외국으로 보내는 경우가 자주 있었다. 유학이라고 하지만 사실상 혈통 정리를 위한 유배의 성격이 더 짙었다.

남조선과 대치한 군사분계선에도 종종 배치되었다. 백두혈통의 령이 통하기를 원하기도 했고, 대내외적으로 강인한 훈련 코스를 거친다는 홍보도 염두에 둔 것이다.

리정진이 정말 소문대로 백두혈통이라면, 그가 북쪽 국경에 배치됐다는 것이 일견 이해는 되었다. 그러나 어지간히 꼴통이 아닌 이상, 백두혈통은 이곳에 배치되지 않는다. 그만큼 권력의 눈 밖에 났다는 것인데, 사사건건 자신과 부딪치며 신경을 자극하는 걸 보면, 혈통이 무엇이든 간에 신망 받을 사람은 아니라는 게 기훈의 확고한 생각이었다.

"보고 받았습니까?"

리정진이 물었다. 이미 아는 내용을 다시금 확인해보려는 것 같은 태도를 기훈은 모른 척했다.

"저 간나들, 내가 딱 사살했소. 마침 맞게 내 눈에 걸려가지고."

리정진이 온 뒤 강을 건너는 자들의 사망자 수는 족히 배 이상 늘어났다. 대부분 리정진이 직접 사살한 자들이다. 그는 병사들에게 탈출하는 자들을 발견하면 사살하지 말고 생포하라는 명령을 내렸다. 그리고 붙잡힌 탈출자들을 자신이 직접 죽였다.

혹 생포에 실패하면, 그냥 보냈다. 즉, 사살되거나 혹은 탈출하거나. 죽거나 아님 살거나.

분명 공개처형이나 강제송환을 해야 하는 국경지대의 공식 지침과는 위배된 행위였다. 그럼에도 아직 아무런 문제가 발생하지 않자 간부들은 그가 백두혈통이라는 확신을 갖는 지경에 이른 것이다.

여하튼 비교적 쉬운 탈출로 중 하나였던 이곳은 이제 모두가 기피하는 위험지역이 되어 가고 있었다.

"하나 물어보갔소?"

리정진이 알루미늄 담배 케이스를 내밀었다. 그 안에 필터가 노랗고 긴 미제 담배가 보였다. 조그맣게 영어로 'MALBORO'라고 적혀 있었다. 보나 마나 밀수품을 빼돌렸을 것이다. 그럼에도 이렇게 당당하게 꺼내서 피다니.

"일 없소."

리정진은 자신과 눈을 맞추지 않으려는 기훈을 넘겨보며 묘한 미소를 지었다.

"크으으음."

리정진은 가래를 잔뜩 끌어 올리더니 퉤, 하고 멀리 뱉고는 초소 방향으로 멀어졌다.

보지 않아도 잔뜩 거들먹거리며 팔자걸음으로 걷는 모습이 눈에 선했다. 기훈은 그 꼴이 보기 싫어 시체들이 누워 있던 자리로 다가갔다. 두 시체가 끌려가며 길게 남겨진 피가 얼어붙은 강물에 들러붙은 채 굳어 있었다.

기훈은 문득 자신의 움직임을 살피는 시선을 느끼고 얼른 뒤돌아봤다. 순식간에 사라졌지만 분명 이쪽을 지켜보는 두 그림자가 있었다. 덩치가 작았다.

주변을 넓게 둘러봤다. 저 멀리 시체를 끌고 가는 하전사들과 담배를 멀리 튕겨버리는 리정진의 뒷모습이 보였다.

기훈은 군홧발을 비벼 얼음에 눌어붙어 있는 핏자국을 깨부쉈다. 군화 뒤꿈치로 바닥을 박박 긁고 주변 눈을 끌어모아 흔적을 덮었다.

담배를 꺼내 불을 붙였다. 봉긋하게 솟은 눈더미 위로 담배를 꽂았다. 두 작은 그림자가 이쪽을 바라보는 게 더 선명하게 느껴졌다. 기훈은 무덤처럼 둥그렇게 솟은 눈더미를 가만히 바라보다가 얼른 고개를 돌렸다. 그림자들은 다시 후다닥 사라졌다.

기훈은 그림자가 사라진 방향에 있는 폐가로 눈길을 돌렸다.

***

"중국에 누가 있니?"

"아무도 없슴다. 배곯지 않을라고 갑네다."

동생 순희가 조금 남겨준 빵조각을 입안에 넣으며 창호가 대답했다. 목소리가 떨렸다. 추위 때문이겠지.

"내 덮개 하나 갖다 줄 수 없다. 여기선 밤이 사납다. 날 밝으면 어서 가라우."

"어째 우릴 내버려둡네까?"

뒤돌아서 나가려는 기훈에게 창호가 물었다.

"아니, 난 그런 일 없다."

기훈은 외투를 여미고 폐가를 나섰다. 여기까지다. 더 이상의 개입은 위험하다. 일부러 아이들 쪽을 돌아보지 않으려 했다. 시간을 지체하면 의심을 살 것이다. 특히 리정진이 눈에 불을 켜고 꼬투리를 잡으려 하는 마당이다. 기훈의 마음은 조급해지기 시작했다.

그때, 멀리서 총성이 들렸다.

***

내무실이 가까워지자 총소리의 정체를 확인할 수 있었다.

리정진은 틈날 때마다 순찰 중에 산짐승들을 잡아오고는 했다. 그런 날은 보란 듯이 산짐승의 사체를 내무반 한가운데 펼쳐놓고 의기양양하게 서 있곤 했다. 그리고 산짐승 고기로 회식을 하며 간부들의 환심을 샀다. 이번에는 산양이었다.

리정진이 산양의 사체를 질질 끌고 내무실로 향하고 있었다. 산양의 붉은 피가 하얀 눈 위에 불길한 자국을 남겼다.

"오늘은 잔치구만 기래!"

언덕 위에 서서 지켜보고 있는 기훈을 향해 리정진이 손을 흔들며 외쳤다.

리정진을 발견한 병사들이 달려와 산양의 사체를 받아 끌고 갔다. 기훈은 아무런 반응 없이 그저 가만히 그를 지켜봤다. 놈의 진짜 얼굴은 무엇일까. 정말 백두혈통일까? 금을 씌운 어금니만 봐도 보통 집안 출신은 아닐 것이다. 그렇다면 녀석과 가깝게 지내는 것이 현명하겠지. 아니면 적어도 적대관계가 되지는 말아야 할 것이다.

문제는 체질이다. 기훈은 도저히 리정진과 가까워질 수 없는 본능적 거부감을 넘어 혐오감을 느꼈다. 기훈은 무거워지는 발을 떼 언덕을 내려갔다.

리정진은 자신이 보이기 시작할 때부터 눈을 떼지 않고 다가오는 걸 지켜보았다. 기훈은 외면한 채 내무실 쪽으로 곧장 걸어갔다.

리정진이 그대로 두고 볼 작자는 아니었다. 자신을 먹잇감처럼 노려보고 있을 것이다. 걸쭉한 가래침을 퉤, 뱉어내는 소리가 들렸다. 마치 바지에 그의 가래침이 묻는 것처럼 더러운 기분이었다.

상급 병사가 다가오자 리정진은 친근하게 어깨동무하며 내무실로 향했다. 상급 병사에게 귀띔해 병사들 회식을 준비하라고도 지시했다. 상급 병사의 표정이 환해졌다.

리정진은 상급 병사와 농담을 주고받으면서도 눈으로는 내무실로 들어가는 기훈의 뒷모습을 쫓았다. 저 건방을 볼 날도 얼마 안 남았다.

리정진은 새어 나오는 웃음을 굳이 참지 않았다.

십여 명이 둘러앉을 수 있는 회의실 낡은 나무 테이블 위로 삶은 산양 고기와 소주가 차려졌다. 접시에는 김이 모락모락 올라와 희뿌연 담배 연기와 어우러졌다. 테이블에 꽉 차게 둘러앉은 간부들이 소주잔을 채우며 웃고 떠들었다.

"내 이 사격 솜씨 하나는 아직 녹슬지 않았습니다. 탈출하는 새끼들 사살해도 좋다는 명령을 받고서 잠을 못 잤지요!"

리정진이 호탕하게 웃으며 총을 쏘는 자세를 과장되게 보여주었다. 뭐가 웃긴지 모르겠지만 간부들이 따라 웃었다.

"역시, 발통이 좋아서 그런가 보오."

제2소대장이 은근히 리정진의 혈통을 들먹이며 아부했다.

"거 무슨 소린가! 내가 실력이 좋아서 그런 거디요!"

상석에 앉아 있던 대대장이 먼저 잔을 들자 모두가 일제히 맞춰 잔을 들었다.

"쭉 내!"

대대장의 신호에 따라 홀로 조용히 소주를 마시던 기훈도 별수

없이 잔을 들었다.

모두가 일제히 소주를 입안에 털어 넣었다. 긴 글라스 잔에 따라져 있던 평양 소주의 알싸한 기운이 목구멍을 타고 넘어왔다.

산양 고기에 손도 대지 않은 채 기훈은 올라오는 취기를 느끼며 정신을 차리려 애썼다.

내무실 밖으로 나와 찬 바람을 쐬자 조금씩 정신이 들었다.

담배를 꺼내 불을 붙이려 했지만, 강한 바람에 불이 잘 붙지 않았다. 언제 따라 나왔는지 옆에 다가와 있던 리정진이 지포 라이터를 꺼내 내밀었다.

"산양이 아니라 탈출하는 새끼였어야 했는데 말이디."

리정진은 기훈에게 은근슬쩍 말을 놓고는 했다.

"소대장 동지, 이게 뭔지 아오?"

그가 품속에서 손수건에 싸인 물건을 꺼내 기훈에게 건넸다. 묵직한 무게가 느껴졌다. 설마….

손수건을 풀자 리볼버가 차가운 자태를 드러냈다.

"짠!"

기훈이 어이없다는 표정으로 그를 쳐다보았다. 진짜 미쳤구나. 담배는 그냥 넘어갈 수 있을지 몰라도 총이라니. 그것도 미제 총을 밀수한다는 건 총살형을 당할 수도 있는 중범죄였다.

리정진은 기훈의 반응을 예상했다는 듯 익살스런 표정을 지었다.

"겁납니까?"

"이걸 왜 나한테 주시오?"

"총은 쏘라고 있는 거 아니오? 탕."

리정진이 손가락으로 총 모양으로 만들어 튕기며 빈정댔다. 기훈은 자신을 가리키고 있는 리정진의 손가락 끝을 노려봤다. 어쩐지 농담으로 들리지 않았다.

리정진이 꽁꽁 얼어붙은 두만강 너머를 응시했다. 기훈도 고개를 돌렸다. 멀리 희끄무레한 형체가 보이는 듯했다. 산양인가, 사람인가. 아니면 그저 하얀 눈더미일 뿐일까.

달빛마저 가려버린 강한 눈보라는 아무것도 선명하게 보여주지 않았다. 바람과 눈과 어둠은 모든 것을 모호하게 뒤덮었다.

리정진이 갑자기 성큼성큼 언덕을 내려가 두만강 위에 섰다.

"뭐 하는 겁니까! 날래 나오시오, 병사들이 쏠 수 있습니다!"

리정진은 태연했다.

"소대장 동지는 뭐가 기리도 두렵습니까?"

"뭐요?"

리정진이 두 팔을 크게 벌리며 외쳤다.

"내가 두렵습니까?"

"그럴 리가!"

리정진이 천천히 뒷걸음질 치며 눈보라 치는 어둠 속으로 사라졌다.

기훈의 턱이 부들부들 떨렸다. 거친 호흡에 맞춰 하얀 입김이 흩뿌려졌다. 바람에 몰아친 눈이 속눈썹을 덮자 재빨리 눈두덩을 비볐다. 눈썹에 들러붙은 얼음 알갱이들이 눈 주위를 따갑게 찔렀다.

시야에서 완전히 사라진 뒤에도 어째서인지 리정진의 목소리는 바로 옆에서 들리는 것 같았다.

"아니면!"

아니, 목소리는 한층 더 가까워졌다.

"보이지 않는 감시의 눈이 무서운 거요?"

기훈이 천천히 리볼버를 들어 올려 어둠 속을 겨냥했다. 한파에도 땀이 이마를 타고 한 방울 주르륵 흘러내렸다. 가빠오는 자신의 숨소리가 거슬렸다.

"네가 쏜 거야!"

소스라치게 놀란 기훈이 방아쇠를 당겼다. 커다란 총성이 어둠 속에서 울려 퍼졌다. 웅웅거리는 소리가 귓가에 오래도록 남았다.

어둠 속 희끄무레한 형체는 산양 같기도, 사람 같기도 했다. 아니면, 아이였던가.

***

"소대장 동지."

생활관 옆자리 신상병이 깨우는 소리에 화들짝 눈이 떠졌다. 악몽을 꾼 것 같았다.

눈을 뜨자마자 희미해지려는 상념을 붙잡았다.

자신은 두만강 한복판에 누운 채 까만 하늘을 올려다보고 있었다.

따뜻한 피가 얼음 위로 천천히 퍼졌고, 곧 얼어버렸다.

눈이 그 위를 덮었고, 자신의 몸 위로도 눈은 수북이 쌓여갔다.

봉긋하게 얼음이 온몸을 덮었고, 담배가 하나 꽂혔다. 노란 필터의 외제 담배가 치지직, 타들어 가는 소리만이 어두운 밤을 공허하게 울렸다.

"잠 못 주무셨습니까?"

두통이 몰려왔다. 소대장에게 집무실은 있지만 생활관은 병사들과 함께 써야 했다. 유일하게 자신에게 친근하게 대하는 신상병이 바깥을 가리켰다.

안개가 자욱한 새벽녘, 날이 조금씩 밝아 오고 있었다. 이제 곧 나팔수가 아침을 알리는 시끄러운 소리를 낼 것이다.

기훈은 다시 잠들기를 포기하고 천천히 일어나 군복을 챙겨 입었다.

생활관 문을 열고 나오자, 짙게 깔린 안개에 가장 가까운 초소마저 보이지 않았다. 하지만 뼛속을 휘젓는 듯한 냉기는 확실하게 느껴졌다.

왠지 흐릿한 안개 속에서 불길한 기운이 스멀스멀 피어오르는 듯했다.

사람인가? 지난밤 꿈이 천천히 떠올랐다. 내가 쏜 것은 무엇일까.

안개 속에서 사람의 형체가 서서히 드러났다.

리정진이 어깨에 산짐승을 둘러멘 채 느릿느릿 다가오고 있었다. 그사이 또다시 사냥에 나섰던 걸까?

그의 모습이 가까워질수록 어깨뿐만 아니라 한쪽 손에도 산짐승이 끌려오고 있는 게 보였다. 기훈은 일부러 눈을 크게 떴다. 차가운 한기가 금세 얼굴을 뻑뻑하게 만들었다. 이번엔 저절로 눈이 더 크게 떠졌다.

네가 쏜 거야.

리정진이 꿈속에서 소리친 마지막 말이 불현듯 떠올랐다.

눈앞에 툭 던져진 두 산짐승. 산짐승이 아니었다. 두 아이였다. 창호와 순희라고 했던 아이들.

얼굴에 묻은 핏자국을 손바닥으로 슥슥 닦던 리정진이 히죽거리며 담배 케이스를 꺼냈다. 알루미늄 케이스 소리가 서늘하게 울렸다.

"아 놈팽이들 사납더구만."

담배를 꺼내 물고 나서 리정진이 기훈에게 케이스를 내밀었다.

그 안에는 담배뿐만 아니라 기훈이 아이들에게 나눠줬던 부식 빵 봉지도 반듯하게 접힌 채 함께 들어 있었다.

네가 쏜 거야.

리정진의 목소리가 폐부를 찌르듯 파고들었다.

가만히 손을 뻗어 담배를 집었다. 제 손이 떨리고 있는 게 선연히 느껴졌다. 리정진이 불을 붙여주었다. 연기가 순간 목에 걸려 기침이 터져나왔다.

"입에 잘 안 맞소? 금방 적응될 겁니다."

기훈의 어깨를 툭툭 치더니, 꾹 붙잡고 눌렀다.

알아서 밑으로 기어라.

손바닥은 많은 말을 전해준다. 태웅의 손바닥도, 리정진의 손바닥도 분명한 악의를 내뿜었다.

"앞으로 잘 좀 돌봐주오, 소대장 동무."

리정진이 일부러 소리 내 가래침을 길게 내뱉었다. 그리고 팔자걸음으로 휘적휘적 내무실로 걸었다.

두 아이는 마치 얼굴만은 알아보라는 듯, 얼굴 말고는 모든 신체가 칼로 난도질되어 있었다. 산양의 배를 갈라 식량으로 썼던 것처럼.

담배를 다시 물자 구역질이 몰려왔다.

구석으로 뛰어가 속에 든 것을 게워냈다. 먹은 게 거의 없어 위액이 왈칵 쏟아졌다. 하얀 눈 위에 더러운 얼룩이 물들어갔다.

기훈은 손에 쥔 담배를 주먹으로 으스러뜨렸다.

그 뒤로 다시는 담배를 피울 수 없었다.

* * *

그날 이후로 리정진의 행동 하나하나가 기훈에게 다른 의미로 다가왔다. 그의 존재 자체를 최대한 무시하려 했었다. 하지만 이제는 상황이 역전되었다. 기훈은 리정진의 일거수일투족을 관찰했고, 초조해했다. 그가 통일전선부와 무전이라도 하는 날이면 온몸의 촉각이 곤두섰다.

리정진은 일부러 기훈이 함께 있을 때 무전을 할 때가 많았다. 직접적으로 해코지를 하지는 않았다. 그저 가만히 서서 무심한 척 지켜보고 있거나, 승자 같은 미소를 지으며 금니를 내보이고 서는, 미제 담배를 한 대 피우는 정도였다.

기훈은 그럴 때마다 수시로 소름이 돋았다. 자신이 사냥을 당하고 있는 것만 같았다. 리정진이 산양이나 탈출자들에게 하는 것처럼 칼과 총을 휘두르는 사냥이 아니었다. 서서히 피를 말리고 숨통을 조여왔다. 다 잡은 사냥감을 눈앞에 두고 어떻게 목숨을 끊어버릴까 천천히 음미하는 것이다.

기훈은 절실하게 깨달았다. 자신이 완전히 심리적으로 굴복하고 무너질 때! 그때를 그가 기다린다는 것을. 다만 알고 있다고 해서 피할 수 있는 것이 아니기에 기훈은 무엇도 장담할 수 없었다.

서로를 향한 강한 적개심과 악의는 시간이 지날수록 보강되고 강해졌다.

증오는 증오를 집어삼키며 커지고 마침내 다른 감정은 하나도 남지 않게 될 것이었다.

리정진은 산양을 사냥해 왔던 날, 홀로 우두커니 서서 자신을 내려다보던 기훈의 표정을 잊을 수 없었다. 거기 담긴 혐오의 감정을. 상종하기 싫은 천한 것을 바라볼 때의 역겨움을.

리정진은 그때 결심했다. 저 재수 없는 표정을 반드시 망가뜨려 주겠다고. 그리고 절대 나를 내려다보지 못하게 하겠다고.

공포에 질려 울먹거릴까, 비굴하고 야비하게 웃으며 매달릴까.

자신에게 기어와 조아릴 그의 몰골이 너무 기대돼 리정진은 새어 나오는 웃음을 참을 수 없었다.

*　*　*

내무실의 분위기도 묘하게 달라졌다. 신상병과도 대화를 나누지 않은 지 오래되었다. 신상병뿐만 아니라 모든 내무실의 병사들이 기훈을 피하고 있었다. 쉬쉬하고 있지만 리정진으로부터 어떤 지령을 받은 것이리라 그도 짐작했다.

한편으로 리정진은 꾸준히 그를 호출했다. 기훈은 누군가 자신을 부를 때마다 깜짝깜짝 놀랐다. 숨이 잘 쉬어지지 않았다. 나중에는 환청이 들려 아무도 부르지 않았는데도 움찔 놀라 대답한 적도 있었다. 그런 모습이 병사들에게 발견될 때마다 그들 사이의 소문은 구체화되어 갔다.

어느 날 리정진은 일부러 병사들이 모여 있을 때 기훈을 불렀다. 다급하게 달려온 기훈의 흔들리는 눈빛, 몰아쉬는 숨, 비굴하게 굽어진 어깨…. 병사들은 본능적으로 알았다.

누가 더 먹이사슬의 위를 차지했는지. 누가 포식자이고, 누가 먹잇감인지.

리정진이 손가락을 까딱이자 담배를 꺼내 꽂아주는 기훈의 모습을 보며 병사들은 더 확신에 찼다. 켜지는 라이터 불꽃을 바라보며 리정진은 자신의 승리를 만끽했다.

고작 한 달여의 시간이 지났을 뿐인데, 기훈은 눈에 띄게 야위어 갔다. 매일 밤 악몽을 꿨다. 대체로 내용은 비슷했다. 눈보라가 쳤고, 검은 숲을 검은 안개가 점차 뒤덮었다.

안개는 발밑에서부터 서서히 몸을 잠식했다. 검은 안개는 형태를 자유자재로 바꿨다. 리정진이 되었다가 창호와 순희가 되기도 했다. 때로는 자신이 되기도 했다.

그 형태는 가만히 서서 기훈을 집요하게 들여다보는 것 같았다. 그러나 눈동자가 있어야 할 자리에는 깊은 심연만이 자리 잡아 끝없는 불안과 공포, 허무만을 남겼다. 차라리 총살형을 시켜 달라고 애원했다. 하지만 팔다리가 떨어져 나가고 목이 잘려 나가도 자신은 여전히 살아있었다.

눈을 부릅뜬 채 코앞까지 다가든 심연을 지켜봐야 했다. 역한 심연의 숨결마저도 고스란히 느껴졌다. 잠에서 깨면 간밤에 흘린 식은땀에 내무실 공기가 서늘하게 닿았다. 그럴 때마다 오한과 공포에 떨었다.

기훈이 탈출을 결심하기까지는 그리 긴 시간이 걸리지 않았다.

그날도 눈보라가 심하게 몰아쳤다. 한동안 험상궂은 날씨가 이어지고 있었다. 날짜는 기억하지 못했다. 그즈음의 기훈은 날짜도, 날씨도 제대로 인식하지 못했고, 지금이 낮인지 밤인지조차 헷갈렸다. 매일 짙은 안개 속 눈보라를 마주하다 보면, 그리로 마냥 빨려 들어가는 기분이 들었다.

그러나 정신을 차렸을 땐 내무실 안이었고, 지친 몸과 마음을 간신히 붙잡고 있는 자신이 흐릿한 유리창 너머로 보였다. 그럼 다시 안개와 눈보라를 바라본다.

영혼이 빠져나간 듯한, 현실과 현실이 아닌 세상 사이 어딘가를 누비는 듯 모호한 상태.

기훈은 잠깐이라도 이곳에 영혼을 걸쳐봤다. 지옥도, 천국도 아닌 어딘가에. 조국도, 리정진도, 창호와 순희의 시체도, 산짐승 고기도 없는 곳.

부스럭.

당직을 서던 기훈이 무심코 주머니에 손을 넣었는데 무언가 잡혔다. 쪽지였다. 삐뚤삐뚤한 글씨로 짤막한 문구가 적혀 있었다.

보위부….

단 세 글자에 털이 곤두서고, 눈보라로 빨려 들어가던 영혼이 순식간에 잡아채듯 돌아왔다.

등골이 서늘했다. 그제야 자신의 몸이 추위에 노출되었다는 것을 깨달았다.

내 몸이 이렇게 차가웠구나. 얼어붙을 정도로.

기훈은 몸의 체온에 영혼의 온도를 맞추려 했다. 차갑고 냉정해지려 했다.

세 글자가 의미하는 것이 무엇인지 너무도 잘 알고 있었다. 누가 넣은 거지? 리정진? 신상병? 내무실의 누군가가? 그렇다면 누구길래?

리정진은 아닐 것이다. 그러면 이렇게 알릴 필요 없이 곧바로 자신을 교화소로 잡아넣거나, 죽이려 했을 것이다.

신상병은 글을 모른다. 어딘가에서 본 단어를 똑같이 베껴 그렸다고 가정한다면, 그가 넣은 것일 수도 있다. 하지만 이제 와서? 지금까지 자신을 외면해놓고?

실제로 신고했다는 건지, 협박용인 건지, 그저 경고하려 했던 것인지도 중요하지 않았다. 중요한 건, 신호가 왔다는 것이다.

기훈의 몸과 영혼이 동사에 차갑게 식었다. 냉정하게 자신을 되돌아봤다. 리정진처럼 죄를 덮어줄 부모도 없고, 무마시킬 돈도 없는 초라한 현실을.

중국으론 어찌 갈라고?

브로커라고 하는 아즈바이가 있슴다. 오손소리 안 나게 강을 넘는 법을 알려줌다.

기훈은 마지막으로 창호가 했던 말을 떠올렸다.

머릿속에 순간적으로 떠오른 계획에 단전이 뜨거워졌다. 지금까지 한 번도, 감히 상상조차 하지 못했던 계획이었다. 기훈은 그 열기가 머리까지 올라와 작전을 흐트러뜨리지 않도록 작게 여러 번 나눠 심호흡을 했다.

집무실에는 자신과 당직 병사밖에 없었다. 천천히 자리에서 일어나 외투를 꺼내 입었다.

당직 병사의 시선이 따라왔다. 감시당하고 있는 게 느껴졌다.

이제 혼자 순찰을 나간다고 하는 건 안 될 것 같았다.

"텅간 다녀온다."

기훈은 짧은 시간만을 번 채 미심쩍은 눈을 거두지 않는 당직 병사를 등지고 집무실을 나섰다.

오늘따라 눈보라가 더욱 강하게 몰아쳤다. 몸을 숨기기엔 더 좋다. 기훈은 강가로 발걸음을 서둘렀다.

순찰이 허술한 구역은 정확히 꿰고 있었다. 수도 없이 오간 길이었다. 등 뒤로 총소리가 들려오는지 온 신경을 곤두세우며 한참을 빠른 걸음으로 걸었다. 입안이 바짝 말라 숨 쉴 때마다 목이 따끔거렸다.

강의 하류에 다다랐다. 초소와 초소 사이, 수풀이 적당히 시야를 가려주는 이곳.

각 초소의 감시가 가장 옅게 겹치는 곳이라, 최적의 장소였다.

강 건너편 중국 땅을 먼 눈길로 바라봤다. 숨을 크게 들이마시고 내쉬었다. 무뚝뚝하고 차가운 바람이 이미 말라버린 목구멍을 지나며 통증을 남겼다. 중국은 어떤 곳일까.

문득 자신이 살아온 고국에서의 삶이 떠오르자 울컥 감정이 복받쳐 올랐다. 어쩌다가 여기까지 오게 된 건가. 내가 지금 왜 여기 서 있는 거지?

기훈은 고개를 절레절레 흔들며 정신을 차리려 했다. 지금은 그런 어설픈 감상에 젖어 있을 때가 아니었다. 살아야 했다. 꽁꽁 언 두만강 위로 첫발을 내딛자 주변의 공기가 달라졌다. 지금부터는 언제 총에 맞아 죽어도 이상하지 않을 터였다.

환청이 들렸다. 고함 소리, 총소리, 몸이 꿰뚫리는 소리, 죽어간 사람들의 비명들….

그제야 자신이 얼마나 위험한 곳에 서 있는지 실감 나기 시작했다. 주변에는 어떤 엄폐물도 없었다. 맨몸으로 수십 개의 총구 앞에 서 있는 거나 마찬가지였다. 천천히 한발 한발 내디뎠다. 강한 눈보라가 등 뒤에서 다시는 돌아오지 말라는 듯 끝없이 휘몰아치고 있었다.

중국 땅에 발이 닿자마자 수풀 속으로 몸을 숨겼다. 그제야 참았던 숨을 몰아쉬었다.

울컥 눈물과 헛구역질이 쏟아지며 목구멍에 쓴맛을 남겼다.

창호가 생각났다. 이렇게 쉬운 걸. 이렇게 가까운 걸. 나는 왜 알려주지 않았을까.

싸구려 동정심을 던져주고, 왜 정작 아이들은 버리고 왔을까.

부식을 주지 않았더라면, 차라리 직접 교화소로 인도했더라면 그렇게 처참하게 죽지는 않았을 텐데. 결국 나도 똑같은 신세가 된 것을.

사사삭—.

강 건너편의 앙상한 가지들이 움직이는 것 같았다.

입가를 닦을 새도 없이 서둘러 깊은 숲속으로 몸을 숨겼다. 생명의 위협이 느껴지자 창호를 떠올리는 것도 사치처럼 느껴졌다.

숨을 고른다고 나무 둥치에 몸을 기댔다가 깜빡 잠이 든 것 같왔다. 얼마나 시간이 흘렀을까. 누군가 자신의 어깨를 꽉 움켜잡았다.

심장이 철렁 내려앉았다. 어깨를 누른 손이 묵직했다.

다 끝났다고 체념하며 천천히 뒤를 돌아봤다. 멀끔한 얼굴에 사복 차림의 낯선 남자가 태연하게 서 있었다. 공화국 사람도, 중국 사람도 아니다. 그렇다면….

아, 남쪽 사람이구나! 기훈은 본능적으로 알아차렸다.

남자의 뒤쪽으로 잔뜩 겁을 먹은 채 경계의 눈빛을 던지는 무리가 보였다. 공화국에서 탈출하는 사람들이라는 걸 행색만으로도 충분히 짐작할 수 있었다. 남녀노소가 섞인 무리 속에 열 살 남짓한 남자아이도 보였다.

"창호…?"

"쉿!"

남자가 손가락을 입술로 가져가며 조용히 하라는 시늉을 했다.

"탈출하는 겁니까?"

남자가 남조선 말투로 속삭였다. 기훈이 가만히 고개만 끄덕였다.

"저희랑 함께하시죠."

남자가 선뜻 손을 내밀었다. 기훈도 그 손을 맞잡았다. 손바닥이 까끌까끌한 남자였다.

"기태웅입니다."

기훈이 몸을 일으키자 겁먹은 채 지켜보던 탈출자 무리가 주춤 뒷걸음질쳤다. 그들이 무엇을 두려워하는지 알 것 같았다. 자신이 여전히 공화국 군복을 입고 있다는 것을 깨달았다. 기훈은 먼저 외투부터 벗었다. 더 이상 추위는 느껴지지 않았다.

무리로 다가가 열 살 아이 앞에 무릎을 굽히고 앉았다. 가까이서 보니 창호와는 전혀 닮지 않았다. 나이도 두어 살 많은 것 같았다. 기훈은 아이에게 외투를 입혀주고 꼭 안아주었다.

아이는 어리둥절해하면서도 경계심만은 뚜렷했다. 몸이 여전히 딱딱하게 굳어 있었다. 심장 소리만이 요란하게 뛰었다.

외투를 벗어버린 기훈은 더 이상 목깃이 불편하지 않았다.

***

요란한 사이렌 소리가 먼저 들리고, 쿤밍행 열차가 곧 도착한다는 안내 방송이 흘러나왔다.

북경역 바깥의 눈보라는 어느새 그쳐 있었다. 사람들이 바쁘게 오가는 대도시 기차역의 풍경이 훤하게 펼쳐졌다.

"남조선 가면 뭐 할라 그러십니까?"

무거운 분위기를 깨고 은실이 물었다.

"…찾아야 할 사람이 있습니다."

"복수입니까?"

"모르겠습니다."

"찾은 다음에는, 어찌하려 합니까?"

"그다음 일은 그다음에 생각하겠습니다. 지은 동무는 아이 찾으러 갈 거지요?"

기훈이 화제를 돌리자, 은실은 생각에 잠겼다.

"나는 어머니 찾으러 갈 겁니다."

두 사람은 동시에 초코바 껍데기를 꼬깃꼬깃 접고 있는 민철에게로 고개를 돌렸다.

"어머니가 나 팔고 갔다고 했습니다. 100원에 팔았다고도 하고, 영철이는 그것도 안 받고 그냥 버렸다고 했는데, 믿지 않습니다. 아, 영철이는 옆집 사는 아입니다."

고집스런 입매로 담담하게 말을 이어가는 민철을 은실이 안쓰럽게 바라봤다.

"사실 뭐든 상관없습니다. 어머니 만나서 물어볼 겁니다. 그래서 나 판 거 아니라고, 나중에 데려가려고 잠깐 떠난 거 맞다고 들을 겁니다. 내가 알아서 온 거 보면 아마 더 좋아하실 겁니다."

은실은 머릿속에 떠오른 말을 입 밖으로 꺼내지 않았다. 저 작은 어깨가 짊어진 무거운 짐을 감히 해결해줄 엄두가 나지 않았다. 대신 품에서 동훈의 사진을 꺼냈다.

"이젠 뭐, 필요 없을 것 같습니다."

기훈이 무슨 뜻인지 몰라 은실의 입을 쳐다보았다.

"이 애, 내 자식 아닙니다."

민철이 놀라며 눈을 동그랗게 떴다. 기훈은 별다른 반응을 보이지 않았다.

"알고 있었습네까?"

은실이 슬쩍 곁눈질로 기훈을 쳐다보며 물었다.

"짐작만."

"지은이라고, 내 제일 친한 동무가 있었슴다. 그, 남조선에선 친구라고 한다더군요."

은실은 길게 한숨을 내쉬었다. 그러고 나서야 기훈과 민철을 한 번씩 똑바로 보았다.

"내 이름은 은실입니다. 김은실."

홀가분한 표정이었다. 가면을 벗어버리고 답답했던 마음이 풀어지는 게 표정에서 다 느껴졌다.

기훈은 처음 보는 그녀의 진짜 표정에 가슴 한쪽이 찌르르 저려왔다. 시끄럽고 정신없는 북경역 플랫폼에서 세 사람만의 세계가 조그맣고 고요하게 열렸다. 그곳은 아직 어둡고 불안정했지만, 더 이상 서슬 퍼런 추위는 없었다.

7

고인 물도 밟으면 솟구친다[11]

영호는 어둡고 깊은 강물을 오래도록 내려다봤다.

출렁이는 물살을 노려보며, 저곳에 빠졌을 때 살아 돌아올 가능성을 머릿속으로 가늠해보았다.

…없었다. 저기 빠지면 분명 죽는다. 영호는 방금 전 눈앞에서 저기로 빠진 사람을 떠올렸다.

아마 그는 평양에서 풍족하고 무난한 삶을 살았을 것이다. 제 앞에 펼쳐진 양털 카펫을 충실히 밟아가며 한 발짝씩, 옆으로 이탈하지 않고 앞만 보면서 찬찬히 걸었더라면, 아마 자신과 비슷한 일을 하고 있을지도 몰랐다.

보위부 요원이 된다는 것은 출세를 위해서도, 가문의 명예를 위해서도 영광스러운 일이었다. 김일성종합대학을 우수한 성적

11) 마음이 아무리 온순한 사람이라도 남에게 불이익을 당하면 가만있지 않는다.
(출처: 통일부 공식 블로그)

으로 재학 중이던, 보위부 현형식의 둘째아들이 그런 영광의 자리가 아닌, 저 다리 밑 검은 물길 속에서 생을 마감하게 될 줄 누가 알았을까.

영호는 다리 난간에서 시선을 천천히 내리며 운주가 떨어지던 순간을 아찔하게 떠올렸다.

포박당한 운주는 명식에게 목덜미를 붙잡힌 채 발버둥쳤다.

"왜 이럽니까! 내 순순히 잡혀간다지 않소!"

명식은 아무 말 하지 않고 그를 다리 난간으로 끌고 갔다. 붙잡은 목덜미를 밀어 난간에 걸쳤다. 조금만 힘을 줘도 강물로 떨어질 것처럼 아찔했다. 영호는 꼼짝할 수 없었다. 가만있으라는 명령이 있었기 때문이다.

순간 운주와 눈이 마주쳤다. 영호는 탈출자에게 동정심을 가져본 적이 없었다. 그들은 당을 배반한 변절자들이고, 잠재적 반동분자들이며 나약한 벌레들일 뿐이었다. 그러나 저자는 어떤가. 저자와 자신은 무엇이 다른가. 김일성종합대학을 졸업한 뒤 아버지의 영광을 뒤로하고 보위부 요원에 발탁된 자신과 지금 피투성이로 포박당한 채 다리에 아슬아슬하게 매달려 있는 저자는, 언제부터 다른 길을 걸었는가.

영호는 가만히 있으라는 명령을 지키기 위해, 아니 그 단어를 붙잡고 의지했다. 움직이지 말랬으니 움직이지 않는 것이다. 그뿐이다….

운주의 몸에서 조금씩 힘이 빠지는 것 같았다. 스스로 발버둥을 멈춘 것이다. 어째서? 명식도 조금 놀란 듯했다.

"너… 당의 명령 때문에 이러는 게 아니로구만."

숨이 넘어갈 듯 꼴깍거리면서도 핏발 선 운주의 눈은 명식을 똑바로 노려봤다. 운주가 별안간 킥킥거리며 웃음을 터뜨렸다. 그 웃음마저도 얼굴의 핏줄이 터질 듯 부풀어 오른 그의 마지막 발악처럼 보이기도 했다.

"너도… 아무것도 아니다. 나하고 똑같… 언젠가 너도 버려질… 늙은 개일 뿐."

운주가 발작적으로 웃기 시작했다. 영호는 그의 히스테릭한 웃음소리에 소름이 돋았고, 시간이 지나서도 그 기괴한 소리에 한동안 시달려야 했다.

명식의 손이 운주의 목을 확 밀어젖혔다. 우두둑, 뼈 부러지는 소리와 함께 그의 몸이 그대로 강물로 떨어졌다. 지켜보던 영호가 예상치 못한 상황에 난간으로 뛰어갔다.

풍덩, 소리와 함께 운주를 집어삼킨 검은 강물은 금세 시치미를 뗐다. 언제 무슨 일이 있었냐는 듯 그저 무심하게 흘렀다.

문득 서늘한 기운이 목뒤를 스쳐 지나갔다. 영호가 천천히 고개를 돌려 옆에 우두커니 선 명식을 흘겨봤다. 그는 강물이 아닌, 허공 어딘가를 응시하고 있었다. 그가 바라보는 것은 무엇일까. 죽은 아들일까. 아니면 더 오래전에 죽었다던 아내일까.

"준비하라."

명식이 허공을 응시한 채 나직이 말했다.

"부장 동지."

"차 준비하라. 남은 간나 새끼들 잡으러 가야 한다."

이번엔 영호의 충혈된 눈을 똑바로 보며 말했다. 분명한 명령이었다.

명식은 보위부 작전종합지도국의 핵심 인사인 현형식 부국장의 둘째 아들을 죽였다. 그동안 작전 과정에서 아슬아슬하게 넘나들던 경계선을 그는 지금 막 넘어선 셈이었다.

"부장 동지, 당으로 인도해야 할 탈주자였습니다."

명식이 발작적으로 달려들며 영호의 멱살을 움켜쥐었다.

"내가 무슨 짓을 했는가? 말해보라!"

영호는 명식의 입가에 하얗게 일어난 거품을 보았다. 입에서는 침이 튀었다. 그의 수사 방식은 잔인했지만 절제됐었다. 동의하지 못해도 배울 점이 많았다. 그러나 지금 이런 작태는… 자신이 알던 그가 아니었다. 그는 아마 자신이 스스로 정한 선도 넘었으리라.

"부장 동지는 당으로 인도해야 할 탈주자를… 고문하고 강바닥에 던졌습니다."

영호의 말이 채 끝나기도 전에 명식이 품에서 총을 꺼내 머리에 겨눴다. 차가운 금속이 이마에 닿았다. 피가 차갑게 식었다.

"내가 무슨 짓을 했다고?"

영호는 눈을 부릅뜨고 명식을 쳐다봤다. 튀어나오는 턱과 일그러진 입술과 땀이 맺혀가는 코와 붉은 눈. 그의 눈은 자신을 보고 있지 않았다. 영호는 그가 무엇을 응시하는지 알 것 같았다. 그는 이 목적 없는 복수극의 끝을 노려보고 있는 것이다. 저 강물만큼 심연의 어둠이 있는 곳. 결국 그를 집어삼키고 말 커다란 절망의 심연.

"탈주자는… 공포를 이기지 못하고 스스로 강바닥에 몸을 던졌습니다."

영호는 절망으로 날뛰는 짐승을 달랬다. 자신을 바라보던, 아니 깊은 저곳을 응시하던 명식의 눈빛이 제자리로 돌아오며 총구를 뗐다. 그러고도 서늘한 감각은 이마 한가운데 선명하게 남았다.

명식이 담배를 꺼내 불을 붙였다. 손등의 유리 조각들과 굳어버린 핏자국이 손가락을 움직일 때마다 묘하게 꿈틀댔다. 마치 이 세상의 존재가 아닌 것이 저 피부 가죽 아래서 숨 쉬고 있는 것만 같았다.

"임무는 안 끝났다. 기훈이란 간나 새끼도 있다. 위대한 수령님의 은덕을 배신한 종간나 새끼들 모조리 잡아들인다. 마지막 한 놈까지."

그가 말하는 내용은 단단하고 끈질겼지만, 어쩐지 공허하게 들렸다. 그 자신도 그 말이 아무런 의미가 없다는 것을 아는 듯, 허공으로 멍하니 시선을 던졌다. 거기 무엇이 있는 걸까.

명식는 어쩐지 보이는 것만 같았다. 자신을 향해 서서히 다가오고 있는 거대한 어둠을, 그 속에서 기분 나쁘게 꿈틀대며 그를 잡아먹을 준비를 하는 거대한 괴물을, 그는 한동안 응시했다.

영호는 운전석으로 가 시동을 켰다.

명식이 차 뒤를 돌아 조수석으로 오는 동안, 영호는 품속의 남은 탄창을 손으로 확인했다.

쿤밍행 열차는 연착됐다. 중국에서는 흔한 일이라지만, 기훈은 기다리는 내내 불안했다. 30분 늦은 열차가 플랫폼 멀리서 모습을 드러냈다.

"기억하갔소? 열차에 오르는 순간부터 절대 한마디도 하면 안 된다. 우리 공화국 말이 들리는 순간 사방에서 경계하고 신고할 거다. 알갔소? 도착할 때까지 절대로 조용히 해야 한다."

열차가 요란한 쇳소리를 내며 플랫폼으로 들어섰다. 검은 위용을 드러내며 다가오는 것이 마치 개선장군처럼 당당해 보였다. 기차가 몰고 온 강한 바람에 은실의 썬캡이 날아갈 정도였다.

"아…!"

"쉿!"

은실이 썬캡을 향해 반사적으로 손을 뻗자 기훈이 말렸다.

썬캡은 누런 하늘로 날아오르더니 반대편 플랫폼으로 떨어졌다.

은실이 기훈을 흘겨봤다. 마음에 들었는데….

"절대, 말을…."

"쉿! 그쪽이나 말 좀 그만하오."

은실이 손가락을 입에 가져다 대자 기훈이 머쓱한지 입을 다물었다. 민철도 그를 지나쳐 열차에 올라타며 손가락을 입에 갖다 댔다.

"쉿."

기훈이 어이없다는 듯 헛웃음을 지었다. 은실도 짓궂게 어깨를 으쓱하고 올라탔다. 마지막까지 주위를 둘러보며 경계한 다음 기훈도 마지막으로 땅에서 발을 뗐다.

민철이 맨 앞에서 기차표를 보며 자리를 찾아갔다. 기훈은 복도를 걷는 와중에도 창밖에서 눈을 떼지 않았다. 보위부라면 언제 어디서 튀어나와도 이상하지 않았다. 그들은 어디에나 있고 어디에도 없는 존재들이니까.

건장한 남자들이 정면에서 걸어왔다. 기훈은 선글라스를 껴서 눈동자가 보일 리 없는데도 슬며시 시선을 피했다. 그의 불안감은 은실에게도 고스란히 전해졌다.

마주 보고 앉는 네 자리에 세 사람이 앉았다. 민철의 옆자리에 은실이 앉고, 그 정면에 기훈이 마주 앉았다. 남은 자리에 아무도 앉지 않길 바라며 신문을 펼쳐 들고 얼굴을 가렸다. 은실이 톡톡 치며 신문을 가리켰다. 거꾸로 들었다는 흉내를 내며.

기훈이 얼른 신문을 돌렸다. 부스럭거리는 종이 소리가 요란했다. 그녀가 이번엔 눈을 가리켰다. 아차, 허둥대며 기훈이 선글라스를 벗었다. 은실은 저도 모르게 고개를 절레절레 저었다. 이 여정이 무사히 끝날 수 있을까. 그런 마음이 그녀의 눈가에 맺혔다.

영호가 운전하는 검은 SUV가 요란한 소리를 내며 북경역 주차장으로 미끄러져 들어왔다. 이번에는 차 바퀴가 주차구역 선을 밟으며 멈췄다. 영호의 깔끔한 운전이 흔들리고 있었다.

명식은 조수석 문을 열고 미끄러지듯 내리며 어긋난 주차선을 흘끔 쳐다봤다.

곧 쿤밍행 열차가 출발한다는 안내방송이 들려왔다.

영호는 선양시 중간 거점에서 확보했던 기차표 영수증을 확인했다. 열차가 연착되어 간신히 따라잡을 수 있었다.

명식은 방송을 듣자마자 플랫폼을 향해 전속력으로 뛰었다. 영호도 영수증을 구겨 주머니에 넣으며 서둘러 뒤따라 뛰었다.

출발을 앞두고 어쩐지 민철의 표정이 조금씩 일그러졌다. 그것도 모자라 식은땀을 흘리며 배를 움켜쥐었다.

은실이 등을 연신 쓰다듬어주며 머리를 갸웃했다. 오늘 먹은 게 없는데….

문득 기훈을 보았다. 기훈이 아차 싶은 듯 입 모양으로 말했다.

초코바.

은실이 민철의 주머니를 뒤져 접어놓은 초코바 봉지를 폈다. 유통기한이 2년이나 지난 남조선 제품이었다. 자유시간? 웃기고 있네. 속으로 욕을 삼키며 봉지를 구겨버렸다.

기훈을 보고 눈짓으로 화장실을 가리켰다. 기훈이 알아들은 듯 고개를 끄덕였다.

은실이 민철을 데리고 화장실로 향했다.

홀로 남은 기훈은 눈에 들어오지도 않는 신문을 진지하게 보는 척했다. 건너편 좌석에 삼십 대쯤 되어 보이는 남자가 앉았다. 기훈은 일부러 여유를 부리듯 꼬고 있던 다리를 풀었다.

신문지 너머로 슬쩍 남자를 흘겨봤다. 짧은 머리에 볼이 움푹 팬, 고단해 보이는 인상이었다. 보위부 사람처럼 보이진 않았지만, 마지막까지 안심할 수는 없었다. 기훈은 신문을 쥔 손이 축축해지는 게 느껴졌다.

열차가 출발하며 조금씩 속도를 높여갔다. 막 플랫폼으로 뛰어들어선 명식과 영호가 전력으로 달려 열차를 따라잡았다.

영호가 마지막 칸 입구에 뛰어 올라탔다. 본능적으로 명식에게 손을 뻗었다. 명식이 손을 맞잡았다. 기차는 점점 속도를 올렸다. 명식의 신발 밑창이 철로 위를 스칠 때마다 불꽃이 튀는 듯했다.

영호는 찰나의 순간, 손을 놓고 싶은 충동을 느꼈다. 이대로 놓으면 끝날까? 이 복수극을 멈출 수 있을까? 명식과 눈이 정면으로 마주쳤다. 그의 눈동자가 점점 부풀었다.

이대로 놓는다면!

명식이 영호의 팔을 꽉 움켜잡았다. 지독한 통증이 일면서 영호가 퍼뜩 정신을 차리고 팔에 힘을 줬다. 명식이 그 힘을 받아 간신히 열차 칸에 올라탔다.

영호는 조금 전 망설인 자신의 마음을 믿을 수 없었다. 입구에 주저앉아 숨을 헐떡이며 그를 올려다봤다. 영호의 눈이 마치 죄를 지은 것처럼 불안하게 흔들렸다. 그는 분명 일말의 망설임을 눈치챘을 것이다. 그러나 명식은 지체할 틈 없다는 듯 쳐다보지도 않고 지나쳐 곧바로 객실 칸으로 들어섰다.

영호는 고개를 세차게 흔들고 나서 벌떡 일어나 뒤따랐다. 짐승을 열차에 태웠다. 이 선택은 이제 돌이킬 수 없었다.

명식은 한명 한명 승객들 얼굴을 위협적으로 살펴보며 지나갔다. 조금이라도 비슷한 나이대나 인상착의가 있으면 멱살까지 잡고 얼굴을 확인했다. 그때마다 승객들이 신경질을 부리거나 항의를 하려다가도 그의 험상궂은 인상을 마주하면 자연스레 수그러들었다.

은실은 화장실 앞에서 민철을 기다렸다.

열차가 본격적으로 속도를 내면서 이따금 좌우로 몸이 기울어져 짐칸 손잡이를 붙잡고 중심을 잡아야 했다. 그때 화장실 안에서 민철이 문을 두드렸다.

'톡톡톡' 세 번, 이어서 '톡톡' 두 번.

선양시 중간 거점에서 제상과 그들이 쓰던 암호 패턴이었다.

역시 똑똑해.

은실이 혼자 빙긋 웃으며 화답으로 똑같이 문을 두드려 안심시켰다.

객실 칸 출입문 유리 너머로 기훈과 눈이 마주쳤다. 그런데 기훈의 뒤쪽 복도 끝에서 검표원이 다가오는 게 보였다.

은실이 다급히 손짓하자 기훈이 뒤를 확인했다. 검표원을 확인하고 기훈은 벗었던 선글라스를 다시 쓰며 신문지를 펼쳐 들었다.

저 천치가!

은실이 화장실 문을 조심스레 두드렸다.

"기훈 동지한테 잠깐 갔다 올 테니까, 절대로 이 문 열어주면 안 된다. 알갔디?"

민철에게 속삭이자 그러겠다는 뜻으로 노크가 들려왔다.

'톡톡톡' 세 번, 이어서 '톡톡' 두 번.

은실은 천천히 몸을 일으켜 객실 문을 열었다.

최대한 태연한 걸음걸이로 기훈에게 다가갔다.

저 선글라스만 벗기면 될 것이었다. 그러나 은실이 등을 댄 뒤편 객실 칸에서 더 큰 위협이 다가오고 있는 것은 눈치채지 못했다.

은실은 기훈의 옆자리에 앉자마자 선글라스를 벗기고 신문을 뺏어 접었다. 그의 눈을 감겨주더니 머리를 잡고 자기 어깨에 기대게 했다.

불안해하는 기훈의 손을 꼭 잡았다. 은실의 손에도 은근히 힘이 들어갔다.

기훈은 땀으로 축축해진 그녀의 손바닥에서 태웅의 손바닥, 리정진의 손바닥을 동시에 떠올렸다. 손은 많은 것을 이야기해준다. 기훈은 조금씩 긴장이 풀렸다. 그녀의 손은 분명 다른 이야기를 하고 있었다. 은실의 목소리가 마주 잡은 손을 통해 전해졌다.

세상 강한 척하더니, 못 쓰겠습니다.

기훈은 속으로 피식 웃었다. 제일 강한 척하는 건 본인이면서.

기훈은 은실의 표정을 떠올리며, 경직되는 몸에서 힘을 풀었다.

두 사람 옆에 다가온 검표원이 표를 요구했다. 빙긋 미소부터 짓곤 은실이 표 세 장을 건네며 유창한 중국어를 늘어놓았다.

남편하고 제 거예요. 어제 과음해가지고 곯아떨어졌네요. 한 장은 애가 지금 화장실 가 있어서. 배탈이 났나 봐요.

은실이 눈짓으로 화장실을 가리켰다. 화장실에는 '사용중' 표시등이 켜져 있었다.

검표원이 사무적인 눈으로 은실과 기훈을 유심히 확인했다. 아무렇게 내팽개쳐진 신문과 선글라스. 남자는 정말 과음했는지 무방비로 퍼질러 잠든 듯했다. 화려한 옷차림을 한 여자의 눈은 자신감에 차 있었다. 검표원은 한참 두 사람을 응시했다.

탈칵.

티켓에 펀치 기계로 구멍이 뚫리자, 은실도 막힌 속이 뻥 뚫리는 기분이었다. 티켓을 받아들며, 기훈의 손을 꼭 쥐었다. 기훈도 은실의 손을 마주 잡았다. 두 손은 따뜻했다.

명식과 영호가 기훈과 은실이 있는 열차 칸으로 막 넘어가려던 순간이었다.

똑똑똑. 똑똑.

명식이 우뚝 멈춰 섰다. 화장실이었다.

영호가 무언가 말하려 입을 떼려는 걸 명식이 막았다. 손가락을 들어 조용히 하라는 신호까지 보냈다. 사냥꾼의 직감이 화장실을 주시했다. 천천히 문에 귀를 가져다 댔다.

똑똑똑. 똑똑.

명식이 천천히 문을 두드렸다.

"누나 맞습니까?"

문 안쪽에서 앳된 목소리가 들렸다. 찾았다. 명식의 입가에 회심의 미소가 걸렸다.

기훈은 검표원이 다음 객실로 넘어가자 그제야 눈을 떴다.

한숨 돌리려는데, 맞잡은 은실의 손에 더욱 힘이 들어갔다. 아플 정도로 움켜쥐는 손아귀 힘에서 강한 긴장감이 느껴졌다. 그제야 은실을 올려다봤다.

그녀는 객실 칸 너머를 두려운 표정으로 바라보고 있었다. 기훈도 같은 곳을 보다 가슴이 철렁 내려앉았다.

막 검표원이 열고 나간 객실 문이 닫히는 순간이었다. 민철이 두 사내에게 붙잡혀 있었다. 얼핏, 민철 앞에 쭈그리고 앉은 남자의 얼굴에 상처 자국이 보였다. 검은 SUV를 타고 추적해오던 남자.

보위부다!

은실의 얼굴이 하얗게 질렸다.

"민철…."

기훈이 황급히 은실의 입을 틀어막으며 의자 아래로 몸을 숨겼다. 발버둥 치는 은실을 필사적으로 붙잡았다.

열차는 덜컹거리며 하염없이 목적지를 향해 달리고 있었다.

통로에서 티켓을 요구하는 검표원에게 영호는 신분증을 내밀며 중국어로 상황을 설명했다.

검표원이 무전을 들어 확인하려는데, 영호가 재빠르게 무전기 앞을 손으로 막았다.

놀란 검표원이 영호를 불안하게 쳐다봤다. 영호는 그에게 시선을 고정한 채 천천히 품속에 손을 집어넣었다. 얼핏 권총 손잡이가 보였다. 검표원의 표정이 금세 공포로 물들었다.

"조용히 보내라."

명식은 영호를 보고 말하지 않았다. 민철에게서 눈을 떼지 않은 채 아이에게 말하듯 나직이 읊조렸다.

영호가 품속에서 손을 꺼내 입술로 가져갔다. 손가락을 갖다 대며, 조용히 하라는 신호를 보냈다. 겁먹은 검표원이 고개를 끄덕이고 다음 칸으로 서둘러 넘어갔다.

명식은 얼핏 다정한 미소를 짓고 있는 것 같았다. 하지만 민철의 어깨를 잡은 손에는 힘이 잔뜩 실려 있었다. 민철이 아픈지 인상을 찌푸렸다.

"이 사람 아니?"

명식이 핸드폰으로 전송받은 기훈의 사진을 슥 들이밀었다.

고개를 절레절레 젓자 명식의 손힘이 더 억세졌다. 민철은 눈물이 찔끔 날 만큼 고통스러웠지만 입을 꾹 다물고 버텼다.

"내 이 사람만 잡으러 왔다. 바른대로 말하면 너는 그냥 보내주겠어. 남조선? 중국? 어디로든 가라."

옆에서 지켜만 보던 영호는 고개를 갸웃했다. 꽃제비를 대하던 때가 떠오른 것이다. 선양시에서 차가 전복된 뒤, 도망치는 꽃제비를 쫓아가려 했을 때였다.

"놔둬라."

명식은 눈앞의 탈출자들을 체포하는 것이 우선이라고 했다. 하지만 영호는 그가 도망치는 꽃제비를 방조했다고 생각했다. 아닌 것처럼 하지만, 여기 이 아이를 대하는 것을 보면서, 그는 확신이 들었다.

이자는, 지나치게 사적이다.

"참으십시오. 참아야 합니다."

은실의 입을 틀어막고 기훈이 으르렁거리듯 속삭였다.

조금 진정된 듯하자 천천히 손을 놓았다.

은실이 눈물 그렁그렁한 눈으로 기훈을 돌아봤다.

기훈은 그녀의 젖은 눈에서 분노의 감정을 읽었다. 그것은 자신을 붙잡은 것에 대한 분노가 아니었다. 민철을 붙잡은 보위부 요원들에 대한 것도 아니었다.

오로지 자신에 대한 분노였다.

"나는… 두 번은 못 합니다. 가족도 친구도 버리고… 이제 민철이까지…. 나는 그리는 못 합니다."

은실이 씹어 뱉듯 말했다.

눈물로 번뜩이는 은실의 눈을 보자, 공화국을 탈출하고 중국에서 험한 세월을 거쳐 이곳에 오기까지, 그녀의 회한과 상처, 후회와 아픔이 고스란히 전해졌다.

기훈은 차가운 북쪽 국경을 떠올렸다. 아무것도 없는 하얀 눈밭, 얼어붙은 강물 위에 홀로 서 있던 순간, 총소리와 비명이 난무했던 그곳이 한없이 고요했던 날을 떠올렸다. 리정진의 금니, 창호와 순희, 구류소에서의 고난과, 운주, 현운주.

사람은 사람하고 같이 살아가는 거다.

쓸데없는 생각이 떠올랐다.

사람이 사람이 되는 걸 포기하면 안 된다.

썩을 놈. 약해 빠져가지고….

"술이라도 한잔할 걸 그랬다."

기훈이 누군가에게 말하듯 중얼거렸다. 운주가 줬던 책이 품속에서 묵직하게 느껴졌다. 양손을 무릎에 짚었다.

은실은 몸을 일으키려는 기훈의 옷깃을 붙잡으며 격렬하게 고개를 저었다. 그의 결심을 눈치챈 것이다.

그게 무엇이든 하지 말라. 절대 하지 말라.

이미 결심이 선 기훈은 은실의 손을 가만히 감싸 쥐었다. 처음으로 누군가의 손을 잡아줬다. 내 손은 어떤 느낌일까. 거칠고 투박할까. 강압적이고 비열할까. 아니면, 따뜻하고 다정할까. 은실의 손처럼.

힘을 줘 은실의 손을 떼냈다.

살아.

입 모양으로 마지막 말을 전한 다음 기훈은 민철을 향해 뛰쳐나갔다.

쾅!

객실 문이 열리자마자 영호가 기훈의 발길질에 쓰러지며 명식과 뒤엉켰다.

"뭐야!"

혼란을 틈타 기훈이 민철의 팔을 확 잡아끌어 객실로 밀어넣었다. 닫히는 객실 문 사이로 민철과 눈이 마주쳤다.

그 뒤로 은실이 달려와 민철을 끌어안는 게 보였다.

"가라!"

기훈이 소리치고 발로 차 문손잡이를 부쉈다. 이걸로 얼마나 버틸지는 모르지만, 할 수 있는 만큼 해야 했다.

문을 망가트리느라 빈틈이 생긴 그때 영호가 달려들어 기훈의 얼굴을 가격했다.

곧바로 방어 자세를 취했지만, 영호는 절제된 동작으로 기훈의 복부, 옆구리를 두드렸고, 방어 자세를 낮추자 다시 얼굴을 쳐올렸다.

순식간에 여러 대를 얻어맞은 기훈은 쓰러지려는 몸을 문에 기대며 간신히 버텼다.

"여, 김기훈이네?"

기훈의 얼굴을 확인한 명식이 일부러 느긋한 걸음으로 다가왔다. 목소리와 표정이 동시에 빈정거렸다.

"도망 안 가고 알아서 기어왔구나야."

"좀 지긋지긋해서."

영호는 기훈의 정강이부터 냅다 걸어찼다. 강한 충격에 신음도 내지 못하고 쓰러졌다.

명식은 기훈을 버려두고 객실 문으로 다가갔다. 손잡이가 망가져 연신 흔들어대도 열리지 않았다.

기훈이 명식의 다리를 붙잡고 매달렸다.

"못 간다…."

명식은 유리를 통해 객실 안을 들여다봤다. 조금 전 그 아이를 안고 저쪽 칸으로 넘어가는 여자의 뒷모습이 보였다.

"버러지 같은 새끼들, 여기 다 모여 있었구만 기래."

명식이 영호에게 턱짓을 했다. 영호가 기훈의 얼굴을 발로 걷어찼다. 피가 사방으로 튀었다.

"왜 이렇게까지 하는 것이오. 왜…."

기훈이 간신히 쥐어 짜낸 목소리로 소리쳤다. 영호가 재차 기훈을 걷어찼다. 코가 부러진 것 같았다. 눈앞이 흐릿해졌다.

명식이 쭈그려 앉아 귀찮은 표정을 하고 기훈을 내려봤다. 꿈틀거리는 것이 딱 죽기 직전의 벌레 같다고 생각했다. 품속의 총을 꺼내 머리에 겨눴다.

"이유가 뭐갔어. 공화국의 배신자 새끼들에게는 죽음뿐이지."

기훈이 기침을 터트리며 검붉은 핏덩이를 쏟아냈다. 몸을 일으키려고 안간힘을 썼다. 명식은 허우적대며 몸을 뒤치려는 그를 장난스런 눈길로 지켜봤다.

모든 것은 찰나였다.

영호는 절망적인 상황일 텐데도 기훈의 눈빛이 살아있는 것을 보았다. 만만한 상대가 아니라는 걸 직감했다. 방심해선 안 되었다. 그때였다. 몸을 일으키기도 힘들어하던 기훈의 양팔이 번개같이 명식의 팔을 향해 위아래로 뻗었다. 고도로 훈련된 손놀림. 총을 빼앗는 기술이었다.

영호도 동시에 몸을 날렸다.

기훈의 팔이 방심한 명식의 손목과 팔꿈치를 가격하며 총을 놓치게 만들었다.

기훈이 총을 붙잡으려는 순간, 영호의 발이 먼저 총을 걷어찼다. 총은 쭉 미끄러져 출입구 계단으로 떨어졌다.

이번엔 명식이 총을 붙잡으려 몸을 던졌다. 반사적으로 상체를 일으켜 몸을 뻗던 기훈이 그대로 출입구 비상 버튼을 눌렀다.

잡았다! 명식이 총을 집어 몸을 돌리는 순간 출입구가 열렸고, 기훈이 명식을 껴안으며 밖으로 몸을 던졌다.

탕!

총알이 발사되었지만 사람대신 천장을 뚫었다.

명식은 한 손으로 출입구 손잡이를 붙잡은 채 필사적으로 버텼다.

"뭐 해! 쏴!"

얼굴이 온통 일그러진 채 명식이 악을 썼다. 똑같이 이를 갈고 생사의 순간을 버티는 두 사람 뒤로, 영호가 총구를 겨누고 있었다.

천천히 방아쇠에 손가락을 걸었다. 그 짧은 시간 동안 영호는 고민에 빠졌다. 두 사람이 뒤엉키는 상황이었다. 자칫 김기훈을 쏘려다 명식을 쏠 수도 있었고, 김기훈의 몸을 관통해 명식도 치명상을 입을 수 있었다.

그러나 이것은 표면적인 고민이었다. 영호의 총구는 천천히 명식에게로 향했다.

누구를 쏠 것인가. 깊숙한 내면의 고민은 이미 답을 알고 있었다. 어쩌면 지금이 마지막 기회일지 모른다. 미쳐버린 사냥꾼을 막을 마지막 기회. 방아쇠에 건 손가락에 힘이 들어갔다.

명식의 핏발 선 눈과 마주쳤다. 정신이 번쩍 든 영호가 다시 기훈을 겨냥할 때였다.

"으아아!"

기훈이 명식의 팔을 꽉 깨물었다.

순간 손잡이를 붙잡은 손에 힘이 풀렸고, 명식을 끌어안은 기훈이 열차 밖으로 몸을 던졌다.

예상치 못한 상황에 놀란 영호가 뒤늦게 밖을 내다봤다. 철길을 구르던 두 사람이 순식간에 멀어졌다.

제기랄! 영호는 객실 안쪽을 보았다. 총소리를 듣고 놀란 여자가 이쪽으로 뛰어오다 영호를 발견하고 멈춰 섰다.

이제 저 여자든 아이든 무슨 상관인가. 영호는 외투를 벗어 둘둘 말아 쿠션을 만들었다. 그리고 열차 밖으로 몸을 던졌다.

은실은 총소리에 이어 열차 칸 사이 창을 통해 보위부 남자가 사라지는 것을 보고 철렁 가슴이 내려앉았다. 아니길, 제발 아니길….

따라오려는 민철을 다그치고 혼자 달려갔다.

손잡이가 망가진 객실 문을 아무리 흔들어대도 열리지 않았다. 문틈 사이에 발을 갖다 대고 반대편에 몸을 기대 온몸으로 밀었다.

"으아아!"

피가 머리로 쏠렸다. 마침내 걸쇠가 찌그러지는 소리가 들리더니, 문이 벌컥 열렸다.

복도에는 아무도 없었다. 열린 비상문으로 강한 바람이 몰아쳤다. 바닥에는 피가 흥건했다. 바닥에 주저앉자 참았던 울분과 설움이 몰려왔다.

자기만 생각하라더니. 살라고 하더니.

언제부터 잘못된 것일까. 우리는 왜 이래야 하는 것인가. 그저 살고자 했을 뿐인데….

모든 승객의 시선이 한꺼번에 쏠려 있었다. 눈에 띄지 않아야 한다는 규칙 따위 신경 쓰지 않았다. 은실은 열린 비상문을 향해 오열했다. 기훈에게 들리기라도 할 것처럼. 기훈이 들어주기라도 할 것처럼. 아니, 누구라도 들어주길 바라는 것처럼.

멀어지는 북경에 땅거미가 내려앉고 있었다.

살아 있으라. 제발.

8
가까운 집은 깎이고 먼 데 절은 비친다[12]

기훈은 무거운 눈꺼풀을 간신히 들어올렸다. 차가 크게 덜컹거렸다. 요동치는 정도가 비포장도로를 달리는 듯했다. 기훈은 흐릿해져 가는 정신을 붙잡으려 애썼다.

놈들의 차 뒷좌석이구나.

팔과 다리는 결박당했다. 힘겹게 고개를 들어 앞쪽을 쳐다봤다. 운전석과 조수석에 앉은 남자 둘의 등이 보였다. 보위부 요원들이다.

설핏 창밖 풍경이 눈에 들어왔다. 멀리 태양이 하늘을 보랏빛으로 물들이고 있었다.

이럴 때가 아닌데….

우습게도 죽게 될 거라는 생각이 들자 주변이 보였다.

---

12) 좋은 사람이라도 늘 접촉하면 그 진가를 알지 못하고, 그 반대로 멀리 있는 사람은 직접 잘 모르면서도 과대평가하기 쉽다는 말. (출처 : 통일부 공식 블로그)

고개를 돌려 반대쪽 창을 보았다. 하루를 여는 일출 빛이 강물에 반사되어 반짝였다. 부서지는 빛 조각들이 강의 굴곡을 따라 춤을 추고 있었다. 아름다웠다. 한없이….

그동안 왜 이런 걸 못 보고 살았을까. 고개를 내밀어 덜컹거리는 차 천장을 멍하니 바라봤다. 죽기 전 마지막 풍경치고는, 나쁘지 않았다.

니가 죽인 기야!

눈이 번쩍 뜨였다. 어느새 잠깐 다시 정신을 잃었던 것 같다. 하필 리정진의 목소리로 깨다니.

뒷좌석 문이 벌컥 열렸다. 차는 강가에 정차해 있었다.

"잠이 오니?"

이번엔 그 남자 목소리다. 기훈이 고개만 돌려 남자를 바라봤다. 얼굴에 난 긴 상처가 찌그러졌다. 저건 웃고 있는 것인가?

영호가 기훈을 거칠게 끌어내렸다.

아악! 온몸이 건드리기만 해도 쑤셨다. 열차에서 뛰어내릴 때 다쳤는지 몸을 일으키자 왼쪽 발목에 견디기 어려운 통증이 몰려왔다. 왼쪽 팔도 마찬가지였다.

얼핏 바라보니 다른 놈도 오른팔을 안으로 굽힌 채 움직이지 못하고 있었다.

오른팔을 부들부들 떨며 그는 기훈의 멱살을 잡고 다리 끝으로 밀어붙였다.

"너희 같은 변절자 새끼들이 우리 위대한 수령님의 크나큰 은정에 오물을 뿌리는 거다!"

"나는… 그저 살고 싶었을 뿐입니다. 그게 그리 큰 죄입니까?"

기훈이 명식을 똑바로 쳐다봤다.

"벌레 같은 변절자 새끼들. 당에서 먹여주고 재워주고 한 덕분에 이렇게 살아 있는 건데 말이디. 쌀이 아깝지!"

명식이 품에서 총을 꺼내 기훈의 이마에 가져다 댔다. 발악이라도 해보려 했지만 양손이 묶여 기훈은 꼼짝도 할 수 없었다.

"니 짝동무한테 가서 잘 놀아보라!"

세차게 흐르는 강물 소리가 등 뒤로 요란하게 들려왔다. 내가 짝동무가 있었던가. 내 짝동무라니…. 누가….

기훈의 눈이 번뜩였다.

"운주, 운주를 어떻게 한 거이니!"

기훈이 온 힘을 끌어모아 발버둥쳤다.

명식이 왼쪽 팔꿈치로 기훈의 목을 눌렀다. 아직은 죽이지 않는다.

그래, 이렇게 발버둥쳐야지. 살려달라고 해야지.

"어떻게 했을 것 같니?"

명식의 눈이 잔인하게 웃고 있었다. 상처가 찌그러졌다. 웃고 있던 게 맞았다.

"종간나 새끼! 내가 지옥에서도 너는 가만 안 둔다!"

"살려 달라고 싹싹 빌어보드라고. 혹시 아는가. 내가 봐줄지."

"퉤!"

기훈이 뱉은 침이 명식의 눈 밑에 묻었다. 그럴수록 명식은 의기양양해졌다.

"그래, 계속 그렇게 발버둥쳐야지. 그래야지."

그럴수록 명식의 피도 서서히 끓어올랐다. 어디 감히 변절자 놈들이 훈계질하는가. 벌레 같은 놈들이.

명식은 공화국을 탈출한 자들을 붙잡을 때마다 그들의 추락을 음미했다. 발밑으로 설설 기며 목숨을 구걸하는 자들에게 야릇한 쾌감을 느꼈다. 자신은 인지하지 못하고 있었다. 그럴 때마다 제 표정이 어떠했는지. 어떻게 볼 수 없던 표정이 나오는지.

그는 분명 웃고 있었던 것이다.

처음에는 사명감이 분명했다. 조금도 의심하지 않았다. 당과 수령님을 배신한 자들에 대한 단죄. 위대한 의지를 외면한 미개한 자들을 척결한다는 충만함.

햇수가 거듭될수록 그는 마음 한구석에 자라나는 의심의 싹을 베어내려 했다. 아내가 죽고 아들이 입원하는 동안, 한평생 당을 위해 헌신한 자신과 가족들은 철저히 외면받았다. 체포한 탈출자들의 소지품에서 남조선의 실상을 봤다. 어쩌면 진실은 다를 수 있다는 의심이 마음속에서 피어나는 걸 밟아 억눌렀다. 그럴수록 더 철저하게 상대를 무너뜨렸다. 그들의 믿음을 철저하게 망가뜨려야 했다.

나는 틀리지 않았다. 내가 틀린 게 아니다.

명식은 되뇌었다. 자신은 틀리면 안 됐다.

너도 언젠가 버려질 늙은 개일 뿐이다.

어디선가 갑자기 들려온 목소리에 명식은 흠칫 놀랐다. 뭐지? 저절로 두리번거렸다. 눈앞에서 시뻘게진 눈으로 노려보고 있는 기훈 말고는 아무도 없었다.

너도 알고 있잖아.

현운주의 목소리였다. 명식은 고개를 세차게 흔들었다. 그러면 목소리를 쫓아낼 수 있는 것처럼.

하지만 한번 들리기 시작한 목소리는 그치지 않았다. 발작적인 웃음소리로 이어지며 머릿속을 메웠다.

기훈과 눈이 마주쳤다. 아니, 현운주다. 자신이 목을 조르고 있는 자. 시뻘건 눈을 한 운주의 입꼬리가 천천히 올라갔다.

귀청이 터질 것만 같았다. 웃음소리가 점점 커지고 있었다. 한 명이 아니다. 열, 스물, 백⋯ 수많은 사람의 웃음소리가 한꺼번에 들렸다. 명식이 그 소리들을 떨쳐내려는 듯 허공을 올려다봤다. 기억 속에서 목소리의 주인들이 하나둘 떠올랐다.

모두 자신이 붙잡거나 죽인 자들이었다. 그들의 얼굴이 하나둘 모이더니 뭉치고 으깨지며 거대한 검은 덩어리로 변했다. 군데군데 삐져나온 머리카락들 사이로 커다란 구멍이 두 개 뚫렸다. 빈 눈구멍에서 무수히 많은 피투성이 팔이 뻗어 나왔다.

"으으으⋯ 꺼져!"

명식이 허공을 향해 소리쳤다. 거품을 물며 욕설을 내뱉더니 허공을 향해 총을 쐈다. 그의 눈에 광기가 서리는 것 같았다.

"이 거지 같은 종간나 새끼들! 다 죽여버리갔어!"

탕! 탕! 철컥, 철컥. 총알이 떨어져도 명식은 계속 방아쇠를 당겨댔다.

거대한 덩어리 아래 빨간 줄이 천천히 그어지더니, 틈새로 끈적한 피가 흘러내렸다.

두근.

크게 심장 소리가 들렸다. 명식의 심장도 빠르게 요동쳤다.

빨간 줄이 천천히 열렸다. 그 사이로 시커멓게 탄 괴물이 천천히 몸을 내밀었다. 활짝 입을 벌린 괴물이 명식을 천천히 삼켜 갔다.

삐—.

생명유지장치가 끊어지는 소리가 들렸다.

아빠.

여기 있었구나. 여기 있었어.

명식은 자신을 집어삼키려는 어둠을 향해 양팔을 활짝 벌렸다. 그리고 외마디 쇳소리가 다시 그를 깨웠다.

철컥.

명식은 뒤통수에 묵직한 쇳덩이가 닿은 것이 느껴졌다. 총이다.

"뭐 하는 기디?"

영호가 명식의 뒤통수를 겨냥하고 있었다.

"여기까지입니다, 부장 동지."

"명령을 거부하는 것인가?"

명식의 눈빛이 돌아오고 있었다.

"명령입니다."

"누구의?"

영호는 대답하지 않는 것으로 대답을 대신했다.

여기까지다.

영호는 명식의 두려움을 봤다. 그는 붕괴되고 있었다.

아슬아슬했던 그의 행보는 아들의 사망 소식을 들은 뒤 브레이크 없는 기관차처럼 절망의 낭떠러지를 향해 전속력으로 달려갔다.

더 이상 당의 명령 수행을 미룰 수 없었다. 그는 이번 작전 동안 수사국과 긴밀하게 연락했던 내용을 떠올렸다. 어쩌면 그는 이 순간만을 기다리고 있었을지도 몰랐다.

명식은 수사국의 최고 실력자였지만, 가장 큰 골칫덩어리이기도 했다.

독선적인 그의 성격은 수사국 내의 권력 집단에도 미움을 샀다. 그의 엄청난 실적이 많은 것을 덮어줬지만, 기회만 되면 그를 축출하려는 세력도 나타났다.

그들은 영호를 끊임없이 회유했다. 영호는 명식을 존경하고 있었다. 그의 날카로운 수사 방식과 단호한 처리 방식을 배우고 싶었다. 피도 눈물도 없는 성격은 거부감이 들었지만, 그 위치에서는 당연히 그래야 한다고 생각했다. 하지만 아들과 관련된 갈취와 비리를 바로 곁에서 지켜보면서 반감이 드는 것은 어쩔 수 없었다.

영호는 톱니바퀴처럼 깔끔하게 맞물려 돌아가는 것을 좋아했다. 그러나 명식의 톱니바퀴는 아들이라는 돌이 나타날 때마다 덜그럭거렸다.

당은 이번 70여 명의 대규모 탈출 사건으로 분노가 극에 달한 상태였다. 수사국은 내심 환호했다. 명식이 명령을 거부하고 현 운주만 쫓아간 정황도 파악했다. 수사국의 권력은 다시 영호에게 접근했다. 이번에는 선택의 여지 없는 일방적인 명령이었다. 영호는 명령을 지키는 군인이다.

명령은 따를 뿐.

"이번 대규모 탈출 미제 사건으로 당에서는 정명식 동지를 책임자로 지목했습니다. 그간 과도한 수사와 변절자들을 벼랑으로 몬 책임을 지고 이 시간부로 평양직할시 보위부장의 직을 박탈하며…."

"그만."

명식이 귀찮다는 투로 영호의 말을 끊었다. 대신 양손을 들고 천천히 몸을 일으켰다. 자포자기에 가까운 동작이었다. 어깨가 처지고 고개마저 떨구었다. 그의 활짝 펼쳐진 두 손이 더 이상 할 수 있는 게 없는 자가 마지막 내미는 손길 같았다.

모든 것은 찰나였다. 영호는 명식이 순순히 말을 듣자 미세하게 긴장이 풀렸다. 무엇보다 명식을 쏘고 싶지 않았다. 조용히 당으로 인도하면 끝나는 명령이었다. 그러니까 자신의 손에서 산 자로 넘겨야 했다. 별안간 명식이 재빠르게 몸을 돌렸다. 양팔을 아래위로 뻗었다. 고도로 훈련된 기술. 분명 오른팔을 다쳤었는데.

영호의 반응이 반 박자 늦었다. 팔꿈치와 손목을 가격한 명식이 총을 잡는 것을 보았다.

그의 눈을 봤다. 이미 괴물에 먹혔구나.

그 눈동자에는 싸늘한 공허만 남아 있었다. 영호의 마지막 기억이었다.

탕!

총성과 함께 영호의 몸이 무너져 내렸다.

이마 한가운데가 관통된 영호의 머리 주위로 붉은 피가 번져갔다.

명식은 영호가 망설였던 순간들을 떠올렸다. 승합차를 추격할 때, 기차를 따라잡을 때, 기차에서 떨어질 때…. 그는 매번 고민하고 망설였다.

나약한 새끼. 방심하면 안 된다니까.

그건 명식도 마찬가지였다. 등뒤로 서늘이 기운이 날아들었다. 어느새 정신을 차린 기훈이 자신을 향해 몸을 날리는 게 보였다.

명식이 막 기훈을 향해 몸을 돌리려던 그 순간이었다. 필사적으로 몸을 던진 기훈의 머리가 그의 코에 명중했다. 순간 아찔하면서 시야가 흐려졌다. 그대로 밀려난 명식의 등으로 다리 난간의 서늘한 철기둥이 닿았다.

어라….

발이 공중에 휘익 뜨는 느낌이 들었다. 발을 허우적댈수록 몸의 중심이 난간 밖으로 넘어갔다. 팔을 마구 휘둘렀다. 기훈의 옷깃을 필사적으로 붙잡았다. 두 사람 몸이 거꾸로 기울었다.

하늘을 날았다.

명식은 천천히 멀어지는 다리를 보았다. 누군가 난간에 서서 물끄러미 자신을 내려다보고 있었다. 난간에 선 자들이 점점 늘어났다. 명식은 그들이 누군지 알 것 같았다.

가운데 선 운주는 분명 웃고 있었다. 곧 모든 것이 어두워졌지만, 그들의 웃음소리는 마지막까지 귓전을 맴돌았다.

***

습한 공기로 가득 채워진 동남아시아의 숲은 안개마저 자욱하게 끼어 더없이 음습한 기운을 풍겼다.

은실과 민철이 수풀 사이로 몸을 내밀었다. 멀리 중국—라오스 국경 검문소가 보였다. 그 옆에는 까무잡잡한 피부의 안내자 박이 망원경으로 상황을 살펴보고 있었다.

스스로를 '박'이라고만 소개한 딴딴한 인상의 이 남자는 얼핏 보면 라오스 사람인지 남한 사람인지 구별이 어려웠다. 그만큼 현지에 적응이 잘되어 있다는 의미일 것이고, 실제로 그렇게 느껴졌다. 다만 깔끔하고 정중한 서울말을 구사하고 있어서, 말할 때마다 묘하게 이질적인 분위기를 풍겼다.

"역시… 경계가 강화되었네요."

"왜 갑자기 그리된 겁니까?"

은실이 물었다.

"모르세요? 얼마 전에 탈북자들이 단체로 대사관에 진입한다고 소동을 벌이는 바람에 국경 쪽 경계가 무지하게 강화됐어요."

그 70명 중에 있을지도 모를 익숙한 얼굴들이 떠오르자 은실과 민철의 표정이 동시에 어두워졌다.

"남한 쪽에서 또 기획 탈북을 시도한 모양인데, 이럴 때마다 경계가 강화되니까 우리처럼 몰래 움직여야 하는 사람들만 죽어나죠."

"그럼 어떡합니까?"

"좀 멀더라도 숲길을 돌아가야 할 거 같네요."

은실이 두어 번 고개를 끄덕였다.

박이 허리춤에 찬 반달 칼을 꺼내 풀들을 베며 앞장섰다. 저런 칼은 어디서 났을까 싶을 정도로 위협적이고 묵직해 보였다.

"그런데… 아까 그 소동 벌였다는 사람들 말입니다. 지금은 어찌 되었습니까?"

은실이 뒤처진 채 따라오는 민철을 슬쩍 바라보며, 박에게 속삭이듯 물었다.

"글쎄요, 뭐 다들 구류소로 수감되거나 했겠죠? 그중 중범죄자가 있으면 총살형이나 공개처형을 당했을 거고…. 아니어도 심한 고문을 당했겠죠. 어쨌든 그렇게 크게 기사에 실렸으니 다시 빠져나오진 못할 겁니다. 남한행을 시도한 사람들은 중국에 돈 벌러 나간 사람들보다 훨씬 처벌이 세요."

박은 그런 사례가 익숙하다는 듯 덤덤하게 대답했다. 은실은 민철에게 이 이야기는 비밀로 해야겠다고 결심했다.

은실은 몇 주 동안 선양시 중간 거점에서 함께했던 일행을 떠올렸다.

모두들 제 사정과 그럴듯한 신분을 밝히고 함께 움직였지만 사실 그녀도 그들의 말을 다 믿지는 않았다. 자신도 서지은이라는 가짜 신분을 들이밀지 않았던가. 그들도 각자의 사정대로 자신의 정체들을 꾸몄을 것이다.

그럼에도 잠깐이라도 마주쳤던 이들이 대부분 죽거나, 남은 여생을 죽는 것만도 못하게, 차라리 죽고 싶어질 인생을 살아간다고 생각하면 지독한 기분이 들었다. 그렇다고 슬퍼할 겨를은 없었다. 지금 같은 사정에 남의 죽음을 애도할 여유도 없었다.

그러면서도 기훈과 운주를 떠올렸다. 두 사람만은 달랐다. 그들은 사람이길 포기하지 않았으니까.

은실은 또 생각했다. 자신이 사람으로 남기 위해, 사람답게 살기 위해, 남은 것은 무엇인가? 지켜야 할 것이 무엇일까?

은실은 조심조심 자신을 뒤따라오고 있는 민철을 돌아봤다. 지은과 정마담을 떠올리고, 다시 한번 푹푹 패는 진흙길을 한 걸음 한 걸음 힘겹게 내딛는 민철을 보았다. 풀독이 올라 빨갛게 부어오른 손등이 애처로웠다. 문득 눈시울이 뜨거워질 것 같아 얼른 고개를 돌렸다.

***

명식은 겨우 눈을 떴다. 눈꺼풀을 쇠로 달아맨 것처럼 눈이 무거웠다. 매번 이렇게 눈뜨는 게 어렵다면 차라리 맹인으로 사는 게 더 나을지도 몰랐다. 그런 엉뚱한 생각이 머리를 스치는 동시에 눈이 떠진 것이다. 파란 하늘이다.

황사 하나 없는 맑은 하늘이라니. 하얀 구름도 평화롭게 떠다녔다. 다리 난간에서 자신을 내려다보던 자들은 보이지 않았다.

그러고 보니 하늘을 제대로 바라본 게 언제였는지…. 멀고 아득하게만 느껴졌다.

항상 사람들을 감시하고 관찰했다. 걸음걸이를 파악했고 손동작을 눈여겨보았으며 눈빛과 몸짓을 간파했다. 작고 세밀한 것들, 놓치기 쉬운 것들을 놓치지 않기 위해 모든 신경을 집중했다. 그러다 정작 놓치지 말아야 할 것을 놓치고 있었구나….

날 닮아서 그런가 봅니다.

아니오. 당신 탓이 아니오.

꼭 부탁합니다.

미안하오. 미안하오….

푸른 하늘 위로 아들이 날아갔다. 너무도 자유롭게 하늘을 날고 있었다. 그러고 보니, 아들은 병정 인형 따위가 아니라, 저 하얀 구름 같은 솜사탕을 좋아했었다.

아들이 구름을 만지더니 꺄르르 웃었다.

언제 오십니까?

놓치지 말아야 할 것. 놓치지 말아야 했던 것.

손을 뻗었다. 아들이 파란 하늘 너머로 사라졌다. 거기서라도, 마음껏 날아다니거라.

명식은 힘없이 팔을 떨어뜨렸다. 바위 위로 떨어진 명식은 머리가 깨지고 허리가 꺾인 채 마지막 상념에 잠겼다.

기훈이 물 밖으로 기어 나오며 숨을 크게 들이쉬었다.

다행히 강물 쪽으로 떨어졌다. 그 덕에 살 수 있었다. 명식은 바위 위로 떨어져 즉사한 듯했다. 바위를 타고 흘러내린 피가 스며들어 강물을 붉게 물들이고 있었다.

명식의 시체로 다가가 허리춤에서 칼을 꺼낸 뒤 포박을 풀었다.

국경에서 수많은 시체를 봐왔지만 죽음은 조금도 익숙해지지 않았다. 탈출자들의 시신이 죽 늘어서 있던 광경이 이제는 먼 옛날 일처럼 느껴졌다.

품속에서 운주가 준 책을 꺼냈다. 물과 피에 잔뜩 젖어 엉망이었다. 조심스레 가운데 페이지를 잡고 넘겼다. 속지 가운데가 깊게 패 있고, 그 사이에는 1달러짜리 지폐 두 장이 들어 있었다.

그 책은 꼭 시간 날 때 한 번씩 읽어봐. 나름 도움 된다 그거.

2달러 정도만 있어도 배 터지게 먹겠는데.

눈물은 내려가고 술잔은 올라간다지 않습니까.

아무도 믿지 말라니까. 끝까지 머저리 같은 놈.

기훈은 목 놓아 울었다. 울음소리가 강물을 따라 운주에게도 전해지길. 그래서 언젠가 다시 만나게 된다면 오늘 내려간 눈물만큼 술잔을 올릴 수 있길.

기훈은 한참 동안 엎드린 채 일어날 줄 몰랐다. 강물 소리가 그의 어깨를 가만히 쓰다듬었다.

해가 중천에 떠올랐다.

아직 쌀쌀한 날씨였지만 겨울의 끝자락을 맞이한 햇살이 조금은 따뜻한 기운을 전해줬다. 기훈은 천천히 다리 위로 올라왔다.

어딘지는 몰라도 인적이 드문 동네였다. 관리되지 않은 다리는 깨진 콘크리트 조각과 아침 찬바람에 옅게 흩날리는 먼지 더미를 적나라하게 드러내고 있었다.

명식의 차와 그 앞에 놓인 영호의 시체가 보였다. 곧 공안 경찰이 발견하겠지. 감상에 젖을 여유가 없었다. 요란하게 뒹굴며 부딪히고 깨진 몸은 조금만 움직여도 통증을 수반했다. 고통에 한 걸음마다 절룩거렸지만 자신이 해야 할 것을 깨달은 그의 발걸음은 멈출 줄 몰랐다.

영호의 시체를 지나 정차되어 있던 검은 SUV에 올라탔다.

차 내부를 둘러보다가 글러브 박스를 열자 명식의 선글라스가 나왔다.

검은 보안경 참 안 어울립니다.

은실의 목소리를 떠올리자 빙긋 웃음이 나왔다. 아직 할 일이 남았다.

선글라스를 쓰고 거울을 확인했다. 참 안 어울린다. 핸들을 꼭 쥐고 차를 출발시켰다. 남쪽으로, 남쪽으로. 천국이 있을지 지옥이 있을지 모르지만, 사람들이 있는 남쪽으로 자신만의 길을 찾아 나아갔다.

***

박의 손전등 하나에 의지한 채 어두운 라오스의 깊은 수풀을 헤맨 지 얼마나 지났을까. 추적추적 비마저 내리며 울창한 밀림의 음기가 스멀스멀 온몸을 에워쌌다.

박이 나눠준 어두운 색상의 비옷을 입었지만, 그걸로 습기를 다 막을 수는 없었다. 축축해진 옷을 타고 으슬으슬 한기가 전해졌다.

민철의 상태는 눈에 띄게 안 좋아지고 있었다. 하긴…. 저 작은 몸으로 험난한 길을 계속해 헤쳐 나가는 중이다. 아이로서는 감당할 수 없는 위험과 난관을 뚫고 여기까지 왔는데 탈이 나지 않는다면 그게 더 이상할 정도였다.

박의 백팩에서는 보물상자처럼 필요한 물건들이 계속해서 나왔다. 수분을 보충할 오이와 당을 채워줄 초콜릿도 딱 필요하다 싶을 때마다 두 사람에게 건네졌다. 그러나 막상 박이 무언가를 먹는 모습은 거의 보지 못했다.

은실은 앞서가는 박의 등을 보며 숙련자의 든든함이 느껴졌다. 사람을 신뢰하는 것이 아니라 사람의 능력을 신뢰하는 것이다. 마약 브로커와 함께 강을 건널 때도 그런 기분이 들었다. 이 사람도 쓸데없는 말은 절대 하지 않았다. 적막에 가까운 사람이었다.

"저기서 좀 쉬다 갑시다."

박이 통나무로 된 허름한 움막을 손전등으로 비췄다.

대여섯 평 정도 되어 보이는 작은 움막은 재난이나 비상 상황을 대비해 지어놓은 듯했다. 그러나 국경지대의 경비가 삼엄해지고 행인이 줄어들며 자연스레 길도 막히고, 시간도 지나면서 버려진 채 숲속에 파묻히고 말았을 것이다.

습기를 머금은 나무 벽은 표면이 거칠게 일어나 있었다. 검은 곰팡이가 곳곳에 꽃핀 듯 얼룩도 심했다. 작은 창문은 나무틀에 간신히 매달려 미세하게 흔들렸고, 겹친 거미줄들은 습기 때문에 축 늘어졌다.

은실은 으스스한 기분이 들었지만, 거침없이 걸어가는 박의 뒤를 따라 들어갈 수밖에 없었다.

움막은 놀랍게도 무너져가는 자연 상태가 아니었다. 박이 익숙하게 안으로 들어간 데는 다 이유가 있었다. 여기는 그의 중간 쉼터로 보였다. 항상 거쳐 가는 곳인 듯 간소한 이부자리까지 갖춰져 있었다.

내부는 가끔 다녀갈 때마다 정리한 듯했지만, 자연의 힘으로 빠르게 썩어가는 속도를 늦추지는 못하는 것 같았다. 나무 틈새로 눅눅한 흙내와 풀잎 썩는 비린내가 새어 들어왔다.

박이 가방에서 핫팩을 두 개 꺼냈다. 모닥불을 피우면 눈에 띌 수 있기 때문에 이걸로 견뎌야 한다고 당부를 했다. 그리고 예의 보물상자에서 육포가 든 봉지를 꺼내 네 조각을 나눠줬다.

도저히 먹지 못하겠다는 민철을 달래서 먹여봤지만 씹을 힘이 없어 보였다. 은실은 육포 조각을 침이 묻지 않게 최대한 앞니 끝으로 잘근잘근 깨물어서 고기를 연하게 만들었다.

간신히 씹어 삼키는 민철을 보며 은실은 묘한 감정이 들었다. 아마 동훈이도 비슷한 나이겠지…. 민철의 얇은 이부자리 안에 핫팩을 깔아줬다.

민철이 오들오들 떨자 은실은 자신과 민철과의 사이에 핫 팩 두 개를 넣고 이불을 덮어줬다. 앙상하게 살이 빠진 민철의 몸을 끌어당겨 꼭 끌어안았다.

통나무 지붕을 투둑투둑 때리는 빗소리와 그에 맞춰 점점 규칙적으로 새근거리는 민철의 숨소리를 들으며 은실은 새로운 다짐을 되새겼다.

날이 밝았다. 밤새 추적추적 내리던 비는 어느새 그쳐 있었다. 라오스 땅으로 온 뒤 오랜만에 해를 보는 것 같았다. 울창하고 빽빽한 수풀 사이로 수십 개의 햇살이 내리쬐었다.

특이한 리듬의 새소리도 허공에서 청명하게 들려왔다. 박은 이미 일어나 나갈 채비를 마친 뒤 움막 앞 바위 위에 우두커니 앉아 있었다.

은실은 끙끙대는 민철의 이마에 손을 짚었다. 열은 조금 내린 듯했지만, 아직 미열이 다 가시지는 않았다. 어깨까지 이불을 덮어준 뒤 조심스레 밖으로 나왔다.

박은 뼈마디가 울퉁불퉁 튀어나온 손가락에 담배를 끼운 채였다. 손톱 아래로 새까만 때가 끼어 있었다. 아침 햇살에 드러나니 박의 나이가 비로소 제대로 보이는 듯했다. 깊게 패인 주름과 찌푸린 채 굳어버린 듯한 미간으로, 그의 고단한 삶의 냄새도 슬며시 맡을 수 있었다.

"일어나셨네요."

박이 필터 끝까지 거의 다 핀 담배의 마지막 한 모금을 깊이 빨아들이며 말했다. 그러고도 아쉬운지 한 번 더 꽁초 끝을 확인한 뒤에야 바닥에 비벼 껐다. 허리춤에 둘러멘 작은 가방을 열더니 꽁초를 집어넣었다.

"예의죠."

지켜보는 은실의 시선을 느꼈는지 박이 어깨를 으쓱거리며 별일 아니라는 듯 말했다. 그의 주변으로 오래된 담배꽁초가 듬성듬성 보였다. 여길 이용하는 사람이 박 혼자만은 아닌 듯했다. 다시 한번 은실의 시선을 따라가던 박이 몸을 일으켰다.

"흔적을 남기지 않는 용도도 있습니다. 가시죠. 갈 길이 멉니다."

은실은 든든한 박의 뒷모습을 지켜보다, 문득 이곳을 거쳐간 다른 사람들이 어찌되었는지 궁금해졌다. 하지만 원치 않은 대답을 듣게 될까 두려워, 묻지 않고 민철을 깨우러 움막으로 향했다.

비는 그쳤지만 축축한 진흙 바닥을 지나는 건 여간 고된 일이 아니었다. 수시로 발이 푹푹 빠졌다. 은실의 낡은 운동화는 흠뻑 젖어 점점 무거워졌다.

덩굴이 뒤엉켜 눈앞을 막아설 때가 부지기수였다. 이름 모를 곤충 떼가 귓가를 웽웽 맴돌기 일쑤였다. 나뭇잎마다 밤새 머금은 빗방울이 떨어져 수시로 목덜미를 차갑게 적셨다. 그럴 때마다 이 험한 곳이 어딘지 새삼 깨닫고는 정신이 바짝 들기도 했다.

얼마나 걸었을까, 다리에 힘이 풀릴 정도가 되자 이름을 알 수 없는 키 큰 나무들 사이로 넓은 벌판이 드러났다.

큰길이 가까워지는 건지 질척했던 땅도 조금씩 단단해지고 있었다. 멀리서 차 엔진 소리도 들리는 것 같았다. 소리가 점점 가까워지자 경계하는 티가 역력해 보였는지 앞서가는 박이 괜찮다는 듯 손을 들어주었다.

조금 더 걸으니 낡은 승합차가 비포장 숲길을 덜컹거리며 들어섰다.

짙은 녹색으로 페인트칠 되어 있었는데, 원래 다른 색인 차체를 직접 칠한 듯 군데군데 덧칠한 흔적이 보였다. 미처 칠하지 못한 바퀴 주변은 오래된 연식과 험난했던 여정을 보여주듯 녹슬고 찌그러져 있었다.

"이제부터 이 친구와 함께 가시면 됩니다."

은실은 깜짝 놀랐다. 한 번도 이렇게 가이드가 교체되는 상황을 예상하지 못했다. 더구나 박과 함께라면 남조선까지 문제없이 도착할 수 있을 것이라 생각했는데. 또다시 새로운 사람과 낯선 동행이라니.

박은 이 기묘한 승합차를 운전해온 새로운 안내자를 '녹'이라고 소개했다. 새라는 뜻의 별명이라고 덧붙였다. 그러고 보니 다들 서로를 짧게 부르는 것도 약속된 듯했다. 그것도 특징이라면 특징일 것이다. 그만큼 이름을 부르는 시간도 아끼면서 움직이는 걸까.

새로운 안내자는 새라는 별명이 썩 잘 어울리는 사람이었다. 박보다 덩치도 훨씬 작고 말라서 은실과 키가 비슷했지만 생활

근육으로 딴딴하게 뭉친 몸이었다. 박보다 훨씬 까무잡잡했고 외모도 다소 이국적이었다. 남한 말을 어설프게 구사했고 독특한 억양이 있었다.

이 남자도 극단적으로 조용한 성격인 것 같았다. 그런 것들이 그나마 은실의 마음에 들었다.

"이제 얼마 안 남았습니다. 하나님의 가호가 함께하시길."

박이 두 손을 합장하며 작별 인사를 건넸다.

은실도 한참 동안 고개를 숙였다. 속으로는 경희를 떠올리며 박은 남한에서 온 사람이라고 확신했다.

녹이 승합차 뒷문을 열어줬다. 뻑뻑한 쇳소리가 났다.

민철을 올려보내고 뒤이어 차에 올라타며 박에게 다시 한번 꾸벅 감사를 전했다.

박은 망설임 없이 뒤돌아 성큼성큼 걸음을 놓았다. 은실은 그의 고요한 뒷모습에 다시 작별 인사를 고했다.

좁고 더운 승합차에 실려 이리저리 흔들린 지 얼마나 지났을까….

민철은 입술마저 파랗게 질려갔다. 은실의 요청으로 중간중간 쉬면서 나아가는 통에 녹의 설명으로 5시간이면 간다고 했던 길을 8시간 걸려서 도착했다.

해는 이미 저물어 짙은 어둠이 내려앉아 있었다. 녹의 차에는 박의 백팩보다 갖춰진 물품 수가 적었다. 작은 페트병에 든 물을 조금씩 나눠 마시며 버티는 수밖에 없었다.

한참 깜깜한 어둠을 헤치고 나아갔다. 차 내부 시계는 한 번도 조정해본 적이 없는 듯 엉뚱한 시간을 가리키고 있었다.

지금은 몇 시쯤일까. 어디쯤 왔을까. 궁금증이 일었지만, 어차피 녹에게 물어도 '거의 다 왔다'는 말만 앵무새처럼 반복할 것을 알았기에 더 묻지 않았다.

은실도 계속된 긴장에 피로가 쌓였는지 꾸벅꾸벅 떨어지는 목을 제대로 가누기가 쉽지 않았다. 그때 녹이 헤드라이트 불빛을 껐다. 차내의 공기가 확 달라졌다.

차는 저속으로 천천히 앞으로만 나아갔다. 은실은 본능적으로 목적지에 다다랐음을 느낄 수 있었다. 온몸이 긴장하며 피가 도는 느낌이 들었다. 시야가 또렷해지고 그동안의 고난은 잊힐 정도로 뜨거운 피가 서서히 감돌았다.

그것은 민철도 마찬가지인 듯했다. 마지막 남은 힘을 그러모아 전방을 노려보고 있었다.

곧이어 승합차의 시동이 꺼졌다. 녹이 조용히 내리더니 문도 소리 나지 않게 살며시 닫았다.

은실도 뒷좌석 문을 열려 했지만 뻑뻑해서 잘 열리지 않았다. 힘을 줬더니 한 번에 쾅 열려버렸고, 깜짝 놀란 녹이 쉿쉿! 하며 손가락을 입술에 갖다 댔다.

은실도 가슴이 철렁 내려앉았다. 조그만 실수가 지금까지의 고생을 물거품으로 만들 수 있다는 걸 그녀 자신이 너무도 잘 알았기에.

은실은 미안하다는 눈짓을 하곤 속으로는 자책하며 차에서 내렸다. 뒤이어 민철도 조심스레 바닥에 발을 내디뎠다. 깊은 진흙 때문에 발등까지 땅에 잠겼다.

근처에서 나는 풀벌레 소리, 조용한 물소리로 강가 근처 늪이라는 것을 알 수 있었다.

"저기가 태국. 건너가면 자유, 천국 올 겁니다."

녹이 억양 없는 낮은 목소리로 조용히 말했다. 간단한 필수 단어와 동사만 조합해서 말하는 게 몸에 밴 듯한 사람이었다. 하지만 의사를 정확히 전달할 줄 알았다. 생계를 위해 배운 외국어일 것이다.

녹이 가리킨 강 건너편 멀리서 희미하게, 도심의 불빛이 새어 나오고 있었다. 조용히 강가로 나아갔다.

녹은 이정표 하나 없는 곳에서 헤매지도 않고 키만큼 자란 수풀 속에서 쪽배를 찾아냈다.

"저 배 지나가면, 출발."

강 건너 태국 땅은 가까웠다. 두만강 폭보다도 좁아 보였다. 하지만 일반 배들과 함께 중간중간 순찰을 다니는 듯 조명을 비추며 지나가는 해경의 배도 간간이 보였다. 위험도는 두만강에 만만치 않을 것 같았다.

녹이 가리킨 나룻배가 천천히 그들 앞을 지나갔다.

나룻배가 시야에서 멀어지자 녹이 고개를 끄덕였다. 은실과 민철이 쪽배에 올라탔다.

녹은 조용히 배를 밀다가 훌쩍 뛰어올라 탔다. 배 뒤쪽에 달린 커다란 노를 젓자 조금씩 물살을 헤치고 앞으로 나아갔다. 물살을 가르는 희미한 소리 말고는 이제 더 이상의 소리는 없었다. 고요했다. 은실은 언제까지고 이 적막이 계속되기를 바랐다.

하늘을 올려다봤다. 무수한 별 무리가 보였다. 별과 별 사이를 비행기가 불빛을 번쩍이며 건너고 있었다.

진짜 자유. 바다가 보이는 집에 살면서 언제든 비행기 타고 훌쩍 떠나고. 그렇게 살 거다.

네가 꿈꿨던 진짜 자유가 저거니?

은실은 저 빛이 아득히 멀게 느껴졌다.

강의 절반쯤 건너고 있을 때였다. 두만강 하늘이 겹쳐 보였다. 그때도 이렇게 조용했는데…. 여기만 건너면, 마침내 여정이 끝난다는 생각에 가슴이 뛰었다. 지금까지 억지로 참고 있었던 상상들이 머릿속을 비집고 들어왔다. 고개를 절레절레 저으며 떨쳐 내려 했다.

행복한 상상을 하면 안 돼.

두만강을 건널 때, 행복한 미래를 꿈꿨다. 지은과 함께 할 때도 그랬다. 그럴 때마다 바랐던 꿈보다 훨씬 큰 깊이의 절망으로 굴러떨어졌다. 조금만 행복해지려 해도 세상은 용납하지 않았다. 은실은 꾹꾹 밝은 색의 감정을 눌렀다.

그녀의 손등에 따뜻한 기운이 전해졌다. 놀라 돌아보자, 민철이 은실의 손등에 자신의 손을 포개고 있었다. 창백해진 민철의 얼굴이 달빛을 받자 새하얗다 못해 파리해 보였다. 은실의 걱정을 느꼈는지 슬며시 미소를 지어 보였다. 이 조그만 애한테 자신의 불안이 전달됐다고 생각하자 눈시울이 붉어졌다.

문득 창백한 민철이 어쩐지 이 세상 사람같이 느껴지지 않았다.

분명 가까이 마주 보고 있는데, 왜 이렇게 점점 멀어지고 있는 것 같을까.

은실은 민철의 손을 마주 잡으려 했다. 손등에 얹어진 조그만 손을 꽉 마주 잡고 절대 놓지 않으려 했다. 멀리 가지 말라고, 나랑 함께 가자고.

위잉.

그때, 사이렌 소리가 요란하게 울렸다.

해경선에서 쏟아진 강한 스포트라이트 빛이 세 사람의 쪽배로 쏟아졌다.

은실이 다급하게 민철을 붙잡았다. 자기 손이 떨리고 있었다. 손뿐만 아니라 온몸이 떨리고 있었다.

녹이 양손을 흔들며 태국어로 소리쳤다. 그러나 해경이 확성기를 통해 전해오는 강경한 말투가 상황이 좋지 않게 돌아가고 있다는 것을 짐작하게 했다.

해경의 배가 뱃머리를 돌리더니 이쪽으로 천천히 다가왔다.

은실이 하늘을 올려다보았다. 눈이 부시자 자연스레 은실은 손을 뻗어 스포트라이트 빛을 가리려 했다. 자유의 하늘 위를 날아가던 비행기가 강한 빛에 가려 더 이상 보이지 않았다.

이것은 천국의 빛일까.

은실은 아무것도 잡을 수 없었다. 빛을 가린 손은 허공을 휘저을 뿐이었고, 민철도 보이지 않았다. 차갑게 식은 민철을 더 세게 끌어안았지만, 아무것도 느껴지지 않았다. 은실은 후회했다. 조금 전 마음속에 무심코 떠올라 버렸던 문장을 후회했다.

나도 행복하고 싶어.

그러나 이제는 요란한 사이렌 소리에 뒤섞여 끝이라는 단어만이 머릿속에서 왱왱 울릴 뿐이었다.

윙— 윙— 끝— 끝— 윙— 윙— 끝— 끝—.

칡덩굴 뻗을 적 같아서는 강계, 위연, 초산을 다 덮겠다[13]

두 번의 사계절이 지났다.

누군가 목숨을 걸고 국경을 넘나드는 동안에도 시간은 아랑곳하지 않고 흘렀다. 무심한 시간만큼 혹독했던 겨울이 지나고, 따뜻한 기온이 미세먼지와 함께 찾아왔다.

"서동훈."

수업이 끝난 서울의 한 초등학교 2학년 2반 교실.

담임 선생님이 부르는 소리에 동훈이 교실을 나가려다 멈춰 섰다.

"잠깐 교무실 들렀다 가."

다른 친구들이 삼삼오오 몰려 하교할 때도 동훈은 늘 혼자였기

---

13) 한창 기세가 오를 때 같아서는 굉장한 것 같지만 결과는 보잘 것 없이 되는 경우. (출처: 사단법인 남북나눔)

에 담임 선생님의 호출이 크게 신경 쓰이지 않았다. 도리어 그 핑계로 혼자 하교하는 모습을 반 친구들한테 보여주지 않아서 다행이라는 생각도 조금 들었다.

"아까 체험학습 가정통신문 준 거, 부모님 사인 받아 오라는 거 있잖아."

담임 선생의 말에 동훈이 말없이 고개만 끄덕였다. 그런 다음엔 고개를 숙인 채 바닥만 내려다보았다.

말수가 적은 학생이라 생각하며, 아직 학기 초니까 조심스레 접근해야겠다고 담임 선생은 생각했다.

"그… 참석이 꼭 필수는 아니니까, 혹시 할머니께 말씀드려서… 만약 부담되실 거 같으면 통지문 걷을 때 내지 말고 선생님한테 따로줘도 된단다."

통지서에 적힌 체험학습비는 27만 원이었다. 반 친구들이 통지문을 걷다 발견하게 되면 어린 나이의 애들끼리 놀리거나 상처받을까 나름 배려를 한 것이었다. 담임 선생은 동훈의 가정환경을 잘 알고 있었다. 동훈의 성도 아직 북한에 있는 어머니의 성을 따른 거라는 것도.

1학년 때 동훈의 담임을 맡았던 동료 선생이 교무실 건너편 자리에서 이쪽을 빼꼼 내다봤다. 학기 시작 전, 동훈에 대해 조언을 구한 적이 있었다. 그때 그의 조언은 '특별 대우해주지 말라'는 거였다. 좀처럼 마음을 여는 법이 없다고. 하지만 학기가 시작한

지 한 달이 넘도록 맨 앞자리에 앉아 조용히 겉도는 이 조그만 아이가 담임 선생은 신경 쓰였다.

아직 남은 학생들이 학원 차를 타거나 부모님의 차를 타고 사라지고 있었다. 그 사이를 동훈이 홀로 터덜터덜 걸어 하교했다. 신발을 끌며 걷는 발소리가 유난히 크게 들렸다.

동훈은 등하굣길이 정말 싫었다. 혼자라는 것을 온 세상이 나서서 알려주고 있는 기분이 들었기 때문이다. 그러지 않아도 알고 있다고, 어디 있을지 모를 세상을 향해 소리치고 싶을 때도 있었다.

임대아파트 2층, 할머니와 사는 15평짜리 보금자리의 녹색 대문 앞에 서서 초인종을 눌렀다. 아무도 없는 것을 알고 있었지만 그건 동훈의 의도적인 습관이었다. 초인종을 누르면 누군가 문을 열고 자신을 맞아줄 것만 같은 기분이 들었다.

대문 아래 우유 배달부를 위한 구멍 뚜껑을 열고 손을 뻗었다. 열쇠가 손에 잡혔다. 정작 여기로 우유를 받은 적은 한 번도 없었다. 이곳은 할머니와 동훈이 열쇠를 주고받는 공간으로만 쓰였다.

가방과 실내화 주머니를 현관 옆에 내려놓았다.

집 안에는 쓸쓸한 기운이 감돌았다. 예상대로 식탁에는 먼지가 쌓이지 않게 씌워진 덮개와 할머니가 삐뚤삐뚤 쓴 쪽지가 놓여 있었다.

밥 묵으라.

덮개를 열자 식은 밥과 반찬이 차려져 있었다. 다시 뚜껑을 덮고 오래된 TV를 켰다. 뉴스 속보가 흘러나오고 있었다.

북한 김정일 국방위원장이 사망한 지 하루가 지났습니다. 북한 조선중앙TV는 김위원장의 사망 소식을 전하며, 장례 절차와 국가 애도 기간을 발표했습니다. 후계자로 지목된 김정은이 공식석상에 모습을 드러내며 권력 승계를 본격화하는 모습입니다.

동훈은 채널을 돌렸다. 애니메이션 채널에 잠시 머물렀다가, 계속 채널을 돌렸다. 예능 프로그램의 시끄러운 웃음소리가 들리자 신경질적으로 채널을 돌렸다.

그러다 교육방송의 다큐멘터리에서 손이 멈췄다. 세계 곳곳을 돌아다니며 문화와 역사, 생활상을 다루는 장수 프로그램이었다.

동훈은 눈앞에 펼쳐지는 이국적인 풍경을 바라봤다. 아직 한 번도 국내를 벗어난 적은 없었지만, 최대한 많은 도시를 눈에 담아두려고 했다.

엄마가 약속했다. 어디든 데려가 주겠다고.

동훈은 그 '어디든'이 한 번일지 여러 번일지 몰랐다. 한 번이면 어떡하나 싶어서, TV에 나오는 모든 도시를 머릿속에 넣어뒀다.

하나교회는 확장공사가 한창이었다. 더 큰 부지로 이전을 하자는 의견도 있었지만 태웅이 이 자리를 고집했다. 자신이 직접 관여한 본관 건물의 구조를 바꾸고 싶지 않았기 때문이다.

다만 옥상 중앙의 스테인드글라스 바닥만은 십자가로 바꿨다. '가톨릭 느낌이 난다'는 의견을 고수했던 권사들은 두 손 들어 환영했다.

이제 낮에 1층까지 쏟아지던 형형색색의 빛은 단색의 커다란 십자가로 바뀌었다. 교세가 확장되면 사람도 많아진다. 많은 사람들을 관리하기 위해서는 어느 정도 타협이 필요했다.

수요 예배는 주말보다 참여율이 낮음에도 1층 좌석이 꽉 찼다. 2층 좌석에도 드문드문 신도들이 있었다. 최근 매스컴을 통해 유명세를 탄 덕분인지 신도들이 많이 늘었다.

기도 시간이 되면 신도들은 울부짖었다. 무아지경에 빠져 방언을 중얼거리거나 고함을 지르기도 했다. 태웅은 효과를 극대화하기 위해 기도 시간에는 예배실의 조명을 끄도록 지시했다. 공사를 하며 값비싼 오르간도 설치했다.

반주가 점점 느려지고 조명의 조도가 천천히 낮아지면, 신도들은 더 깊이 그리고 더 쉽게 몰입했다.

태웅은 신도들 사이를 오가며 이마를 짚어주거나, 어깨에 손을 올려주며 기도에 힘을 북돋아줬다. 그러면 전기를 맞은 것처럼 쓰러지거나, 크게 소리치며 방방 뛰기도 했다.

태웅은 예배실을 한 바퀴 돈 뒤, 다시 제단에 올라와 자신이 만들어놓은 풍경을 지켜보는 걸 좋아했다.

사람들은 웃고, 울고, 소리 지르고, 중얼거리고, 후회에 빠지거나 감사를 전했다. 과거를 책망했고 미래를 열망했다. 그러기 위해 현재를 이곳에서 뜨겁게 보내고 있었다.

이것이 인간인가.

태웅은 높은 제단에 서서 사람들을 뿌듯하게 내려다봤다.

확장공사로 넓혀진 주차장 맞은편에 어느새 별관이 지어졌다.

이곳에서는 주로 탈북자들을 교육하고, 사회 적응을 도왔다. 주로 역사, 문화, 언어, 직업 교육 등 다양한 분야의 강의가 진행되었다.

별관을 관리하는 책임자 경희가 수업이 끝나고 저마다 삼삼오오 모여 교회를 나가는 사람들을 바라보고 있었다.

경희는 문득 중국에서 고군분투하던 때가 떠올랐다. 그녀의 도움으로 탈출에 성공했던 사람들은 아직도 찾아와 고마워하며 마음의 표시로 조그만 선물들을 두고 갈 때가 있었다. 그럴 때마다 경희는 자신이 한 일에 대한 자부심을 느꼈다.

때로는 이해관계에 얽혀 떳떳하지 못한 일을 하기도 했지만, 결과적으로는 자신의 선택이 옳았다고, 교회를 나서는 사람들의 밝은 얼굴을 보며 스스로를 타일렀다.

주차장으로 들어서는 낡은 회색 승용차를 발견하자, 그녀의 표정이 대번에 어두워졌다. 교회가 크게 확장되긴 했지만 이곳을 오가는 사람들의 면면은 대부분 외우고 있었다. 그런데 처음 보는 차였다. 낯선 자의 등장은 대체로 좋지 않은 소식을 함께 싣고 왔다.

이제는 단종된 회색 아반떼에서 내린 남자를 경희는 처음에 알아보지 못했다. 기억 속을 한참 뒤지고 나서야 그의 정체를 떠올렸고, 다급하게 전화기를 꺼내 들었다.

전화기 너머 아직 한창인 기도 소리가 시끄럽게 울렸다.

"목사님, 여기 와보셔야겠습니다."

태웅은 조용한 장소로 가서 무슨 일인가 물었다. 예배 시간에 경희가 전화하는 일이 거의 없던 터라 심상치 않은 일이 생겼다는 걸 직감했다.

"김기훈이 왔습니다."

기훈은 일부러 턱을 세우고 고개를 들어 별관 창을 올려다봤다.

경희와 눈이 마주쳤다. 기훈은 그녀에게서 시선을 떼지 않은 채 본관으로 발걸음을 옮겼다.

"그쪽으로 갑니다. 네, 바로 가겠습니다."

경희는 조급해졌다. 서둘러 나가면서 연락처를 열었다. 하지만 누구에게 연락을? 경찰? 아니, 소란스러워진다. 강길 의원실? 총선 이후로 연락이 되지 않는다. 제상과 그 무리는 지난 사건 이후 거액의 보상금을 받은 뒤 해체되었다. 어차피 오합지졸이었다.

경희는 본관으로 빠르게 발걸음을 옮기면서도 생각을 멈추지 않았다.

기훈은 길고 둥근 복도를 일정한 보폭으로 걸었다.

유리 천장을 통과한 한낮의 햇살은 1층 로비에 커다란 십자가 형태를 드리웠다. 일견 신비로워 보이기도 했지만, 그의 눈에는 잔인할 정도로 무심해 보였다. 저 커다란 그림자 밑에 얼마나 많은 아우성이 짓눌려 있을까.

기훈은 어린 전도사의 안내에 따라 태웅의 집무실 앞에 섰다. 이 문 너머에 그가 있다. 벌써 4년이나 지났지만 태웅의 얼굴은 잊히지 않았다. 도리어 시간이 지날수록 더 또렷하고 선명해졌다.

전도사가 노크하고 문손잡이로 손을 뻗으려는데, 안에서 먼저 문이 벌컥 열렸다.

"오랜만입니다."

집무실 문이 열리고, 태웅이 어깨를 활짝 펴고 양팔을 넓게 펼치며 기훈을 맞이했다.

이렇게 작은 남자였나?

기훈이 기억하는 태웅은 자신보다 머리 하나는 더 큰 키에, 위협적일 정도로 두꺼운 몸을 지닌 남자였다. 검은 속내를 감춘 채 인자한 미소로 사람을 속이는 야비한 자였다. 그러나 지금 눈앞에 서서 억지 미소를 짓고 있는 그는 분명 키는 조금 더 컸지만, 전혀 위협적이지 않았다. 도리어 그동안의 고초를 겪으며 단단한 근육을 갖춘 기훈의 기운이 묘하게 태웅을 압도하고 있었다.

태웅도 이전과 달라진 그것을 느끼고 있는 듯했다. 그의 이마에 송골송골 땀방울이 맺힌 것은, 비단 예배를 서둘러 마치고 이곳으로 뛰어왔기 때문만은 아닐 것이다. 억지로 올린 입꼬리 근육이 미세하게 떨렸다.

어린 전도사가 미심쩍은 시선을 거두지 못한 채 서 있자, 태웅이 짐짓 여유로운 얼굴을 보여주며 고갯짓으로 내보냈다.

태웅은 한 발 물러서며 집무실 안쪽으로 기훈을 들였다. 기훈이 그를 지나 등을 보인 채 집무실로 들어섰다. 태웅의 곁을 스치며 희미한 담배 냄새를 맡았다.

태웅이 마실 것을 권했지만 기훈은 고개를 저었다. 일부러 손을 들어 분명하게 거절 의사를 전했다. 이번엔 소파를 가리키며 앉으라 했지만 그마저도 거절했다.

"하하하, 이렇게 찾아오시다니. 오랜만입니다. 잘 지내셨죠?"

태웅이 내민 손을 물끄러미 내려다보다 무심하게 맞잡았다. 여전히 두툼하고 거친 손바닥이다. 하지만 기훈은 땀에 젖은 손을 통해 그가 긴장하고 있다는 것을 확연히 느꼈다.

기억보다 손바닥이 작다고도 생각했다. 기훈은 본능적으로 주도권이 자신에게 넘어왔다는 것을 알았다. 그렇게 생각하자 여유가 생겼다. 맞잡았던 손에 슬쩍 힘을 준 다음에야 놓았다. 태웅의 손바닥에 불그스름한 자국이 생겼다. 그의 살은 무르고 연약했다.

기훈이 집무실에 도착하기 전 태웅은 먼저 들어와 책장 가장 아래 칸 깊숙이 감춰둔 금고부터 열었다. 각종 서류더미들과 달리 다발을 밀치고, 안쪽 깊숙하게 감춰놓았던 물건을 꺼내 품속에 넣었다. 다급하게 뛰어오느라 뜨끈하고 습한 열기가 아직 몸에 그대로 남아 있었다.

태웅은 몸을 일으키며 천천히 숨을 들이마시고, 내쉬었다. 모니터의 복도 CCTV를 통해 기훈이 걸어오고 있는 게 낱낱이 보였다. 한발 한발 그가 다가오는 걸 지켜보며, 국경에서의 생생한 긴장감이 되살아나는 기분을 느꼈다.

처음 두만강변에서 만났던 기훈은 그야말로 길 잃은 산짐승 같았다. 북한을 탈출하는 자들은 저마다 지독한 사연들을 가지고 있었지만, 기훈의 경우는 조금 달랐다. 군복마저 그대로 입은 채 탈출하는데, 양손에는 아무것도 없었다. 그야말로 도망치듯 충동적으로 탈출한 행색이었는데, 얼굴은 괴물에 쫓기기라도 한 듯 잔뜩 겁먹은 표정이 역력했다.

사나운 맹수에 쫓겨와 간신히 목숨만 건진 연약한 산짐승. 두려움에 부들부들 떨며 자기 손을 꼭 잡았던 산짐승이 이제 예상할 수 없는 상태로 자신을 찾아왔다.

태웅은 사냥꾼의 본능을 되찾으려 했다. 성큼성큼 걸어 집무실 앞에 선 기훈을 모니터로 바라보며, 누가 위에 있는지 확실히 보여줘야겠다고 생각했다. 지금은 홈그라운드에서 기선을 잡는 게 가장 중요했다.

기훈은 고개만 돌려 집무실을 둘러보며 말했다.

"놀래지 않으십니다."

태웅은 그가 방 안의 CCTV 위치를 확인하고 있다고 생각했다.

당연히 집무실 내부는 CCTV를 설치하지 않았다.

"이렇게 건강히 잘 지내고 계신 거 같아서 보기 좋아 보이는데요!"

태웅이 두 팔을 크게 벌리며 반가워하는 자세를 한 번 더 연기했다. 그러면서 그의 행색을 집요하게 관찰했다. 이번에도 그의 양손에는 아무것도 들려 있지 않았다. 그는 여전히 무방비해 보였다.

"목사님!"

경희가 집무실 문을 벌컥 열고 들이닥쳤다. 태웅이 손을 들어 안심시켰다.

벽에 걸린 야유회 단체 사진을 들여다보던 기훈이 그녀를 돌아봤다.

"아는 얼굴입니다 기래."

기훈은 단체 사진 속 초록과 흰색이 섞인 등산복을 입은 채 태웅 옆에서 환하게 웃고 있는 그녀의 얼굴을 다시 확인했다. 선양시에서는 이질적이라고 생각했던 미소가 단체 사진 속에서는 편안해 보였다.

하지만 지금 당황한 채 숨을 몰아쉬는 경희를 보자, 그녀의 가면 같은 미소 뒤에 감춰져 있던 잔혹성이 새삼 떠올랐다. 경희의 아랫입술이 부들부들 떨렸다.

"사탄입니다, 목사님! 사람을 부르겠습니다!"

경희가 제상에게 전화를 걸었다. 없는 번호라는 자동응답기 메시지가 나왔다. 하지만 경희는 연결음이 계속 가는 척 전화기를 들고 있었다. 여기서 당황하면 더 낭패다.

"괜찮습니다, 권사님."

태웅이 소파 상석으로 가 앉아 몸을 깊게 파묻고는 담배를 꺼내 물었다. 라이터를 켜는 손끝이 미세하게 떨렸다. 그래도 조금 여유를 가질 수 있었다. 기훈은 무기도, 가방도 없이 맨손으로 혼자 왔다. 앞뒤 주머니도 뭐 든 것 없이 홀쭉했다. 여차하면 자신이 제압할 수 있다는 확신이 들자 조금씩 긴장이 풀리기 시작했다.

"여기 오신 이유가 있으실 것 같은데, 이제 편하게 말씀해보시죠."

태웅이 연기를 길게 내뿜었다. 폐 깊숙이 니코틴과 타르를 집어넣자 조금 더 편안해졌다. 어쩌면 기훈은 자신들에게 해코지하러 온 게 아닐지도 모른다는 생각마저 들기 시작했다. 게다가 자신은 말하자면 홈그라운드에 있었다. 조급할 필요가 전혀 없었다.

"물을 게 있습니다."

기훈은 선 채로 말을 이어갔다. 그가 들어야 할 말이 있었다. 끊임없이 되뇌던 질문이었다.

그러고 보면 물음표 없는 삶을 살았었다. 당과 상관의 명령을 들어야 했던 군인 시절에는 질문할 필요가 없었다. 명령이 내려오면 실행한다. 이 단순하고 단단한 과정을 충실히 따르면 됐었다.

물음표가 그의 인생에 불현듯 나타난 것은 리정진의 등장과 함께였다. 그리고 이곳에 오기까지, 5년 여의 지옥과도 같은 시간 동안 그의 머릿속을 떠나지 않는 단 하나의 물음표가 있었다. 그는 답을 들어야 했다.

왜? 왜? 왜?

태웅은 사실대로 이야기했다. 이제 와서 숨길 이유가 없다고 생각했다.

교회를 운영하면서 북한을 탈출하는 사람들을 중개해 남한으로 오는 것을 도왔다. 그러기 위해서는 운영자금이 필요했고, 유력한 여당의원 강길은 자금 사정이 어려웠을 때 후원금을 대줬다.

어째서 강경책을 고집하던 국방위원회 소속의 여당 의원이 탈북자들을 도와주는 단체에 후원금을 대줬던 것일까? 미심쩍을 만했지만, 당시 태웅에게는 그런 것을 고려할 여유가 없었다. 태웅은 아직 젊었고, 개척교회를 차렸지만 지지부진한 신도 모집으로 궁지에 몰린 상태였다.

처음 소액이었던 후원금의 규모는 점점 커졌다. 신도는 조금 더 모이긴 했지만, 그렇다고 뭐가 달라지는 건 없었다. 작은 교회조차 운영하기 쉽지 않았다. 그럴수록 강길의 후원금에 기댈 수밖에 없었다.

태웅은 교회 일보다도 그의 요청에 따라 탈북을 도와줄 브로커들을 안정적으로 공급하는 일에 더 힘썼다.

탈출 경로는 정권에 따라 수시로 바뀌었다. 몽골의 고비사막을 통과해야 했고, 중국의 대사관으로 돌진해야 했다. 동남아시아 국가들의 살벌한 숲길을 건너야 했다. 가끔 신병이 평화적으로 인도될 때도 있었지만, 정책과 선거 결과, 국제정세에 따라 시

시각각 변하는 흐름을 계속 주시하며 다양한 경로를 확보해둬야 했다.

태웅은 그 일을 할수록 조급해졌다. 그의 본능이 말하고 있었다. 강길은 속내를 감추고 있다고. 결코 그걸 섣부르게 드러내지 않으리라는 것도, 어렴풋이 짐작하고 있었다. 그러나 후원금이 쌓이고, 액수도 점점 커갈수록 태웅은 오히려 불안해졌다. 그가 원하는 바가 돈의 크기에 비례할 것이라는 무서운 생각이 들자, 마침내 참지 못하고 먼저 입을 열었다.

"의원님, 제가 할 수 있는 게 없을까요?"

제가 뭘 하면 되나요? 실은 이렇게 묻는 말이었다. 태웅은 진짜 질문은 꾹 삼키고, 선의를 가장한 채 물었다. 서울의 한 고급 일식집에서였다.

강길은 공손하게 자신에게 정종을 따르는 태웅을 태연하게 쳐다봤다. 그걸 왜 이제야 묻냐는 듯, 그의 미소는 미동도 없었다.

강길의 설명을 들으며, 태웅은 모래 늪 속으로 빨려 들어가는 개미 떼를 떠올렸다.

개미 떼가 아무리 뭉쳐봤자 한없이 가볍기에 모래 늪에 빨려 들어갈 일은 없을 것이다. 그러나 운 나쁘게 개미 떼 옆을 지나치는 사람이나 거대한 짐승이 있다면.

하필 그들이 같은 순간 모래 늪을 밟는다면, 개미 떼는 함께 휩쓸려 들어가고 말 것이다.

큰 존재 곁에 있었다는 이유만으로, 속절없이.

그날 이후, 강길은 선거철이나 중요한 정치, 사회적 이슈가 있을 때마다 비서관을 통해 태웅을 비밀리에 접촉했다. 혹 수사기관이나 언론에서 그들의 흔적을 발견하더라도 발뺌할 수 있도록, 일상 용어 속에 비밀 코드를 숨겼다.

태웅은 그러니까 '북풍'을 일으켜야 했다.

주로 탈북 사건을 기획했다. 때로는 대규모로, 때로는 중요한 인물 소수를 데리고 소란스럽게 탈출 작전을 실행했고, 그때마다 중요한 모든 이슈를 빨아들였다. 실제로 탈출에 성공한 자들이 있으면 정책 스피커로 활용하기도 했다.

작전이 위험할수록 보상은 달콤했다. 강길과 여당이 정치적으로 가장 위급했을 때, 태웅은 가장 간절한 자를 골라 판문점으로 차를 돌격시켰다. 군사분계선을 직접 건너도록 유도한 사건도 있었다.

그럴 때는 등골이 오싹해졌다. TV를 통해 자신이 저지른 일을 보면, 아득한 기분이 들며 모골이 송연해졌다.

내가 무슨 짓을 한 거지….

그럴수록 보상에 집착했다. 후원금은 계속 커졌고, 암암리에 정치권과 언론의 연줄도 닿았다. 이쪽 세계로 발을 들이자 다시는 되돌아갈 수 없을 것 같았다. 그러나 절대 직접적으로 목소리를 내지는 않았다. 자신은 철저히 강길이라는 명(明) 속에 암(暗)으로 남고자 했다.

대신 태웅은 모래 늪 옆에 단단한 개미집을 짓는 것을 선택했다. 교회라는 외피를 입히고, 그들만의 네트워크를 무기로 삼았다. 그리하여 어떤 모래 폭풍에도 절대 쓰러지지 않을 요새를 구축했다.

그것이 태웅이 살아남은 방책이었다.

"우리가 탈출시킨 자들이 몇 명인지 알아? 그 사람들이 지금 그 지옥 같은 북한을 탈출해서 한국에서 얼마나 잘살고 있어! 공짜로 돈도 주고, 먹여주고 재워주고, 적응할 때까지 직업교육도 시켜준다고. 그럼 된 거 아냐?"

기훈은 그저 가만히 듣고만 있었다. 그럴수록 태웅의 말이 빨라졌다. 봇물 터지듯 쏟아져나오는 말들을 스스로도 제어하지 못했다. 그동안 꾹꾹 눌러왔던 생각들이었다. 누구에게도 하지 않은 말이었다. 태웅은 조금씩 마음이 후련해지는 기분마저 들었다.

"그래, 그 과정에서 몇 명, 그래, 일부 희생이 있었던 점은 인정해. 그 점에서 그, 그, 소대장, 아니 그….."

감정이 격해진 태웅은 말까지 더듬었다.

"김기훈입니다."

"그, 그래! 기훈 씨, 기훈 씨 일은 좀 그렇게 됐지만, 그 덕에 더 많은 탈북자들이 여기서 사람답게 살고 있는 거 아니겠어?"

그가 왜 자신을 찾아왔는지 더욱 모르는 상태로 들어가는 것 같았다. 기훈의 표정에는 도통 변화가 없었다. 태웅은 그럴수록 손바닥이 축축해졌고, 이마에 맺힌 땀방울도 굵어졌다.

나의 신념은 틀리지 않았다. 나는 잘못되지 않았다. 그럴수록 이런 말을 주문처럼 되뇌었다.

"내 말이 틀렸나? 응? 내, 내가 구해준 사람이 몇인데! 대답해!"

"…왜 납니까?"

그제야 그의 말을 끊고 기훈이 물었다.

태웅은 말문이 막힌 채 한참을 침묵했다. 말을 쏟아내느라 벌렸던 입을 채 다물지 못했다.

그의 커다란 눈동자가 천장을 올려다봤다가 다시 기훈을 노려봤다. 질문 자체를 이해하지 못하겠다는 황당한 표정을 지었다.

내가 한 이야기를 다 듣고 한다는 질문이… 고작?

태웅은 허탈한 나머지 헛웃음마저 튀어나왔다. 기훈의 눈썹이 잠깐 꿈틀거렸다.

"이유가 어딨어?"

한껏 일으켰던 몸을 다시 소파에 뉘었다. 이미 불이 꺼진 담배를 재떨이에 비벼 끄고 다시 담배를 꺼내 불을 붙였다.

고작 이 정도 남자한테 무슨 열을 낸 건가.

"그냥 그렇게 된 거야."

여유를 찾자 길게 연기가 뿜어져 나왔다. 한편으로 맥이 빠지는 기분이었다.

그때, 기훈이 품속에 손을 집어넣었다. 태웅이 깜짝 놀라 벌떡 일어서며 리볼버를 꺼냈다.

"뭐야! 내 잘못이 아니라니까!"

"목사님!"

경희가 깜짝 놀라 외쳤다. 태웅이 들고 있는 총구의 끝이 제멋대로 떨렸다. 그러나 기훈은 요란하게 흔들리는 총구 앞에서도 침착했다. 그가 천천히 품속에서 꺼낸 것은, 핸드폰이었다.

"미제가 성능이 좋습니다."

기훈이 버튼을 누르자 태웅의 목소리가 재생되었다.

화가 치밀오르는 태웅의 눈이 화악 커졌다. 뭔가 말을 하려 했지만 부들부들 떠는 입에서는 정체불명의 단어들만 새어 나올 뿐이었다.

제대로 말을 만들지 못한 채 한 발 다가서며 총구를 기훈에게 더 들이밀었다.

"나 쏴도 소용없습니다. 구름인지 뭔지로 자동 저장됩니다. 기자들한테 메일로 예약도 걸어놨습니다."

"사탄… 오, 주여…."

경희가 무릎을 꿇고 기도했다.

"남조선에서 살아가려면 배워야 할 게 많더랍니다."

태웅이 털썩 소파에 다시 주저앉았다.

이렇게 쉽게? 이렇게 쉽게 물렸다고? 믿을 수 없었지만 분명한 건 있었다.

끝이다. 태웅은 앞으로 불어닥칠 모래폭풍을 떠올렸다. 그의 요새도 결국 모래성일 뿐이었다. 순식간에 무너져갈 요새를 떠올리자 깊고 아득한 절망감으로 속절없이 빠져들었다.

그러다 문득 지금까지와는 다른 기분이 슬며시 바람을 타고 전해졌다. 열어둔 창문 때문일까. 태웅은 담배를 내려놓고 비척비

척, 창문으로 걸어갔다.

오랜만에 미세먼지가 걷힌 맑은 봄날이었다.

19대 총선에서 승리한 여당 소속 강길은 4선에 성공하며 국방 정책실장을 겸하게 되었다. 유력 중진의원인 그는 상당히 강경한 대북정책으로 유명했다. 항간에서는 중요한 선거철마다 터지는 대규모 탈북 사건이 그의 작품이라는 루머가 돌았다.

강길 측은 그런 이슈가 터질 때마다 음모론이라며 일축했고, 커뮤니티 글이나 기사들은 금세 삭제되었다. 이번 총선에서도 여당은 과반 의석을 차지하며 강길의 강경 대북 기조에 힘을 실어 줬다.

국회 개원 직후, 정부 정책 브리핑을 겸한 기자회견이 국회의원회관 대강당에서 열렸다.

회의장은 전국 방송사의 카메라와 취재진으로 가득 차 있었고, 강길의 발언은 뉴스 채널을 통해 실시간 생중계되고 있었다.

강길은 단상에 서서 변함없는 군사력 강화와 한미동맹을 바탕으로 한 강력한 국방 정책을 약속했다.

그때 기자석 뒤편에서 휴대폰 진동음이 연달아 울리더니 기자들 사이로 웅성거리는 소리가 커졌다.

발언을 마치고 강길이 단상에서 물러나자, 대변인이 기자들 질문을 받기 위해 단상에 올라섰다. 그러나 기자들의 질문은 바로 나오지 않았다. 그들은 질문보다는 서로 바쁘게 의견을 교환하는 데 더 신경을 쓰는 것 같았다.

핸드폰과 메일 알림이 쉴 새 없이 울렸다. 보좌관이 대변인에 게 다가와 귓속말을 했다. 기자회견장을 나가던 강길에게도 관계 자가 다가가 핸드폰을 보여줬다.

카메라는 아직 중계 화면을 돌리지 않았다. 그 바람에 강길의 굳어가는 표정이 실시간으로 전국에 중계되고 있었다. 그리고 그 제야 기자들이 일제히 손을 들어 기획 탈북에 대해 앞다퉈 질문 을 던졌다.

"의원님! 그동안 기획 탈북을 주도한 것이 의원님과 모 교회 목 사라는 녹취가 나왔습니다. 이에 대한 의견 있으십니까!"

"교회에 흘러 들어간 자금에 대한 출처를 밝혀주십시오!"

"국민을 기만한 정치 공작 아니냐는 의혹에 답해주십시오!"

강길은 가슴이 철렁 내려앉는 것만 같았다. 지금은 어떤 선택 도 의미가 없었다. 일단 회견장을 무사히 빠져나가는 게 우선이 었다. 특종의 냄새를 맡은 기자들은 아예 기자석에서 일어나 강 길을 붙잡기 위해 국회 복도로 달려 나갔다.

몇몇은 단상 위의 대변인을 향해 마이크를 들이댔지만, 그가 해줄 수 있는 말이 있을 리 없었다. 아수라장이 된 회견장의 중계 화면이 꺼졌다.

민철은 최신형 TV들이 전시된 쇼윈도 앞에 서서 광고로 전환된 화면을 지켜보고 있었다. 대한민국에 도착한 지 2년. 중학교 교복을 입은 민철은 그사이 키가 훌쩍 자라 있었다.

나이에 비해 작은 덩치였지만 지금은 살도 붙어 또래들과 비슷한 체격이 되었다.

경기도 안산시 외곽에는 대안학교가 있었다. 중고등학교 과정을 모두 들을 수 있는 이곳은 기숙사도 딸려 있어 청소년 탈북자들을 교육, 관리하기에 수월했다.

교복을 입고 기숙사 건물로 후다닥 들어선 민철은 방에 들어가기도 전에 2층 복도의 공용 컴퓨터부터 켰다. 자신의 계정에 로그인하고 메일을 썼다. 이제는 컴퓨터를 다루는 것도 꽤 익숙해졌다.

민철은 2년째 꾸준히 은실에게 안부 메일을 보내고 있었다. 답장은 한 번도 받지 못했다. 최근에는 일주일에 한 번 정도 보내던 것을 한 달에 한 번 정도로 빈도를 줄였다. 학업에 바쁘다는 핑계를 떠올렸지만, 조금씩 희망이 사라져가고 있다는 것을 스스로도 느끼고 있었다.

오늘은 오랜만에 시내에 나가서 피시방을 다녀왔습니다.
게임은 별로 취미 없는데 반 친구들이 항상 게임 이야기만 해서.

민철은 빠르게 타이핑을 치던 손가락을 멈추고 조금 전 피시방 문 앞을 서성이다 돌아 나왔던 때를 떠올렸다. 좋아하지 않는 게

임에 쓰는 돈이 아까웠다. 억지로 하더라도 친구들과 어울릴 자신도 없었다.

잘하지는 못하지만, 열심히 하고 있습니다. 하다 보니 재밌습니다.

민철은 친구들에게 주워들은 지식으로 게임에 대해 구구절절 늘어놓았다. 단조롭기만 한 일상 이야기는 충분히 반복했다.

민철은 즐거울 수 있었던 때를 떠올렸고, 즐거울 수 있을 때를 상상했다. 그렇게 메일함에는 거짓이 차곡차곡 쌓여갔다.

메일을 다 써 내려갈 때쯤, 기숙사 관리인이 찾아왔다.

"민철 학생, 누가 찾아왔는데."

2년 동안 처음 있는 일이었다. 누구지? 엄마? 그럴 리가 없었다. 국정원에서 심문을 받을 때도 요청했고, 학교에 다니면서도 틈틈이 어머니의 흔적을 찾아봤지만 어떤 실마리도 찾을 수 없었다.

그래도… 혹시?

희망을 품지 않으려 하면서도 계단을 내려가는 발걸음이 빨라지는 건 어쩔 수 없었다.

1층 현관에서 급하게 신발을 신느라 한쪽이 벗겨졌지만, 상관없었다. 어느새 민철은 달리고 있었다.

현관문을 열고, 정문으로 향하면서 발걸음이 느려졌다. 혹시 나를 알아보지 못하면 어떡하지? 나를 팔아버린 게 맞다고 하면? 다리는 계속 움직였지만, 불안감은 더 빨리 커졌다. 그제야 신발이 벗겨진 왼쪽 발바닥이 시멘트 바닥과 닿는 통증이 느껴졌다.

기숙사 정문에 도착했다. 뜻밖이지만, 익숙한 얼굴이었다. 어머니는 아니었지만 실망하지 않았다. 어쩌면 어머니를 만날 준비는 아직 충분히 되지 않았는지도 몰랐다. 민철이 어색하게 다가가자 상대방도 어색하게, 하지만 환하게 웃으며 반겨줬다.

민철도 환하게 웃었다.

"많이 컸네."

민철은 눈물이 울컥 쏟아지는 걸 감추려 기훈의 품에 얼굴을 파묻었다. 언제고 오기를 기다린 사람, 기훈이었다. 고대하던 그가 찾아왔다.

불안감이 가시면서 반가움과 뒤섞인 복잡한 기분이 들었다. 왜 눈물이 쏟아지는지는 자신도 몰랐다.

잠시 어찌할 줄 모르던 기훈의 손이 민철의 등을 토닥였다.

민철은 두꺼운 굳은살이 잔뜩 박힌 기훈의 투박한 손이 너무도 따뜻했다. 이렇게 등을 어루만지는 따뜻한 손길이 얼마 만인지 몰랐다.

10

겨울이 다 되어야 솔이 푸르름을 안다[14]

해경의 스포트라이트가 쏟아질 때 은실은 몇몇 얼굴을 떠올렸다. 지은, 정마담 그리고 기훈….

은실은 떨고 있는 민철을 꼭 끌어안았다. 그리고 마지막 말을 조용히 속삭였다. 무슨 말인지 민철이 상황 파악을 하기도 전에 그녀는 배에서 벌떡 일어났다.

"여기요! 여깁니다!"

"뭐합니까! 앉아요!"

깜짝 놀란 녹이 소리쳤지만 아랑곳하지 않았다.

"여기요! 여기! 내가 조국에서 탈출한 사람입니다. 내가! 먹고 살자고! 그냥 살라고 탈출했단 말입니다! 하루에 열 명한테 다리 벌리면서, 그렇게 모은 돈으로! 내 여기 아랫도리를 써서! 가진

---

14) 어려운 때를 당해야 사람의 진가를 알 수 있다. (출처: 사단법인 남북나눔)

게 이거밖에 없어서…! 그렇게 탈출했습니다!"

은실이 옷을 벗기 시작했다. 너무 당황한 녹은 더 이상 은실을 말리지도 못했다. 해경은 알아듣지도 못하겠지만 은실은 정제되지 않은 속마음을 쏟아냈다.

"그냥 살고 싶었을 뿐이라고! 사람하고 같이!"

속옷까지 벗은 은실이 준비해 온 비닐에 옷가지를 집어넣었다. 오두막에서 박에게 부탁해 받아놓은 비닐이었다.

"민철아! 먼저 가라!"

해경을 향해 소리쳤지만, 민철은 자신을 향해 외치는 거라는 걸 알아들었다.

"곧 만나러 갈게! 나는… 꼭 약속 지킬 거야!"

은실이 배에서 뛰어내렸다. 옷가지가 든 비닐을 튜브 삼아 쪽배의 반대쪽으로 헤엄쳐 갔다. 해경의 스포트라이트가 은실을 따라 움직였다.

녹은 순간적으로 어둠 속에 묻힌 자신의 배와 은실 그리고 민철을 번갈아 봤다. 민철이 입술을 꼭 깨물었다. 울음을 꾹 참고 있었다. 자신이 해야 할 일을 알고 있는 표정이었다.

녹은 최대한 해경의 눈에 띄지 않게 조용히, 하지만 온 힘을 다해 태국 땅을 향해 노를 저었다.

살아라.

민철은 은실이 마지막으로 전해준 목소리를 꼭 붙들고, 가까워지는 태국 땅의 노오란 빛을 바라봤다.

기훈은 차 안에서 은실의 마지막 모습을 전해 들으며 기분이 착잡해졌다. 괜스레 한숨을 쉬며 핸들을 고쳐 잡았다.

"그 뒤로는 아무 소식도 없었는가?"

민철이 고개만 가만히 끄덕였다. 덩치는 커졌지만 여전히 말이 없는 아이였다.

"근데 우린 어디 갑니까?"

"일단 통일부로 한번 가보자."

민철을 찾아온 기훈은 의외의 제안을 했다. 민철의 어머니를 찾으러 가자는 것이었다. 국가기관의 호의를 마냥 기다려봤자 아무런 답도 들을 수 없을 것이라고 했다. 직접 찾으러 가자, 남조선 새끼들을 어떻게 믿니, 하며 기훈다운 말도 덧붙였다.

기훈은 일종의 책임감을 느꼈다. 살기 위해서 강을 건넜지만 죄를 지었다. 많은 사람들이 죽었다. 자의든 타의든 그의 손에 묻은 피는 지워지지 않았다.

대한민국 정부는 방침에 따라 그의 과거 죄를 묻지 않았지만 그런다고 밤마다 시달리는 악몽을 떨칠 수는 없었다. 꿈속에서 그는 수없이 죽었고 수없이 죽였다. 그럴 때마다 흘리는 피의 양은 늘어만 갔다.

명식의 차를 타고 몽골의 사막을 건넜다. 돈이 필요할 땐 구걸도 서슴지 않았다. 공안 경찰의 손길이 닿지 않는 외진 길로만 따라갔다. 혼자서 일 년 넘게 길을 헤매고 또 헤맸다. 생각할 시간이 많아도 너무 많았다.

중간에 차가 퍼지자 걸어가야 했다. 물 한 방울 마시기 힘들었다. 몽골 주민들이 이따금 내민 도움의 손길 덕에 죽기 직전에 살아나고는 했다. 시도 때도 없이 운주의 얼굴이 떠올랐다.

그때 내가 운주에게 손 내밀지 않았다면…. 운주는 내 손을 어떻게 기억할까.

태웅과 나는 무엇이 달랐던가. 노인과 꽃제비에게 했던 짓은 또 어떤가.

어쩔 수 없는 건 어쩔 수 없는 거다.

기훈은 자신을 저주했다. 죽을 고비를 몇 번 넘기자 끊임없이 되새기던 운주의 목소리가 계시처럼 들리기 시작했다.

사람은 사람하고 같이 살아가는 거다. 사람이 사람이 되는 걸 포기하면 안 된다.

운주의 마지막 말을 꼭 붙들고 사막을 걸었다. 그것만이 죽음의 문턱에서 괴물로 죽지 않는 유일한 방법이었다.

어디가 어디인지도 모르는 고비사막 한가운데서 해가 넘어갔다. 모래바람을 이겨내며 뿌리를 내리고 자기만의 영토를 차지한, 드문드문 자리 잡은 키 작은 풀과 바위들을 제외하면, 눈앞에 보이는 것이라고는 끝없이 펼쳐진 지평선뿐이었다. 기훈은 어디로든 갈 수 있었지만, 어디로도 갈 수 없는 벌판에 서서 아득해지는 기분을 느꼈다.

지친 기훈은 그대로 쓰러졌다. 급격히 떨어지는 기온마저 어쩐지 느껴지지 않았다. 무감각해진 몸은 죽음을 받아들일 준비를 하는 것 같았다.

저기 저 해가 다 떨어지면, 나는 죽을 것이다.

기훈은 삶의 마지막 풍경이 될 노을을 눈에 담았다. 뭐 어떠랴. 이런 장관을 마지막 장면으로 기억하며 죽는 것도, 나쁘지 않네.

체온이 급격하게 떨어지는 걸 느꼈다. 눈꺼풀마저 제대로 움직이지 않았다. 기훈은 갑자기 지독한 외로움에 사무쳤다. 넓고 광활한 사막 한가운데 쓰러져 있는 비루한 자기 몸뚱이가 보였다. 어둠 속에서 줄곧 자신을 따라다니던 눈동자가 다가왔다. 그것은 공포였다.

죽고 싶지 않다. 이렇게 죽고 싶지는 않다.

기훈의 눈에서 눈물이 한 방울 흘러내렸다. 눈앞의 모래가 눈물이 닿자 진하게 뭉쳐졌다.

눈물은 내려가고 술잔은 올라간다지 않습니까.

지독하게 술 한잔이 그리워졌다. 눈물과 술로 밤을 적시고 사람들과 어울리고 싶었다. 기훈은 꺼져가는 목소리로 흐느꼈다. 강하게 몰아치는 바람은 냉담하게 그 소리도 묻어버렸다.

기훈이 공안 경찰이 아닌 몽골 초소 근처를 순찰하던 군인에게 발견된 것은 기적 같은 일이었다. 기훈은 깜빡깜빡 사라졌다 돌아오는 정신 속에서 자신의 양팔을 부축해 끌고 가는 두 사람의 체온을 느꼈다. 따뜻했다. 얼핏 군복이 보였다.

기훈은 국경에서 자신의 군복 외투를 입혀준 아이를 떠올렸다. 그러자 창호와 순희의 얼굴이 자연스레 따라왔다. 이번에는 참혹한 시신의 모습이 아니었다.

기훈이 두 아이에게 빵 조각을 나눠준 뒤 몸을 돌리는데, 멀리 들려오는 총소리를 듣는다.

탕.

그는 발길을 돌린다. 아이들에게 돌아간다. 그리고 날이 밝기 전에 저기 보이는 4초소와 5초소 사이로 가라고 한다.

아이들이 멀뚱멀뚱 기훈을 바라보기만 한다.

기훈은 어쩔 수 없이 아이들을 데리고 직접 그곳으로 향한다. 푹푹 패는 눈이 발걸음을 더디게 만든다.

감시가 허술한 틈을 타 두 아이를 얼어붙은 강바닥에 내려보낸다. 그전에 자신의 외투를 벗어 순희에게 입혀준다. 털모자를 벗어 창호에게 씌워준다. 주머니를 뒤져보니 무언가 만져진다.

1달러짜리 지폐 두 장. 꼬깃꼬깃해진 지폐를 창호에게 쥐여준다. 두 사람이 강을 건널 때까지 강변에 서서 아이들을 지켜본다.

멀리 어둠 속으로 아이들이 사라지기 전에, 두 사람이 손을 흔든다. 흔들고 있는 것 같다. 흐릿해진 시야로 인해 정확히 보이지 않는다.

기훈도 마주 손을 흔든다. 아이들이 볼 수 있는지 모르지만, 중요하지 않았다. 기훈은 어깨의 힘이 다할 때까지, 계속 흔든다. 자신의 죄와 과오를 향해, 후회와 회환을 향해.

얼음 위 산양이 기훈을 빤히 바라본다. 눈을 피하지 않고 마주 봤다.

산양이 입을 크게 벌렸다. 금니가 반짝, 빛났다.

식은땀을 흘리며 눈을 떴다. 눈물도 흘렸는지 눈 옆이 뻐근했다. 푹 젖은 베개를 밀어내며 몸을 일으켰다.

몽골의 국경수비대 의무실에서 눈을 뜬 기훈에게 의무관이 다가왔다. 그가 하는 말을 알아들을 수는 없었지만, 그의 표정과 몸짓에서 직업적인 익숙함 속에 깃든 호의를 느낄 수 있었다.

기훈은 울란바토르의 주몽골 대한민국 대사관으로 향하는 트럭 안에서 그를 구조했던 군인들을 만날 수 있었다. 눈썹이 짙고 단단한 턱이 인상적인 남자가 무언가 이야기했다.

모두 알아들을 수는 없었지만, 이 말만은 어쩐지 알 것 같았다.

"Амьд үлдсэнд баяртай байна(살아 있어서 다행이야)."

그날 이후, 기훈은 다른 사람들과 함께 살아가기로 결심했다. 그러기 위해서 더 이상 죄를 짓지 말아야 했다. 그리고 속죄를 위해 다른 사람들을 도와주며 살아야 했다.

임시수용소를 거친 뒤 한국행 비행기 좌석에 앉아 기훈은 해야할 일과 마무리 지어야 할 일들을 떠올렸다.

기훈에 대한 국정원 조사는 꽤 오랜 시간이 걸렸다. 생계를 위해 탈출하는 일반 사람들과는 달랐다. 명색이 국경을 수비하는 장교 출신이었다.

정보원을 통해 리정진의 중대장 취임과 국경의 상황이 기훈의 증언과 일치함을 확인한 후에야 본격적인 남한 생활을 시작할 수 있었다. 리정진의 이름을 들을 때는 본능적으로 온몸이 움츠러들었다. 금니의 잔상은 그러고도 꽤 오래갔다.

통일부에서는 원론적인 답변만 들었다.

약 5년의 탈북자들에 대한 신변보호 및 지원기간 동안 담당 업체는 계속 변하는데, 지자체에서 경찰로 넘어가고, 이후 고용노동부의 관리를 받게 된다.

가, 나, 다 군으로 분류되어 중요도 순으로 관리와 보호의 수준이 달랐다. 일반인 신분으로 위험성이 없었던 민철의 어머니는 다 군으로 분류되었다.

만성적인 인력 부족에 시달리는 시스템상 다 군으로 분류된 사람들의 관리는 허술할 수밖에 없었다. 이런 문의는 수백 번씩 받아봤다는 것처럼 안내원은 심드렁한 표정이었다. 그러곤 마지막 거주지가 경남 김해시였다는 것밖에 확인해줄 수 없다는 입장만 반복했다.

기훈은 화가 끓어올랐지만 꾹 눌러 담았다. 민철이 눈치 빠르게 기훈을 말린 덕이었다. 마음을 고쳐먹고 담당자에게 사정해서 간신히 지역보호 담당관의 연락처를 받을 수 있었다.

경남이라니….

그 먼 곳까지 왜 갔던 것일까. 여러 가지 의문이 꼬리에 꼬리를 물고 일었지만 가보지 않는 이상 답은 알 수 없었다. 기훈은 여정이 예정보다 길어질 것을 각오하고 남쪽으로 향했다.

평생 가정을 가져본 적 없는 무뚝뚝한 삼십 대 중반의 남자와 갓 사춘기에 접어든 남자아이의 동행은 예정된 어색함을 동반했다.

정착지원금 중 꽤 많은 돈을 사용해 급하게 중고차부터 구입했는데, 좁은 실내는 가뜩이나 어색한 두 사람의 물리적 거리마저 가까워지게 했다.

학교생활은 어떠니? 그냥 그래요. 공부는 잘하니? 그럭저럭.

기훈은 질문을 하면서도 부모도 아닌데 왜 자신이 이런 질문을 하고 있는가 싶어 결국 입을 다무는 쪽을 선택했다.

한 번 입을 다물고 정적을 견디고 나자 나름 이런 침묵도 괜찮은 것 같다는 생각도 들었다. 그 뒤로 꼭 필요한 얘기 외에는 차 안에서 거의 말을 나누지 않았다.

그럼에도 기훈이 민철에 대해 몇 가지 알게 된 점이 있었다. 그걸 메모까지 해두었다.

먹을 것에 약하다. 특히 라면과 돈가스에 환장한다.

게임을 싫어하고 소설 읽는 것을 좋아한다. 주로 무협과 로맨스물.

만화책도 좋아한다. 장르는 마찬가지로 무협이거나, 학원물이다.

목욕탕을 극도로 싫어한다.

마지막 이유는 잘 몰랐지만 중간에 잠깐 들른 옷 가게 탈의실에서 민철이 옷을 갈아입을 때 얼핏 짐작할 수 있었다. 2년이나 지났지만, 아직 그의 몸 곳곳에는 보기 흉한 상처가 남아 있었다.

잘은 모르겠지만 혹시 정말 민철이 어머니를 재회하게 될지도 모르는 상황을 가정해야 했다. 최대한 깔끔하고 단정하게 보여야 할 것 같아 기훈은 위아래 맞춰 옷을 사줬다.

옷값을 계산하는 동안 민철은 우두커니 선 채 가게 안을 둘러보았다. 기훈은 아이가 떠올리고 있는 사람이 누군지 짐작했지만, 묻지 않았다.

"옷은 그만하면 됐고, 밥 묵어야지?"

베이지색 폴로 셔츠에 면바지를 입은 민철은 어색한 표정을 감추지 못했다. 검은 티셔츠에 청바지 정도만 입고 다녔던지라 영 불편한 기분이었지만, 기훈의 뿌듯해하는 얼굴을 보니 내색하기도 어려웠다.

"왜 이리 잘해줍… 니까?"

조금 남아 있는 함경도 억양이 툭 하고 튀어나오려다 멈칫했다. 민철은 학교 밖에서는 완벽한 서울말을 구사하려 했다.

"일 없다. 은실 동무였어도 똑같이 했을 기야."

은실의 이름이 나오자 두 사람은 다시 숙연해졌다.

"밥이나 묵자. 뭐 먹고 싶니?"

기훈이 분위기를 바꿀 요량으로 물었다. 그러면서 일부러 주변을 휘휘 둘러봤다. 국도를 타고 내려가다 잠깐 들른 작은 마을이었다. 상권이 작아 음식점이 많지 않았다. 민철이 손가락으로 가리킨 곳에는 '김밥천국'이라고 써진 색 바랜 주황색 간판이 있었다.

"여기나 저기나 천국 참 많네."

기훈은 김밥을 입에 두 개씩 집어넣으며 우물거렸다.

민철은 어머니의 얼굴을 정확하게 기억하지 못했다. 이름은 채화영, 지금이면 대략 30대 초반 정도 되었을 것이다.

대화가 없는 가족이 흔히 그러하듯 민철에게도 화영은 그저 어머니일 뿐, 자라온 환경이나 개인적인 이야기는 거의 알지 못했다.

도리어 화영이 민철을 버리고(민철의 말로는 잠시 집에 두고) 국경을 넘고 나자 사실 여부와 무관하게 주변 이웃들이 수군대는 말을 통해 더 많은 정보를 알게 되었다.

화영은 어린 나이에 홀로 고향인 함북 청진에서 민철을 낳았다. 그로 인해 동네에서는 많은 얘기들이 오갔는데, 가장 사실처럼 받아들여진 건 중앙당 간부의 첩으로 평양에서 풍족한 삶을 살다가 민철을 가지게 되었고, 낙태를 종용했지만 화영이 거부하자 버려지게 됐다는 것이다.

그나마 남자가 몰래 보내오던 지원금으로 고향에서는 어렵지 않게 살았지만, 정실이 아들을 낳게 되면서 그나마 재정지원도 끊기게 되었다고 했다. 그 뒤로 장마당을 전전하다 생활고를 견디지 못해 탈출했다는 것이다.

장마당은 공식적으로 당에서 불법으로 규정했지만 중앙당의 영향력이 약한 시골에서는 암암리에 성행했다. 심지어 지역 사회 안전군도 단속하기보다는 눈감아주며 이득을 챙기는 경우가 허다했다.

화영이 사라진 뒤 민철은 어깨너머로 배운 것을 활용해 장마당에서 간신히 생활을 이어 나갔다. 주로 심부름하거나 물건을 배달하고 수고비 명목으로 몇 푼 받는 거였다.

민철이 쑥스러워하며 얘기한 화영의 특징은, 예뻤다는 것이다. 이웃들도 그렇게 얘기했다고.

중앙당 간부의 첩이면 그랬겠지 생각하면서도 기훈은 다른 특징이 있는지 물었다. 그러자 왼쪽 네 번째 손가락이 길고 안쪽으로 좀 휘어 있다고 했다. 집에서는 거의 대화를 나누지 않았지만 장마당을 갈 때 자기 손을 잡고 가던 엄마의 손은 자세히 볼 수 있었기에.

부드럽고 작은 손. 그 손도 시간이 갈수록 거칠고 앙상해져 갔다고.

민철은 주머니에서 마지막으로 화영이 남긴 쪽지를 보여줬다. 그 고된 탈출 과정에서도 잃어버리지 않고 고이 간직했던, 그래서 꼬깃꼬깃 구겨지고 잉크도 상당히 번져 있는 쪽지.

잘 지내고 있어라.

기훈은 그림 그리듯 쓴 글씨를 보며 아마 화영은 글을 읽을 줄 몰랐을 것이라고 확신했다. 복무하던 곳에서도 글씨를 모르는 병사들이 꽤 많았는데, 이미 써진 글을 그림 그리듯 쓰던 글씨체와 비슷했다. 아마… 자신이 받았던 쪽지를 그대로 따라쓴 것이 아니었을까. 중앙당에서 마지막으로 왔을 쪽지.

그런 생각을 입 밖으로 뱉지는 않았다.

고용노동부 산하에서 김해시도 함께 관할하는 양산지청에서 만난 담당관은 그나마 통일부 직원보다는 친절했다. 20대 후반 정도 되어 보이는 앳된 여직원이었는데, 부서에 발령받은 지 얼마 되지 않은 듯 자료를 찾는 데 한참 걸렸다.

옆자리에 앉은 남직원이 이쪽을 계속 흘긋거리며 미심쩍은 시선을 던졌다.

"그런데, 채화영 씨하고는 무슨 관계십니까?"

"어머닙니다."

"아니, 학생 말고 그쪽."

민철의 대답에 남직원이 턱으로 기훈을 가리켰다.

기훈이 천장을 보며 잠시 고민했다. 남조선의 형광등은 너무 밝아서 마음에 들지 않았다. 해가 저리 중천에 떠 있는데 전기 낭비는 또 얼마나 심한가. 은실이라면 어떻게 얘기했을까.

"친구 어머니입니다."

"네?"

기훈이 민철을 가리키며 다시 한번 힘주어 얘기했다.

"여기, 친구. 채화영 동무는 친구 어머니."

남직원이 헛웃음을 지었다.

"친구한테 약속했습니다."

기훈은 친구라는 단어의 어감이 썩 마음에 들었다.

해영중공업은 뜻밖에도 김해가 아닌 창원에 있었다. 양산지청

여직원이 모아준 정보와 해당 주소지 그리고 화영의 남편이 일했던 해영중공업에도 찾아가 들은 정보를 바탕으로 화영의 경로를 추측해보자면 이러했다.

화영은 같은 탈북자 출신의 남편을 만나 결혼했다. 남편은 당시 불황을 맞았던 조선업 시장에서 해양플랜트 붐이 일어났을 때, 대형 조선소에 시추선 부품 납품을 하던 하청업체인 해영중공업에 취직하게 되었다.

비정규직이었지만 미래가 밝은 사업이라는 언론과 동종업계의 분위기에 휩쓸려 거주지까지 옮기고 화영도 함께 이주했다. 하지만 경남의 대도시였던 창원의 월세를 감당할 엄두를 내지 못한 두 사람은 버스로 한 시간 거리에 있는 김해시에 월셋집을 구했다.

비슷한 처지의 두 사람은 동료들 사이에서도 서로 의지하고 신뢰하며, 사이좋은 부부로 통했다. 하지만 생활 여건은 나날이 악화되고 있었다.

선박 건조를 주로 하던 한국의 조선소들이 갑작스레 뛰어든 해양플랜트 사업은 경험 부족에서 비롯된 잦은 납기 연기와 품질 저하 등의 어려움을 겪으며 경쟁력을 잃어가는 중이었다. 그러면서 많은 중소 조선소의 부도가 속출했고, 빠르게 대형 조선소들에 자산을 매각하며 떠나거나 차선의 자구책으로 합병되어 갔다.

그 과정에서 정리해고를 당한 남편은 낙심했고, 갈피를 잃은 그는 점점 술에 빠져들게 되었다.

기훈은 이 대목에서 그녀 이야기의 결말을 예상할 수 있었다.

다시 안산시로 향하는 차 안에서 기훈은 자신의 결정이 잘한 것인지 의문이 들기 시작했다. 몰랐다면 더 좋았을 것들을 괜히 들춘 것은 아닐까 걱정되기도 했다. 민철은 더욱 말이 없어졌다.

해가 뉘엿뉘엿 지고 있는 안산시로 접어들며 두 사람은 근처 삼겹살집으로 향했다. 라면도 돈가스도 먹기 싫다고 하는 민철에게 고기라도 먹여야겠다는 생각에 기훈이 데리고 간 것이다.

바닥이 미끌거리는 허름한 고깃집 철판에 냉동 삼겹살이 익어 가는 소리가 울려 퍼졌다. 드문드문 동네 사람들로 보이는 손님들이 시끄럽게 떠들고 있었지만, 두 사람 테이블만은 조용했다. 소주를 마시고 싶은 것을 꾹 참고 고기를 뒤집었다.

"먹으라."

민철은 젓가락을 깨작깨작하며 몇 점 집어 먹더니 이내 내려놓았다.

고기가 타면서 검은 연기가 자욱하게 올라왔다. 기훈도 고기 굽기가 익숙하지 않았다.

"조국에서는 먹지도 못했던 고기 아니니! 빨리 먹으라!"

김해에서부터 올라오며 다섯 시간 넘게 이어진 침묵에 기훈이 결국 폭발했다.

"내가 언제 고기 먹고 싶다 했습니까!"

민철이 벌떡 일어나며 테이블이 크게 흔들렸고, 서비스로 나와 있던 김치찌개 국물이 민철의 베이지색 폴로 셔츠에 튀었다.

깜짝 놀란 기훈이 티슈를 다급하게 뽑다가 손을 닦았던 물티슈를 셔츠에 갖다 댔다. 이미 벌건 국물이 물들어서 지워지지 않았다.

"아이고 새 옷을… 아까워서 어쩌니."

아마 진하게 얼룩을 남길 게 뻔했지만 기훈은 연신 그렇게만 중얼거리며 물티슈를 하릴없이 벅벅 문질러 댔다. 그것 외에는 할 수 있는 게 없었다.

민철의 몸이 떨리고 있는 게 느껴졌다. 기훈은 슬쩍 고개를 들어봤다. 민철이 울음을 꾹 참고 있었다. 못 본 척 다시 열심히 옷을 닦았다.

지워지지 않는 얼룩을 닦고 닦고…. 어쩐지 눈을 마주치면 자신도 울음이 터질 것 같아, 허망한 손짓만을 계속 반복했다.

고깃집 사장은 노골적으로 불쾌해하며 돈을 거슬러줬다.

두 사람의 소란 이후 가게가 조용해지더니 이내 수군대는 소리가 들려왔다. 근처에 대안학교가 있다는 것 자체를 좋아하지 않는 듯했다. 집값이 떨어진다는 둥, 애들 교육에 안 좋다는 둥, 빨갱이라는 둥….

기훈은 민철의 말수가 점점 줄어들고 내성적으로 변해버린 것이 이해되었다. 왜 그렇게 필사적으로 서울말을 익히려 했는지도. 이 모습이, 우리가 그렇게 목숨을 걸고 넘어온 천국의 모습인가.

기숙사 근처에 유일한 프랜차이즈 카페에 들어가 커피 한 잔과 오렌지 주스를 시켰다. 기훈은 민철이 화장실에서 옷을 갈아입고 나오는 동안 자리에 홀로 앉아 기다렸다. 커피잔을 빤히 보기만

할 뿐 입엔 대지도 않았다. 이 씁쓸하고 검은 물은 좀체 적응되지 않았다.

꽤 시간이 지나고 민철이 기존의 검은 티셔츠와 청바지를 입고 나타났다. 눈가가 충혈되어 있었다. 기훈은 아무것도 묻지 않았다.

"내 가다 버릴 테니 달라."

기훈이 손을 내밀었지만 민철은 선뜻 내밀지 않았다. 폴로 셔츠와 면바지가 든 종이가방을 품에 끌어안은 채 우물쭈물했다.

"뭐 하니. 달라니까."

"버릴 거면 내가 가지면 안 됩니까."

민철도 어느새 함북 사투리를 자연스레 쓰고 있었다.

"더러운데 뭣 하러. 새로 하나 사주마."

"…편합니다."

의외의 말에 기훈이 민철을 내려다봤다.

"빨아서 잠옷으로라도 입을랍니다."

헛웃음이 나왔다. 그래도 새 옷인데 잠옷이라니. 그래, 그거라도 어딘가. 민철의 얼굴에 장난스런 미소가 떠올랐다.

"솔직히 색깔은 맘에 안 듭니다."

기훈이 너털웃음을 터뜨렸다. 민철도 따라 웃었다. 기훈은 민철의 마음만은 다치지 않길, 남한에서의 삶이 부디 평범할 수 있길, 진심으로 바랐다. 검고 씁쓸한 이상한 물 말고, 밝고 달콤한 오렌지 주스 같길.

서울로 향하는 꽉 막힌 고속도로에서 가다 서다를 반복하던 기훈은 갑작스러운 갈증을 느꼈다. 커피를 버리고 편의점에서 샀던 생수를 벌컥벌컥 마셨지만, 좀처럼 목마른 게 가시지 않았다.

앞차가 급브레이크를 밟자 덩달아 브레이크를 밟으면서 기훈의 차가 덜컹 흔들렸다. 기훈의 차 앞에서 가다 서기를 나란히 하던 독일산 고급 중형차였다. 브레이크 등이 유독 자주 깜빡이며 운전자의 초조한 기분을 드러냈다.

운전석 창문이 스르륵 내려가더니 불붙인 담배를 손가락에 끼운 두꺼운 팔뚝이 턱 하고 내밀어졌다. 담배 연기를 따라 시선을 올렸다. 거대한 방음벽 뒤로 고층 아파트들이 다닥다닥 늘어서 있었다. 불 켜진 창을 통해 TV 화면이 번쩍이거나, 천천히 거실을 오가는 사람들이 보였다.

기훈은 가슴이 답답해 창문을 내렸다. 시원한 바깥바람에 매캐한 매연이 함께 실려 왔다.

어쩔 수 없다.

끝없는 갈증도, 지루한 답답함도, 절대 풀리지 않으리라는 것을 이제는 기훈도 알았다.

기훈은 월세 집이 있는 대림동에 차를 댔다. 가로세로 두 대씩, 총 넉 대를 댈 수 있는 주차 자리 앞쪽 한자리만 남았다. 매일 아침 일찍 나가는 뒤차를 보며 또 새벽에 차 빼러 일어나야겠구나 싶은 생각이 들어 한숨이 나왔다.

밤새 악몽에 시달리느라 아침에 간신히 잠드는 나날이었다. 그러다 보니 아침 7시에 전화를 받고 차를 빼주는 일은 고역이었다.

5층까지 걸어 올라가야 하는 빌라를 올려다봤다. 복잡하게 얽힌 전깃줄을 쳐다보다 문득 4년 동안 한 번도 피지 않은 담배가 당겼다.

골목을 벗어나자 곧바로 큰길이 나왔다. 밤늦은 시각이었지만 유명 클럽이 주변에 있는 상권은 화려하게 차려입은 청년들과 술에 취한 중년 남녀들이 시끄럽게 뒤섞여 있었다.

편의점에서 나오며 담배에 불을 붙였다. 담배 맛이 원래 이랬나 싶을 정도로 강렬한 타격감이 느껴졌다. 목구멍이 따가워 기침을 몇 번 했다.

입구 옆에 놓인 '벼룩시장' 신문을 꺼내 들고 뒤적여 구인란을 살폈다.

"담배 하나만 주시라요….."

움찔 놀라 고개가 옆으로 휙 돌아갔다. 검은 원피스를 입은 여자가 술에 취한 듯 벽에 기댄 채 흔들거리며 앉아 있었다. 짧은 치마가 말려 올라가 속옷이 보일 듯했다.

이 동네에서 공화국 말을 하는 사람을 보는 건 그다지 어렵지 않았다. 오히려 비교적 흔한 편이었다. 하지만 왼손을 다친 듯 붕대를 팔꿈치 근처까지 감고 있는 묘한 차림이 기훈의 발걸음을 멈춰 세웠다.

기훈은 여자 옆에 슬그머니 쭈그리고 앉았다.

"공화국 사람입니까?"

여자가 알 수 없는 말을 중얼거리더니 피식 웃으며 머리를 이리저리 흔들었다.

그 덕분에 밝은 갈색의 단발머리가 넘어가며 얼굴이 조금 보였다. 화장을 진하게 했지만 대략적인 나이를 짐작할 수 있었다. 20대 후반에서 30대 초반 정도? 예쁜 외모를 오히려 화장이 가리고 있었다.

기훈은 여자의 손가락을 보고 싶었지만, 붕대 밖으로는 가운뎃 손가락만 살짝 삐쳐 나와 있었다.

기훈은 담배를 주는 대신 편의점에 들어가 숙취해소 음료를 사서 여자에게 건넸다. 그리고 셔츠를 벗어 아래를 덮어줬다. 여름은 끝자락이지만 밤은 때 이르게 쌀쌀해지고 있었다.

여자는 숙취해소 음료를 마시더니 그제야 기훈을 돌아봤다.

"내 스타일 아닌데 아저씬⋯."

다시 서울말이다. 기훈은 헷갈리기 시작했다.

"이름이 뭡니까?"

"알아서 뭐 하시게요."

여자가 피식피식 웃었다. 왜 웃는진 모르겠지만.

여자가 손가락 두 개를 들어 보이자 기훈이 한숨을 푹 쉬고는 담배를 끼워주고 불을 붙여줬다.

"어우, 이게 뭐야. 억수로 맛 없는 거 피는구만 기래."

서울과 경상도와 함북 억양이 골고루 묻어 나왔다.

"어쩌다 여기까지 왔습니까?"

한참을 끅끅대며 웃던 여자가 길게 담배 연기를 내뱉었다.

"거기는 온 지 얼마 안 된 거 같네요. 내 한 4년인가 5년인가. 기억도 안 나는데 그만큼 됐습니다. 아, 6년인가?"

여자가 자세를 바로잡고 앉았다. 머리카락을 귀 뒤로 넘기자 얼굴이 완전히 보였다. 울었던 듯 검은 눈화장이 번져 있었다.

"여기 와서 혼인도 하고 잘 지냈는데…. 그 간나 새끼가 술을 먹더니 나중엔 손도 댑디다. 내가 어떻게 여기까지 왔는데, 내 가족도 고국에 버려두고 목숨도 내놓고 왔는데…. 내가 왜 이런 꼴을 당하는가! …싫어서, 그래서! 도망쳤습니다. 아니, 도망친 게 아니지, 내가 그 새끼 버리고 나왔습니다!"

여자의 말이 취기에 그냥 하는 말인지 진담인지 기훈은 알 수 없었다.

"압니까? 5년 지나면 이제 남조선에서도 관리 안 해줍니다. 알아서 살라는 겁니다. 덜컥 겁이 나더라 이겁니다. 내가 뭘 하면서 살 수 있을까. 공화국서 왔다고 하면 줄 일도 안 줍니다. 지원금도 떨어져 가고…. 그래도 술을 마시면 낫습니다. 가족 생각도 안 나고, 뭐 이래 살다 죽어도 어쩔 수 없는 거 아니겠습니까."

여자의 말을 들으며 기훈은 시야가 밝아졌다. 긴 여정을 헤쳐오는 동안 머릿속을 자욱하게 떠다니던 안개가 걷히자, 해야 할 일이 또렷해졌다.

여자가 고개를 들어 기훈을 쳐다봤다. 기훈도 여자를 마주 봤다.

아니, 기훈은 운주를 보고 있었다. 처음 만났을 때, 그는 어두운 구류소 방 한구석에서 둥글게 몸을 만 채 흐느끼고 있었다.

기훈이 천천히 손을 내밀었다.

"김기훈이라고 합니다."

"뭐예요, 아저씨. 내 스타일 아니라니까."

그러면서도 기훈이 내민 손을 잡고 악수를 했다. 기훈은 자신의 손이 따뜻하게 느껴지길 바랐다.

"나하고 어디 같이 갑시다. 내가 도와줄 수 있습니다. 내일 아침에 여기서 다시 봅시다."

"뭘 어떻게 도와줘요. 내가 아저씰 어떻게 믿고."

"나도 남조선 사람은 못 믿습니다. 그래도… 내 친구가 그랬습니다. 사람은 사람하고 같이 살아가는 거라고."

못 말리겠다는 듯 고개를 흔들던 여자가 끙, 소리를 내며 몸을 일으켰다.

"하, 참…. 이게 어이가 없는데, 황당한데…."

여자가 머리를 벅벅 긁었다.

"핸드폰 줘요. 번호 줄게요."

여자가 다치지 않은 오른손으로 기훈의 핸드폰을 받았다.

붕대를 감지 않은 가운뎃손가락으로 꾹꾹 눌러 번호를 입력했다. 핸드폰을 돌려주면서도 '이게 맞나' 싶은 표정이었다.

기훈은 핸드폰을 받자마자 뒤도 돌아보지 않고 걸어갔다.

뜻밖의 단호함에 여자는 영문도 모른 채, 한쪽 다리가 조금 불편한 듯 걷는 그의 뒷모습을 오래 지켜봤다.

다음 날 청바지에 흰 티를 입은 수수한 차림새로 나타난 여자는 전날 비해 훨씬 눈부셨다. 얼핏 대학생처럼도 보였다.

"그래, 뭐 할 건데요, 이제?"

여자는 조금 신나 보였다.

"어디 같이 갈 데가 있습니다."

"나 납치하는 거예요?"

여자가 장난스레 물었다.

"납치한다고 얌전히 잡혀가겠습니까?"

납치라니, 그런 말을 함부로 하면 안 될 텐데. 공화국에서는 아이나 여자를 팔거나 납치하는 일도 흔했다. 고개를 흔들었다. 여기는 남조선, 대한민국 서울이다.

"남조선 말 참 잘하오."

기훈이 화제를 돌렸다.

"아저씬… 남조선 말 참 안 늘었네요."

"내가 좀 느립니다."

천천히 하나씩, 해 나가면 된다. 새로운 삶도 조금씩 적응해 나가면 된다.

기훈은 희미한 불안을 마음 깊은 곳으로 꾹꾹 눌렀다.

가다 서기를 반복하며 요란한 엔진 소리를 간헐적으로 토해내던 기훈의 회색 아반떼가 붐비는 자동차 전용도로에 들어서며 아예 멈춰 섰을 때였다.

"이제 어디 가는지라도 알려줘요. 여기선 도망도 못 가겠네."

여자가 말했다. 가만히 전방을 응시하던 기훈이 답답한지 창문을 내렸다.

"아우, 먼지."

여자가 인상을 찌푸렸다. 기훈이 머쓱한 표정으로 다시 창문을 올렸다.

"답답하지 않습니까?"

"답답하면 에어컨을 켜요. 좋은 거 냅두고 뭐 그리 답답하게 사신대."

여자가 에어컨을 켜자 잠깐 매캐한 냄새가 나는 듯하더니 이내 차 안이 쾌적해졌다. 희뿌연 미세먼지가 낀 도시의 빌딩이 다른 세상처럼 이질적으로 보였다.

"동무는… 여기 어떻게 넘어 왔소?"

차분해진 기훈이 슬쩍 여자를 돌아보며 물었다.

"어디? 여기?"

"남조선 말이오."

여자가 길게 한숨을 쉬었다.

"정말 듣고 싶어요? 아저씨한테도 그닥 유쾌한 이야기는 아닐 텐데."

기훈이 잠시 생각하다가 입을 열었다.

"천국 가는 열차라고 아오?"

"아, 그거? 알죠. 아저씨는 그거 타고 왔나 보네."

차는 부드럽게 자동차 전용도로를 빠져나와 시내로 들어섰다. 에어컨은 공기뿐만 아니라 운전하는 기훈의 기분도 쾌적하게 만들어줬다.

"천국이었소?"

여자가 물끄러미 기훈을 바라봤다. 왼손에 감긴 붕대를 기훈의 눈앞에 들이밀었다.

"금형 만드는 공장이었습니다."

여자가 공화국 어투로 말을 이었다.

"사장이 베트남 쪽 계약인지 따냈다고 들떠 가지고 납기일 맞춰 야근하라고 하디요. 그래서 한 이삼 일은 집에 못 갔디요. 내 원래는 땜질 맡았댔습니다. 그거 배우느라 얼마나 힘들었는데, 학생 인턴 하나가 도망갔다고 그라인더를 맡겨놨디요. 거긴 하나하나 기계가 얼마나 위험한지 압니까? 깜빡 졸았고, 깜빡 손을 베였고…."

여자가 왼손의 붕대가 시작되는 지점부터 끝나는 팔꿈치까지 손가락으로 쭉 가리켰다.

"흉터는 평생 간다 하디요."

여자가 양팔을 힘없이 툭 떨어뜨리더니 조수석에 몸을 푹 뉘었다.

"병원에 누워 있는 사이에 계약 기간이 끝났습니다. 회사에서는 산재 인정 안 해줄라고 내 평소 행실이 어쨌다는 둥, 북에서 와서 아무것도 모른다는 둥, 시키지도 않은 야근을 했다는 둥, 별소릴 다 해댔디요. 그러고 있습니다. 내래 어제는 너무 열받아서 한잔했디요."

기훈은 말없이 신호를 기다리다가, 초록색 불이 켜지자 천천히 액셀러레이터를 밟았다.

"천국입니까?"

여자가 기훈을 돌아보며 따지듯 되물었다. 그녀의 눈동자에서 꾹꾹 눌러 담은 복잡한 회한과 같은 감정이 느껴졌다. 대체로 그 것은 슬픈 색을 띠었다.

"이제부터, 그걸 따지러 갈 겁니다."

"네?"

창 너머로 커다란 십자가가 가까워져 오고 있었다. 두 사람이 탄 차가 커다란 교회 주차장으로 들어섰다.

"그래서 신한테 따지러 왔습니까?"

여자가 어이없다는 듯 피식 웃었다.

"신한테 빚진 거 받아내려 왔습니다."

그의 확신에 찬 눈빛을 마주 보며, 여자는 조금 남자를 믿고 싶 어졌다.

태웅은 쉼 없이 걸려 오는 기자들 전화에 시달리다 아예 집무 실 전화선을 뽑아놓았다.

핸드폰 전원도 꺼버렸다. 며칠째 걷지 않고 있는 블라인드 틈 사이로 창밖을 바라보자 기자들이 잔뜩 보였다.

곧 예배가 시작된다. 기자들은 교회로 들어서는 차들을 주시하 다 교회 관계자로 보이는 사람이 내리면 벌 떼처럼 달려가 질문 을 쏟아냈다.

최근 들어 신도들의 방문 수가 눈에 띄게 줄어들었다. 기자들 의 집요한 질문에 누군가는 화를 냈고, 대부분은 대답을 회피한 채 교회로 들어섰다. 모두 '목사님 힘내세요', '우리는 가짜뉴스 믿지 않습니다. 목사님만 믿습니다' 같은 말들을 건넸지만 태웅에게 위로가 되지는 않았다.

강길로부터 지급받던 후원금도 끊기고, 신도들의 헌금도 줄어들자 몸집을 키운 교회의 운영 자체가 힘들어졌다. 아직 공사대금의 잔금도 치르지 못한 상황이었다.

주차장으로 회색 아반떼가 미끄러지듯 들어섰다.

태웅은 자신의 눈을 의심했다. 무슨 꿍꿍이인 거지?

차에서는 기훈과 함께 한 젊은 여자가 함께 내렸다. 여지없이 기자들이 달려들었다.

기훈이 보이기라도 하는 것처럼 자신의 집무실을 올려다봤다.

제 모습이 보이지 않을 텐데도 태웅은 움찔 놀라며 한 발 창에서 물러났다.

기훈은 집무실을 가만히 바라보다 기자들의 질문에 대답하지 않은 채 교회 건물로 들어섰다.

태웅이 책상으로 가 금고를 열었다. 이번엔 리볼버의 실탄이 장전된 것을 분명하게 확인했다.

기훈이 집무실 문을 열고 들어서자마자 그의 머리에 턱, 총구를 겨눴다.

"꺅!"

함께 온 여자가 비명을 질렀지만, 기훈은 눈 하나 깜짝하지 않고 태연하게 태웅을 보았다.

"오랜만입니다."

태웅의 눈에 핏발이 곤두섰다.

"너 이 새끼… 이제 후련하냐? 응? 이게 네가 원한 거야?"

기훈은 여전히 꼼짝도 하지 않았다.

태웅은 뒤돌아 성큼성큼 책상으로 걸어가더니 열쇠로 잠겨 있던 서랍을 열었다. 잔뜩 쌓여 있던 서류 뭉치를 들고 와 기훈에게 확 집어던졌다.

종이에 베인 기훈의 뺨에 조그맣게 생채기가 나고 피가 흘렀다. 흩날리던 서류들이 천천히 바닥에 떨어졌다. 많은 사람들의 신상명세서가 적힌 파일이었다.

"여기… 이 사람들! 너네 북한 사람들이다. 탈북 신청한 사람들이라고! 이제 이 사람들은 너 때문에 한국 올 길이 다 막혔다. 이게 네가 원했던 거 맞지? 응? 너만 남한에서 잘 먹고 잘사는 거! 너희가 그렇게 찾던 동포들 다 살길 막아버리는 거!"

"잘못된 건 바로 잡아야지 않겠습니까."

"뭐가 잘못됐는데!"

기훈은 눈을 감고 은실을 떠올렸다. 그리고 운주의 마지막 모습도 떠올렸다. 또 선양시에서 마지막으로 헤어졌던 사람들, 대사관 앞에서 곤봉에 피범벅이 되어 가던 탈출자들…. 그리고 운주의 마지막 말.

"그 사람들은 다른 사람들을 위해 희생된 게 아입니다."

기훈이 한 발 앞으로 다가왔다.

"내 동포들은, 당신들 때문에, 우리들을 이용해 뱃속을 채우려고 한 당신들 때문에 희생된 겁니다."

"개소리를!"

태웅이 총구를 다시 들이밀었다. 기훈이 기다렸다는 듯 순식간에 양손을 뻗어 손목과 팔꿈치를 가격하더니 리볼버를 단숨에 뺏었다. 그리고 실린더를 열어 실탄을 바닥에 후두둑 떨어뜨렸다.

대리석 바닥에 부딪히고 튀어 오르는 실탄들이 날카로운 쇳소리를 냈다.

"다시 시작하십시오. 아직 기회가 있습니다."

기훈이 여자를 가리켰다.

"남조선에 온다고 다 천국이 아니었습니다. 여긴 또 다른 지옥입니다. 동무들이 진짜 신이라는 걸 믿고 따른다면, 이 사람들을 위한 진짜 도움을 주시오."

태웅이 아리는 손목을 매만지며 기훈과 여자를 번갈아 봤다.

"그렇게 해주면, 내래 돌아가는 길에 저기서 기자들하고 아무 인터뷰 하지 않겠소. 앞으로도 나타나지 않을 겁니다. 내가 입을 열면 어떻게 되는지 알지 않습니까!"

어느새 태웅의 열린 집무실 문밖으로 소란을 들은 신도들이 몰려들었다. 모두 태웅의 입을 바라보고 있었다. 그들의 눈에 불신의 싹이 트고 있는 게 느껴졌다. 태웅에게는 선택의 여지가 없었다.

한국의 대형 교회는 단지 종교적인 관계뿐만 아니라 인적 네트워크도 광범위하게 작동한다. 교회 내에서도 계급과 직책, 역할이 있었고, 실생활에도 영향을 미쳤다. 교회는 하나의 작은 회사이자 사회였다.

다음 날부터 여자는 교회에 다니면서 봉사활동을 시작했다. 기태웅 목사의 보증과 함께 주로 식사 사역을 하며 배식과 설거지를 했다. 그러다가 청년부 사람들과 친해졌고, 방송 기기 다루는 법을 익혔다.

특유의 밝은 성격과 호감형 외모 덕에 교회 네트워크에 자연스레 녹아들었고, 그녀를 눈여겨보던 중년의 집사가 지방 방송국 외주 제작사 피디를 소개해줬다. 작고 영세한 회사였지만 꾸준히 정부 기관 홍보영상이나 방송국 프로그램 외주 제작을 맡아서 제작하는 곳이었다.

여자는 인턴으로 일을 시작했다. 금세 일을 익힌 여자는 조감독에 이어 피디 직함을 달게 되었다. 영세한 회사일수록 승진이 체계적이지 않았고, 외부에 보이는 이미지상 어느 정도 일이 익었다 싶으면 피디 직함을 달아주는 게 관례였다.

그런 사정을 알면서도 처음으로 피디 명함을 건네받은 여자는 새삼 벅차올랐다.

자신의 이름 뒤에 직책이 달린다는 것, 역할이 있고 할 일이 있다는 것 그리고 이 도시에서 정당하게 살아간다는 것. 여자는 마침내 여기서 제대로 살아도 된다는 허락을 받은 것 같았다.

여자는 오래된 연락처를 찾아 전화를 걸었다.

그동안 고마운 마음은 있었지만 정신없이 살아오는 동안 잊고 있었다. 공화국 사람들은 고맙다는 말을 잘하지 못한다. 하지만 이제는 말할 수 있을 것 같았다. 그리고 자신의 명함을 제일 먼저 전해주고 싶던 사람, '김기훈' 이름을 찾아 통화버튼을 눌렀다. 그러고 보니 자신의 이름도 알려준 적이 없었던 것이 생각났다.

그 남자는 첫 만남 이후로, 단 한 번도 여자에게 이름을 묻지 않았다.

* * *

기훈이 민철을 기숙사에 데려다줬던 날, 민철은 습관처럼 공용 컴퓨터로 메일함을 열어봤다. 답장이 와 있었다. 은실이었다.

안녕 민철아.

오랜만에 연락하는구나.

그동안 꾸준히 연락줬네. 잘살고 있는 것 같아서 다행이다.

다 설명하자면 긴데…. 여하튼 나는 태국 경찰에게 잡혀 구치소에 수감된 채 처분만 기다리고 있었다. 운이 좋으면 남조선으로 보내질 수도 있었지만, 결국 공화국으로 다시 보내졌다.

남조선하고 관계가 다시 안 좋아지면서 당의 기조가 바뀌었다. 다행인지 불행인지 죽지는 않고 2년 동안 교화소에 살다가 나왔다.

하지만 걱정 말라!

나는 지금 중국에서 메일을 쓰고 있다. 내일 대사관으로 진입할 거다. 만약 잘 풀리면 곧 만나게 될 것이고, 잘 안 되면… 그건 그때 생각하려 한다.

언제가 됐든, 꼭 만나러 갈 것이다.

그때까지, 건강해라.

2012년 9월. 고은실

민철은 답장을 보내고, 오래도록 은실의 연락을 기다렸다.

그러나 답장이 온 것은 한참 시간이 지난 뒤였다.

민철아, 연락이 없어서 걱정했겠구나.

기훈 동무는 역시 살아있을 줄 알았다. 만난 이야기도 잘 들었다. 혼자가
아니라 다행이다. 기훈 동무가 기래 보여도 좋은 사람이다. 사이좋게 지
내야 한다.

이렇게 답이 오래 걸린 건… 그날 대사관을 안 갔기 때문이야.

은숙이 살아있다는 소식을 들었다. 내 동생.

나는 여기 중국서 동생을 다시 데려올 방법을 찾아볼 것이야.

조금 시간이 걸리겠지만… 기래도 꼭 함께 데리고 가겠다.

조금만 기다려 달라.

건강해라.

2013년 1월. 고은실

추신 : 참, 이제 열네 살이 되었겠구나. 축하한다.

***

떠들썩한 졸업식이 끝난 다음 날 치러지는 초등학교 종업식은 비교적 조용했다.

저학년에서는 반이 갈라지는 아이들끼리 아쉬움에 훌쩍거리는 정도의 이벤트는 있었지만, 이미 여러 번 겪어본 고학년생들은 달랐다. 익숙하게 배정되는 반과 담임 선생님들을 확인하며 다가오는 겨울방학의 계획을 떠드는 것으로 이벤트를 대신했다.

동훈은 몇몇 친구들이 겨울방학 동안 떠나는 여행이나 방학 계획에 관해 자랑할 때 가만히 듣고만 있었다. 조금 친해진 무리가 생기긴 했지만 여전히 알게 모르게 거리감이 느껴졌다. 그래서 그들과 초등학교 마지막 학년의 반이 갈라질 때도 크게 아쉽거나 섭섭한 마음은 없었다.

친구들과 함께 하교하는 길이었다. 이제 이 모습을 마지막으로 긴 겨울방학에 들어간다. 누군가는 정문 앞에 기다리고 있던 부모의 차에 올라탔고, 마지막 날에도 학원 차에 올라타야 하는 신세를 한탄하며 손을 흔드는 아이도 있었다. 쌀쌀한 기운에 점퍼 지퍼를 끝까지 올리고 주머니에 손을 찔러 넣었다.

오늘은 어쩐지 집에 바로 들어가기 싫었다. 그런데 정문 앞에 서 있던 낯선 여자가 자신을 발견하더니 반가운 표정으로 성큼성큼 다가왔다.

다른 사람에게 가는 건가 싶어 뒤돌아봤지만 아무도 없었다.

어느새 코 앞까지 다가온 여자가 허리를 숙이며 눈을 맞췄다.

"네가 동훈이니?"

할머니가 낯선 사람이 말 걸면 대답하지 말고 도망가라 했는데…. 하지만 여자의 눈망울에 그렁그렁 맺힌 눈물을 보니 차마 그럴 수 없었다. 나쁜 사람이 아닐 거라는 확신이 들었다. 고개를 끄덕였다.

"나는… 네 엄마, 그러니까… 지은이 친구야. 제일 친한 친구."

엄마 이름은 알고 있다. 할머니가 늦은 밤 혼자 맥주를 마시며 푸념처럼 되뇌던 이름. 그러고 보니 언제부턴가 할머니가 엄마 소식을 전해주지 않았다.

여자가 조금 더 다가오더니 꼭 안아줬다. 좋은 냄새가 났다.

"할머니한테는 얘기해놨어. 나랑 같이 여행 가지 않을래?"

동훈은 교육방송 채널 다큐멘터리에서 봤던 도시들을 떠올렸다. 엄마가 오면, 같이 가자 하려고 끊임없이 보고 또 봤던 채널.

상상하고 또 상상했던 도시들, 풍경들.

얼굴이 잘 기억나지 않는 엄마의 손을 잡고 밤마다 꿈속에서 누볐던 그곳.

"엄마가 기다리고 있어."

동훈을 꼭 끌어안은 은실의 눈에서 눈물이 하염없이 흘러내렸다.

"너무 늦어서 미안해."

파도 소리가 들렸다.

멀리 갈매기 소리도 들렸다.

두 사람 앞에 제주도의 푸른 바다가 펼쳐졌다. 시리도록 파랗게 맑은 하늘 위로 비행기가 낮게 날아갔다. 그 비행기는 어디든 갈 수 있었다. 아무런 제약 없이. 썩을 임시거주증도 없이. 진짜 자유롭게.

＊＊＊

기훈은 벽에 걸린 접이식 선반을 꺼내 펼쳤다. 그리고 천천히 민철의 편지에 답장을 써내려갔다. 구치소 독방의 바닥은 온돌이 되어 엉덩이는 뜨끈했지만 창문 틈새로 웃풍이 불어 머리 쪽은 싸늘했다.

마음속에 꾹꾹 눌러 담았던 불안이 불쑥불쑥 튀어나왔다. 소등 시간이 두려웠다. 절망은 어둠을 먹이 삼아 몸집을 키워갔다.

모든 것이 잘되어 가는 줄 알았다. 기훈은 많은 탈북자들에게 도움을 줬다. 주로 보호법의 빈 구역에 있는 사람들이었다.

그들의 정착과 취업을 도왔다. 남한이 천국은 아니었지만, 천국 가는 입구 계단 아래 분리수거장 정도는 됐으면 했다.

민철을 통해 은실의 소식을 들을 수도 있었다. 기훈은 은숙의 행방을 찾는 일에 태웅이 가지고 있던 중국 네트워크를 활용했다. 다시 나타나지 않을 것이라 했던 기훈이 또 찾아오자 태웅의 표정이 심하게 일그러졌지만, 이번이 마지막이라고 달랬다.

은숙의 행방을 찾았다는 소식을 듣고 얼마 지나지 않아 기훈은 체포되었다. 죄목은 간첩 혐의.

국정원은 그가 탈북자들의 기록을 북한에 넘겼다고 주장했다. 결정적인 증거로 제출된 것은 중국 정부의 출입국 기록이었다. 조작된 증거라고 주장했지만, 받아들여지지 않았다. 국경수비대 출신의 탈북자라는 신분은 언론의 표적이 될 수 있는 최적의 조건이었다.

중대사건 피의자로 체포영장이 발급된 기훈은 곧바로 독방에 수감되었으며, 증거 인멸 및 공모의 우려가 있다며 접견도 제한되었다. 교도관의 감시 아래 편지만 간간이 주고받을 수 있을 뿐이었다.

기훈은 밝은 형광등 아래 한 글자씩 정성 들여 답장을 쓰며 5년에 걸친 여정을 되돌아봤다. 불을 끄고 누울 때마다 그 모든 것이 꿈 같이만 느껴졌다. 눈을 뜨면 다시 국경의 차가운 눈보라가 몰아치는 내무반일 것 같았다.

그러나 또다시 감옥이었다.

처음 대사관에 진입하다 붙잡혔을 때도, 두 번째 탈출 때도, 거대하고 불가역적인 존재가 자신들을 막아서는 기분이었다. 의식도 하지 못한 채 밟혀 죽는 개미 떼 같았다.

그 거대한 존재가 오른발을 내디디면 왼쪽으로 피하고, 왼발을 내디디면 오른쪽으로 피했다. 한 발 늦거나 발을 헷갈린 자들은 그대로 밟혀 죽는다. 비명 한 번 지르지 못하고.

간첩으로 지목된 이번에도 그랬다.

강길은 여론의 뭇매를 맞았지만, 그를 상대로 시민단체가 제기

한 소송은 아직 1심도 열리지 않은 채 계류 중이었다.

정치적 책임을 지고 국방위원에서는 물러났지만, 여전히 배지를 달고 있었다.

그가 앙심을 품지 않았다고 하더라도, 그 뒤의 거대한 존재에게 탈북자들은 유용한 카드 중 하나였다. 필요할 때마다 언제든 주머니에서 쓱 꺼내 사용할 수 있는.

태웅도 기훈에게 앙심을 품었을 것이다. 교회의 명성은 순식간에 추락했고, 신도들의 수도 급감했다. 결국 그렇게 아끼던 건물을 팔고, 6층짜리 상가건물 중 두 층을 임대했다.

처음 목회 활동을 시작했을 때가 생각난다며 후련하다고는 했지만, 속으로 원망하고 있을지도 몰랐다.

기훈은 펜을 멈췄다.

어느새 독방 안에는 어두운 안개가 자욱하게 깔려 있었다. 두만강에서 리정진이 숨어 있던 물안개였고, 운주가 죽은 강변의 아침 안개였으며, 고비사막의 흙먼지였다. 꽉 막힌 서울 도심에서 앞차에서 피어올라 높은 건물 사이로 흩어지던 담배 연기였다. 절망의 안개였다.

자신도 모르게 구구절절 길게 쓴 편지들을 들여다보다 구겨버렸다. 그리고 새 페이지를 펼쳤다. 기훈은 눈을 감았다. 사람들을 떠올렸다.

자신의 주머니에 쪽지를 넣어줬던, 이름 모를 병사를 떠올렸다. 창호를 닮은 아이를 떠올렸다. 전화를 쓰게 해줬던 정마담, 쫓아낸 것이 못내 마음에 걸렸는지 우산을 건네줬던 한인 교회 집

사, 고비사막의 군인들…. 거대한 절망의 구렁텅이들 사이사이, 그를 구해준 작은 손길들이 있었다.

이름 모를 여자를 떠올렸다. 피디가 됐다며 자랑스레 보내온 문자를 받았지만, 답장하지 않았다. 기훈은 그동안 알지 못했던 묘한 충만감을 느꼈고, 그것으로 충분했다. 그리고 그가 도와줬던 탈북자들도 생각했다.

그러다 끝내 떠오른 이름 운주. 그를 지옥으로 끌고 들어갔던 손. 꽃제비를 죽이려던 손과 노인의 머리를 내리치던, 밀대를 쥔 손은 모두 같은 손이다. 이 손으로 너무 많은 죄를 저질렀다.

눈을 뜨자, 청진구류소의 수감소가 나타났다.

운주가 기훈에게 등을 돌린 채 가부좌를 튼 자세로 앉아 있었다.

움직이면 안 되는 시간이다. 기훈은 운주를 불러보려 하지만, 목소리가 나오지 않는다. 그가 움직이려 하자 간수의 사정없는 몽둥이질이 날아왔다.

간수가 웃자 금니가 반짝였다. 운주는 끝내 얼굴을 보여주지 않았다.

그래, 나를 용서하지 말라.

함께 수감되어 있는 사람들이 보였다. 자신이 밀대로 내리쳤던 노인이 앉아 있었다. 노인의 한쪽 머리가 음푹 패여 있다.

어쩌면 이곳은 지옥일지도 몰랐다. 하지만 언젠가 운주가 뒤돌아봐 주길, 노인이 자신을 용서해주길 바라며, 기훈은 기꺼이 매번 지옥에 돌아올 것을 다짐했다.

눈을 뜨고 다시 펜을 들었다. 깨끗한 새 페이지에 편지를 써내려갔다.

조금 전의 지옥은 혼자 감당할 것이다. 누구도 끌어들이지 않을 것이다. 특히 소중한 사람들은 절대.

그는 더 이상 청진구류소에서 인간을 불신하며, 자신의 영혼을 갉아먹던 사람이 아니었다. 기훈은 단 하나의 바람을 위해 버텼다. 돌아갈 것이다.

사람들이 있는 곳으로. 사람답게 살기 위해.

그때까지, 건강해라.

기훈은 짧게 줄인 편지의 마지막 문장에 마침표를 꾹 눌러 찍었다.

*＊＊

기훈 삼촌. (삼촌이라 부를게요.)

이 편지가 잘 들어갈까 모르겠네요.

은실 누나는 제소자 인권과 면회의 자유를 보장해달라며 헌법소원인가? 뭘 냈다고 하더라고요. 쉽지 않을 거라고들 하지만, 다 해봐야죠. 해보기 전에 어떻게 알겠어요.

간첩이라니, 진짜 어이가 없어서. 어떻게 거길 건너왔는데, 간첩이라니….

10년은 말도 안 돼요! 진짜 열받는데 삼촌… 아무것도 못 한다는 게, 너무 화가 나요. 그래도 아직 1심이니까, 항소심을 기다려봐요. 전 잘될 거라 믿어요. 삼촌은 잘못하지 않았으니까요.

저는 고등학교 들어갔어요. 뭐, 그래봤자 어차피 대안학교 안에 있는 옆 건물이지만요. 저 수능 공부해서, 제주대학교 가려고요. 거기 법대도 있거든요. 은실 누나도 그러래요. 참, 누나는 얼마 전에 제주도에 전셋집 구해서 아예 살고 있어요. 은숙이도 같이.

요즘 사춘기인지 자꾸 말썽이라, 누나도 빨리 와서 애 좀 데리고 다니래요. 그런데 막상 은숙이도 절 별로 좋아하지 않아서 잘 모르겠어요. 어릴 땐 안 그랬다던데. 그동안 무슨 일이 있었는지 말도 잘 안 하고.

여하튼, 삼촌.

우리는 다 잘 지내고 있어요. '우리'라니, 좀 간지럽죠?

그 '우리'에 삼촌 자리도 있어요.

그러니까, 건강해요, 삼촌.

기다릴게요.

2017년 3월. 민철이가

*　*　*

기훈 삼촌!

소식 들었어요! (나 글씨가 좀 날아가는 것 같은데, 이해해주세요.)

역시 그럴 줄 알았어! 국정원 놈들이 증거를 조작했다고. 중국 출입국 기록도 지들이 직접 만든 거라면서요. 검사들은 알고 있었다는 이야기도 나오던데요? 이 나쁜 새끼들….

안 그래도 얼마 전 학교에서 모의재판 하는데 이 사건을 다루기도 했었어요. 전 당연히 삼촌 편(변호사 역)이었죠! 저도 증거조작 가능성을 주장하긴 했는데, 설마 그걸 직접 했을 줄이야….

여하튼! 2심 재판은 공개 재판으로 전환될 가능성도 있대요. 국민적 관심사라고. 나도 신청할 거예요. 제발 당첨되길! 교수님도 가보라고 권하셨어요.

그런데 내가 수업 끝나고 과 애들한테 신청하지 말라고 했어요. 나 꼭 가야 하니까 경쟁률을 높이지 말라고. 과대의 직권남용이라고 누가 뭐라 그러데요.

거기서 무죄 선고받고 당당히 일어서는 삼촌, 내가 봐줄게요.

내가, 삼촌 모시고 제주도로 갈게요.

집으로 가요. 누나가 기다리고 있어요. 우리 모두 기다리고 있어.

건강해요, 삼촌.

곧 봐요.

2020년 11월. 민철이가

*　*　*

제주도의 차가운 파도가 방파제에 부딪히며 흩어졌다. 볼에 닿은 물방울이 차갑게 스며들었다.

물안개가 걷히자, 방파제 끝에서 다가오는 민철과 기훈이 보였다.

그제야 은실은 참아왔던 울음을 터뜨렸다.

민철이 수척해진 기훈을 부축하고 있었다. 은실을 발견한 기훈이 민철에게 괜찮다고 말하며 혼자 섰다. 지팡이를 짚은 걸음이 천천히, 하지만 단단하게 땅을 짚으며 은실에게 향했다.

곁에 다가온 은숙이 무슨 일인가 싶은 표정으로 언니를 바라봤다.

키가 훌쩍 커버린 은숙은 새로 산 따뜻한 점퍼를 입고 있었다. 은숙은 흰머리가 검은 머리보다 많아진 은실에게서 어머니 성희의 모습을 발견했다.

은실은 흐르는 눈물을 주체할 수 없었다. 남조선에 온 뒤로 이렇게 감정을 터뜨린 적이 있었던가. 가까스로 은숙을 데리고 남한에 왔을 때도, 동훈과 함께 제주도 여행을 다녀온 뒤 아예 이곳에 자리를 잡아버린 뒤에도, 은실은 늘 마음 한구석이 찌르르르, 전기가 통하듯 둔중하게 아팠다. 무언가 아리게 가슴속에 남아 있었다.

은실은 더 기다리지 못하고 기훈에게 달려갔다. 참아왔던 무언가가 봇물 터지듯 쏟아져 나왔다. 길고 길었던 여정이, 모두 이 순간을 위한 것이었던 것 같았다.

은실은 참지 않았다. 마음껏 상상했다.

이제, 행복할 수 있어.

기훈이 환하게 웃었다.

파도가 방파제에 부딪혀 반짝이는 물망울을 흩뿌렸다.

뛰어오는 은실의 미소가 햇살과 함께 반짝반짝 빛났다.

기훈이 민철의 어깨에 슬쩍 손을 올리자, 민철도 자기 손을 그 위에 포개줬다.

기훈은 이 장면을 오래도록 눈에 담아두고 싶었다.

* * *

민철에게.

오랜만에 편지를 쓰려니 영 쑥스럽구나.

남쪽 끝 따뜻한 섬에 있다가 철원의 철책 앞에서 한겨울을 맞이할 네 생각을 하니 마음이 좋지 않단다. 그래도 나이도 많고 로스쿨 먹물 먹었다고 괴롭히지 않는다고 하니 그건 또 좋다고 해야 할지.

공화국과 남조선, 아니 대한민국은 이리 가깝게 붙어 있는데, 우리는 공화국 북쪽 국경을 목숨 걸고 넘어서는 세상에서 제일 먼 길을 돌아 여기까지 왔구나. 그러고도 이제는 대한민국의 땅에서 공화국을 향해 총부리를 겨누고 버티고 선 네 운명은 또 얼마나 부조리한가.

나는 요새 이 부조리라는 단어를 곧잘 쓴다. 가끔은 그 말을 코미디로 바꿔 쓰기도 하고, 아이러니라는 말로도 쓴다.

남조선 말은 한자에 미국말에 아주 체제가 제멋대로인 게 딱히 마음에 들지는 않지만, 새로운 걸 배워나가는 건 재밌는 일이다. 민철이 네가 그랬던 것처럼.

여하튼 여기 영화나 TV를 보면, 우리가 그 부조리한 영화의 한복판에 있는 배우들처럼 느껴지기도 한다. 다만 영화는 끝이 있지만, 우리의 부조리극에는 엔딩이 없을 뿐.

이 이야기를 은실 동무에게 했더니 이상한 소리 말고 집 앞에 귤 박스나 내놓으라고 윽박지르더라. 아, 택배는 잘 받았니?

짧게 우리 소식 전하자면, 졸업하고 서울에 취직하겠다고 혁명군처럼 밀고 올라갔던 은숙인 1년 만에 항복 선언하고 집으로 돌아왔다. 이번에는 자영업이 잘 맞는 것 같다면서 카페인지 뭐시긴지 한다고 북적북적대고 있다.

천방지축에 제 멋대로인데, 또 은실 동무가 하고 싶은 대로 다 하고 살라고 하니, 내 할 말도 없고, 뭐… 맛도 없는 그 시꺼먼 물을 다들 잘도 마시더구나.

지난주엔 동훈이가 전역했다고 친구들하고 놀러 다녀갔다. 늠름하니 남자가 됐더만. 은숙이하고 너하고 셋이서 모이기만 하면 다 큰 놈들이 어찌나 투닥댔던지…. 옛날 생각하면 우습기도 하고.

…또 그립기도 하고 그렇다. 와글와글 재미가 있었지. 사람 사는 집 같았지.

그래서 민철아.

이제 이 집을 팔려고 한다.

다들 하나둘 떠나고, 우리 둘이 살기엔 집이 너무 크다. 다 처분하고… 여행이라는 걸 가볼까 하고 있다. 내가 하던 탈북민 지원사업체는 당분간 기목사가 맡아서 해주기로 했다. 민철이 네가 워낙 그치를 싫어하니까 은실 동무가 이 말은 말랬지만, 너도 다 컸고, 나중에 졸업하면 법률

자문이라도 해줄지 혹시 아는가. 그래도 그이 덕에 풀린 일도 꽤 많았다.

여하튼, 우리가 헤쳐왔던 길 있잖니. 그 길을 다시 가볼까 한다. 라오스하고 태국도 갔다가, 선양도, 연길도 가고. 몽골의 사막도 한번 거닐어보고.

다만 이번에는 대한민국 여권을 들고 가는 거다. 자유롭게.

어떤 기억은 새 기억으로 덮일 것이고, 어떤 기억은 다시 깊이 새길 것이다. 찾아보고 인사할 사람들도 있을 것이고.

쉽지 않겠지. 사실 은실 동무도 나도, 결심하기까지 오래 걸렸다.

그래도, 지금이 아니면 안 될 것 같다는 생각이 들었다.

요즘 우리 건강 상태도 그렇고…. 너무 오랫동안 험하게 산 후유증일 수도 있고, 죄 많은 업보일 수도 있겠지.

어쩌면 처음이자 마지막으로, 세상에서 제일 자유롭게 돌아다녀 볼라고 한다.

그러다 내키면 뭐, 미국도 가고 유럽도 가고! 어디든 자유롭게 갈 것이다.

편지할게.

가는 곳마다 그 나라 엽서도 보내주마.

낭만적이지 않니? 나는 스마트폰 같은 것보다 이런 게 훨씬 좋다.

급할 땐 은실 동무한테 연락하고.

가야겠다. 지금도 빨리 집 앞에 쌓인 눈 좀 치우라고 난리야.

참, 올해 첫눈이구나.

거기도 눈이 왔니?

우리 고향에도 눈이 왔을까?

건강해라.

2025년 12월

김기훈

천국행 열차를 타고
낯선 곳에 도착한 그들을 위하여

한국과 북한, 중국과 아시아 일대를 무대로 하는 이 이야기의 출발점은, 아이러니하게도 당사국들보다는 유럽 국가인 프랑스에 많은 부분을 빚지고 있습니다.

프랑스는 이민과 난민의 이주 역사가 길고 깊습니다. 지금도 관련 다큐멘터리를 비롯한 많은 콘텐츠가 활발하게 생산되며, 자국민들에게 많은 울림을 주고 있습니다.

2009년에서 2010년 사이, 정확하지 않은 기억이지만 파리의 한 극장을 막 나왔을 때의 기분만은 정확히 기억합니다. 아프리카에서 목숨을 걸고 유럽 대륙으로 밀입국을 시도하는 남매의 이야기를 다룬 '다큐-픽션' 영화였습니다. 이 작품뿐만 아니라 당시 학생들을 대상으로 한 영화관 '무제한 관람 패스' 덕에 일주일에 서너 번은 극장에 갔고, 자연스레 이주민에 대한 많은 작품을 접했습니다.

그날, 저는 퍼뜩 떠올렸습니다.

'한국에도 이런 이야기가 있잖아?'

그때부터 북한이탈주민[15]에 대해 조사를 시작했습니다. 여담이지만, 당시에는 집필 과정이 이렇게 어마어마하게 길어질 줄은 몰랐습니다.

지금은 그래도 좀 나아졌지만, 처음 이야기를 구상했던 당시에, 북한에 관한 정보를 가장 얻기 어려운 사람이 대한민국 국민이었습니다. 아이러니하게도 프랑스인들은 유럽에서 가장 북한에 관심이 많은 사람들이었고, 틈만 나면 르포르타주나 다큐멘터리 팀이 북한을 다녀왔습니다.

그때 제가 프랑스에 있었던 건 참으로 행운이었습니다. 정규 채널만 나오는 유학생의 낡은 브라운관 TV에서도 심심찮게 북한 소식을 접할 수 있었으니까요. 도서관에만 가도 북한에 관한 정보는 쉽게 접할 수 있었습니다.

이 이야기에 나오는 모든 캐릭터는 실제 탈북자들의 사연을 품고 탄생했습니다. 주요 주인공 기훈과 은실은 그 수많은 후일담의 집약체라고 할 수 있습니다. 특히 은실은 프랑스 공영방송에서 방영해준 르포르타주 속 실제 인물을 모티프로 삼았습니다. 영화 시나리오로 구상했던 이야기는 드라마 대본, 소설화를 거치면서 살이 붙고 풍성해졌습니다.

독자들도 아마 이 책을 다 읽고 난 뒤, 한두 가지 사건 정도는 자연스레 머릿속에 떠오를지도 모르죠.

『천국행 열차』는 계몽적인 메시지를 담거나, 사회적 편견을 타파하자고 주장하지 않습니다. 사람은 선하지도, 악하지도 않습니다. 우리는 주어

---

15) 정식 명칭은 '북한이탈주민'이나, 본문에서는 편의와 당시의 보편적 사용을 고려해 '탈북자'로 표기.

진 환경에서 살아남고, 나아가 행복하기 위해 발버둥 치는 약한 존재들이 니까요.

'탈북자'라는 카테고리로 분류된 사람들도 마찬가지입니다. 악의적 프레임도, 무조건적인 동정의 시선도, 인간이라는 복잡한 사회적 생물에게는 적절하지 않아 보입니다.

다만, 그들의 믿을 수 없을 정도로 험난했던 여정과 그 길을 뚫고 나온의지, 목숨을 건 치열함과 간절함은 그 자체로 조명받을 필요가 있습니다. 그리고 묻고 싶었습니다.

무엇이 그들을 이 죽음의 길로 내몰았는가? 왜?

더군다나 그렇게 목숨을 내던졌음에도 국내외 정치 지형이 한 번 출렁일 때마다 몇 배나 커다란 파도를 맞고 속절없이 좌절해야 했던, 한 개인의 인생을 우리가 과연 제대로 바라보고 있는 것일까?

집필을 시작한 이후 15년이 흘렀습니다.

그럼에도 이 책을 지금 세상에 내놓는 것은, 2025년에도 이 이야기는 여전히 유효하다고 생각하기 때문입니다.

집단의 이익과 이념, 사상으로 움직이는 거대한 세력들은 우리의 삶을 너무도 쉽게 좌지우지하고는 합니다. 그에 따라 소중한 생명을 잃기도 하고, 부정한 성공을 누리기도 하지요.

이 이야기는 우리가 여전히 인간임을 말하고자 합니다. 본문을 빌려 '사람이 사람임을 잊어서는 안 되기에', '사람은 사람과 함께 살아가야 하기에', 우리는 거대한 집단의 무심하고 치명적인 발길질 속에서도 자신이 누구인지 잃어버리지 않고, 옆 사람을 사랑하며, 서로를 꼭 끌어안고 연대하며 버텨야 한다고 말합니다.

그 어떤 고난과 역경에도, 사랑하는 것을 멈추지 말자.

지구 반대편 대륙에서도, 고향인 대한민국에서도, 우리는 국경을 넘나들며 같은 말을 전하고 있는 것입니다.

그럼에도 불구하고, 모든 것은 사랑임을. 타인에 대한 애정임을.

이 이야기를 거대한 편견과 차별로 인해 고통받는 모든 개인에게 바칩니다.

2025년 10월 17일
김지환

천국행 열차

1쇄 발행 2025년 11월 8일

지은이 김지환
펴낸이 배선아
펴낸곳 고즈넉이엔티

출판등록 2017년 3월 13일 제2022-000078호
주   소 서울특별시 강서구 마곡중앙2로 15, 테크노타워2차 311-312호
대표전화 02-6269-8166 **팩스** 02-6166-9199
이 메 일 gozknockent@gozknock.com
홈페이지 www.gozknock.com
블 로 그 blog.naver.com/gozknock
페이스북 www.facebook.com/gozknock
인스타그램 www.instagram.com/gozknock

ⓒ 김지환, 2025
ISBN 979-11-6316-661-0 (03810)

표지/내지 디자인에 Freepik 요소가 포함되어 있습니다.